NICHOLAS SPARKS

NO SEU OLHAR

ARQUEIRO

Para Jeannie Armentrout.

Título original: *See Me*

tradução: Alves Calado

preparo de originais: Victor Almeida

revisão: Milena Vargas, Roberto Lacerda e Suelen Lopes

diagramação: Valéria Teixeira

capa: Claire Brown

adaptação de capa: Raul Fernandes

imagens de capa: paisagem: kc.bangkhew/Shutterstock;
rosas: Herman Estevez

impressão e acabamento: RR Donnelley

CIP-BRASIL. CATALOGAÇÃO NA PUBLICAÇÃO
SINDICATO NACIONAL DOS EDITORES DE LIVROS, RJ

S726n Sparks, Nicholas

No seu olhar/ Nicholas Sparks; tradução de Alves Calado. São Paulo: Arqueiro, 2017.
384 p.; 14 x 21 cm.

Tradução de: See me
ISBN 978-85-8041-611-4

1. Ficção americana. I. Calado, Alves. II. Título.

CDD 813
16-37327 CDU 821.111(73)-3

Editora Arqueiro Ltda.
Rua Funchal, 538 – conjuntos 52 e 54 – Vila Olímpia
04551-060 – São Paulo – SP
Tel.: (11) 3868-4492 – Fax: (11) 3862-5818
E-mail: atendimento@editoraarqueiro.com.br
www.editoraarqueiro.com.br

Prólogo

Não foi preciso mais do que um dia em Wilmington para ele saber que aquela era uma cidade em que nunca se estabeleceria. Era turística demais e parecia ter crescido sem o menor planejamento. Ainda que o distrito histórico tivesse o tipo de casa que ele queria – varanda na frente, colunas, lambris e pés de magnólia no quintal –, esses bairros adoráveis acabavam atraindo áreas comerciais com shoppings de beira de estrada, lojas de conveniência, redes de lanchonetes e revendas de automóveis. O tráfego interminável serpenteava pelo distrito, ficando ainda mais insuportável durante o verão.

Mas o terreno da Universidade da Carolina do Norte em Wilmington era uma surpresa agradável. De algum modo ele imaginara um campus onde predominasse a feia arquitetura dos anos 1960 e 1970. Havia algumas construções assim, sobretudo nos limites da instituição, mas as quadras centrais eram maravilhosas: passeios com sombra e gramados bem-cuidados, as colunas georgianas e fachadas de tijolos do Hoggard Hall e do Kenan Hall reluzindo ao sol do fim de tarde.

Ele admirou também as áreas públicas. Havia uma torre de relógio e, ao chegar, contemplou a imagem refletida no pequeno lago, o próprio tempo espelhado e ilegível ao primeiro olhar. Enquanto estivesse com um livro aberto no colo, podia ficar sentado espiando as atividades, quase invisível aos estudantes que circulavam.

Fazia calor para o fim de setembro, e os universitários usavam bermudas e miniblusas, pele exposta por toda parte. Imaginou se os jovens se vestiam daquele jeito também para assistir às aulas. Como eles, estava no campus para aprender. Visitara o local três vezes em três dias, mas ainda havia muita gente ao redor; muitas chances de haver lembranças, e ele não queria ser lembrado. Cogitou ir para outra área antes de finalmente decidir que não havia motivo. Pelo que dava para ver, ninguém se importava com sua presença.

Estava perto, muito perto, mas era importante manter a paciência por enquanto. Respirou fundo. Viu uma dupla de estudantes indo para a aula, mochilas penduradas nos ombros, mas a essa hora estavam em número muito menor do que os colegas que saíam, dando início ao fim de sema-

na mais cedo. Aqui e ali alunos se reuniam em grupos de três ou quatro, conversando e bebericando em garrafas d'água que ele suspeitava estarem cheias de bebidas alcoólicas, enquanto dois rapazes jogavam um frisbee para lá e para cá, com as namoradas batendo papo ali perto.

Viu um homem e uma mulher discutindo, o rosto dela estava vermelho. Ela empurrou o namorado, criando espaço entre os dois. Deu um sorriso. Respeitava a raiva dela e o fato de que, diferentemente dele, ela não se sentia compelida a esconder os sentimentos. Para além do casal, outro grupo de estudantes jogava futebol com a falta de preocupação de quem não tem responsabilidades.

Acreditava que muitos alunos planejavam sair naquela noite e na seguinte. Casas de fraternidades. Bares. Boates. Para eles o fim de semana começaria ainda naquela noite, já que não havia muitas aulas às sextas-feiras. Ficara surpreso ao descobrir isso. Com o custo elevado da educação universitária, imaginava que os estudantes exigiriam mais tempo na sala de aula, e não fins de semana de três dias. No entanto, supunha que essa programação satisfazia tanto os alunos quanto os professores. Hoje em dia todo mundo queria que as coisas fossem fáceis, não era? Fazer o mínimo de esforço possível? Pegar atalhos?

Era exatamente isto que os estudantes estavam aprendendo ali: decisões difíceis não eram necessárias, não era importante fazer a escolha certa, principalmente se isso implicasse trabalho extra. Por que estudar ou tentar mudar o mundo numa tarde de sexta-feira quando você podia estar curtindo o sol?

Olhando da esquerda para a direita, imaginou quantos daqueles alunos ao menos pensavam na vida que iriam levar. Cassie costumava pensar nisso. Tinha planos. Tinha mapeado o futuro aos 17 anos, embora houvesse um pouco de hesitação no modo como ela falava sobre isso. Ele tinha a impressão de que ela não acreditava totalmente em si mesma. Por que outro motivo teria tomado aquelas decisões?

Ele tinha tentado ajudá-la. Tinha feito a coisa certa, cumprido com a lei, preenchido relatórios para a polícia, até falado com a assistente da promotoria. E até ali acreditava nas regras da sociedade. Mantinha a crença ingênua de que o bem triunfaria sobre o mal, que o perigo poderia ser encurralado, que os acontecimentos poderiam ser controlados. As regras manteriam as pessoas a salvo do mal. Cassie também acreditava nisso. Afinal, não era o que ensinavam às crianças? "Olhe para os dois lados antes de atravessar a rua." "Não entre num carro com um estranho." "Escove os dentes." "Coma legumes." "Ponha o cinto de segurança." A lista era interminável, repleta de regras para nos proteger e salvar.

Mas também podiam ser perigosas. As regras tinham a ver com situações gerais, não com específicas. Como as pessoas eram condicionadas desde a infância a aceitar regras, era fácil segui-las cegamente. Confiar no sistema. Era mais fácil não se preocupar com possibilidades aleatórias. Isso significava que não era preciso pensar em consequências potenciais. Quando o sol brilhava nas tardes de sexta-feira, todos podiam jogar frisbee sem qualquer preocupação.

A experiência era a lição mais dolorosa. Durante quase dois anos, ele só conseguira pensar nas lições que aprendera. Haviam consumido sua mente, mas aos poucos uma clareza tinha começado a emergir. Cassie sabia sobre o perigo. Ele a havia alertado a respeito do que poderia acontecer. No fim, ela só se preocupou em seguir as regras porque era conveniente.

Olhando seu relógio, viu que finalmente era hora de ir. Fechou o livro e se levantou, parando para avaliar se seu movimento havia feito com que outras pessoas o notassem. Nada. Então foi embora, atravessando o gramado com o livro embaixo do braço. Trazia uma carta no bolso. Ele caminhou até a caixa de correspondência do lado de fora do prédio de ciências. Enfiou o envelope na fenda e aguardou; alguns instantes depois, viu Serena sair pela porta, exatamente na hora esperada.

Já sabia muito sobre ela. Atualmente, todo jovem tinha Facebook, Twitter, Instagram, Snapchat etc., deixando a vida à mostra para qualquer um que se importasse em juntar as peças. De quem a pessoa gostava, quem eram os seus amigos, onde passava o tempo. Já sabia, por causa de um post no Facebook, que ela almoçaria com a irmã na casa dos pais no domingo. Enquanto a olhava caminhar à sua frente, o cabelo castanho-escuro caindo até abaixo dos ombros, notou mais uma vez como era linda. Havia nela uma graça natural. Ela atraía sorrisos de admiração dos homens por que passava, ainda que não parecesse notar. Estava andando com uma loura baixa e acima do peso, colega de turma. As duas tinham participado de um seminário sobre educação; sabia que ela queria ser professora do ensino fundamental. Fazia planos, como Cassie.

Manteve distância, excitado pelo poder que sentia na presença dela, um poder que poupara nos últimos dois anos. Ela não tinha ideia de como ele estava perto nem do que podia fazer. Nem ao menos olhou por cima do ombro, mas por que deveria? Ele não era ninguém, apenas mais um rosto na multidão...

Imaginou se ela estaria contando à loura sobre os planos para o fim de semana, os lugares ou as pessoas que pretendia ver. De sua parte, ele planejava se juntar à família para o almoço no domingo, ainda que não como convidado. Em vez disso, iria observá-los a partir de uma casa próxima, localizada num bairro de classe média. Fazia um mês que a casa estava vazia: os donos a haviam perdido por falta de pagamento, mas ainda não fora posta à venda. Apesar de as fechaduras serem boas, ele conseguira entrar por uma janela lateral sem muita dificuldade. Sabia que, do quarto principal, dava para ver a varanda dos fundos e a cozinha deles. No domingo iria assistir à família reunida, rindo e brincando à mesa da varanda.

Sabia de algo sobre cada um deles. Félix Sanchez tinha a clássica história de imigrante bem-sucedido; a matéria de jornal orgulhosamente emoldurada no restaurante da família contava como ele havia chegado ilegalmente ao país na adolescência, sem falar uma palavra de inglês, e começado a trabalhar como lavador de pratos num restaurante local. Quinze anos mais tarde, depois de se tornar cidadão americano, tinha economizado dinheiro suficiente para abrir seu próprio estabelecimento num shopping – La Cocina de la Familia – servindo as receitas de sua mulher, Carmen.

Enquanto ela cozinhava, ele fazia todo o resto, principalmente nos primeiros anos do negócio. Pouco a pouco o restaurante se expandira, e agora era considerado um dos melhores estabelecimentos mexicanos da cidade. Apesar de terem mais de quinze empregados, muitos eram parentes, o que mantinha o caráter familiar. Serena era garçonete três vezes por semana, assim como sua irmã mais velha, Maria, já fora. Félix era membro da Câmara de Comércio e do Rotary Club. Todos os domingos, a esposa e ele frequentavam a missa das sete horas na igreja de St. Mary, onde Félix também atuava como diácono. Carmen era um pouco mais misteriosa; ele só sabia que ela ainda se sentia mais confortável falando espanhol e que, como o marido, sentia orgulho por Maria ter se tornado a primeira pessoa da família a se formar numa faculdade.

Quanto a Maria...

Ainda não a vira em Wilmington. Ela estivera fora da cidade nos últimos dias, numa convenção de advogados, mas ele a conhecia melhor do que todos. No passado, quando morava em Charlotte, ele a vira muitas vezes. Tinha falado com ela, tentado convencê-la de que estava errada. Por fim, ela o fizera sofrer muito, e ele a odiava por isso.

Quando Serena se despediu da amiga com um aceno e rumou para o estacionamento, ele continuou andando em linha reta. Não tinha motivo para segui-la. Ele a veria no domingo, ao lado da família pequena, mas feliz. Especialmente Maria.

Maria podia ser considerada ainda mais bonita do que a irmã, se bem que, sinceramente, as duas eram vencedoras na loteria genética, com os olhos escuros e uma estrutura óssea praticamente perfeita. Tentou imaginá-las juntas, sentadas à mesa: apesar da diferença de sete anos, muitas pessoas poderiam presumir que fossem gêmeas. No entanto, eram diferentes. Enquanto Serena era totalmente expansiva, Maria sempre fora mais quieta e esforçada, a mais séria e estudiosa das duas. Mesmo assim eram unidas, melhores amigas, além de irmãs. Ele especulava que talvez Serena visse na irmã traços que quisesse imitar, e vice-versa. Sentiu-se empolgado ao pensar no fim de semana, sabendo que podia ser uma das últimas vezes que a família estaria reunida com algum resquício de normalidade. Queria ver como agiriam antes que a tensão infectasse a família doce e feliz... antes que o medo tomasse conta. Antes que a vida de todos começasse lentamente – e depois furiosamente – a ser arruinada.

Afinal de contas, ele havia chegado com um objetivo, e esse objetivo tinha um nome.

Vingança.

1

Colin

Colin Hancock estava parado junto à pia do banheiro da lanchonete, a camisa levantada para examinar melhor o hematoma nas costelas. Aquilo ia piorar no dia seguinte. Apenas tocá-lo já o fazia se encolher. Mesmo sabendo por experiência própria que a dor podia ser controlada, respirar seria doloroso amanhã.

Mas o rosto...

Isso podia se tornar um problema. Certamente os colegas de faculdade o encarariam com os olhos arregalados, assustados, e sussurrariam pelas suas costas. Duvidava de que algum deles perguntaria o que havia acontecido. Durante as primeiras semanas na universidade, a maioria dos colegas tinha parecido bastante legal, mas logo ficara claro que ninguém sabia o que pensar dele nem tentaria se aproximar. Não que isso o incomodasse. Para começo de conversa, praticamente todos eram do sexo feminino e seis ou sete anos mais novos do que ele. Colin suspeitava de que, em termos de experiências de vida, tinham pouco em comum. Com o tempo, como todo mundo, chegariam às suas próprias conclusões a seu respeito. Não valia a pena se preocupar.

Mesmo assim, precisava admitir que sua aparência estava repulsiva. O olho esquerdo inchado e o branco do olho direito num vermelho sangrento. No centro da testa havia um talho sob o curativo. O hematoma no maxilar direito parecia uma marca de nascença. Os lábios partidos e inchados completavam o quadro geral. Precisava colocar um saco de gelo no rosto o quanto antes, se quisesse que as garotas conseguissem se concentrar nas aulas. Uma coisa de cada vez. Não tinha comido muito nos últimos dias e queria algo rápido, conveniente e não totalmente insalubre. Para sua infelicidade, a maioria dos lugares já estava fechada, por isso parou numa lanchonete vagabunda perto da via expressa, com barras nas janelas, manchas de mofo nas paredes, linóleo descascando no chão e os reservados dos banheiros mantidos fechados com fita adesiva.

Se o local tinha um ponto positivo, era que nenhum dos outros fregueses se importou com sua aparência. As pessoas que iam a lugares assim eram boas em cuidar da própria vida. Pelo que dava para ver, todas tinham a mesma missão: ficar sóbrias.

Era o tipo de lugar onde seria fácil arranjar encrenca. Por isso, quando entrou no estacionamento de cascalho com Evan seguindo-o em seu Prius, jurava que o amigo desistiria. Mas Evan era persistente. Era o único motivo para ele pôr os pés num estabelecimento assim, ainda mais àquela hora da noite. Evan não combinava com o pessoal dali, com sua camisa cor-de-rosa, meias de estampa escocesa, sapatos de couro e cabelo louro muito bem repartido. De fato, seu Prius era como um letreiro néon anunciando que o seu objetivo era ser espancado pelo pessoal das picapes que passara a noite enchendo a cara.

Colin abriu a torneira e molhou as mãos antes de levá-las ao rosto. A água estava fria, exatamente o que ele desejava. A pele parecia em chamas. O fuzileiro com quem havia brigado tinha batido mais do que ele esperava. Ele era alto e magro, cabelo à escovinha, sobrancelhas de pateta… Colin não devia ter subestimado o cara, e disse a si mesmo que não deixaria isso acontecer de novo. Caso contrário, terminaria apavorando as colegas de turma o ano inteiro, o que simplesmente poderia arruinar toda a experiência universitária para elas. *Tem um cara apavorante na minha turma, cheio de hematomas no rosto e com tatuagens malucas, mãe!*, podia imaginá-las dizendo ao telefone. *E eu tenho que me sentar perto dele!*

Ao deixar o banheiro, viu Evan num canto. Ao contrário dele, Evan se encaixaria perfeitamente na faculdade. Ainda tinha cara de bebê. E, quando se aproximou, Colin se perguntou quantas vezes por semana ele precisava se barbear.

– Demorou bastante – disse Evan. – Achei que tinha se perdido.

Colin se ajeitou no encosto de vinil.

– Espero que não tenha ficado nervoso demais, sozinho aqui.

– Ha-ha.

– Tenho uma pergunta.

– Manda.

– Quantas vezes por semana você faz a barba?

Evan piscou.

– Você ficou dez minutos no banheiro e era nisso que estava pensando?

– Pensei enquanto vinha para a mesa.

Evan o encarou.

– Faço a barba todas as manhãs.

– Por quê?

– Como assim, por quê? Pelo mesmo motivo que você.

– Eu não faço a barba todas as manhãs.

– Por que estamos falando disso?

– Fiquei curioso, perguntei e você respondeu – disse Colin. Ignorando a expressão de Evan, assentiu na direção dos cardápios. – Mudou de ideia e decidiu pedir?

Evan balançou a cabeça.

– Sem chance.

– Não vai comer nada?

– Não.

– Azia?

– Na verdade, tem mais a ver com a minha forte suspeita de que, na última vez que a cozinha daqui foi inspecionada, eu não devia ser nem nascido.

– Não é tão ruim.

– Você viu o cozinheiro?

Colin olhou para a grelha atrás do balcão; o cozinheiro estava à direita da chapa central, com um avental gorduroso que mal escondia a pança ampla. Tinha um rabo de cavalo comprido e tatuagens cobrindo a maior parte dos antebraços.

– Gostei das tatuagens dele.

– Que surpresa!

– Só estou sendo sincero.

– Eu sei. Você sempre é sincero. Até demais. Por exemplo: quando sua namorada pergunta se uma roupa faz com que ela pareça gorda, você deve sempre dizer que ela está linda.

– Não tenho namorada.

– Provavelmente porque disse à última que ela parecia gorda sem acrescentar a parte sobre estar linda.

– Não foi isso que aconteceu.

– Você entendeu o meu argumento. Às vezes a gente precisa... modificar um pouco a verdade para se relacionar com as pessoas.

– Por quê?

– Porque é isso que gente normal faz. Porque é assim que a sociedade funciona, ora. Você não pode simplesmente dizer o que dá na telha. Isso deixa as pessoas desconfortáveis ou magoadas. E, só para você saber, os chefes odeiam isso.

– Certo.

– Não acredita?

– Acredito.

– Mas não se importa.

– Não.

– Porque prefere dizer a verdade.

– É.

– Por quê?

– É o que funciona para mim.

Evan ficou em silêncio por um momento.

– Às vezes eu gostaria de ser mais assim. Simplesmente dizer ao meu chefe o que penso, sem me importar com as consequências.

– Você pode. Só opta por não fazer.

– Preciso do salário.

– Isso é uma desculpa.

– Talvez. – Evan deu de ombros. – Mas é o que funciona para mim. Às vezes é necessário mentir. Por exemplo, se eu lhe dissesse que vi duas baratas embaixo da mesa enquanto você estava no banheiro, você poderia sentir o mesmo que eu em relação a comer aqui.

– Você sabe que não precisa ficar, certo? Eu estou bem.

– É o que você diz.

– Você precisa se preocupar consigo mesmo, não comigo. Além disso, está ficando tarde. Você não vai a Raleigh com Lily amanhã?

– Cedinho. Vamos ao culto com meus pais às onze horas e almoçar logo depois. Mas, ao contrário de você, não terei problema para sair da cama amanhã de manhã. Você está péssimo, por sinal.

– Obrigado.

– Principalmente o olho.

– Amanhã não vai estar tão inchado.

– O outro. Acho que você estourou algumas veias. Ou isso ou você se tornou um vampiro.

– Boa!

Evan se inclinou para trás, abrindo os braços ligeiramente.

– Faça um favor para mim – disse ele. – Fique escondido dos vizinhos amanhã. Eu não quero que eles pensem que precisei pegar pesado com você por ter atrasado o aluguel ou sei lá o quê. Não quero ficar com má reputação como senhorio.

Colin sorriu. Tinha pelo menos uns 15 quilos a mais do que Evan e gostava de brincar dizendo que, se Evan já havia posto os pés numa academia, provavelmente fora para fazer uma auditoria.

– Pode deixar.

Nesse momento a garçonete se aproximou, largando um prato com claras de ovos mexidas com presunto, além de uma tigela de aveia gelatinosa. Enquanto puxava a tigela para perto, Colin olhou para a caneca de Evan.

– O que você está bebendo?

– Água quente com limão.

– Sério?

– Já passa da meia-noite. Se eu tomasse café, ficaria acordado a noite toda.

Colin enfiou um pouco de aveia na boca e engoliu.

– Certo.

– O quê? Não vai zombar da minha cara?

– Só estou surpreso por terem limão aqui.

– E eu estou surpreso por fazerem claras de ovos mexidas. Você provavelmente é a primeira pessoa na história que tentou comer uma refeição saudável aqui. – Ele estendeu a mão para sua bebida. – Por sinal, o que vai fazer amanhã?

– Preciso trocar a ignição do meu carro. Não está dando a partida como deveria. Depois disso, vou cortar a grama e dar um pulo na academia.

– Quer ir com a gente?

– Almoço de família não é para mim.

– Não estava convidando para o almoço. Duvido que deixem você entrar no clube com essa aparência. Mas você poderia visitar os seus pais em Raleigh. Ou suas irmãs. Fica no caminho para Chapel Hill.

– Não.

– Só perguntei.

Colin pegou uma colherada de aveia.

– Não precisa.

Evan se recostou no assento.

– Houve algumas lutas ótimas esta noite, por sinal. A que aconteceu depois da sua foi incrível.

– É?

– Um cara chamado Johnny Reese. Derrubou o outro grandalhão, mandou uma chave de pescoço e pronto.

– E o que você quer dizer com isso?

– Ele é muito melhor do que você.

– Certo.

Evan tamborilou na mesa.

– O quê? Você está contente com o modo como lutou esta noite?

– Já acabou.

Evan ficou esperando.

– E?

– É isso.

– Você ainda acha que isso é uma boa ideia? Quer dizer… você sabe.

Colin pegou uma porção de ovos com o garfo.

– Ainda estou aqui com você, não estou?

Meia hora depois, Colin voltou para a via expressa. As nuvens que ameaçavam uma tempestade nas últimas horas finalmente cumpriram com a palavra, liberando uma torrente de vento e chuva pontuada por relâmpagos e trovões. Evan tinha saído alguns minutos antes dele. Quando se acomodou diante do volante do Camaro que vinha restaurando nos últimos anos, Colin pensou no amigo.

Conhecia Evan desde sempre. Quando era criança, sua família passava os verões num chalé na praia de Wrightsville, e a família de Evan morava ao lado. Os dois aproveitavam longos e ensolarados dias andando na praia, jogando bola, pescando e surfando ou fazendo bodyboard. Frequentemente passavam a noite na casa um do outro, até que a família de Evan se mudou para Chapel Hill e a vida de Colin foi por água abaixo.

Foi bastante simples: ele era o terceiro filho, o único homem, de pais ricos com um apreço por babás e absolutamente nenhum desejo de ter um terceiro filho. Foi um bebê cheio de cólicas, depois uma criança com alto nível de energia e transtorno do déficit de atenção com hiperatividade, o tipo de criança que tinha chiliques regulares, não conseguia se concentrar e achava impossível ficar sentado. Deixava os pais loucos em casa, espantava uma babá atrás da outra e enfrentava dificuldades intermináveis na escola.

No terceiro ano, teve um professor fantástico que tornou as coisas melhores por um tempo, mas voltou a descer ladeira abaixo durante o quarto ano. Entrava em uma briga depois da outra nos intervalos e quase foi reprovado. Foi por volta dessa época que passou a ser considerado *inadequado* e, no fim, sem saber o que fazer, os pais o mandaram para um colégio militar, esperando que a estrutura lhe fizesse algum bem. Sua experiência naquele primeiro ano foi horrenda, e ele foi expulso na metade do segundo semestre.

Pelos anos seguintes, gastou sua energia em esportes de combate: luta livre, boxe e judô. Descontava a agressividade nos outros, às vezes com mais entusiasmo que o recomendável, só porque queria. Não se importava nem um pouco com notas ou disciplina. Depois de mais cinco expulsões e cinco colégios militares diferentes, formou-se com o rótulo de rapaz violento sem planos para a vida e sem interesse de encontrar algum.

Voltou a morar com os pais, e seguiram-se sete anos ruins. Via a mãe chorar e escutava o pai implorar para que ele mudasse, mas os ignorava. Consultou um terapeuta por insistência dos pais, mas continuou na espiral descendente, tendo a "autodestruição subconsciente como objetivo primário". Palavras do terapeuta, não dele, ainda que hoje concordasse com elas. Sempre que os pais o expulsavam da casa principal em Raleigh, ele ia para o chalé da família, dava um tempo antes de voltar, recomeçava o ciclo.

Quando estava com 25 anos, recebeu uma última chance de mudar de vida. Inesperadamente deu certo. E agora estava ali, fazendo faculdade e planejando passar as próximas décadas numa sala de aula, esperando ser mentor de crianças, o que não faria nenhum sentido para a maioria das pessoas.

Colin tinha consciência de que havia ironia no fato de querer passar o resto de sua existência na escola – um lugar que sempre odiou –, mas a vida era assim. Não estaria pensando nisso ou no passado se não fosse o comentário de Evan sobre visitar os pais. O que o amigo ainda não percebia era que ficar no mesmo cômodo com eles era estressante para Colin e para os pais. Se aparecesse inesperadamente então... Iriam se sentar desconfortáveis na sala, tentando conversar amenidades enquanto as lembranças do passado preencheriam o ar como um gás venenoso. Sentiria ondas de desapontamento e julgamento irradiando deles, aparentes nas coisas que diziam ou não. Quem precisava disso? Nos últimos três anos, limitava as raras visitas a cerca de uma hora, quase sempre nos feriados, um arranjo que parecia ser conveniente a todos.

Suas irmãs mais velhas, Rebecca e Andrea, tentaram convencê-lo a consertar as coisas com os pais, mas ele encerrava essas conversas de maneira ríspida, como fizera com Evan. A vida delas com os pais tinha sido diferente da dele. As duas haviam sido *desejadas*, ao passo que ele fora um enorme *erro* sete anos depois. Sabia que elas eram bem-intencionadas, mas não tinha muitas coisas em comum com as irmãs. As duas eram formadas, casadas e com filhos. Viviam no mesmo bairro elegante dos pais e jogavam tênis nos fins de semana. Quanto mais velho ficava, mais Colin reconhecia que as escolhas que elas haviam feito na vida eram muito mais inteligentes do que as dele. Mas, afinal de contas, as irmãs não eram *inadequadas*.

Sabia que os pais eram essencialmente pessoas boas. Foram necessários anos de terapia para aceitar o fato de que era ele que tinha problemas. Não os culpava pelas coisas que haviam lhe acontecido; no mínimo se considerava um filho sortudo de duas pessoas pacientes. E daí se havia sido criado por babás? E daí se os pais tinham jogado a toalha e o mandado para um colégio militar? Outros pais provavelmente teriam desistido, mas eles jamais perderam a esperança de que Colin fosse capaz de mudar de vida.

E tinham aguentado tudo o que ele aprontara durante *anos*. E ele havia aprontado muito. Bebida, maconha e música alta demais; suportaram as festas que ele dava sempre que saíam da cidade, festas que deixavam a casa totalmente revirada. Desconsideraram as brigas em bares e as várias prisões. Jamais contatavam as autoridades quando ele arrombava a casa de praia, mesmo tendo causado danos sérios naquele lugar.

Haviam pagado fianças e contas advocatícias. Três anos atrás, quando Colin estava diante de uma longa sentença de prisão depois de uma briga de bar em Wilmington, seu pai mexera uns pauzinhos para fazer um acordo que limparia totalmente sua ficha criminal. Isto, claro, se Colin não estragasse tudo. Como parte do trato, ele deveria passar quatro meses numa instituição no Arizona, aprendendo a controlar sua raiva. Quando voltou, foi de novo para o chalé de praia, que na época estava à venda. Também tinha recebido ordem de se encontrar regularmente com o detetive Pete Margolis, da polícia de Wilmington. O homem que Colin havia espancado no bar era um antigo informante confidencial de Margolis e, por conta da briga, um caso importante em que o detetive estava trabalhando não fora solucionado. Por isso, Pete odiava Colin com todas as forças.

Depois de argumentar contra o acordo, o detetive insistiu em monitorar Colin, como se fosse um oficial de condicional. Por fim, o acordo estipulou que, se Colin fosse preso de novo, por *qualquer motivo*, sua ficha original seria restaurada e ele seria condenado automaticamente à prisão por quase uma década.

Apesar das exigências, apesar de ter que lidar com Pete Margolis, que obviamente estava louco para algemá-lo, foi um ótimo negócio. Um acordo *inacreditável*, e tudo graças a seu pai... apesar de ultimamente Colin e ele terem dificuldade para se falar. Colin foi proibido de pôr os pés em casa de novo, embora seu pai tivesse amolecido nesse ponto específico nos últimos tempos.

Colin foi obrigado a reavaliar sua vida após ser permanentemente expulso de casa depois de voltar do Arizona, e a olhar da rua enquanto os novos donos tomavam posse do chalé de praia. Acabou dormindo na casa de amigos em Raleigh, indo de um sofá para outro. Pouco a pouco, chegou à conclusão de que iria se destruir completamente. O ambiente ali não era bom e seu círculo de amigos estava tão fora de controle quanto ele. Sem ter para onde ir, voltou a Wilmington e se surpreendeu ao se ver à porta de Evan. Ele morava ali desde que se formara pela Universidade da Carolina do Norte e ficou igualmente surpreso ao encontrar o velho amigo. Também se mostrou cauteloso e um pouco nervoso, mas Evan era Evan, e não viu problema no fato de Colin ficar na sua casa durante um tempo.

Colin demorou para recuperar a confiança de Evan. A vida dos dois havia tomado caminhos diferentes. Evan era muito mais parecido com Rebecca e Andrea, um cidadão responsável cuja única experiência criminal era ter assistido à série *Prison Break*. Trabalhava como contador e consultor financeiro. Seguindo os ideais prudentes de sua profissão, comprara uma casa e a dividira, a fim de criar um apartamento no primeiro andar com entrada separada. Apartamento este que, por acaso, estava vago quando Colin apareceu. Colin não pretendia ficar muito tempo, mas uma coisa tinha levado a outra e, quando conseguira um emprego de barman, ele se mudara de vez para o andar de baixo. Três anos depois, ainda pagava aluguel ao melhor amigo.

Até agora estava dando certo. Ele cortava a grama, aparava os arbustos e, em troca, pagava um valor mais em conta. Tinha o próprio espaço com entrada exclusiva. Ao mesmo tempo, seu amigo estava logo ali e era exatamente isso de que Colin precisava na vida.

Evan usava terno e gravata, mantinha a casa impecável e jamais bebia mais do que duas cervejas quando saía. Além disso, era o sujeito mais legal do mundo. Aceitava os defeitos de Colin. E – só Deus sabe por quê – acreditava nele, mesmo quando Colin sabia que nem sempre merecia.

Lily, a noiva de Evan, era do mesmo jeito. Apesar de trabalhar com publicidade e ter seu próprio apartamento na praia – comprado pelos pais –, passava tempo suficiente na casa de Evan para se tornar uma parte importante na vida de Colin. Demorara um tempo para aceitá-lo, é verdade. Quando se conheceram, Colin usava cabelo moicano louro e tinha piercings nas duas orelhas. A conversa inicial dos dois havia se concentrado numa briga de bar em Raleigh, quando o cara mais velho tinha ido parar no hospital.

Durante um tempo, ela não conseguiu entender como os dois podiam ser amigos. Lily era arrumada e educada. As expressões que usava pareciam de uma época anterior. Além disso, era a garota mais estonteante que Colin já vira, e não era de espantar que Evan virasse um fantoche nas mãos dela. Com cabelo louro, olhos azuis e um sotaque doce mesmo quando estava com raiva, seria a última pessoa no mundo a apoiar Colin. No entanto...

Tinha sido Lily, dois anos atrás, quem sugerira que ele assistisse a aulas no curso noturno da faculdade. Em outra ocasião, ela ajudara Evan a impedir que Colin cometesse mais uma vez o tipo de erro impulsivo que poderia levá-lo à prisão. Ele a amava por essas coisas, assim como amava o relacionamento do casal. Fazia muito tempo que decidira que, se alguém ameaçasse os dois de qualquer modo, ele cuidaria do assunto, não importando as consequências, ainda que isso o fizesse passar o resto da vida atrás das grades.

Mas todas as coisas boas acabam. Não é o que as pessoas diziam? A vida que ele havia levado nos últimos três anos estava fadada a terminar. Evan e Lily estavam noivos e com planos de se casar na primavera. Apesar de insistirem que Colin poderia continuar morando no apartamento do andar de baixo, ele sabia que os dois haviam passado o fim de semana anterior vendo imóveis num bairro mais perto da praia de Wrightsville, com casas que tinham o tipo de varanda dupla comum em Charleston.

Os dois queriam filhos e toda aquela coisa de quintal com cerca branquinha. Colin não tinha dúvida: em menos de um ano, a casa atual de Evan estaria à venda. Depois disso, ficaria sozinho de novo e, mesmo sabendo que não era justo esperar que Evan e Lily se responsabilizassem por ele, às vezes se perguntava se eles sabiam como tinham se tornado importantes em sua vida.

Como esta noite, por exemplo. Não tinha pedido a Evan para ir à luta; a ideia fora dele. Não tinha pedido para Evan ficar com ele enquanto comia, mas o amigo provavelmente suspeitara de que, se não tivesse feito essas coisas, Colin poderia terminar num bar e não na lanchonete, relaxando com bebida em vez de um desjejum à meia-noite. Apesar de Colin trabalhar como barman, ficar do outro lado do balcão não era uma boa ideia.

Saindo finalmente da via expressa, Colin entrou numa estrada rural sinuosa, cheia de pinheiros e carvalhos. Trepadeiras cresciam sem demonstrar favoritismo entre os dois. Não era exatamente um atalho, e sim a tentativa de evitar uma série interminável de sinais de trânsito. Os relâmpagos continuavam a brilhar, transformando as nuvens em prata e iluminando o espaço ao redor com clarões fantasmagóricos. A chuva e o vento se intensificaram, os limpadores mal conseguiam manter o para-brisa limpo, mas ele conhecia bem a estrada. Entrou numa das muitas curvas cegas antes de pisar instintivamente no freio.

Adiante, um carro se encontrava meio fora da estrada, num ângulo torto, o pisca-alerta aceso. O porta-malas estava aberto. Enquanto o Camaro diminuía a velocidade, Colin sentiu um tranco antes que os freios atuassem de novo. Entrou na pista oposta para dar espaço ao carro, achando que o sujeito não poderia ter escolhido uma hora ou lugar pior para parar. Além de a tempestade limitar a visibilidade, aquele também era o horário em que os bêbados voltariam para casa. Ele podia imaginar um deles entrando na curva depressa demais e batendo no veículo.

Isso não é bom, pensou. Era um acidente pronto para acontecer, mas ao mesmo tempo não era da sua conta. Não era seu trabalho resgatar estranhos e, de qualquer modo, como poderia ajudar? Entendia o motor do Camaro, mas apenas porque o carro era mais velho do que ele; os motores modernos pareciam mais com computadores. Além disso, o motorista sem dúvida já havia telefonado pedindo ajuda.

Foi quando notou que o pneu traseiro do carro estava vazio e, atrás do porta-malas, uma mulher – totalmente encharcada, de jeans e com uma blusa de manga curta – lutava para tirar o estepe do compartimento. Outro trovão ressoou, uma longa série de estrondos que a perturbou. Seu rímel escorria. O cabelo escuro dela e os olhos bem separados lembravam-lhe uma das garotas com quem estudava.

Sentiu os ombros caírem. Por que tinha de ser uma mulher em dificuldade? E por que – como tudo indicava – uma garota da sua turma? Ele não podia fingir que não tinha notado que ela precisava de ajuda. Realmente não precisava disso agora, mas que opção havia?

Com um suspiro, parou no acostamento, ligou o pisca-alerta e pegou a jaqueta no banco de trás. A chuva só piorava, encharcando-o instantaneamente quando ele saiu. Passando a mão no cabelo, respirou fundo e partiu rumo ao carro dela, calculando quanto tempo levaria para trocar o pneu e voltar para a estrada.

– Precisa de ajuda? – gritou ele.

Surpresa, ela não respondeu. Em vez disso, com expressão chocada, soltou o pneu e recuou lentamente.

2

Maria

No passado, quando trabalhava na promotoria do condado de Mecklenburg, Maria Sanchez vira muitos criminosos na sala do tribunal, alguns acusados de crimes terríveis. Tivera pesadelos com vários casos e fora ameaçada por um sociopata, mas nunca se sentira tão amedrontada quanto agora, em um trecho deserto, quando *aquele* carro, dirigido por *aquele* cara, parou de repente no acostamento.

Não importava que ela tivesse 28 anos, formada com notas máximas na Universidade da Carolina do Norte. Não importava que ela tivesse cursado direito na Duke. Não importava que fosse uma estrela em ascensão na promotoria antes de encontrar outro trabalho num dos melhores escritórios de advocacia de Wilmington, ou que até aquele momento sempre tivera um bom controle das próprias emoções. Assim que ele desceu do carro, todas essas verdades saíram pela janela. Maria era uma mulher sozinha no meio do nada. Quando ele começou a andar em sua direção, o pânico a dominou. *Vou morrer aqui*, percebeu de repente. *Ninguém vai encontrar meu corpo.*

Momentos antes, quando o carro dele passara lentamente pelo seu, ela o vira encarando-a – quase com um riso de desprezo, como se a avaliasse – e achara que ele estivesse usando máscara, o que era suficientemente aterrorizante, porém menos amedrontador do que de repente perceber que aquilo era na verdade o *rosto* dele. Estava com hematomas dos dois lados; um olho inchado e fechado, o outro de um vermelho vivo e sangrento. Ela quase teve certeza de que havia mais sangue ainda pingando da testa, e por pouco não começou a gritar. *Pelo amor de Deus, continue*, lembrou-se de ter pensado enquanto ele passava. *Independentemente de qualquer coisa, por favor, não pare.*

Mas obviamente Deus não estava escutando. Por que Deus iria intervir para impedi-la de acabar morta numa vala no meio do nada? Não iria. Em vez disso, tinha decidido permitir que o sujeito parasse. Um homem com o rosto mutilado vinha na direção dela como alguém saído de um filme de terror barato. Ou da prisão, de onde ele tinha acabado de escapar, porque o cara era malhado demais para uma pessoa comum. Não era só isso que os prisioneiros faziam? Levantar peso? Seu corte de cabelo era sério, quase militar. Seria a característica de alguma gangue da prisão? A velha camiseta preta de rock não ajudava, nem a calça jeans rasgada, e o fato de ele estar carregando a jaqueta a deixou fora de si. Nessa tempestade, por que ele não a vestia? Talvez só a estivesse usando para esconder…

Uma faca. Um revólver…?

Um guincho esganiçado escapou da sua garganta, e sua mente começou a disparar buscando uma saída. Jogar o pneu em cima dele? Como? Nem conseguia tirar aquela coisa do porta-malas. Pedir socorro? Não havia ninguém por perto e ela não se lembrava de onde deixara o celular.

Correr? Talvez, mas a agilidade com que ele se movia sugeria que iria pegá-la facilmente. A única coisa a fazer era voltar para dentro do carro e trancar a porta. Mas ele já estava *bem ali*...

– Precisa de ajuda?

Foi o som da voz dele que a arrancou do transe. Soltando o pneu, ela começou a recuar, concentrada apenas em criar distância entre os dois. Um relâmpago espocou de novo e ela notou o vazio na expressão do sujeito, como se faltasse algo básico em sua personalidade, a peça que sinalizava que não era certo estuprar e matar mulheres.

– O que você quer comigo? – perguntou, superando o engasgo.

– Não quero nada – respondeu ele.

– Então o que está fazendo aqui?

– Achei que você poderia precisar de ajuda para trocar o pneu.

– Estou bem. Posso fazer isso sozinha.

Ele olhou para o pneu vazio, depois de volta para ela.

– Certo. Boa noite.

Ele deu as costas a ela e começou a voltar para o carro. A reação do sujeito foi tão inesperada que, por um segundo, Maria ficou paralisada. Ele ia embora? Por que ia embora? Ela estava feliz com isso, não estava? No entanto...

– Estou com dificuldade para tirar o pneu do porta-malas! – disse, ouvindo o pânico na própria voz.

Ele se virou ao chegar ao próprio carro.

– Pois é. Tive essa impressão.

Em seguida estendeu a mão para a porta, pronto para entrar...

– Espere! – gritou ela de repente.

O homem franziu os olhos para ela em meio ao aguaceiro.

– Por quê?

Por quê? Ela não tinha certeza de ter ouvido direito. Mas, afinal de contas, tinha dito que não precisava de ajuda. Só que precisava e não podia chamar ninguém, e com os pensamentos acelerados e confusos, as palavras seguintes se derramaram involuntariamente.

– Você tem um telefone? – gritou.

Ele se aproximou um pouco, parando a uma distância em que poderia ser ouvido sem ter de gritar, mas sem chegar perto demais. Graças a Deus.

– Tenho.

Ela mudou o apoio do corpo de um pé para o outro. *E agora?*

– Perdi o meu celular. Quer dizer, eu não *perdi*. – Sabia que estava falando bobagem, mas o modo como ele continuava a olhá-la tornava impossível parar com as palavras. – Está no escritório ou deixei na casa dos meus pais, mas só vou ter certeza quando pegar meu MacBook.

– Certo. – Ele não acrescentou mais nada; em vez disso ficou parado, o olhar firme nos olhos dela.

– É que eu uso um aplicativo, sabe? Posso rastrear o celular porque ele está sincronizado com o computador.

– Interessante.

– E então?

– Então o quê?

– Posso pegar o seu celular emprestado por um minuto? Quero ligar para minha irmã.

– Claro. – Ele enfiou o aparelho nas dobras da jaqueta. Enquanto começava a se aproximar, Maria deu outro passo atrás, por reflexo. Ele pôs a jaqueta no capô do carro dela e fez um gesto, indicando-a.

Ela hesitou. O sujeito era definitivamente estranho, mas ela apreciou o fato de ele ter se afastado. Foi rapidamente até a jaqueta e encontrou o iPhone dele dentro, era do mesmo modelo do dela. Quando apertou o botão, a tela se iluminou e, sem dúvida, havia sinal. Mas não adiantaria nada a não ser...

– Cinco-seis-oito-um – disse ele.

– Você está me dando sua senha?

– Você não pode usar o celular sem ela.

– Não está preocupado por dar sua senha a uma estranha?

– Você vai roubar meu celular?

Ela piscou.

– Não. Claro que não.

– Então não estou preocupado.

Ela não soube o que responder. Digitou a senha com dedos trêmulos e ligou para a irmã. No terceiro toque soube que seria atendida pela caixa postal. Esforçou-se ao máximo para controlar a frustração enquanto deixava um recado, explicando o que havia acontecido com o carro e pedindo que a irmã viesse pegá-la. Enfiou o aparelho de volta na jaqueta sobre o capô e em seguida se afastou, vigiando-o.

– Ninguém atendeu? – perguntou ele.

– Ela vem.

– Certo. – Quando o relâmpago rompeu o céu mais uma vez, ele caminhou em direção à parte de trás do carro dela. – Enquanto você espera, quer que eu troque seu pneu?

Ela abriu a boca para recusar a oferta, mas se deteve. Quando Serena ouviria o recado? Sem contar que Maria nunca tinha trocado um pneu na vida. Em vez de responder, soltou a respiração, tentando impedir que a voz tremesse.

– Posso fazer uma pergunta?

– Pode.

– O que aconteceu com seu rosto?

– Participei de uma luta.

Ela esperou alguns instantes antes de perceber finalmente que ele não acrescentaria nada. *É isso? Sem mais explicações?* A postura dele era tão estranha que ela não sabia direito o que deduzir. Enquanto o homem permanecia parado, obviamente esperando a resposta à sua pergunta anterior, ela olhou para o porta-malas, desejando saber trocar o pneu.

– Quero – disse por fim. – Se não se importar, eu gostaria da sua ajuda para trocar o pneu.

– Certo. – Ela ficou olhando-o estender a mão para a jaqueta no capô e enfiar o celular de volta no bolso antes de vesti-la. – Você está com medo de mim.

– O quê?

– Você está com medo de mim – repetiu ele. Como ela não disse nada, Colin continuou: – Você não tem motivos para acreditar em mim, mas eu não vou machucar você.

– Por que está dizendo isso?

– Porque, se vou trocar seu pneu, terei de chegar perto do porta-malas. O que significa que vou chegar perto de você também.

– Não estou com medo – mentiu ela.

– Certo.

– Não estou.

– Certo – repetiu ele e deu dois passos em sua direção.

Ela sentiu o coração se apertar enquanto ele se aproximava. Colin desatarraxou alguma coisa, em seguida levantou o estepe e o deixou de lado, antes de desaparecer outra vez atrás do porta-malas, sem dúvida para pegar o macaco.

– Um de nós precisa levar seu carro para a estrada – disse ele. – É preciso estar nivelado antes de eu usar o macaco, para o carro não escorregar.

– Mas estou com um pneu vazio.

Ele olhou pela lateral do veículo, com o macaco na mão.

– Não vai estragar o carro. Só vá devagar.

– Mas vai bloquear a maior parte da pista.

– Já está bloqueando metade da pista.

Ele tinha razão, mas... Mas e se tudo isso fizesse parte do plano? Distraí-la de algum modo. Fazer com que ela lhe desse as costas? *Um plano que incluía deixar que eu usasse o celular dele? E tirar o pneu do porta-malas?*

Abalada e sem jeito, Maria entrou no carro e ligou o motor, conduzindo o veículo devagar, porém com cuidado, para a estrada. Quando abriu a porta, ele já estava rolando o estepe na direção do pneu traseiro, segurando a chave de roda.

– Pode ficar dentro do carro, se quiser. Isso não deve demorar.

Ela se questionou antes de fechar a porta. Passou vários minutos olhando pelo retrovisor lateral enquanto ele continuava a afrouxar os parafusos antes de pôr o macaco no lugar. Um instante depois, sentiu o carro levantar um pouco, balançar devagar e depois parar. Viu-o terminando de soltar os parafusos antes de tirar o pneu, justo quando a tempestade começava a ficar mais intensa, com a chuva soprada pelo vento forte. O estepe foi colocado rapidamente, junto com os parafusos. Antes que Maria se desse conta, o pneu tinha sido trocado e o carro abaixado.

Ele pôs o pneu furado no porta-malas junto com o macaco e a chave de roda. Ela o sentiu fechar suavemente o porta-malas. Mesmo assim, Maria levou um pequeno susto quando Colin bateu em sua janela. Ela abaixou o vidro, e a chuva começou a entrar pela abertura. Com o rosto dele ainda nas sombras, era quase possível enxergar além dos hematomas, do inchaço e do olho vermelho. Quase, mas não totalmente.

– Está pronto, pode ir – gritou ele acima da tempestade. – Mas é bom mandar consertar o pneu ou substituí-lo o quanto antes. O estepe não deve ser usado permanentemente.

Ela assentiu. Antes que pudesse agradecer, ele já havia se virado e estava correndo para o Camaro. Maria ouviu o rugido do motor e pronto: estava sozinha na estrada outra vez, mas agora num carro que a levaria para casa.

– Ouvi o telefone tocar, mas não reconheci o número, por isso deixei cair na caixa postal. Desculpe – disse Serena entre os goles de suco de laranja.

Ao seu lado, à mesa da varanda dos fundos, Maria segurava uma xícara de café, com o sol da manhã já esquentando o ar.

– Bom, atenda na próxima vez, certo?

– Não posso. – Serena sorriu. – E se por acaso for algum maluco tentando me importunar?

– Esse foi o problema! Eu *estava* com um maluco e precisava que você me salvasse.

– Não é o que parece. Pelo visto era um cara legal.

Maria olhou irritada para ela por cima da borda da xícara.

– Você não o viu. Acredite. Já vi gente apavorante. Ele era mais do que apavorante.

– Ele disse que tinha participado de uma luta…

– E esse é o ponto. Ele é obviamente violento.

– Mas não foi nem um pouco violento com você. Você disse que a princípio ele nem chegou perto. E depois deixou que você usasse o celular dele e trocou seu pneu.

– Você não está entendendo.

– O quê? Que você não deveria julgar um livro só pela capa?

– Estou falando sério!

Serena gargalhou.

– Uau, *alguém* está sensível hoje. E você sabe que eu só estou brincando com a sua cara. Se fosse eu, provavelmente teria mijado na calça. Carro enguiçado, estrada deserta, sem telefone, sangue no rosto de um estranho… É o pior pesadelo de qualquer mulher.

– Exatamente.

– Você encontrou seu celular?

– Está no escritório. Provavelmente ainda na minha mesa.

– Quer dizer que ficou lá desde sexta-feira? E você só percebeu que estava sem ele no sábado à noite?

– E daí?

– Acho que não tem muita gente ligando para você, hein?

– Ha-ha.

Serena balançou a cabeça.

– Não consigo viver sem o meu, só para você saber.

Ela tirou uma foto de Maria com um gesto rápido.

– Por que fez isso?

– Instagram.

– Sério?

Serena já estava digitando.

– Não se preocupe. Vai ser engraçado – acrescentou antes de apresentar a imagem e a legenda. "Maria, depois de sobreviver à *Hora do pesadelo*."

– Você não vai postar isso, vai?

– Já postei. – Serena piscou.

– Você precisa parar de fazer isso. Sério! E se um cliente meu vir?

– Então me culpe. – Ela deu de ombros. – Por sinal, cadê o papai?

– Ainda passeando com Copo – disse ela.

Copo era uma shih-tzu quase toda branca. Meses depois de Serena se mudar para o alojamento da faculdade, Maria e ela voltaram para casa num Natal e descobriram que os pais tinham comprado uma cadela. Agora Copo ia praticamente a todo canto com eles: ao restaurante, ao supermercado, até ao contador. Copo era muito mais mimada do que qualquer uma das duas havia sido.

– Ainda não consigo superar isso – murmurou Serena. – Eles *adoram* aquela cadela.

– Você acha?

– Notou o colar de cristal que mamãe comprou? Eu quase engasguei.

– Seja boazinha.

– Eu estou sendo! – disse Serena. – Só que nunca imaginei os dois com um cachorro, para começo de conversa. Nunca tivemos um na infância, e eu implorei durante anos. Até prometi cuidar dele.

– Ah, mas eles sabiam que você não iria cuidar.

– Posso não ter pulado uma série e ido para a faculdade aos 17 anos, como você, mas tenho certeza de que conseguiria cuidar de um cachorro. E quero que saiba que estou concorrendo à bolsa Charles Alexander no ano que vem.

– Hummm, certo.

Maria ergueu a sobrancelha com ceticismo.

– Sério. É para uma especialização em educação bilíngue. Preenchi a proposta, escrevi uma redação, consegui cartas de recomendação de dois professores e coisa e tal. A bolsa é patrocinada por uma fundação particular. Tenho uma entrevista no sábado que vem. É isso aí.

Ela cruzou os braços.

– Uau. Isso é fantástico.

– Mas não conte ao papai. Quero fazer surpresa.

– Ele vai ficar empolgado se você conseguir.

– Eu sei. Pense só em quantos colares vão poder comprar para a Copo se ele não tiver de pagar minhas mensalidades.

Maria riu. Lá dentro elas podiam ouvir a mãe cantarolando na cozinha, o cheiro de *huevos rancheros* entrando pela janela aberta.

– Voltando à noite passada... – continuou Serena. – Por que você chegou tão tarde? Já era muito depois da sua hora de dormir.

Maria fez um muxoxo para a irmã antes de deduzir que era melhor abrir o jogo.

– Na verdade, eu estava num encontro.

– Não brinca!

– Por que o espanto?

– Por nada. Só achei que você tinha decidido se tornar adepta do celibato.

– Por que eu decidiria isso? Eu costumo sair.

– Você pode fazer *stand-up paddle*, mas não sai à noite. Você lê. Assiste a programas ruins na TV. Nem sai mais para dançar, e você adorava fazer isso. Eu tentei fazer você ir àquele armazém comigo, lembra? Onde tem baile de salsa nos sábados à noite.

– Pelo que lembro, você disse que havia um monte de caras sinistros lá.

– Mas também que eu me divertia muito. E, diferentemente de você, sou péssima dançarina.

– Nem todas nós estamos na faculdade... você sabe... com aulas que começam ao meio-dia e folgas na sexta-feira. Algumas têm responsabilidades.

– É, é, já ouvi isso – disse Serena. – O encontro foi ruim, não é?

Maria olhou por cima do ombro, em direção à janela entreaberta, certificando-se de que a mãe não estava escutando. Serena revirou os olhos.

– Você é adulta, sabia? Não precisa mais esconder sua vida social dos nossos pais.

– É, bom, nesse sentido nós sempre fomos um pouco diferentes.

– O quê? Você acha que eu conto tudo a eles?

– Espero que não.

Serena conteve um risinho.

– Que pena o seu encontro não ter dado certo.

– Como você sabe? Talvez tenha dado.

– Acho que não. – Serena balançou a cabeça. – Caso contrário, você não teria vindo sozinha para casa.

Opa, pensou Maria. Serena sempre tivera raciocínio rápido. Porém, mais do que isso, era dotada de um bom senso que às vezes escapava a Maria.

– E entããão? – acrescentou Serena. – Estava perguntando sobre o seu encontro.

– Acho que ele não vai me ligar.

Serena fingiu compaixão, mas seu cinismo divertido era aparente.

– Por quê? Você levou o computador e ficou trabalhando o tempo todo?

– Não. E não fui eu. Foi simplesmente... ruim.

– Conte, irmãzona. Conte tudo.

Maria examinou o quintal dos fundos, refletindo que Serena era a única pessoa no mundo com quem podia se abrir de fato.

– Na verdade, não há muito que falar. Para começo de conversa eu não estava planejando ter um encontro...

– Não! Você?

– Quer ouvir ou não?

– Desculpe. – Serena riu. – Continue.

– Você se lembra da Jill, não lembra? Minha amiga do trabalho?

– Superinteligente, chegando aos 40 e doida para se casar, engraçada pra caramba? Aquela que veio para o almoço, pegou Copo no colo e quase causou um ataque cardíaco no papai?

– É.

– Não, não lembro.

– *De qualquer forma* – disse Maria –, estávamos almoçando um dia e ela me convenceu a sair com ela e o namorado, Paul, para jantar, depois de eu ter voltado da convenção. Mas, sem que eu soubesse, eles também tinham convidado um amigo do trabalho do Paul para ir com a gente...

– Espera. O cara era gato?

– Sem dúvida era bonito. Mas o problema era que ele sabia disso. Foi grosseiro, arrogante e flertou com a garçonete a noite inteira. Acho que chegou até a pegar o número do telefone dela enquanto eu estava sentada logo ali, ao lado dele.

– Que homem desprezível!

– Jill ficou tão passada quanto eu, mas o estranho foi que não sei direito se o Paul ao menos notou. Talvez fosse o vinho ou sei lá o quê, mas ele ficou dizendo que nós quatro deveríamos ir a uma boate depois e que estava felicíssimo porque estávamos nos dando bem, que sabia que éramos perfeitos um para o outro. O que é estranho, porque normalmente ele não é assim. Em geral fica quieto e Jill e eu é que falamos.

– Talvez ele só goste do amigo. Ou talvez achasse que você e o amigo dele teriam bebês bonitos e você poderia dar o nome dele a um.

Mesmo contra a vontade, Maria riu.

– Talvez. Mas acho que não faço o tipo dele. Tenho quase certeza de que ele ficaria mais confortável com alguém...

Quando Maria deixou a frase no ar, Serena terminou:

– Mais burra?

– Estava pensando em mais loura, como a garçonete.

– É, bom, só para você saber, isso sempre fez parte do seu problema com relação aos homens. Você é inteligente demais. E, para os homens, isso é meio intimidante.

– Nem todos. Luis e eu ficamos juntos mais de dois anos.

– *Ficaram* – disse Serena. – Essa é a palavra. E, só para você saber, o Luis podia ser muito atraente, mas era um completo fracassado.

– Não era tão ruim assim.

– Não comece a ficar toda nostálgica por causa das poucas qualidades dele. Vocês não tinham futuro e você sabe disso.

Maria assentiu, sabendo que Serena estava certa.

– Bom, vivendo e aprendendo.

– Fico feliz porque você decidiu começar a sair de novo.

– Não decidi. Jill e Paul decidiram por mim.

– Tanto faz. Você precisa ser...

Enquanto Serena procurava a palavra certa, Maria sugeriu:

– Mais parecida com você?

– Por que não? Sair, curtir a vida e fazer amigos? É melhor do que trabalhar o tempo todo.

– Como você sabe? Você só trabalha dois turnos por semana.

– Bom argumento. Só estou fazendo uma suposição baseada na sua falta de vida social.

– Acredite ou não, eu gosto de trabalhar.

– Vou me certificar de pôr isso na sua lápide. Por sinal, como vai o trabalho?

Maria se remexeu na cadeira.

– Bem.

– Você acabou de dizer que gosta de trabalhar.

– Gosto, mas...

– Deixe-me adivinhar... a convenção, certo? À qual você foi com seu chefe. – Quando Maria assentiu, Serena continuou: – Foi tão medonha quanto você achou que seria?

– Não exatamente medonha, mas...

– Ele deu em cima de você?

– Mais ou menos – admitiu Maria. – Mas não foi nada que eu não pudesse administrar.

– Esse é o cara casado? Com três filhos?

– O próprio.

– Você precisa dizer para ele parar. Ameace denunciá-lo por assédio sexual ou sei lá o quê.

– É mais complicado do que isso. Por enquanto, é melhor eu simplesmente ignorar.

Um sorrisinho começou a surgir nos lábios de Serena.

– O quê? – perguntou Maria.

– Estava pensando que você realmente leva jeito com os homens. Foi traída pelo antigo namorado, o último cara com quem você saiu flertou com outras mulheres e seu chefe não para de dar em cima de você.

– Bem-vinda ao meu mundo.

– Claro, não é de todo ruim. Você conheceu um cara legal ontem à noite. O tipo de cara que ajuda uma mulher na hora da necessidade, no meio de uma tempestade feroz...

Quando Maria fez um muxoxo, Serena riu e continuou:

– Eu realmente gostaria de ter visto sua cara.

– Não foi bonita.

– No entanto, você está aqui em segurança – lembrou Serena. – E estou feliz com isso, nem que seja para você continuar a ter acesso à minha sabedoria.

– Você precisa mesmo trabalhar sua autoestima – disse Maria com um tom amargo.

– Eu sei. Mas, sério, fico feliz porque você se mudou de volta para a cidade. Esses almoços seriam horríveis se você não estivesse aqui. Ter você por perto significa outra pessoa com quem mamãe e papai podem se preocupar.

– Fico feliz em ser útil para você.

– Obrigada. Além disso, teremos a chance de nos conhecermos melhor.

– Hã? Nós somos irmãs!

– Você foi para a faculdade quando eu tinha 10 anos.

– E vinha para casa quase todo fim de semana. Eu passava todas as férias aqui.

– Verdade. Nos dois primeiros anos sentia tanta saudade de casa que chorava todo fim de semana.

– Era difícil ficar tão longe.

– Por que você acha que eu faço faculdade aqui? Nesse sentido sou quase tão inteligente quanto você.

– Você é inteligente. Talvez consiga uma bolsa, lembra?

– Não sou como você, mas tudo bem. Isso vai tornar muito mais fácil arranjar um cara. Não que eu esteja interessada em alguma coisa séria. Mas escuta, se você quiser, posso apresentar alguém interessante. Conheço caras o tempo todo.

– Caras da faculdade?

– Alguns podem gostar de mulheres mais velhas.

– Você é desprezível.

– O que foi? Costumo ter um gosto muito bom.

– Está falando do Steve?

– Nós só estamos saindo juntos. Ainda não é sério. Mas ele parece um cara legal. Até trabalha como voluntário aos domingos.

– Você gosta dele?

– Quer dizer… se *gosto* gosto? Ou só gosto?

– O que foi, estamos no ensino médio agora?

Serena gargalhou.

– Ainda não sei o que sinto. Mas ele é bonitinho, o que me dá mais tempo para descobrir.

– Quando eu vou conhecê-lo?

– Bom… Vamos ver aonde a coisa vai dar. Se você for conhecê-lo, mamãe e papai também vão querer, e aí eu perco o controle da situação. Não importando o que acontecer depois disso, ele vai achar que eu acho que é sério e, diferentemente de você, sou nova demais para me acomodar.

– Também não quero me acomodar ainda.

– Talvez. Mas sem dúvida precisa de um namorado.

– Quer parar?

– Certo, tudo bem. Você não precisa de um namorado. Precisa é de sorte.

Quando Maria não se incomodou em responder, Serena riu.

– Pus o dedo na ferida, hein? Certo, não importa. Qual é a sua agenda para hoje? Depois que sairmos daqui? Vai fazer *stand-up paddle* de novo?

– Estava pensando nisso.

– Sozinha?

– A não ser que você queira tentar outra vez.

– Sem chance. Ainda não entendo por que você gosta tanto. Não é como dançar. É chato.

– É um bom exercício. E é pacífico.

– Ou seja… chato.

Maria sorriu.

– E você? Quais são seus planos?

– Vou tirar um belo cochilo. Depois disso, provavelmente vou improvisar.

– Espero que encontre algo para fazer. Odiaria que perdesse uma noite louca de sábado no bairro grego.

– Olha só… Inveja é uma coisa feia. – Serena apontou o polegar para a janela. – Papai finalmente voltou e eu estou morrendo de fome. Vamos comer.

No fim de tarde, enquanto Serena dormia profundamente, Maria remava na sua prancha no estreito de Masonboro, um lugar que havia se tornado seu ponto predileto para passar a tarde.

A ilha de Masonboro era a maior restinga no litoral sul do estado. Ainda que às vezes Maria fosse até o lado atlântico da ilha, na maior parte do tempo preferia as águas calmas do pântano. Como sempre, a vida selvagem era espetacular. Na primeira hora passada na água tinha visto águias-pescadoras, pelicanos e garças-brancas, e havia tirado algumas fotos que achou muito boas.

Em junho, em seu aniversário, Maria se presenteou com uma câmera de alta qualidade, à prova d'água. Representara um esforço financeiro, mas ainda não havia se arrependido. Mesmo que não fossem parar na *National Geographic*, algumas fotos eram suficientemente boas para ser penduradas na parede de casa, o que era uma opção de decoração prudente, já que mal podia pagar pelo apartamento.

Mas aqui, ao ar livre, era fácil pensar nessas coisas sem se preocupar. Apesar de só ter começado a remar com prancha depois de ter voltado para Wilmington, o exercício lhe causava o mesmo efeito que a dança trazia antigamente. Ela havia chegado ao ponto em que não precisava se esforçar para manter o equilíbrio, e o ritmo constante das remadas dissolvia o estresse. Em geral, depois de alguns minutos na água, ficava com a sensação de que tudo corria bem no mundo. Era uma coisa quente, relaxante, que começava no pescoço e nos ombros antes de se espalhar para o resto do corpo. Quando estava no chuveiro, depois de voltar para casa, sentia-se pronta para encarar outra semana no escritório.

Serena estava errada com relação ao *stand-up*. Não era chato; hoje em dia a atividade era necessária para sua saúde mental, e ela precisava admitir que também ajudava sua forma física. No último ano tinha fortalecido músculos que nem sabia que podiam ser tonificados, e precisara ajustar os terninhos porque ficaram muito largos na cintura e na bunda.

Não que isso importasse para alguém. Serena podia estar errada com relação ao *stand-up*, mas estava certa com relação ao azar de Maria na vida amorosa, a começar por Luis. Ele tinha sido o primeiro cara que ela havia levado a sério, o primeiro que amara de verdade. Os dois foram amigos durante quase um ano antes de finalmente começarem a sair juntos. Como ela, Luis gostava de dançar, era filho de imigrantes mexicanos e pretendia ser advogado. Depois de dois anos juntos, era fácil imaginar um futuro com ele.

Luis, por outro lado, tinha deixado claro que estava contente em apenas namorar – e transar com ela –, desde que ela jamais esperasse algo além disso. Puxar o assunto sobre casamento já o deixava louco. Ainda que inicialmente ela tentasse se convencer do contrário, no fundo sabia que isso importava.

Mesmo assim, o rompimento foi uma surpresa. Ele simplesmente ligou uma noite e disse que tudo havia terminado. Maria consolou-se com o fato de que os dois queriam coisas diferentes da vida e que Luis não estava pronto para esse tipo de compromisso.

Pouco mais de um ano depois, entretanto, ficou sabendo que ele estava noivo. Passou as seis semanas seguintes sentindo-se péssima, tentando descobrir por que a outra garota havia sido boa o bastante para casar, enquanto ele nem tocava no assunto com ela. Em que tinha errado? Teria pressionado demais? Era chata demais? Ou… alguma outra coisa? Claro, toda a experiência teria sido mais fácil se ela encontrasse outra pessoa depois de Luis, mas a cada ano Maria se perguntava mais e mais para onde tinham ido todos os caras bons. Ou mesmo se isso ainda existia. Onde estavam os caras que não esperavam que você dormisse com eles depois de um ou dois encontros? Ou caras que acreditavam que pagar a conta num primeiro encontro era a coisa certa a fazer? Ou mesmo um cara com um emprego decente e planos para o futuro?

Apesar das longas horas estudando na escola de direito e mais tarde trabalhando em Charlotte, tinha saído regularmente com amigos nos fins de semana, mas alguém minimamente decente a havia convidado para sair?

Parou por um instante de remar, deixando a prancha deslizar enquanto se espreguiçava, esticando as costas. Bom, na verdade, provavelmente alguém convidou. Mas na época ela costumava focar primeiro na aparência dos caras, e conseguia se lembrar de ter dito não a alguns que não eram bonitos. E talvez esse fosse o problema. Talvez tivesse recusado o Sr. Certo porque ele não era alto o suficiente, por exemplo. Atualmente parecia que os Srs. Certos costumavam sumir rapidamente das prateleiras, talvez porque fossem tão raros quanto condores-da-califórnia.

Na maior parte do tempo isso não a incomodava. Ela era diferente da mãe, que acreditava que o status de relacionamento de uma mulher a definia. Tinha sua própria vida, podia ir e vir como quisesse, e, ainda que não tivesse ninguém para cuidar dela, também não precisava cuidar de ninguém. Mas nos últimos dois anos – enquanto começava a se aproximar dos 30 – houvera momentos em que pensara que talvez fosse legal ter uma companhia com quem dançar ou que a acompanhasse no *stand-up paddle*, ou mesmo alguém disposto a ouvi-la reclamar depois de um dia ruim no trabalho.

Ter um grande círculo de amigos, como Serena, poderia preencher esse vazio, mas a maior parte dos amigos de Maria morava nas áreas de Raleigh ou Charlotte, e sair com eles quase sempre implicava uma viagem e dormir no sofá de alguém. Afora sua família mais próxima, os parentes, Jill e uns poucos colegas de trabalho – e, sim, até mesmo Paul, apesar da outra noite –, as únicas pessoas que ela conhecia eram aquelas com quem tinha cursado o ensino médio.

Achava que poderia tentar restabelecer o contato, mas quando terminava o dia de trabalho geralmente só queria relaxar na banheira com uma taça de vinho e um bom livro. Ou, caso se sentisse com energia, talvez cair na água com a prancha e o remo. Até os amigos exigiam energia, e ultimamente ela não tinha o suficiente. Ainda que isso significasse que sua vida não era tão empolgante, também era o tipo de previsibilidade calma de que precisava. Seu último ano em Charlotte havia sido traumático e...

Balançou a cabeça, forçando a memória a se afastar daquele último ano. Respirando para se acalmar, disse a si mesma com firmeza para se concentrar no lado positivo, como havia treinado. Havia muitas coisas boas na sua vida. Tinha família, seu apartamento e um trabalho do qual gostava...

Tem certeza?, perguntou de repente a vozinha dentro dela. *Você sabe que isso não é verdade.*

Tudo havia começado muito bem, mas não era sempre assim? A Martenson, Hertzberg e Holdman era uma empresa de tamanho médio, e ela trabalhava principalmente para o litigante primário, Barney Holdman, atuando na defesa de seguradoras. Barney tinha 60 e poucos anos e era um gênio jurídico que usava ternos de risca de giz e falava com o sotaque lento e pesado da Carolina do Norte. Tanto para os clientes quanto para os jurados ele parecia um tipo de avô amigável, mas por baixo da aparência era intenso, preparado para tudo, e exigia muito dos associados. Trabalhando com ele, tinha o privilégio do tempo, do conhecimento e do dinheiro para preparar os processos, e tudo isso era muito melhor do que seu trabalho na promotoria.

Jill era um bônus. Como únicas mulheres no escritório além das secretárias e assistentes, que tinham suas próprias panelinhas, Jill e Maria haviam se dado bem de imediato, apesar de trabalharem em departamentos diferentes. Almoçavam juntas três ou quatro vezes por semana, e Jill passava na sala de Maria com frequência só para visitá-la por alguns minutos. Tinha raciocínio rápido e a fazia rir; sua mente jurídica era incisiva e se tornou uma das melhores profissionais do escritório. Era um mistério o motivo de ainda não ser sócia. Às vezes Maria se perguntava se Jill ficaria muito tempo na empresa.

O verdadeiro problema era Ken Martenson, o sócio administrador da firma, que parecia contratar assistentes com base na beleza, e não nas qualificações. Ele passava tempo demais em volta das mesas delas. Na primeira semana de trabalho, Jill a havia informado sobre a reputação de Ken, mas Maria não deu importância. Até que Ken começou a apontar a mira para ela. Ultimamente a situação estava ficando mais complicada. Uma coisa era tentar evitar Ken no escritório, onde sempre havia outras pessoas por perto, mas a convenção em Winston-Salem, da qual os dois participaram na semana anterior, tinha amplificado seus temores de que as coisas poderiam piorar.

Ainda que Ken não tivesse chegado ao ponto de acompanhá-la à porta do seu quarto no hotel, ele a *havia* pressionado para jantarem juntos nas duas noites. E depois? Tinha jogado todo o papo de "minha mulher simplesmente não me admira", ao mesmo tempo que perguntava continuamente se ela queria outra taça de vinho, apesar de Maria mal ter tocado na primeira. Falou sobre a casa dele na praia, como era um lugar calmo e relaxante, e deixou bem claro que ela geralmente ficava vazia. Se Maria quisesse usá-la, era só falar. E será que tinha mencionado como era raro trabalhar com uma pessoa inteligente *e* linda?

Mesmo assim, quando ele dava a entender o que desejava, ela bancava a idiota e levava o assunto de volta para as questões discutidas na convenção. E isso tinha dado certo, na maior parte do tempo, mas ela não havia mentido para Serena ao dizer que era complicado. Às vezes desejava que alguém tivesse lhe contado, antes de entrar para a faculdade de direito, que ser advogada não garantia o emprego que ela sempre imaginara. Nos últimos anos, empresas de todos os tamanhos vinham fazendo cortes, os salários diminuíram e havia muitos advogados caçando trabalho. Depois de deixar a promotoria, Maria levou quase cinco meses para conseguir um novo emprego e, pelo que sabia, nenhuma outra firma estava contratando. Se murmurasse as palavras "assédio sexual" ou sugerisse um processo, provavelmente não arranjaria outro emprego em todo o estado. Sabe o que os advogados graúdos mais odeiam? Ser processados.

Por enquanto estava sem saída. Tinha superado a convenção, mas prometia não se colocar de novo numa situação daquelas. Evitaria a sala do café e ficaria um pouco mais cautelosa com relação a fazer hora extra, sobretudo se soubesse que Ken estaria por lá. Era só isso que poderia fazer, além de rezar para que ele virasse a mira para alguma assistente.

Esse era outro exemplo de como a vida tinha ficado mais difícil do que ela imaginava. Ao começar em seu primeiro emprego de verdade, sentia-se idealista. Acreditava que tinha um papel importante a representar, mantendo as ruas seguras e dando às vítimas um modo de buscar a justiça e retomar a vida. Com o tempo, começou a ficar enfastiada com todo o processo. Tornara-se evidente que até mesmo os criminosos perigosos costumavam sair livres, as engrenagens emperradas do sistema giravam numa velocidade impossivelmente lenta e sua carga de processos jamais diminuía. Agora morava de novo na cidade onde havia crescido e praticava um tipo de direito tremendamente diferente do que conhecera como assistente da promotoria. Apesar de estar certa de que as coisas melhorariam quando se estabelecesse, aos poucos começou a perceber que o estresse profissional simplesmente vinha de modos diferentes, e o novo cargo não era muito melhor do que o anterior.

O mundo podia vê-la como uma profissional jovem, com casa própria, mas havia momentos em que se sentia uma fraude. Parte disso era devido às finanças – depois de pagar as contas no fim do mês restava menos dinheiro para gastar do que quando era adolescente –, mas a outra parte era porque muitos dos seus amigos da faculdade já estavam casados e alguns tinham filhos. Quando conversava com eles, a maioria aparentava felicidade, como se a vida estivesse correndo exatamente de acordo com os planos, ao passo que Maria fora presenteada com um chefe tarado, um apartamento pelo qual mal podia pagar e uma irmã mais nova que parecia ao mesmo tempo mais sábia e mais descuidada do que ela. Se isso era a vida adulta, ela se perguntava por que havia se apressado tanto em crescer.

Remou sem parar por mais uma hora, a prancha deslizando enquanto ela se esforçava para desfrutar o ambiente. Notou as nuvens que passavam lentas e as árvores refletidas na água. Concentrou-se no cheiro refrescante e salgado da brisa e aproveitou o calor do sol nos braços e nos ombros. De vez em quando tirava algumas fotos – uma saiu especialmente boa, de uma águia-pescadora subindo da água com um peixe nas garras. A imagem estava sombreada demais no visor da câmera e um pouco distante, porém com trabalho suficiente no Photoshop poderia ser algo que merecesse ser guardado.

Quando voltou para casa, tomou uma chuveirada e serviu-se de uma taça de vinho, depois sentou-se numa cadeira de balanço na pequena varanda dos fundos. Olhou as pessoas andando pela Market Street, imaginando tranquilamente como seria a vida delas. Gostava de inventar histórias sobre as pessoas.

Aquele provavelmente está de visita, é de Nova York.

Aposto que aquela mãe está levando os filhos para tomar sorvete.

Era um final inofensivo e relaxante para um fim de semana que teve sua cota de altos e baixos. Como o pneu furado, que precisaria ser trocado no dia seguinte. Mas quando? Sabia que Barney havia enchido sua caixa de entrada com trabalho enquanto estivera na convenção. Além disso, tinha duas reuniões importantes à tarde, o que não tornaria aquilo fácil. E não fazia a mínima ideia de qual seria o próximo passo de Ken.

O sentimento de medo se intensificou na manhã seguinte, quando viu Ken batendo papo com Barney enquanto ela conversava com Lynn, a assistente voluptuosa porém pouco eficiente posta na equipe de Barney. Ken e Barney costumavam se encontrar antes da reunião da manhã de segunda-feira, mas o incomum foi que, depois de sair da sala do Barney, Ken simplesmente assentiu para ela sem sorrir, antes de ir andando pelo corredor. Parte dela ficou aliviada com a brevidade do encontro, mas ao mesmo tempo o súbito profissionalismo gelado deixou uma sensação ruim, porque sem dúvida significava que ele estava com raiva.

Alguns minutos depois, Jill apareceu na sala de Maria para se desculpar pelo encontro às escuras, obviamente sem graça. As duas conversaram alguns minutos – Jill ia passar o resto da semana fora da cidade para pegar depoimentos – e Maria repetiu a história que havia contado a Serena sobre o pneu furado e o estranho que a salvou.

Assim que Jill saiu da sala, Maria começou a ligar para oficinas, tentando encontrar algum lugar próximo onde pudesse trocar o pneu depois do trabalho, mas logo descobriu que todas estariam fechadas na hora em que ela chegasse. A única opção era tentar fazer isso na hora do almoço. Foram necessárias seis tentativas antes de conseguir um horário ao meio-dia e meia, em cima da hora para a primeira reunião com um cliente. Avisou a Barney que talvez se atrasasse alguns minutos para voltar. Ele franziu a testa e pediu para ela se apressar, enfatizando que sua presença era importante. Ela saiu do escritório às quinze para o meio-dia, esperando que os mecânicos pudessem começar cedo.

Mas não foi o que aconteceu. Ela passou a hora seguinte esperando, alternando-se entre o pânico e a fúria que cresciam lentamente, ligando para a secretária e a assistente de Barney. Só depois de duas horas pôde finalmente pegar o carro de volta e retornar às pressas ao escritório. Quando chegou à sala de reuniões, o encontro estava acontecendo havia quase 45 minutos. Um olhar gélido de Barney sinalizou o desprazer dele, opondo-se à fala vagarosa e afável com que sempre lhe dava as boas-vindas.

Depois da reunião, ela pediu desculpas profusas a Barney. Ele estava obviamente furioso; qualquer traço do avô amigável a que os clientes estavam acostumados havia sumido. A situação permaneceu tensa entre os dois pelo resto da tarde e não melhorou no dia seguinte.

Focando nas várias tarefas que havia ignorado enquanto estava na convenção, Maria preparou os documentos dos quais sabia que Barney iria precisar para um julgamento na semana seguinte e trabalhou até depois da meia-noite na segunda e na terça-feira. Aparentemente Barney não notou ou não se importou, e só na quinta-feira sua postura gélida começou a derreter.

No fim daquela tarde, enquanto Maria terminava uma conversa com Barney sobre um pedido de seguro que os dois suspeitavam fortemente de que era fraudulento, ela escutou uma voz chamá-la. Levantando os olhos, viu Ken parado junto à porta.

– Com licença – disse ele. – Você se importaria se eu falasse com Maria um momento?

– Nem um pouco – respondeu Barney, que em seguida assentiu para ela. – Ligue para eles e avise que precisaremos fazer uma teleconferência amanhã, sim?

– Pode deixar – respondeu Maria.

Antes mesmo de se virar para Ken, uma sensação de aperto no peito fez com que ela percebesse que ele a observava. Sem dizer uma palavra, Maria o acompanhou pelo corredor e pela recepção. Seus pés hesitaram quando viu que Ken estava indo para a sala dele.

Ken segurou a porta aberta para ela, depois entrou e fechou-a. Totalmente profissional, foi para trás da mesa e sinalizou para Maria sentar-se. Olhou pela janela antes de finalmente se virar para encará-la.

– Barney mencionou que você perdeu uma reunião importante com um cliente na segunda-feira.

– Não perdi. Eu me atrasei...

– Eu não chamei você aqui para discutir detalhes – disse ele, interrompendo-a. – Pode explicar o que aconteceu?

Apanhada desprevenida, Maria gaguejou um relato nitidamente patético de suas tentativas de encontrar uma oficina adequada e os acontecimentos que se seguiram.

Quando ela terminou, ele ficou quieto por um momento.

– Você entende o que fazemos aqui, não entende? E por que você foi contratada? Nossos clientes esperam certo nível de profissionalismo.

– Sim, claro que entendo. E sei que nossos clientes são importantes.

– Sabia que o Barney estava pensando em dar a você uma oportunidade de atuar como advogada principal nesse processo? E que você perdeu essa oportunidade porque sentiu a necessidade urgente e desesperada de trocar o pneu durante o horário de trabalho?

Maria ficou vermelha, os pensamentos girando diante dessa revelação.

– N-não, ele não mencionou isso – gaguejou. – Como eu disse, eu queria fazer a troca depois do expediente, mas todas as oficinas já estariam fechadas. Pensei, sinceramente, que conseguiria voltar a tempo. Sabia que havia um risco, mas...

– Um risco que esteve disposta a correr – observou ele, interrompendo-a de novo.

Ela abriu a boca para responder, mas nesse ponto já sabia que não havia nada que pudesse dizer para aplacá-lo. No silêncio, sentiu um nó se formando no estômago enquanto Ken finalmente sentava-se diante da mesa.

– Devo dizer que estou muito desapontado com sua decisão – disse ele, parecendo controlado. – Corremos o risco de contratar você porque eu a defendi. Seu trabalho na promotoria não era relevante para nosso escritório, mas achei que você tinha potencial. Agora não sei bem o que pensar, ou se tomei a decisão errada.

– Sinto muito, de verdade. Isso não vai acontecer de novo.

– Espero que não. Pelo seu bem, não pelo meu.

O nó em seu estômago ficou ainda maior.

– O que posso fazer para corrigir isso?

– Por enquanto, nada. Vou falar com o Barney e ver o que ele acha, depois conversaremos.

– Devo ligar para os clientes para me desculpar?

– Por enquanto você não deve fazer nada. Barney e eu vamos conversar a respeito. Mas se alguma coisa assim acontecer de novo...

Ele se inclinou para acender a luminária da mesa.

– Não vai acontecer – sussurrou ela, ainda tentando se orientar.

Barney estava pensando em torná-la advogada principal? Por que não havia mencionado isso? Nesse instante, o telefone na mesa de Ken tocou.

– Preciso atender a esse telefonema. Em outra hora terminamos nossa conversa.

Maria se levantou, humilhada e em pânico. Com os pensamentos desordenados, saiu cambaleando da sala de Ken. Ao passar pela secretária dele, ficou grata porque a mulher a ignorou. Fechou a porta de sua sala e repassou a conversa mentalmente. Mesmo contra a vontade, se perguntou por quanto tempo conseguiria continuar trabalhando ali.

3

Colin

Na segunda-feira depois da luta, Colin saiu de seu apartamento ao ver o detetive Pete Margolis. O policial havia parado na rua bem à frente e estava encostado no capô de seu sedã, segurando um copo de café para viagem e com um palito de dente na boca. Diferentemente da maioria dos policiais com quem Colin havia lidado, Margolis passava quase tanto tempo malhando na academia quanto ele. Suas mangas estavam enroladas, o tecido se esticando na altura dos bíceps. Tinha quase 40 anos, cabelo escuro penteado para trás e grudado com Deus sabe o quê. Uma, talvez duas vezes por mês, ele aparecia sem se anunciar para verificar a situação de Colin, como parte do acordo com a justiça. Margolis gostava do poder que exercia sobre o sujeito.

– Você está com uma cara horrível, Hancock – disse ele enquanto Colin se aproximava. – Fez alguma coisa errada?

– Não – respondeu Colin.

– Tem certeza?

Colin olhou para Margolis em vez de responder. Sabia que o sujeito acabaria dizendo o que queria.

Margolis passou o palito de um lado da boca para o outro.

– Houve uma briga com direito a garrafadas no estacionamento do Crazy Horse pouco depois da meia-noite. Alguns carros no estacionamento foram amassados e um homem ficou inconsciente. Testemunhas disseram que ele foi chutado na cabeça depois de cair no chão. O cara agora está no hospital com o crânio rachado. Isso é agressão com arma mortal. Assim que soube dessa história, achei familiar. Eu não prendi você por algo parecido, aqui mesmo em Wilmington? Há apenas alguns anos? E você não esteve em algumas brigas depois?

Margolis já sabia das respostas, mas mesmo assim Colin disse:

– Sim para a primeira e a segunda perguntas. Não para a terceira.

– Ah, certo. Porque seus amigos intervieram. O pateta e a loura gostosa, certo?

Colin ficou quieto. Margolis o encarou. Colin continuou esperando até que finalmente o detetive prosseguiu:

– É por isso que estou aqui.

– Certo.

– É só isso que vai dizer? "Certo"?

Colin ficou calado. Tinha aprendido a falar o mínimo possível na presença da polícia.

– Coloque-se no meu lugar – continuou Margolis. – O negócio é que praticamente todo mundo correu assim que as sirenes soaram. Umas duas testemunhas ficaram e eu conversei com elas, mas só perdi tempo. É muito mais fácil ir direto à fonte, não acha?

Colin levantou a mochila um pouco mais no ombro.

– Já terminamos?

– Não. Acho que você não entende o que está acontecendo.

– Entendo. Mas nada disso tem a ver comigo. Eu não estava lá.

– Pode provar?

– Você pode provar que eu estava?

Margolis tomou um gole de café, depois tirou um palito novo do bolso. Demorou colocando-o na boca.

– Quase parece que você está tentando esconder alguma coisa.

– Foi só uma pergunta – disse Colin.

– Certo, então. Vamos às perguntas. Onde você esteve na noite de sábado?

– Em Jacksonville.

– Ah, é. A luta. Esse negócio de MMA, certo? Você me falou sobre isso. Venceu?

Margolis não se importava e Colin sabia disso. Esperou o detetive tomar mais um gole de café.

– O fato é que nós obtivemos algumas descrições por parte das testemunhas. Por acaso o cara que deu os chutes tinha 20 e tantos anos, era musculoso, com tatuagens nos braços e cabelo castanho curto, quase à escovinha. E imagine só, por acaso o cara estava com um monte de hematomas *antes* do começo da briga. As pessoas o tinham visto do lado de dentro. Como eu sabia que você tinha acabado de lutar em Jacksonville... Bem, não é preciso ser um gênio para deduzir o que aconteceu.

Colin se perguntou o quanto da história de Margolis era verdade, se é que algo era.

– Tem mais alguma pergunta para mim?

Margolis mudou o palito de lugar outra vez enquanto colocava o café sobre o capô.

– Você esteve no Crazy Horse na noite de sábado?

– Não.

– Nem deu uma passadinha? Alguns minutos?

– Não.

– E se eu tiver uma testemunha dizendo que viu você lá?

– Então ela está mentindo.

– Mas você não está.

Mais uma vez, Colin não respondeu. Não havia motivo. E parte dele achava que Margolis estava blefando, porque depois de um longo momento ele cruzou os braços, com os músculos quase se flexionando involuntariamente. Se o detetive tivesse mesmo alguma coisa, Colin já teria sido preso.

– Tudo bem – disse Margolis. – Então responda: onde você esteve entre meia-noite e uma da manhã de domingo?

Colin revirou a memória.

– Não fiquei olhando o relógio. Mas ou estava saindo do Trey's Diner, na autoestrada 17, indo para casa, ou trocando o pneu de uma moça durante a tempestade. Cheguei em casa por volta de uma e meia.

– Trey's Diner? Por que você comeria lá?

– Estava com fome.

– A que horas você saiu de Jacksonville?

– Depois da meia-noite. Talvez cinco ou dez minutos depois, mas não tenho certeza.

– Testemunhas?

– Dezenas.

– E presumo que você tenha comido sozinho no Trey's, não é?

– Estava com meu senhorio.

Margolis fungou.

– Evan? Metade da dupla dinâmica? Que conveniente!

Colin flexionou o maxilar, ignorando-o.

– Tenho certeza de que a garçonete vai se lembrar de nós dois.

– Porque você parecia ter passado a cara numa máquina de moer carne?

– Não. Porque o Evan chama a atenção num lugar daqueles.

Margolis deu um risinho, mas negócios eram negócios.

– Aí você saiu da lanchonete.

– É.

– Sozinho?

– É. Evan saiu alguns minutos antes de mim. No carro dele.

– Então não há ninguém que possa dizer aonde você foi depois?

– Eu já disse o que aconteceu depois.

– Ah, certo. Você trocou o pneu de uma moça.

– É.

– Na tempestade?

– É.

– Você a conhecia?

– Não.

– E por que parou?

– Porque achei que ela poderia precisar de ajuda.

Margolis pensou na resposta de Colin, sem dúvida achando que ele tinha sido apanhado numa contradição.

– Como você saberia que ela precisava de ajuda, a não ser que já tivesse parado?

– Eu vi que ela precisava de ajuda para tirar o pneu do porta-malas. Parei e saí do carro. Ofereci ajuda. Ela recusou a princípio, mas depois perguntou se eu podia emprestar meu celular para ligar para a irmã. Deixei que ela usasse o celular e ela ligou. Aí ela pediu ajuda para trocar o pneu. Eu troquei. Depois entrei no meu carro e vim direto para casa.

– A que horas foi isso?

– Não sei. Mas ela deu um telefonema para a irmã no meu celular. Se quiser, mostro minha lista de chamadas.

– Seria bom.

Colin enfiou a mão no bolso de trás e pegou o aparelho; depois de alguns toques na tela, a lista de chamadas apareceu, confirmando seu álibi. Ele mostrou-a a Margolis.

O detetive pegou seu bloco e fez menção de anotar o número lentamente. Sem dúvida era mais ou menos na hora da briga, porque seu bíceps se contraiu de novo.

– Como vou saber que o número é da irmã da moça?

– Não vai.

– Mas tudo bem para você se eu ligar para verificar?

– Faça o que quiser. É o seu tempo que você está desperdiçando.

Os olhos de Margolis se estreitaram ligeiramente.

– Você se acha bem esperto, não é?

– Não.

– Ah, acha sim. Mas sabe de uma coisa? Não é.

Colin não respondeu. Por um longo momento os dois continuaram a se encarar. Margolis pegou o café e deu a volta até a porta do motorista.

– Vou verificar. Nós dois sabemos que seu lugar não é na rua. Um cara feito você? Quantas pessoas você mandou para o hospital no correr dos anos? Você é violento e não consegue se controlar. Não para sempre. Quando isso acontecer, estarei lá. E vou ser o primeiro a dizer: "Eu avisei."

Um instante depois, o sedã se afastou. Colin ficou olhando até ele finalmente desaparecer virando a esquina.

– O que foi isso?

Colin se virou e viu Evan parado na varanda. Já vestido para o trabalho, seu amigo desceu e começou a vir pela calçada.

– O de sempre.

– O que foi dessa vez?

– Briga no Crazy Horse.

– Quando?

– Quando eu estava com você. Ou dirigindo ou trocando um pneu.

– Dessa vez eu posso ser o seu álibi?

– Duvido. Ele sabe que não fui eu, caso contrário teria me levado e interrogado na delegacia.

– Então por que o estardalhaço?

Colin deu de ombros. Era uma pergunta retórica, uma vez que os dois já sabiam a resposta. Fez um gesto para o amigo.

– Essa não é a gravata que Lily deu no seu aniversário?

Evan baixou os olhos para examiná-la. Era de tecido escocês, um caleidoscópio de cor.

– Boa memória. O que acha? Exagerada?

– O que eu acho não importa.

– Mas você não gosta dela.

– Acho que, se você quer usar, deve.

Evan pareceu momentaneamente indeciso.

– Por que você faz isso?

– O quê?

– Se recusa a responder a uma pergunta simples.

– Porque minha opinião é irrelevante. Você deveria usar o que quiser.

– Só responda, certo?

– Não gosto da sua gravata.

– Verdade? Por quê?

– Porque é feia.

– Não é feia.

Colin assentiu.

– Certo.

– Você não sabe o que está falando.

– Provavelmente.

– Você nem usa gravata.
– É verdade.
– Então por que eu me importo com o que você acha?
– Não sei.
Evan fez um muxoxo.
– Falar com você pode ser irritante às vezes, sabia?
– Sei. Você já disse.
– Claro que já disse! Porque é verdade! Nós não conversamos sobre exatamente isso naquela outra noite? Você não tem obrigação de dizer tudo o que dá na telha.
– Mas você perguntou.
– Só... Ah, esquece. – Ele se virou e começou a voltar para a casa. – Falo com você mais tarde, certo?
– Aonde você vai?
Evan deu dois passos antes de responder sem se virar.
– Trocar a porcaria da gravata. E, por sinal, o Margolis estava certo. Parece que sua cara passou por uma máquina de moer carne.
Colin sorriu.
– Ei, Evan!
Evan parou e se virou.
– O quê?
– Obrigado.
– Por quê?
– Por tudo.
– É, é. Você tem sorte porque não vou contar a Lily o que você disse.
– Pode contar, se quiser. Eu já disse a ela.
Evan o encarou.
– Claro que disse.

Na sala de aula, Colin sentou-se na terceira fileira, tomando notas e tentando se concentrar no que a professora dizia. A aula era sobre linguagem e alfabetização. Nas primeiras semanas, ele achou que a maior parte do que a professora dizia era apenas senso comum, o que o fez se perguntar o que ganharia estando ali. Depois, imaginou que deveria haver alguma vantagem em planejar aulas a partir do senso comum e que ele poderia usar essa estratégia para montar seus planos de aula. O único problema era que a professora – uma mulher neurótica de meia-idade com voz cantarolada – costumava se desviar de um assunto para outro, o que tornava um tanto difícil prestar atenção.

Estava no terceiro ano de faculdade, mas era o primeiro semestre na Universidade da Carolina do Norte. Ele tinha cursado os primeiros dois anos no Cape Fear Community College, onde terminara com notas ótimas. Até agora não sabia se as aulas eram mais difíceis aqui ou lá; no fim das contas, tudo dependeria da dificuldade das provas e da qualidade esperada de suas dissertações. Não estava preocupado demais: certificava-se de ler a matéria antecipadamente sempre que possível, e sabia que Lily iria ajudá-lo a estudar, fazendo perguntas quando precisasse, além de ajudá-lo a revisar os textos.

Como regra, ele gostava de estudar pelo menos 25 horas por semana, além do tempo em sala de aula; sempre que tinha uma folga no campus ia até a biblioteca, e até agora isso parecia estar dando resultado. Ao contrário de muitos estudantes que estavam ali pela formação *e* para a gandaia, ele só queria aprender o máximo e obter as melhores notas possíveis. Já fizera todas as bobagens na juventude.

Mesmo assim, sentia-se muito bem por ter chegado ali. Tinha Evan e Lily; tinha o treino de MMA e um lugar que chamava de seu. Não gostava muito do trabalho – o restaurante onde servia como barman era turístico demais para seu gosto –, mas não era o tipo de lugar que o levasse a arranjar encrenca. A maioria das pessoas ia para comer, inclusive um monte de famílias com crianças, e quem se sentava junto ao balcão geralmente estava esperando uma mesa ou jantando. Muito diferente dos locais que ele frequentava antes.

Nos seus anos de loucura, preferia *bares*: aquelas espeluncas escuras, sujas e fora das vias principais, com ou sem música alta ao fundo. Na época, ele esperava problemas praticamente no instante em que passava pela porta, e o mundo realizava seus desejos. Hoje em dia evitava lugares assim a todo custo. Conhecia seus limites. Mesmo tendo avançado muito na capacidade de controlar a raiva, sempre existia a possibilidade de se pegar numa situação que fugisse ao controle. Não havia dúvida de que, caso se envolvesse num incidente em outro estado, Margolis descobriria e ele viveria numa jaula durante a próxima década, cercado por pessoas que tinham os mesmos problemas com a raiva.

Ao perceber que estava perdendo o foco no que importava, obrigou-se a se concentrar de novo na aula. A professora explicava que alguns mestres achavam benéfico ler trechos de livros adequados às idades, e não de livros destinados a alunos mais velhos ou mais novos. Ele se perguntou se deveria anotar isso – será que precisava mesmo se lembrar disso no futuro? *Ah, que droga.* Se ela achava importante a ponto de dizer, ele anotaria.

Mas foi mais ou menos nesse ponto que ele avistou uma garota de cabelo escuro espiando-o por cima do ombro. Apesar de ter atraído os olhares quando havia entrado na sala – até a professora tinha hesitado e parado no meio de uma frase –, a essa altura os olhares estavam redirecionados para a frente.

A não ser o daquela garota. Estava evidentemente observando-o, quase analisando. Não parecia que estivesse flertando; pelo contrário, era quase como se tentasse descobrir qual era a dele. Não que isso tivesse importância. Olhar ou não era escolha dela.

Quando a aula terminou, alguns minutos depois, Colin fechou o caderno e o enfiou na mochila. Ao jogá-la no ombro, encolheu-se ao senti-la bater nas costelas machucadas. Depois das aulas planejava ir à academia e malhar, mas ainda não estava em condições para exercícios de contato. Nada de lutas; só levantar pesos, trabalhar a musculatura e meia hora pulando corda. Daria uma pausa e depois colocaria os fones de ouvido e correria 10 quilômetros. Em seguida tomaria uma chuveirada e se prepararia para o trabalho. Imaginou como a chefe reagiria ao vê-lo; suspeitou de que ela não ficaria satisfeita. Seu rosto não combinaria exatamente com a atmosfera turística, mas o que ele podia fazer?

Faltando uma hora para a aula seguinte, visitou a biblioteca. Tinha um trabalho para escrever e, mesmo tendo começado na semana anterior, queria terminar o primeiro esboço nos próximos dois dias, o que não seria fácil. Com o treino e o trabalho, precisava utilizar com eficiência o limitado tempo livre.

Ainda dolorido da luta, andava devagar, notando as reações das garotas que passavam por ele. Elas o viam e hesitavam, revelando expressões de choque e medo, e depois fingiam nem tê-lo notado. Esse pensamento o divertia. Um simples "Buu!" certamente as faria correr na direção oposta.

Quando se virou para um caminho diferente, uma voz gritou atrás dele:

– Ei, espera! Ei, você aí!

Certamente isso não era dirigido a ele. Ignorou o chamado.

– Ei, você aí de cara machucada! Eu pedi para esperar!

Colin demorou um segundo para se certificar de que tinha ouvido direito, mas, quando parou e se virou, viu a garota de cabelos escuros da sua turma acenando. Olhou por cima do ombro, reconheceu-a como a que estava olhando-o durante a aula.

– Está falando comigo?

– O que você acha? – perguntou ela, parando a pouco mais de um metro de distância. – Quem mais está com a cara machucada por aqui?

Ele não sabia se ficava ofendido ou se ria, mas ela disse isso de um modo que tornava impossível se ressentir.

– Eu conheço você? – perguntou Colin.

– Nós temos aula juntos.

– Eu sei. Vi você me olhando, mas não conheço você.

– Está certo. Somos estranhos. Mas posso fazer uma pergunta?

Colin sabia exatamente o que viria – a dica era o negócio da cara machucada – e ele ajeitou a mochila.

– Participei de uma luta.

– É óbvio. Mas não era isso que eu queria perguntar. Queria saber quantos anos você tem.

Ele piscou, surpreso.

– Tenho 28. Por quê?

– Perfeito – disse ela, sem responder à sua pergunta. – Aonde você vai?

– À biblioteca.

– Bom. Eu também. Posso ir junto? Acho que a gente deveria conversar.

– Por quê?

Ela sorriu, fazendo-o se lembrar vagamente de outra pessoa.

– Se conversarmos, você vai descobrir.

4

Maria

– Aonde vamos, mesmo? E por que você pediu carona? – perguntou Maria no banco do motorista.

Tinha pegado Serena meia hora antes na South Front Street, que seguia paralela ao rio Cape Fear. Serena estivera parada numa esquina numa área repleta de antigos prédios de escritórios e ocasionais agrupamentos de galpões e casas de barcos na beira do rio, sem perceber os operários de construção do outro lado da rua, que obviamente a olhavam. Devagar, mas firmemente, a área vinha sendo revitalizada, como o resto do trecho à beira do rio, mas por enquanto era um trabalho inacabado.

– Já falei. Nós vamos a um *restaurante* – respondeu Serena. – E você está me dando carona porque não planejo dirigir esta noite, já que posso tomar umas duas bebidas. – Ela jogou uma mecha de cabelo por cima do ombro. – A entrevista correu bem, por sinal. Charles disse que achou minhas respostas muito *ponderadas*. Obrigada por perguntar.

Maria revirou os olhos.

– Como você chegou lá?

– Steve me levou. Acho que ele gosta de mim. Vai se encontrar comigo aqui mais tarde.

– Ele deve mesmo gostar de você, se está disposto a aguentar esse trânsito.

Apesar de a primeira metade de setembro já ter passado, o calor lembrava o início de agosto, e o litoral estava cheio de gente. Maria já havia circulado o quarteirão duas vezes procurando uma vaga para estacionar.

– Quem se importa? Estamos na praia.

– Existem lugares melhores para comer no centro da cidade.

– Como você sabe? Já esteve na praia de Wrightsville depois de se mudar de volta?

– Não.

– É exatamente esse o meu argumento. Você mora em Wilmington. Precisa ir à praia de vez em quando.

– Eu faço *stand-up paddle*, lembra? Vejo a praia muito mais do que você.

– Estou falando de algum lugar com gente de verdade em volta, e não somente pássaros, tartarugas e um ou outro peixe saltando. Você precisa ir a algum lugar divertido com uma vista ótima.

– Um restaurante chamado "Pete Caranguejeiro" é sua ideia de lugar divertido?

– É uma instituição local.

– É uma armadilha para turistas.

– E daí? Nunca fui lá e quero ver qual é.

– Por que tenho a sensação de que há mais coisa nisso do que você está dizendo?

– Porque você é advogada. Suspeita de tudo.

– Talvez. Ou pode ser simplesmente porque você planejou algo.

– Por que diz isso?

– Porque é noite de sábado. Nós *nunca* saímos na noite de sábado. Você nunca *quis* sair comigo na noite de sábado.

– É por isso que vamos jantar cedo – respondeu Serena. – Há umas bandas tocando nos bares daqui este fim de semana. Steve, uns amigos e eu vamos ouvir música antes de partir para as festas. Elas só começam às dez ou onze da noite, de modo que temos bastante tempo.

Maria tinha certeza de que Serena escondia alguma coisa na manga, mas não conseguia identificar o que era.

– Espero que você não queira que eu vá junto.

– Sem chance. – Serena bufou. – Você é velha demais para isso. Seria como ir com nossos pais.

– Obrigada.

– Não me culpe. Foi você que disse que era velha demais para os caras da minha idade. Por quê? Está mudando de ideia?

– Não.

– É por isso que só vamos jantar.

Maria viu outro carro saindo de uma vaga e virou, aproximando-se dela. Ainda estavam a um ou dois quarteirões do restaurante, mas tinha dúvidas de que conseguiria algo mais perto. Enquanto estacionava, não conseguiu afastar a sensação de que Serena estava sendo esquiva demais.

– Pare de se preocupar tanto. Você está estragando o clima. O que há de errado em passar um tempinho com sua irmã?

Maria hesitou.

– Ótimo, mas só para deixar claro... Se estiver planejando que algum cara se junte à nossa mesa ou algo maluco assim, não vou ficar feliz.

– Não sou Jill e Paul, certo? Não armaria um encontro às escuras maluco para você sem nem perguntar antes. Mas, se você se sente melhor, posso garantir que nenhum cara vai se sentar com a gente. Na verdade, só vamos comer no balcão do bar. Dizem que a vista é melhor. Certo?

Maria hesitou antes de desligar o motor.

– Certo.

Localizado perto de um píer da praia de Wrightsville, o Pete Caranguejeiro existia havia quase quarenta anos. Mal tendo sobrevivido a um furacão depois do outro, a estrutura poderia ter sido condenada se numerosos consertos de qualidade variada não tivessem sido feitos no correr dos anos. O lugar tinha tinta descascando, telhado torto e mais do que algumas persianas faltando ou quebradas.

Apesar da aparência, o restaurante estava lotado e Maria e Serena precisaram se espremer ao passar pela multidão que aguardava mesas enquanto as duas subiam a escada para o bar no terraço. Acompanhando a irmã, Maria notou as tábuas de madeira, as cadeiras que não combinavam e as pichações personalizadas nas paredes. Do teto pendiam itens que o Pete original – que estava morto há anos – supostamente havia encontrado em suas redes de pesca: calotas de carro, tênis, bolas de basquete vazias, um sutiã, brinquedos e placas de carros de mais de dez estados.

– Bem maneiro, hein? – gritou Serena por cima do ombro.

– Ô.

– É uma experiência única. Venha!

Subiram os degraus que rangiam, até o terraço. Saindo ao sol, Maria olhou um céu sem nuvens. As mesas ali eram ocupadas por adultos relaxando com garrafas de cerveja ou drinques. Três garçonetes de short e miniblusas pretas movimentavam-se entre os fregueses, pegando com eficiência as garrafas e copos vazios e deixando bebidas. Metade das mesas tinha baldes de zinco com patas de caranguejo, e ela observou as pessoas quebrando as cascas para chegar à carne.

– Estamos com sorte – disse Serena. – Há dois lugares no balcão.

O balcão ficava na outra extremidade, parcialmente coberto por um toldo de zinco enferrujado e com dez bancos na frente. Maria acompanhou Serena, serpenteando entre as mesas sob o sol feroz. Estava mais fresco à sombra do toldo e, enquanto as duas se sentavam, ela sentiu a brisa salgada levantando o cabelo comprido junto à nuca. Por cima do ombro de Serena, dava para ver as ondas quebrando na praia, o azul mudando subitamente para branco e de volta para azul. Mesmo sendo quase a hora do jantar, centenas de banhistas ainda brincavam na água ou se esparramavam em toalhas. O píer estava atulhado de gente inclinada por cima do corrimão com varas de pesca, esperando algo morder a isca. Serena registrou a cena antes de se virar de volta para Maria.

– Admita – desafiou ela. – É exatamente disso que você precisava. Diga que eu estava certa.

– Ótimo. Você estava certa.

– Adoro quando diz isso. Agora vamos beber alguma coisa. Está a fim de quê?

– Só uma taça de vinho.

– Não, não, não – declarou Serena, balançando a cabeça. – Esse não é o tipo de lugar para uma taça de vinho. Precisamos de alguma coisa... praiana, como se estivéssemos de férias. Uma *piña colada*, *margarita* ou algo assim.

– Sério?

– Você precisa aprender a viver um pouco. – Serena se inclinou por cima do balcão. – Ei, Colin! Pode arranjar dois drinques para a gente?

Maria não havia notado o barman e seu olhar acompanhou o de Serena. Vestindo jeans desbotados e camisa social branca com as mangas enroladas até os cotovelos, ele estava terminando de preparar um pedido para uma garçonete na outra ponta. Maria logo notou que ele estava excepcionalmente em forma, com ombros bem definidos e o corpo afilando-se até os quadris estreitos. Usava o cabelo bem curto, quase à escovinha, revelando uma intricada tatuagem de hera enrolada na nuca. Apesar de estar de costas, Maria ficou impressionada ao ver a eficiência com que o sujeito se movia preparando as bebidas. Inclinou-se para a irmã.

– Achei que você tinha dito que nunca veio aqui.

– Não vim.

– Então como sabe o nome do barman?

– É meu amigo.

Quando Serena respondeu, o barman se virou. Com o rosto parcialmente sombreado, suas feições não ficaram visíveis imediatamente. Só quando chegou mais perto Maria notou o hematoma desbotado no rosto, e de repente tudo se encaixou. O barman também ficou imóvel por um segundo, sem dúvida refletindo os pensamentos dela.

Você só pode estar brincando.

No momento desajeitado que se seguiu, Maria teve a impressão de que, apesar de não parecer empolgado com a surpresa de Serena, ele também não estava incomodado com ela. Voltou a se aproximar até ficar de frente para as duas. Inclinando-se, pousou uma das mãos no balcão, revelando o músculo esculpido no antebraço tatuado.

– Oi, Serena – disse ele. Sua voz sem pressa, confiante, era exatamente como Maria recordava. – Você decidiu vir.

Serena parecia contente em agir como se não tivesse orquestrado todo aquele show.

– Eu pensei: por que não? Está um dia lindo! – Ela abriu os braços. – Que lugar fantástico! Você estava certo com relação à vista aqui de cima. É incrível. Muita agitação hoje?

– Pode se dizer que sim.

– Não é de espantar. Quem não iria querer vir num dia como hoje? Ah, por sinal, esta é minha irmã, Maria.

O olhar de Colin encontrou o dela, ilegível a não ser por um traço de diversão em algum lugar nas profundezas. De perto, a aparência não era nem um pouco como na noite em que ele havia trocado seu pneu; com maçãs do rosto altas, os olhos azul-acinzentados e os cílios compridos, era fácil imaginá-lo ganhando qualquer mulher que quisesse.

– Oi, Maria – disse ele, estendendo a mão por cima do balcão. – Sou Colin.

Ela segurou a mão dele, sentindo uma força contida no aperto. Ao soltá-la, viu o olhar dele se deslocar para Serena.

– O que posso servir para vocês? – perguntou ele.

Serena examinou os dois antes de finalmente apoiar os cotovelos no balcão.

– Que tal duas *piñas coladas*?

– Já estão saindo – disse ele com tranquilidade.

Virando-se, pegou a coqueteleira e se inclinou para tirar algo do refrigerador, com os jeans se apertando nas coxas. Maria ficou olhando-o colocar os ingredientes antes de virar os olhos estreitados para Serena.

– Sério?

– O quê? – perguntou Serena, parecendo satisfeita consigo mesma.

– Foi por isso que viemos? Porque você queria que nós nos conhecêssemos?

– Foi você que disse que não teve oportunidade de agradecer a ele. Agora é a sua chance.

Maria balançou a cabeça, pasma.

– Como foi que você...?

– Colin estuda comigo. – Ela estendeu a mão para um pacote de amendoins no balcão e abriu um deles. – Na verdade ele faz duas aulas comigo, mas só nos conhecemos esta semana. Enquanto estávamos nos conhecendo melhor, ele mencionou que trabalhava aqui e que tinha um turno de serviço esta tarde. Achei que seria divertido a gente dar uma passada e dizer olá.

– Claro que achou.

– Qual é o problema? Vamos sair daqui logo e você pode voltar para casa e tricotar luvinhas para gatos ou sei lá o quê. Não transforme isso numa coisa que não é.

– Por que eu deveria? Você já fez isso.

– Fale com ele ou não – disse Serena, pegando outro amendoim. – Não me importa. É a sua vida, não a minha. Além disso, já que estamos aqui, vamos curtir, certo?

– Odeio você...

– Para o caso de estar interessada – interrompeu Serena –, Colin é um cara muito legal. E inteligente. E você tem de admitir que é bem gato. – Ela baixou a voz até um sussurro. – Acho as tatuagens dele sensuais. Aposto que tem algumas outras que não estão à vista.

Maria lutou para encontrar as palavras.

– Acho... – engasgou, tentando absorver tudo aquilo e experimentando o mesmo tipo de confusão que tivera na noite em que conheceu Colin. – Por favor, podemos só tomar os drinques e ir embora?

Serena fez uma careta.

– Mas estou com fome.

Colin voltou com as bebidas e pôs as taças espumantes na frente delas.

– Mais alguma coisa? – perguntou.

Antes que Maria pudesse recusar, Serena levantou a voz acima do som da multidão.

– Pode trazer o cardápio?

Serena fez questão de ignorar o desconforto óbvio de Maria durante todo o jantar.

Mesmo assim, Maria precisou admitir que não foi tão desconfortável quanto havia temido, principalmente porque Colin estava ocupado demais para tratá-las de modo diferente dos fregueses comuns. Não falou nada sobre a troca do pneu nem sobre as aulas com Serena; por causa da quantidade de pessoas no bar, mal tinha tempo para atender aos pedidos. Andava continuamente de uma extremidade do balcão à outra, preparando bebidas, fechando contas e entregando às garçonetes o que elas pediam.

Uma hora depois, o terraço ficou ainda mais cheio. Apesar da chegada de uma barwoman – uma loura que talvez fosse um ano mais velha do que Serena –, a espera pelas bebidas continuou a aumentar. Se houve alguma indicação de que Colin conhecia Serena, foi porque o jantar veio imediatamente, assim como uma segunda rodada de bebidas. Colin tirou os pratos assim que elas terminaram e deixou a conta no mesmo instante em que Maria tirou seu cartão de crédito.

Houve até mesmo momentos em que Maria se esqueceu totalmente de Colin, mas de vez em quando seu olhar ia na direção dele. Serena não tinha dito mais nada sobre o barman, porém Maria achou que Colin era velho demais para estar cursando faculdade. Achou que deveria perguntar a Serena sobre isso, mas não queria lhe dar tal satisfação, já que ela a havia arrastado para lá sob falsos pretextos.

Mesmo contra a vontade, Maria precisou admitir que Serena estava certa. Colin era bonito quando não estava com hematomas, sangrando e encharcado numa estrada deserta. Estranhamente alinhado e com um corpo forte, tinha um sorriso maroto e, pelo que dava para ver, todas as três garçonetes estavam caidinhas por ele. Ficava claro pelo modo como sorriam e o olhavam enquanto ele preparava as bebidas. A mesma coisa acontecia com a barwoman, que, apesar de estar tão ocupada quanto Colin, parecia se distrair sempre que ele passava por ela para pegar um copo ou uma garrafa de bebida.

A reação de Colin aos sinais sutis e não tão sutis a surpreendeu. Apesar de ser agradável com todo mundo, ele não parecia perceber a atenção das admiradoras. Ou pelo menos *fingia* não perceber. Enquanto ela tentava decodificar as motivações para isso, outro barman mais velho entrou atrás do balcão, bloqueando parcialmente sua visão de Colin. Ao mesmo tempo, Serena digitava uma mensagem no celular.

– Estou avisando a Steve e a Melissa que já vamos sair.

– Eles estão aqui?

– Estão vindo para cá – respondeu ela. Quando Maria apenas assentiu, Serena mudou de assunto: – Ele tem 28 anos, sabia?

– Steve?

– Não. Steve é da minha idade. Colin tem 28.

– E?

– E você também tem 28.

– É, eu sei.

Serena terminou de tomar sua bebida.

– Achei que valia a pena mencionar, já que você andou espiando o cara a noite toda.

– Não andei, não.

– Seeei…

Maria estendeu a mão para sua bebida, sentindo-se ligeiramente tonta por causa do álcool.

– Certo – admitiu. – Talvez eu tenha olhado para ele uma ou duas vezes. Mas 28 anos é meio velho para ainda estar na faculdade, não acha?

– Depende.

– De quê?

– De quando ele começou. Colin começou há uns dois anos, por isso está no tempo certo. Ele quer ser professor do ensino fundamental, como eu. Se você está curiosa, as notas dele são provavelmente melhores do que as minhas. Ele leva as aulas muito a sério. Fica sentado na frente e faz anotações sem parar.

– Por que está dizendo isso?

– Porque é óbvio que você se interessou por ele.

– Não me interessei por ele.

– Você vem deixando isso claro a noite toda. Mas definitivamente ele não é do tipo com quem você sairia para dançar. Um cara bonito? Ah, não!

Maria abriu a boca para responder, mas fechou-a de novo, sabendo que qualquer palavra só iria encorajar ainda mais a irmã. O celular de Serena vibrou e ela olhou para a tela.

– Steve chegou. Está pronta para ir? Ou prefere esperar mais um pouco?

– Por quê? Porque você quer que eu dê em cima do Colin?

– Ele não está aqui.

Maria levantou os olhos; de fato, Colin havia sumido.

– Ele estava no turno da tarde, por isso provavelmente já passou da hora de sair – acrescentou Serena, descendo do banco. Em seguida, pendurou a bolsa no ombro. – Por sinal, obrigada pelo jantar. Quer descer comigo?

Maria pegou sua bolsa.

– Achei que você tinha dito que não queria que eu conhecesse o Steve.

– Estava brincando. Ele quer ser advogado, por sinal. Talvez você possa convencê-lo a desistir.

– Por que eu faria isso?

– Precisa mesmo que eu responda, depois de tudo pelo que você passou?

Maria ficou quieta. Serena, como seus pais, sabia como os dois últimos anos tinham sido difíceis.

– Mesmo assim – disse Serena. – É uma pena.

– O que é uma pena?

– Sei que o Colin estava ocupado esta noite, mas você nem agradeceu pela troca do pneu. Você poderia ter dito "obrigada".

Maria não fez nenhum comentário, mas, enquanto acompanhava Serena até a escada, pegou-se pensando que a irmã estava certa... como sempre.

Steve era bonito, mas era um engomadinho de bermuda xadrez combinando com a camisa polo azul-clara e o tênis de camurça. Mostrou-se um cara bem legal, apesar de ficar evidente que estava muito mais interessado em Serena do que ela nele. Apesar de Maria censurá-la por isso, pegou-se invejando a facilidade com que a irmã mais nova parecia circular por cada faceta da vida.

Afinal de contas, até que ponto a vida era difícil para uma estudante de 21 anos? A faculdade era uma bolha que mantinha o resto do mundo a distância. Havia uma abundância de tempo livre, amigos que moravam com você ou eram vizinhos, e um sentimento positivo avassalador com relação ao futuro, ainda que não se tivesse ideia do que isso poderia significar especificamente. Na faculdade, todo mundo aceitava o fato de que a vida seria exatamente do modo como fora planejada, levando as pessoas de uma boa lembrança à outra numa cascata de despreocupados fins de semana de três dias.

Ela hesitou, mudando de ideia. Bom, pelo menos era assim para pessoas como Serena. A experiência de Maria tinha sido diferente porque ela havia levado a formação mais a sério do que a maioria das pessoas. Lembrava-se de ter ficado estressada com muita frequência. Em retrospecto, percebeu que provavelmente passara tempo demais estudando e se preocupando com as provas. Escrevia os trabalhos até altas horas da madrugada, corrigindo-os repetidamente até que cada palavra fosse perfeita. Na época isso parecia a coisa mais importante do mundo, mas nos últimos anos começara a se perguntar por que tinha levado tudo aquilo tão a sério. Bill Gates, Steve Jobs e Mark Zuckerberg haviam abandonado a faculdade e se saíram bem, não? Entenderam intuitivamente que o mundo não se importava com notas nem com a formatura, pelo menos não a longo prazo e quando isso é comparado com características como criatividade e persistência. Claro, as notas dela a haviam ajudado a conseguir o primeiro emprego na promotoria, mas desde então alguém tinha se importado com isso?

Ao ser contratada pela empresa, os chefes só se interessaram por sua experiência profissional e pareciam considerar que os primeiros 24 anos de sua vida não tinham importância. As conversas de Barney se concentravam em sua produção atual no trabalho, e os interesses de Ken eram de uma natureza totalmente diferente.

Pensando bem, arrependia-se de não ter tirado um ano de folga depois da formatura e viajado pela Europa. Francamente não importava o que fizesse, desde que fosse algo interessante, mas estivera numa corrida tão intensa para crescer e virar adulta que esses pensamentos nem mesmo passaram pela sua cabeça. Nem sempre sentia que estava *vivendo*, e às vezes se pegava lamentando as escolhas que tinha feito. Será que ela não era nova demais para ter esse tipo de arrependimento? Eles não deveriam começar na meia-idade? Seus pais não pareciam sentir nenhum arrependimento, e eles *estavam* na meia-idade. Serena agia como se não tivesse qualquer preocupação no mundo. Onde Maria havia errado?

Pôs a culpa dos pensamentos melancólicos nas *piñas coladas*, cujos efeitos ainda sentia. Decidindo dar um pouco mais de tempo antes de se sentar diante do volante, franziu os olhos para o píer e resolveu: *por que não?* O crepúsculo estava chegando, mas ainda restava cerca de uma hora antes de escurecer.

Virou-se e foi naquela direção, olhando a atividade caótica das famílias começando a sair da praia. Crianças queimadas de sol, cansadas demais e reclamando, acompanhavam os pais que carregavam pranchas, caixas térmicas, guarda-chuvas e toalhas.

Na praia, parou para tirar as sandálias, imaginando se reconheceria alguém do ensino médio ou se alguém iria reconhecê-la, mas não viu ninguém familiar. Andou pela areia e, quando chegou ao píer, subiu os degraus enquanto o sol começava a se pôr. Através das tábuas sob os pés viu a areia dar lugar à água rasa e as ondas que cascateavam para a praia. Nas duas direções ainda via-se surfistas pegando ondas. Admirando os movimentos graciosos deles, passou por pessoas que pescavam; homens e mulheres, novos e velhos, todos imersos em seus próprios mundos. Lembrou-se de que, quando era adolescente, um garoto de quem gostava convenceu-a a fazer uma tentativa. Era um dia muito quente e pescar era mais difícil do que ela havia pensado. Acabaram saindo do píer com as mãos vazias. Depois, Maria percebeu que gostava muito mais do garoto do que de pescar.

Os grupos de pessoas ficaram mais esparsos à medida que ela avançava. Quando chegou ao fim do píer, notou um pescador solitário, de costas para ela. Ele vestia jeans desbotados e usava um boné de beisebol. Virou o olhar para o horizonte e admirou a lua. A distância, um catamarã deslizava na superfície da água e Maria se perguntou, tranquila, se Serena velejaria com ela num fim de semana.

– Você está me seguindo? – A voz veio do canto do píer.

Quando se virou, ela demorou alguns segundos para registrar que era Colin. O pescador com boné de beisebol, percebeu de repente. Sentiu um calor subir pelas bochechas. Será que Serena teria armado isso também? Não, vir aqui tinha sido ideia sua. Não tinha? Serena não havia falado em Colin ou no píer… o que significava que isso devia ser coincidência. Quais eram as chances de encontrá-lo ali? Muito poucas. No entanto, estavam ali e dava para ver que ele esperava uma resposta.

– Não – gaguejou ela. – Não estou seguindo você. Só vim olhar a vista.

Ele pareceu avaliar a resposta.

– E?

– E o quê?

– A vista. Como é?

Sem graça, ela precisou processar a pergunta antes de responder.

– Linda – disse finalmente.

– Melhor do que a do restaurante?

– Diferente. Mais pacífica.

– Também acho. É por isso que estou aqui.

– Mas você está pescando…?

– Na verdade, não. Como você, vim aqui principalmente para apreciar a paisagem. – Ele sorriu antes de se inclinar por cima do corrimão. – Não quero incomodá-la. Curta o pôr do sol, Maria.

De algum modo, ouvi-lo dizer seu nome ali pareceu mais íntimo do que no bar, e ela olhou distraidamente enquanto ele começava a puxar a linha. Colin jogou o anzol de novo, a linha se desenrolando ao longe, e ela se perguntou se deveria ficar ou ir embora. Ele parecia contente em lhe dar espaço, assim como tinha feito na noite em que haviam se encontrado pela primeira vez. O que a lembrou…

– Ei, Colin?

Ele virou a cabeça.

– Sim?

– Eu deveria ter agradecido por você ter trocado o pneu do carro na outra noite. Você realmente me salvou.

– De nada. Fiquei feliz em ajudar. – Ele sorriu. – E também fiquei feliz porque você veio ao restaurante hoje.

– Foi ideia da Serena.

– Deu para ver. Você não pareceu muito feliz em me ver.

– Não foi isso. Só fiquei... surpresa.

– Eu também.

Maria pôde sentir o olhar de Colin se demorando nela antes de ele se virar. Ela não sabia direito como reagir. Durante um tempo, os dois apenas ficaram parados em silêncio. Colin parecia perfeitamente relaxado e controlado, ao passo que Maria tentava mergulhar na paisagem de novo. Um barco de pesca de camarão percorria as águas escuras a distância, e por cima do ombro dele as luzes tremeluziam no restaurante. Os fracos sons de um rock clássico começaram a tocar, sinalizando o início das festividades noturnas.

Maria examinou Colin com o canto do olho, tentando descobrir por que ele parecia tão diferente dos outros homens. Em sua experiência, os homens da sua idade geralmente se encaixavam em cinco categorias: sujeitos arrogantes que acreditavam ser uma das criações prediletas de Deus; caras amigáveis que poderiam valer a pena, não fosse o fato de que frequentemente não estavam interessados em relacionamentos; caras tímidos que mal podiam falar; homens que por algum motivo não tinham qualquer interesse por ela; e os bons de verdade – que valiam mesmo a pena –, mas já tinham sido fisgados.

Colin não parecia ser do primeiro tipo, e não parecia ser do segundo ou do terceiro, também. O que significava, obviamente, que era do quarto ou do quinto tipo. Não estava interessado nela... e, no entanto, bem no fundo, ela suspeitava de que poderia estar errada, mas não sabia direito por quê. Com isso restava a possibilidade de ele estar na quinta categoria, mas infelizmente ela praticamente havia encerrado a conversa antes, de modo que talvez o silêncio dele fosse reação ao seu jeito distante.

Depois de ele ter trocado seu pneu. Depois da eficiência amistosa no bar. Depois de Serena ter garantido que ele era um cara legal. E depois de ele ter iniciado uma conversa apenas alguns instantes atrás. Ela sentiu os ombros relaxarem. Não era de espantar que passasse os fins de semana sozinha.

– Ei, Colin?

Ele ainda estava inclinado por cima do corrimão e, quando se virou, ela detectou o mesmo traço de diversão que havia notado no bar.

– O quê?

– Posso fazer uma pergunta?

– Pode. – Os olhos azul-cinzentos dele reluziam.

– Por que você gosta de pescar?

Ele levantou a mão e inclinou o boné ligeiramente para trás.

– Não gosto de verdade. E não sou muito bom nisso. Raramente pego alguma coisa.

Ela registrou a suave precisão de sua fala.

– Então por que faz isso?

– É um bom modo de relaxar depois do trabalho, ainda mais quando o restaurante está movimentado... É bom ter alguns minutos sozinho, sabe? Eu venho aqui e o lugar é quieto. O mundo reduz a velocidade por um tempo. Comecei a trazer a vara porque me dava alguma coisa para fazer, em vez de só ficar parado olhando o horizonte.

– Como eu estava fazendo?

– Exato. Quer minha vara de pesca emprestada? – Quando ela riu baixinho, ele continuou: – Além disso, acho que eu deixava as pessoas nervosas ao ficar parado pensando, como se não estivesse fazendo nada de bom. E esta semana, com os hematomas, eu provavelmente iria apavorá-las também.

– Eu gosto de pensar que você pareceria contemplativo.

– Duvido. Você, por outro lado, parece do tipo que contempla frequentemente as coisas. A vida. Os objetivos. Os sonhos.

Ela ficou vermelha, sentindo a língua muito presa para responder. Mesmo contra a vontade, não conseguia deixar de concordar com Serena: Colin era... *gato*.

– Posso? – disse ele, vindo na direção dela antes de se inclinar e pegar sua caixa de iscas. – Não estou tendo muita sorte aqui.

A sugestão a pegou desprevenida.

– Ah, sim... claro. Mas, se você não é muito bom em pescar, não posso prometer que este lugar vá ser melhor.

– Provavelmente não vai – admitiu ele, chegando mais perto. Pôs a caixa ao lado, no píer, deixando uma distância confortável entre os dois. – Mas não terei de falar tão alto.

Diferentemente dela, Colin parecia relaxado. Maria ficou olhando-o enrolar a linha e jogar de novo em outro lugar. Ele se inclinou adiante, sacudindo a vara ligeiramente.

– Sua irmã tem uma tremenda personalidade – disse Colin depois de um momento.

– Por que diz isso?

– Quando ela se apresentou para mim, usou estas palavras: "Ei, você aí, de cara machucada."

Maria riu, pensando que isso era exatamente o que Serena diria.

– Ela é diferente de tudo, com certeza.

– Mas é mais uma amiga do que uma irmã, certo?

– Ela disse isso?

– Não. Notei enquanto estavam no restaurante. É fácil ver que vocês são bem íntimas.

– Somos – concordou Maria. – Você tem irmãos?

– Duas irmãs mais velhas.

– Vocês são próximos?

– Não como você e Serena – admitiu ele enquanto ajustava a linha de pesca. – Gosto delas e me importo com elas, mas tomamos caminhos meio diferentes na vida.

– Como assim?

– Não conversamos com muita frequência. Talvez a cada dois meses, mais ou menos. A coisa vem melhorando ultimamente, mas é um processo gradual.

– Que pena.

– As coisas são assim.

A resposta sugeriu que ele não queria mais falar sobre isso.

– Serena disse que vocês dois têm aulas juntos, não é? – perguntou ela, entrando em terreno mais seguro.

Ele confirmou com a cabeça.

– Ela me pegou no caminho para a biblioteca. Acho que você deve ter falado sobre minha aparência naquela noite e ela juntou os pontos. O que não foi muito difícil, com a cara machucada e coisa e tal.

– Não estava tão ruim. Na verdade, não pensei muito nisso. – Quando ele ergueu uma sobrancelha, ela deu de ombros. – Certo. Talvez eu tenha ficado *um pouco* apavorada quando você apareceu.

– Faz sentido. Era tarde e você estava no meio do nada. Esse foi um dos motivos para eu parar.

– Qual foi o outro?

– Você é mulher.

– E você acha que todas as mulheres precisam de ajuda para trocar um pneu?

– Nem todas. Mas minhas irmãs e minha mãe teriam precisado de ajuda. E não tive a impressão de que você estava se divertindo muito.

Ela assentiu.

– Obrigada outra vez.

– Você já disse isso.

– Eu sei. Mas mereceu ser dito de novo.

– Certo.

– Só "certo"? – Ela sorriu.

– É o que respondo quando alguém faz uma declaração em vez de uma pergunta.

Ela franziu a testa.

– Acho que faz sentido.

– Certo – disse ele e ela riu, finalmente começando a relaxar.

– Você gosta de trabalhar como barman?

– É bom. Paga as contas enquanto estou na faculdade, posso escolher o horário e as gorjetas são boas. Mas espero não ser obrigado a continuar por muito tempo nisso. Quero outras coisas da vida.

– Serena disse que você quer ser professor.

– Quero. Para onde ela foi, por sinal?

– Encontrou uns amigos. Eles vão percorrer os bares e ouvir música por um tempo, depois provavelmente vão a alguma festa.

– Por que não foi com eles?

– Sou meio velha para festas de faculdade, não acha?

– Não sei. Quantos anos você tem?

– Vinte e oito.

– Eu tenho 28 e ainda estou na faculdade.

É, pensou ela, *eu sei.*

– E frequenta festas de faculdade?

– Não – admitiu ele –, mas não é porque acho que sou velho demais. Só não vou a festas. Nem a bares.

– Mas trabalha num bar.

– É diferente.

– Por quê?

– Porque eu trabalho lá. E, mesmo se não trabalhasse, não é o tipo de bar onde eu acabaria arranjando encrenca, já que é mais um restaurante.

– Você arranja encrenca em bares?

– Arranjava. Não mais.

– Mas você acabou de dizer que não vai.

– É por isso que não arranjo encrencas.

– E boates?

Ele deu de ombros.

– Depende da boate e de com quem estou. Em geral, não. De vez em quando, sim.

– Porque arranjou encrenca nelas?

– Passado é passado.

Ela pensou na resposta antes de finalmente se virar de novo para o horizonte. A lua brilhava em contraste com o céu, que começava a lenta progressão do cinza para o preto. Colin seguiu seu olhar, nenhum dos dois falando por um momento.

– Que tipo de encrenca? – perguntou ela finalmente.

Ele levantou a borda do carretel, puxando a linha, antes de responder.

– Brigas.

Por um momento ela não teve certeza de que havia escutado direito.

– Você brigava em bares?

– Até alguns anos atrás, o tempo todo.

– Por que brigava?

– Em geral os caras vão aos bares por quatro motivos: ficar bêbados, encontrar amigos, pegar garotas ou brigar. Eu ia pelos quatro motivos.

– Você queria brigar?

– Geralmente.

– Quantas vezes?

– Não sei se entendi a pergunta.

– Quantas vezes você entrou em brigas?

– Não lembro exatamente. Na certa mais de cem.

Ela piscou.

– Você teve mais de cem brigas de bar?

– Tive.

Ela não sabia bem o que dizer.

– Por que está me contando isso?

– Porque você perguntou.

– E você responde a tudo o que as pessoas perguntam?

– Nem tudo.

– Mas acha que não há problema em me contar uma coisa dessas?

– Acho.

– Por quê?

– Imagino que você seja advogada, não é?

Ela inalou, perplexa com a súbita mudança de assunto.

– Serena contou isso?

– Não.

– Então como soube que eu sou advogada?

– Não sabia. Achei que era uma possibilidade, porque você faz muitas perguntas. A maioria dos advogados faz.

– E, com todas essas lutas em bares, provavelmente você teve um bocado de experiências com advogados, não é?

– É.

– Ainda não acredito que você está me contando isso.

– Por que não contaria?

– Porque admitir que entrava em brigas de bar não é uma coisa que as pessoas costumam fazer quando se conhecem.

– É verdade – disse ele. – Mas, como eu disse, não faço mais isso.

– E naquela noite?

– Foi uma luta de MMA. Artes marciais mistas. É totalmente diferente do que eu fazia no passado.

– Mesmo assim é lutar, não é?

– É um esporte, como o boxe ou o taekwondo.

Ela franziu os olhos.

– MMA é aquela da jaula? Onde vale tudo?

– Sim à primeira pergunta, não à segunda. Existem regras. Na verdade há um monte de regras, ainda que a coisa possa ficar violenta.

– E você gosta de violência?

– Ela é boa para mim.

– Por quê? Ajuda você a ficar longe de encrenca?

– Entre outras coisas.

Ele sorriu e, pela primeira vez em muito, muito tempo, ela ficou absolutamente sem palavras.

5

Colin

Colin já havia testemunhado reações como a de Maria. Em geral, as pessoas não sabiam lidar com seu passado. Ainda que ele não se atormentasse mais por causa de seus erros, também não sentia orgulho deles. Ele era daquele jeito, com os defeitos e tudo. Aceitava isso. Agora era a vez dela de tomar a decisão.

Sabia que Evan teria balançado a cabeça diante do modo como ele havia respondido às perguntas de Maria, mas, além do desejo de ser honesto, o que Evan não entendia era que seria inútil tentar esconder a verdade sobre seu passado, mesmo se Colin quisesse. As pessoas eram curiosas e cautelosas ao mesmo tempo. Uma rápida busca pelo seu nome na Internet revelaria um punhado de matérias de jornais a seu respeito, e nenhuma era boa. E se não tivesse deixado tudo claro desde o início? Maria ou Serena poderiam tê-lo procurado no Google, do mesmo modo como Victoria tinha feito.

Ele havia conhecido Victoria na academia dois anos antes. Depois de conversas ocasionais durante alguns meses, tinham começado a malhar juntos. Ele achou que os dois estavam se dando bem e considerava-a uma boa parceira de malhação, até que de repente ela começou a evitá-lo. Parou de responder às suas mensagens ou aos seus telefonemas e começou a malhar em outro horário. Quando finalmente conseguiu conversar com ela, Victoria revelou o que tinha descoberto a seu respeito e insistiu que ele parasse de tentar contatá-la. Não se interessou por desculpas, e Colin não deu nenhuma, mas imaginou por que ela teria feito a pesquisa, para começo de conversa. Um mês depois, ela parou de ir à academia. Foi a última vez que a viu.

Não era a única mulher que havia se afastado depois de saber a verdade sobre ele. Ainda que Evan brincasse dizendo que Colin contava imediatamente toda a sua história para qualquer um que perguntasse, não era assim. Em geral isso não era da conta de ninguém, e ele mantinha a coisa assim até que alguém fizesse – ou pudesse começar a fazer – parte de sua vida, de algum modo. Ainda que fosse cedo demais para dizer se Maria se encaixava nessa situação, Serena era sua colega de turma. Se havia conversado com ele uma vez, poderia conversar de novo. Mas Colin admitia haver algo em Maria que lhe interessava. Em parte era a aparência, claro – ela era uma versão mais madura e mais interessante de Serena, com os mesmos cabelos e olhos escuros. Ele havia notado algo no bar. Apesar de ela ter atraído os olhares de muitos homens, não percebeu isso, o que era extremamente raro. Mas suas impressões iniciais eram ainda mais profundas. Diferentemente de Serena – que era expansiva, adorava conversar e não fazia de fato o seu tipo –, Maria era mais quieta, mais contemplativa, e obviamente inteligente.

E agora? Ficou observando Maria enquanto ela tentava deduzir se queria ficar ali ou ir embora, continuar a conversa ou dizer adeus. Ele não falou nada, dando-lhe espaço para tomar a decisão. Em vez disso, se concentrou na sensação da brisa e no som das ondas. Olhando ao longo do píer, notou que a maioria das pessoas tinha ido embora; os que permaneciam estavam guardando os equipamentos ou limpando os peixes.

Maria se inclinou um pouco mais por cima do corrimão. O céu estava escurecendo e deixava seu rosto na sombra, fazendo-a parecer misteriosa, impenetrável. Sentiu quando ela respirou fundo.

– Que outras coisas? – perguntou ela.

Colin sorriu por dentro.

– Por mais que eu goste de malhar, há ocasiões em que simplesmente não estou com vontade. Mas saber que vai haver uma luta e que preciso treinar para ela me tira do sofá e me leva para a academia.

– Diariamente?

Ele assentiu.

– Duas ou três sessões. Ocupa bastante tempo.

– O que você faz?

– Quase qualquer coisa – respondeu ele dando de ombros. – Boa parte do meu treino é bater e agarrar, mas tento misturar o máximo que posso: faço luta olímpica e levantamento de peso, mas também aulas de spinning, ioga, caiaque, circuito, corrida, subida de corda, escadas, pliometria, exercícios sem peso, qualquer coisa. Desde que eu comece a suar, fico feliz.

– Você faz ioga?

– Não é bom só para a flexibilidade e o equilíbrio; mentalmente é fantástico para mim. É como meditar. – Ele assentiu na direção da água, tingida de vermelho e dourado pelos últimos raios do sol. – É como ficar aqui depois de um turno de trabalho.

Ela franziu os olhos.

– Você não parece um cara que faz ioga. Os caras que fazem ioga são...

Ele terminou a frase para ela.

– Magricelos? Barbudos? Curtem coisas tipo incenso e colares de contas?

Ela gargalhou.

– Eu ia dizer que geralmente não curtem violência.

– Eu também não curto. Não mais. Obviamente podem acontecer ferimentos durante uma das minhas lutas, mas não quero necessariamente machucar ninguém. Só quero vencer.

– As duas coisas não andam juntas?

– Às vezes, mas nem sempre. Se você consegue colocar os oponentes numa submissão correta, eles batem na lona e se afastam numa boa.

Ela girou o bracelete no pulso.

– Dá medo? Entrar naquela jaula?

– A pessoa não deve entrar no ringue se estiver com medo. Para mim, é mais um barato que faz a adrenalina correr. A chave é manter a adrenalina sob controle.

Ele começou a enrolar a linha.

– Imagino que você seja bastante bom.

– Sou bom para um amador, mas teria dificuldade com os profissionais. Alguns daqueles caras foram lutadores da Associação Atlética Universitária Nacional ou boxeadores olímpicos. Estão acima do meu nível. Mas, para mim, tudo bem. Meu sonho não é virar profissional. É só uma coisa que faço até terminar os estudos. Quando chegar a hora, estarei preparado para parar. – Em vez de jogar a linha de novo, ele prendeu o anzol e a isca na vara. – Ser professor e lutar no octógono não combinam. Provavelmente isso iria apavorar as crianças.

– Crianças?

– Quero dar aulas para o ensino fundamental. Tipo terceiro ou quarto ano. – Ele se curvou, estendendo a mão para a caixa de iscas. – Está ficando escuro. Quer voltar? Ou gostaria de ficar aqui mais um pouco?

– Podemos ir – disse ela.

Enquanto Colin apoiava a vara no ombro, ela notou o interior dos restaurantes iluminados, filas de pessoas já se formavam junto às portas, o som fraco de música enchendo o ar.

– O restaurante fica lotado nesse horário, não?

– É por isso que pedi para trabalhar no turno do dia. Esta noite o terraço vai virar um zoológico – respondeu ele.

– As gorjetas são boas?

– Não valem o incômodo. Universitários demais.

Ela gargalhou, um som quente e melódico. Começaram a voltar, nenhum dos dois sentindo pressa. À luz fraca, Maria era muito atraente, o leve sorriso fazendo-o imaginar o que ela estaria pensando.

– Você sempre morou aqui? – perguntou ele, interrompendo o silêncio pacífico.

– Cresci aqui e voltei em dezembro passado. Fiquei fora uns dez anos: o tempo da faculdade, da escola de direito e quando trabalhei em Charlotte. Mas você não é daqui, é?

– Sou de Raleigh. Passava os verões aqui quando era moleque, mas morei aqui esporadicamente, um ou dois meses de cada vez, depois do ensino médio. Estou morando aqui permanentemente nos últimos três anos.

– Provavelmente já fomos vizinhos e nem sabíamos.

– Vizinhos ou não, duvido que tenhamos frequentado os mesmos círculos sociais.

Ela sorriu.

– E... você veio para cá por causa da faculdade?

– A princípio não. A faculdade aconteceu um pouco depois. Vim para cá porque meus pais me expulsaram de casa e eu não sabia direito para onde ir. Meu amigo Evan estava morando aqui e acabei alugando um quarto na casa dele.

– Seus pais expulsaram você?

Ele confirmou com a cabeça.

– Eu precisava de um toque para despertar. Eles me deram.

– Ah. – Maria tentou manter a voz neutra.

– Não os culpo. Eu merecia. Eu mesmo teria me expulsado.

– Por causa das brigas?

– Mais do que isso, mas as lutas faziam parte da coisa. Fui uma espécie de criança-problema. E aí, depois do ensino médio, fui um adulto-problema durante um tempo. E você? Mora com seus pais?

Ela balançou a cabeça.

– Tenho um apartamento na Market Street. Por mais que eu os ame, não poderia morar com eles de jeito nenhum.

– O que eles fazem?

– São donos do La Cocina de la Familia. É um restaurante aqui na cidade.

– Já ouvi falar, mas nunca fui.

– Deveria ir. A comida é mesmo autêntica, minha mãe ainda prepara quase tudo. E o lugar está sempre cheio.

– Se eu citar seu nome, recebo desconto?

– Você precisa de desconto?

– Na verdade, não. Só estou testando nossa relação.

– Verei o que posso fazer. Tenho certeza de que posso mexer alguns pauzinhos.

Os dois estavam na areia, indo para a escada. Ele a acompanhou enquanto ela descia graciosamente.

– Quer que eu a leve até seu carro? – perguntou ele, encarando-a.

– Não precisa – respondeu Maria, tímida. – Não está longe.

Ele transferiu a vara de um ombro para o outro, relutante em encerrar a conversa.

– Se Serena saiu com os amigos, quais são seus planos para o resto da noite?

– Na verdade, nenhum. Por quê?

– Quer ouvir um pouco de música, já que estamos aqui? Ainda não é tão tarde.

A pergunta pareceu pegá-la de surpresa e, por um momento, Colin teve certeza de que ela recusaria. Maria ajeitou a alça da bolsa, remexendo na fivela. Enquanto esperava, ele pensou de novo que ela era linda, os cílios compridos e escuros escondendo seus pensamentos.

– Achei que você não frequentava bares.

– Não frequento. Mas podemos andar um pouco na praia, ouvir alguma coisa boa e curtir o lugar onde estamos.

– Alguma banda é boa?

– Não faço ideia.

A incerteza estava estampada no rosto de Maria antes de ela finalmente ceder.

– Tudo bem, mas não quero ficar por muito tempo. Talvez só um passeio na praia, está bem?

Ele sorriu, sentindo algo relaxar por dentro.

– Só vou guardar a caixa de iscas. Prefiro não ficar carregando o tempo todo.

Retornaram ao restaurante e, assim que ele guardou suas coisas na área dos funcionários, os dois voltaram à areia. As estrelas eram como brilhantes furos de alfinete no céu aveludado. As ondas continuavam a quebrar, e a brisa quente era como uma exalação calma. Enquanto caminhavam, Colin notou que ela estava suficientemente perto para ser tocada, mas afastou o pensamento.

– Que tipo de advogada você é?

– Trabalho principalmente com defesa de seguros. Pesquisas e depoimentos, negociações e, como último recurso, litígio.

– E você defende as empresas de seguros?

– Na maior parte das vezes. De vez em quando, ficamos do lado do reclamante, mas não é muito comum.

– Isso mantém você ocupada?

– Muito. – Ela assentiu. – Há burocracia para tudo e, por mais que a lei tente prever cada possibilidade, sempre há áreas obscuras. Digamos que alguém escorregue na sua loja e abra um processo ou que um funcionário processe o empregador depois de ser demitido, ou talvez você esteja fazendo uma festa de aniversário para seu filho e um amigo dele se machuca na sua piscina. A companhia de seguros é responsável por pagar, quando é acionada, mas às vezes ela decide lutar contra. É aí que entramos. Porque o outro lado sempre tem advogados.

– Você costuma ir ao tribunal?

– Ainda não fui. Pelo menos neste emprego. Estou aprendendo. O sócio para quem faço a maior parte do meu trabalho vai bastante ao tribunal, mas na verdade a maioria dos nossos casos é resolvida antes de ir a julgamento. No fim das contas, é mais barato e há menos confusão para todos os envolvidos.

– Aposto que você ouve um monte de piadas sobre advogados.

– Não muitas. Por quê? Você sabe alguma?

Ele deu alguns passos.

– O que são quinhentos advogados no oceano presos a uma âncora?

– Não sei – respondeu ela, dando de ombros.

– Um bom começo.

– Ha-ha.

– Estou brincando. Sou o primeiro a apreciar os bons advogados. Tive alguns brilhantes.

– E precisou deles?

– Precisei. – Colin sabia que isso provocaria mais perguntas, mas continuou, assentindo na direção do oceano. – Adoro andar na praia à noite.

– Por quê?

– É diferente de andar de dia, ainda mais quando não há lua... Gosto do mistério de pensar que qualquer coisa pode estar lá fora, nadando logo abaixo da superfície.

– É um pensamento assustador.

– É por isso que estamos aqui, e não lá.

Ela sorriu, surpreendentemente à vontade. Nenhum dos dois sentia necessidade de falar. Colin se concentrou na sensação dos pés na areia e da brisa quente no rosto. Olhando o cabelo de Maria ondular ao vento, percebeu que estava gostando mais do passeio do que havia previsto. Lembrou-se de que eram estranhos, mas por algum motivo não pareciam.

– Tenho uma pergunta, mas não sei se é pessoal demais – disse ela por fim.

– Faça – respondeu ele, já sabendo o que viria.

– Você disse que foi um adulto-problema e que entrou em um monte de brigas de bar. E que teve alguns advogados ótimos.

– É.

– Já foi preso?

Ele ajeitou o boné.

– Sim.

– Mais de uma vez?

– Várias vezes – admitiu ele. – Durante um tempo, conhecia alguns policiais de Raleigh e Wilmington pelo nome.

– Já foi condenado?

– Algumas vezes. Provavelmente passei no total um ano em cadeias do condado. Não tudo de uma vez; um mês aqui, dois meses ali. Nunca fui para a prisão. Teria ido. A última luta foi bem feia, mas recebi uma chamada séria e cá estou.

Ela baixou levemente o queixo, sem dúvida questionando sua decisão de passear com ele.

– Quando você diz que recebeu uma chamada séria…

Ele deu alguns passos antes de responder.

– Estou sob condicional há três anos. Faz parte do acordo que fiz. Se eu não arranjar encrenca nos próximos dois anos, eles limpam minha ficha totalmente. Isso significa que poderei dar aulas, o que é importante para mim. As pessoas não querem bandidos ensinando seus filhos. Por outro lado, se eu fizer bobagem, o acordo escorre pelo ralo e vou direto para a prisão.

– Como isso é possível? Limparem completamente sua ficha?

– Fui diagnosticado com transtorno de raiva e TDAH, o que afeta a avaliação da intenção do crime, sabe?

– Em outras palavras, você está dizendo que não podia evitar o que fazia.

Ele deu de ombros.

– Eu, não. Foi o que meus psiquiatras disseram, e felizmente eu tinha os registros para provar isso. Fiz terapia durante quase quinze anos, usei medicação periodicamente, e como parte do acordo precisei passar alguns meses num hospital psiquiátrico no Arizona, especializado em transtornos ligados à raiva.

– E... quando voltou a Raleigh seus pais o expulsaram de casa?

– Isso. Mas tudo isso junto, a briga e a possível sentença de prisão, o acordo, meu tempo no hospital, e subitamente ser obrigado a cuidar de mim mesmo, me levou a fazer um sério exame de consciência. Percebi que estava cansado da vida que vinha levando. Não queria ser o cara conhecido por pisar na cabeça de alguém depois que o sujeito já estava no chão, queria ser conhecido como... um cara com quem se pode contar. Ou no mínimo um cara com algum tipo de futuro. Por isso parei com as baladas e canalizei toda a energia em treinar, estudar e trabalhar.

– Simples assim?

– Não foi tão fácil como parece, mas é... simples assim.

– Em geral as pessoas não mudam.

– Eu não tive escolha.

– Mesmo assim...

– Não entenda mal. Não estou tentando criar uma desculpa para o que fiz. Independentemente do que os médicos disseram sobre eu ser capaz ou não de controlar meu comportamento, eu sabia que estava errado e não ligava a mínima para melhorar. Em vez disso, fumava maconha, quebrava coisas na casa dos meus pais, destruía carros e era preso repetidamente por causa das brigas. Durante muito tempo não ligava para nada, a não ser curtir do jeito que eu queria.

– E agora liga?

– Ligo pra caramba. E não tenho nenhuma intenção de voltar à vida antiga.

Colin sentiu os olhos dela fixos nele e percebeu-a tentando juntar o passado que ele havia descrito com o homem que estava ao seu lado.

– Eu entendo o transtorno de raiva, mas TDAH?

– É.

– O que aconteceu?

– Quer mesmo ouvir? É uma história meio longa. – Quando ela confirmou com a cabeça, ele continuou: – Como eu disse, fui uma espécie de criança-problema. Era praticamente incontrolável aos 11 anos. Por isso, meus pais me mandaram para um colégio militar. O primeiro em que estive era só um lugar ruim. Havia uma mentalidade esquisita, tipo *O senhor das moscas*, entre os caras de classe alta, principalmente quando chegava alguém novo. A princípio era o típico bullying, como pegar minha sobremesa no refeitório ou me obrigar a engraxar os sapatos ou fazer a cama deles enquanto outro cara ia e bagunçava tudo no meu quarto, que eu tinha de arrumar antes da inspeção. Não era grande coisa, todo novato passa por isso. Mas alguns caras eram diferentes... simplesmente sádicos. Eles me agrediam com toalhas molhadas depois de eu tomar banho, ou chegavam por trás enquanto eu estava estudando, jogavam um cobertor em cima e começavam a me espancar. Depois de um tempo, começaram a fazer isso à noite. Nessa época eu era meio pequeno para a minha idade e cometi o erro de chorar muito, o que só os atiçava mais. Eu me tornei o projeto especial deles. Vinham me pegar duas ou três noites por semana, sempre com o cobertor, sempre com os socos, só me espancando enquanto diziam que eu estaria morto antes do fim do ano. Fiquei maluco, tenso o tempo todo. Tentava ficar acordado e me encolhia quando escutava qualquer som, mas é impossível não dormir. Eles esperavam até eu apagar. Essa merda continuou por meses. Ainda tenho pesadelos com isso.

– Você contou a alguém?

– Claro que contei. A todo mundo que pude. Contei ao comandante, aos professores, ao conselheiro, até aos meus pais. Ninguém acreditou. Ficavam dizendo para eu parar de mentir, de reclamar, e ser forte.

– Isso é medonho...

– Sem dúvida. Eu era só um garotinho, mas depois de um tempo achei que precisava sair dali. Caso contrário, um dia eles iriam longe demais. O que eu fiz? Roubei um pouco de tinta spray e pichei o prédio da administração. Acabei expulso, exatamente como eu queria. – Ele respirou fundo. – De qualquer modo, eles acabaram fechando a escola uns dois anos depois, quando o jornal local fez uma matéria revelando tudo sobre o lugar. Um garoto morreu lá. Um garotinho da minha idade. Eu não fui um dos alunos citados na matéria, mas durante um tempo a notícia saiu em todo o país. Acusações criminais e civis, todas essas coisas. Algumas pessoas foram parar na prisão. Meus pais se sentiram péssimos depois disso, porque não tinham acreditado em mim. E acho que foi por isso que eles me aguentaram tanto tempo depois de eu me formar. Porque ainda sentiam culpa.

– E depois de você ser expulso...

– Fui para outro colégio militar e jurei a mim mesmo que nunca deixaria que me batessem de novo. Eu é que daria o primeiro soco. Por isso aprendi a brigar. Estudei e treinei. Depois disso, se alguém me agarrasse, eu simplesmente... perdia a cabeça. Era como se fosse um garotinho de novo. Fui expulso várias vezes, mal conseguia passar de ano. Isso virou uma espécie de bola de neve. Como eu disse, eu era um garoto problema. – Ele deu alguns passos em silêncio. – De qualquer modo, tudo isso entrou no processo do tribunal.

– Como você se dá com seus pais atualmente?

– Hoje em dia eles têm uma liminar me obrigando a permanecer longe.

Uma expressão perplexa surgiu no rosto dela.

– Estava discutindo com meus pais na noite antes de ir para o Arizona e acabei encurralando com força meu pai contra a parede. Não ia machucá-lo. Só queria que eles me ouvissem. Mas eles morreram de medo. Não me denunciaram, caso contrário eu não estaria aqui, mas conseguiram uma liminar que me proíbe de ir à casa deles. Eles não a usam hoje em dia, mas ela ainda existe, provavelmente para me impedir de sequer pensar em me mudar de volta para lá.

Ela o examinou.

– Ainda não entendo como você pôde simplesmente... mudar. Quer dizer, e se você ficar com raiva de novo?

– Ainda fico com raiva. Todo mundo fica. Mas aprendi maneiras diferentes de lidar com ela. Tipo não indo a bares e não usando drogas, e nunca tomo mais de duas cervejas quando estou com amigos. E fazer atividades físicas todo dia ajuda a manter o humor sob controle. Além disso, aprendi um monte de coisas úteis no hospital, modos diferentes de lidar com isso. Essa experiência acabou sendo uma das melhores coisas que já fiz.

– O que você aprendeu por lá?

– Respirar fundo, tentar dar o nome exato da emoção quando ela aparecer, com a esperança de diminuir sua força... Não é fácil, mas depois de um tempo isso vira hábito. É preciso muito esforço, mas se eu não estivesse fazendo tudo isso provavelmente teria de voltar a tomar lítio, e eu odeio aquela merda. É um medicamento bom para um monte de gente, mas eu não sentia que era eu mesmo quando tomava. Era como se parte de mim não estivesse totalmente viva. E vivia com fome, não importando o quanto comesse. Acabei ganhando peso, engordando. Prefiro treinar algumas horas por dia, fazer ioga, meditar e evitar lugares onde possa arranjar encrenca.

– Está dando certo?

– Até agora, sim. Vivo um dia de cada vez.

Enquanto caminhavam pela praia, a música foi se esvaindo lentamente por baixo do som das ondas que subiam pela areia. Para além das dunas, os bares haviam dado lugar a casas, com luzes brilhando por trás das janelas. A lua havia se erguido mais, banhando o mundo num brilho etéreo. Siris corriam de um ponto para outro, afastando-se da aproximação lenta dos dois.

– Você é muito aberto com relação a tudo isso – observou Maria.

– Só estou respondendo às suas perguntas.

– Não está preocupado com o que eu possa pensar?

– Na verdade, não.

– Você não se importa com o que os outros pensam a seu respeito?

– Até certo ponto, sim. Todo mundo se importa. Mas, se você vai fazer um julgamento a meu respeito, precisa saber quem eu sou de verdade, e não só a parte que eu decidir contar. Prefiro ser honesto com relação a tudo isso e deixar que você decida se quer continuar conversando comigo ou não.

– Você sempre foi assim? – Ela o espiou com curiosidade genuína.

– Assim, como?

– Honesto? Com relação a... tudo?

– Não. Isso aconteceu depois que voltei do hospital. Junto com todas as outras mudanças que decidi fazer na vida.

– Como as pessoas reagem?

– A maioria não sabe o que pensar. Sobretudo no começo. Evan ainda não sabe. E acho que você também não. Mas é importante que eu seja sincero. Principalmente com meus amigos ou com alguém que eu acho que posso ver de novo.

– Foi por isso que você me contou? Porque acha que pode me ver de novo?

– É.

Durante alguns segundos, ela não soube direito o que pensar.

– Você é um homem interessante, Colin.

– Tem sido uma vida interessante – admitiu ele. – Mas você também é interessante.

– Acredite, sou a pessoa menos interessante do mundo.

– Talvez. Talvez não. Mas você ainda não fugiu de mim.

– Ainda posso fugir. Você é meio amedrontador.

– Não, não sou.

– Para uma mulher como eu? Acredite, você dá certo medo. Provavelmente é a primeira vez que me encontro à noite com um cara que fala que pisava na cabeça de pessoas em brigas de bar ou que prendeu o pai contra a parede.

– Ou que foi preso. Ou que esteve numa instituição psiquiátrica...

– Essas coisas também.

– E?

Ela afastou algumas mechas de cabelo soprado pelo vento.

– Ainda estou decidindo. Neste momento não faço ideia do que pensar sobre tudo o que você falou. Mas, se eu sair correndo de repente, não tente me alcançar, certo?

– É justo.

– Você contou alguma dessas coisas para Serena?

– Não. Ela não perguntou.

– Mas teria contado?

– Provavelmente.

– Claro que teria.

– Que tal falarmos sobre você, em vez disso? Faria você se sentir melhor?

Ela abriu um sorriso torto.

– Não há muita coisa a contar. Já falei um pouco sobre minha família; você sabe que eu cresci aqui e estudei na Universidade da Carolina do Norte e na Escola de Direito de Duke, e que trabalho como advogada. Meu passado não é tão... pitoresco como o seu.

– Isso é bom.

Sem perceberem, e ao mesmo tempo, os dois se viraram e começaram a voltar.

– Certo – disse Maria, e ela se encolheu por um momento quando ele riu. Segurando o braço dele para se firmar, ela levantou um pé da areia. – Me dá um segundo? Minhas sandálias estão me matando.

Ele olhou enquanto ela as tirava. Quando Maria finalmente soltou seu braço, Colin sentiu o calor que permaneceu depois do toque.

– Está melhor – disse ela. – Obrigada.

Começaram a andar de novo, dessa vez mais devagar. A multidão só aumentava no terraço do Pete Caranguejeiro, e Colin suspeitou de que os outros bares também estivessem enchendo. No silêncio tranquilo daquele momento, ele se pegou admirando as feições dela: os lábios grossos, a curva dos cílios em contraste com a pele impecável.

– Você é muito quieta – observou ele.

– Só estou tentando digerir tudo o que você disse. É muita coisa.

– Sem dúvida.

– Devo admitir que você é diferente.

– Em que sentido?

– Antes de conseguir o trabalho aqui, eu era assistente da promotoria em Charlotte.

– Não brinca!

– Por pouco mais de três anos. Foi meu primeiro emprego depois da prova para o registro profissional.

– Então você estava mais acostumada a processar caras como eu do que a sair com eles?

Ela meio que assentiu, mas continuou:

– É mais do que isso. A maioria das pessoas escolhe o modo de contar suas histórias. Sempre há uma tendência positiva envolvida, e elas emolduram a história assim, mas você... você é tão objetivo que é quase como se estivesse descrevendo outra pessoa.

– Às vezes eu também me sinto assim.

– Não sei se eu conseguiria fazer isso – comentou Maria, franzindo a testa.

– Você está falando igual ao Evan. – Ele sorriu. – Como era trabalhar na promotoria?

– No início era legal. E foi uma tremenda experiência de aprendizado. Mas depois de um tempo percebi que não era o que eu achava que seria.

– Como passear comigo?

– Mais ou menos. Quando eu estudava na escola de direito, achei que estar num tribunal seria mais parecido com as coisas que a gente vê na TV. Quer dizer, sabia que seria diferente, mas não estava preparada para o tamanho da diferença. Era como se estivesse indo atrás da mesma pessoa, com o mesmo passado, de novo e de novo. O promotor pegava os casos mais importantes, mas os suspeitos com quem eu lidava eram iguais a clichês ambulantes; em geral eram pobres, desempregados e com pouca formação, e geralmente havia drogas e álcool envolvidos. Era simplesmente... implacável. Havia casos demais. Eu morria de medo que as manhãs de segunda-feira chegassem porque sabia o que me esperava na mesa. O simples volume de tudo aquilo me colocava na situação de ter que priorizar casos e negociar acordos constantemente. Todos sabemos que o assassinato, a tentativa de assassinato e os crimes com armas são sérios, mas como você prioriza o resto? Um cara que rouba um carro é pior do que um cara que invade uma casa e rouba joias? E como esses dois podem ser comparados com uma secretária que dá um desfalque na empresa? Mas não há espaço suficiente nas mesas do tribunal, muito menos na prisão. O público acredita que temos recursos ilimitados: capacidades forenses avançadas, testemunhas especializadas a postos, mas não é assim. Os testes de DNA podem levar meses, a não ser que seja um crime importante. As testemunhas são notoriamente incoerentes. As provas são ambíguas. E, de novo, são simplesmente casos demais... Mesmo se eu quisesse me dedicar realmente a um crime específico, precisaria negligenciar todas as outras pastas que esperavam na minha mesa. De modo que, com frequência, era mais pragmático simplesmente negociar com o advogado da outra parte.

Ela chutou a areia, arrastando os pés.

– Eu vivia sendo posta em situações em que as pessoas esperavam resultados que eu não podia entregar, e acabava sendo vista como "a pessoa má". Na mente delas, os suspeitos tinham cometido o crime e deveriam ser responsabilizados, o que para as vítimas quase sempre significa a prisão ou algum tipo de restituição, mas isso simplesmente não era possível. Depois, os policiais encarregados da prisão não ficavam felizes, as vítimas não ficavam felizes e eu me sentia como se estivesse deixando todos eles na mão. E, de certa forma, estava. Com o tempo, percebi que eu era só um dente na engrenagem dessa máquina gigantesca e quebrada.

Ela diminuiu o passo, apertando o suéter com mais força em volta do corpo.

– Simplesmente... o mal está lá fora. Você não acreditaria nos casos que chegavam à nossa sala. Uma mãe prostituindo a filha de 6 anos para comprar drogas, um homem estuprando uma mulher de 90 anos. É suficiente para a gente perder a fé na humanidade. E como há uma enorme pressão para você pegar pesado com os suspeitos realmente horríveis, isso significa que os outros criminosos não recebem o castigo merecido e acabam voltando às ruas. E às vezes... – Ela balançou a cabeça. – De qualquer modo, no período em que trabalhei lá eu mal dormia, e comecei a ter uns ataques de pânico. Cheguei um dia de manhã e simplesmente soube que não podia mais fazer aquilo. Fui à sala do meu chefe e pedi demissão, mesmo sem ter outro emprego em vista.

– Parece que seu trabalho era exaustivo em muitos sentidos.

– Era.

Ela deu um sorriso sério, um espectro de emoções conflitantes percorrendo seu rosto.

– E?

– E o quê?

– Quer falar sobre isso?

– Sobre o quê?

– O verdadeiro motivo de você se demitir. A parte que levou você a ter ataques de pânico.

Espantada, ela se virou para ele.

– Como você sabe disso?

– Não sei. Mas se você ficou lá durante um tempo, deve ter acontecido alguma coisa muito específica. Alguma coisa ruim. Tinha a ver com um processo, certo?

Ela parou de andar e se virou para a água. As sombras do luar acentuavam sua expressão, uma mistura de tristeza e culpa que trouxe junto uma dor fugaz que ele não havia esperado.

– Você é muito intuitivo. – Ela fechou os olhos, mantendo-os assim por um momento. – Não acredito que vou falar disso com você.

Colin não disse nada. Nesse ponto quase haviam chegado ao local por onde tinham entrado na praia, uma cacofonia de música era audível agora acima do som das ondas. Ela fez um gesto em direção à duna.

– Podemos nos sentar?

– Tudo bem.

Tirando a bolsa do ombro e pondo as sandálias de lado, ela sentou-se na areia. Colin se acomodou ao seu lado.

– Cassie Manning era o nome dela... Praticamente nunca falo sobre ela. Não é uma coisa que eu goste de reviver. – Sua voz estava tensa e controlada. – O processo deve ter chegado três ou quatro meses depois que eu comecei a trabalhar na promotoria. No papel pareceu um caso bastante típico. Cassie namorava um cara e os dois discutiram, a coisa se intensificou e o rapaz acabou ficando violento. Cassie foi parar no hospital com um olho roxo e o lábio machucado, hematomas e um nariz quebrado. Em outras palavras, não foi só um soco; foi uma surra. O nome dele era Gerald Laws.

– Laws? Tipo "lei" em inglês?

– Tentei encontrar a ironia, mas nunca encontrei. E nada no caso foi típico. Os dois estavam namorando havia uns seis meses. Laws era atencioso, abria portas para ela, um cavalheiro; mas depois de um tempo ela começou a notar aspectos preocupantes na personalidade dele. Quanto mais tempo namoravam, mais ciumento e possessivo ele ficava. Começou a ficar com raiva se ela não atendia imediatamente quando ele telefonava; começou a aparecer no trabalho dela. Cassie era enfermeira pediátrica. Um dia, ela estava almoçando com o irmão e viu Laws do outro lado do restaurante, sozinho, vigiando-a. Sabia que ele a havia seguido até ali, e isso a incomodou.

Maria parou por um segundo antes de continuar:

– Cassie pediu um tempo a Laws, mas logo percebeu que ele a estava perseguindo. Via-o no correio, quando saía do consultório do médico e durante sua corrida matinal. Recebia telefonemas em que ninguém falava nada. Até que uma noite Laws apareceu à sua porta dizendo que queria pedir desculpas e, mesmo indo contra a sensatez, Cassie deixou que ele entrasse. Laws tentou convencê-la a voltar. Quando ela disse que não, ele agarrou seu braço. Para se defender, ela acabou acertando-o com um vaso. Depois disso ele a jogou no chão e... simplesmente pegou pesado. Por acaso havia um policial numa rua próxima e, depois de uma ligação anônima de um dos vizinhos, ele chegou à casa em minutos. Laws estava com ela presa no chão e havia sangue por toda parte. O policial precisou usar uma arma de eletrochoques contra Laws. Quando revistaram o carro dele, encontraram fita adesiva, corda, duas facas e equipamento de gravação em vídeo. Coisas de dar medo. Quando conversei com Cassie, ela disse que o sujeito era louco e que temia pela vida. A família dela também. A mãe, o pai e o irmão mais novo foram enfáticos em dizer que Laws deveria apodrecer na prisão.

Maria enterrou os dedos na areia.

– Eu também achava. Não havia dúvida de que o sujeito deveria ficar longe da sociedade. E era um processo bastante simples. Na Carolina do Norte, Laws poderia ter sido acusado de um crime classe C, ou seja, ele tinha intenção de matá-la, ou de um crime classe E, significando que ele não tinha intenção de matá-la. A família obviamente queria que ele fosse acusado de um crime classe C, o que o colocaria atrás das grades de três a sete anos. O policial que fez a prisão também acreditava nisso, mas o promotor não achou que poderíamos provar a intenção, já que não havia prova de que qualquer uma das coisas que estavam no carro tinha algo a ver com ela. Nem que os ferimentos dela implicassem de fato risco de vida. Cassie também apresentava certo problema de credibilidade... Ainda que a maior parte das coisas que ela contou fosse verdadeira, também declarou situações que claramente eram mentira. E Laws era o Sr. Certinho: encarregado de empréstimos num banco e sem ficha criminal. No banco de testemunhas seria o pesadelo de um promotor. Com isso, deixamos Laws admitir culpa por agressão, com um ano de cadeia. Foi aí que eu errei. Laws era extremamente perigoso.

Ela fez uma pausa, juntando forças para continuar contando.

– Laws acabou preso por nove meses, porque já havia cumprido três antes do julgamento. Escrevia cartas para Cassie dia sim, dia não, pedindo desculpas por seus atos e implorando outra chance. Ela nunca respondeu, mas guardou todas porque ainda sentia medo. Quando examinamos as cartas com mais atenção, notamos a mudança de tom no correr do tempo. Laws estava ficando cada vez mais raivoso porque ela não respondia. Se Cassie tivesse lido as cartas e levado para a promotoria...

Maria olhou para a areia.

– Assim que foi solto, Laws apareceu na casa dela. Cassie bateu a porta na cara dele e ligou para a polícia. Havia uma liminar obrigando-o a manter distância. Isso só o fez ficar mais cuidadoso. Mandava flores anonimamente. O gato dela foi envenenado. Ela encontrava buquês de rosas mortas junto à porta. Até os pneus de seu carro foram cortados.

Maria engoliu em seco, visivelmente abalada. Quando continuou, estava rouca.

– E então, uma noite, enquanto Cassie ia para a casa do namorado, Laws a esperou. O namorado viu Laws agarrá-la na calçada e obrigá-la a entrar no carro dele, e não pôde impedir. Dois dias depois, a polícia encontrou o corpo de Cassie num velho chalé à beira do lago, um chalé que o banco havia tomado por falta de pagamento. Laws a amarrou e a espancou, pôs fogo no chalé e em seguida se matou com um tiro. Não foi possível saber se ela estava viva quando o fogo... – Maria fechou os olhos. – Eles precisaram ser identificados pela arcada dentária.

Sabendo que ela estava revivendo o passado e tentando enfrentá-lo, Colin permaneceu quieto.

– Fui ao enterro dela – disse Maria, continuando por fim. – Sei que provavelmente não deveria ter ido, mas senti que precisava. Cheguei depois do início da cerimônia e me sentei na última fila. A igreja estava cheia. A mãe não parava de chorar. O pai e o irmão estavam simplesmente... pálidos. Fiquei enjoada e quis que tudo aquilo terminasse. Mas não terminou.

Ela se virou para ele.

– Isso... destruiu a família. Alguns meses depois do assassinato, a mãe de Cassie cometeu suicídio, em seguida o pai teve a licença médica suspensa. Sempre achei que havia alguma coisa esquisita com o irmão... De qualquer modo, foi quando bilhetes terríveis começaram a chegar. Chegavam ao meu apartamento e ao escritório, em diferentes envelopes, em geral uma ou duas frases. Eram medonhas... me xingando, exigindo saber por que eu odiava Cassie ou por que desejava ferir a família. A polícia falou com o irmão e os bilhetes pararam. Pelo menos durante um tempo, mas quando começaram a chegar de novo eram... diferentes. Mais ameaçadores. Muito mais apavorantes. Por isso a polícia falou com ele de novo e acho que ele simplesmente... desmoronou. Negou que era o responsável e insistiu que eu estava querendo pegá-lo, que a polícia estava de conluio comigo. Foi parar num hospital psiquiátrico. Enquanto isso, o pai ameaçava me processar. A polícia teorizou que o namorado de Cassie podia ser o responsável pelos bilhetes. Claro, ele também negou que os havia mandado. Foi então que começaram os ataques de pânico. Eu tinha a sensação de que a pessoa que mandava os bilhetes nunca me deixaria em paz, e nesse ponto eu soube que precisava vir para casa.

Colin não disse nada. Sabia que não poderia dizer nada que a fizesse enxergar de modo diferente os acontecimentos que tinha acabado de descrever.

– Eu deveria ter ouvido a família. E o policial.

Colin olhou para as ondas, para seu ritmo incessante e calmante. Quando ele não reagiu, ela se virou na sua direção.

– Não acha?

Ele escolheu as palavras com cuidado.

– É difícil responder a essa pergunta.

– Como assim?

– Pelo modo como você disse, está claro que já acha que a resposta é sim, mas, se eu concordar, você provavelmente vai se sentir pior. Se eu disser que não, vai desconsiderar minha resposta porque provavelmente já decidiu que a resposta deve ser sim.

– Nem sei o que dizer diante disso.

– Não precisa dizer nada.

Ela suspirou, pousando o queixo nos joelhos.

– Eu deveria ter feito lobby com o promotor e insistido que acusássemos Laws de um crime.

– Talvez. Mas, mesmo se fizesse isso, mesmo se Laws passasse mais tempo na prisão, o resultado poderia ser o mesmo. Ele estava obcecado por ela. Se quer saber, caso estivesse no seu lugar, provavelmente eu teria feito a mesma coisa.

– Eu sei, mas...

– Você já falou com alguém sobre isso?

– Com um terapeuta, por exemplo? Não.

Ele assentiu.

– Certo.

– Não vai dizer que eu deveria falar?

– Não dou conselhos.

– Nunca?

Ele balançou a cabeça.

– Você não precisa do meu conselho. Se acha que a terapia pode ajudar, vá em frente. Se não acha, deixa pra lá. Só posso dizer que, para mim, ela foi benéfica.

Maria ficou quieta e ele não soube se ela gostou da resposta.

– Obrigada – disse ela finalmente.

– Por quê?

– Por ouvir. E não tentar me dar conselhos.

Colin assentiu, estudando o horizonte. Mais estrelas eram visíveis agora. Vênus reluzia no céu, luminoso e constante. Um punhado de pessoas havia ido para a praia e seus risos chegavam longe no ar noturno. Sentado ao lado de Maria, era como se ele a conhecesse por muito mais tempo do que o período de cerca de uma hora que os dois haviam passado juntos. Sentiu uma nítida pontada de pesar porque o encontro estava quase terminando.

– Acho que preciso ir – disse ela.

– Eu também – concordou ele, tentando esconder a relutância. – Ainda preciso ir à academia.

Colin a viu tirar um pouco de areia dos pés antes de calçar as sandálias. Voltaram para as dunas junto à avenida comercial, a música aumentando de volume a cada passo. Quando saíram da areia e retornaram ao terreno sólido, as calçadas estavam cheias de gente já desfrutando da noite de sábado.

Colin permaneceu ao lado dela, serpenteando entre pedestres até chegarem à rua, onde as coisas estavam mais calmas. Surpreendendo-o, ela ficou perto, os ombros dos dois roçando ocasionalmente. A sensação do toque permanecia por um bom tempo.

– Quais são os seus planos para amanhã? – perguntou ele finalmente.

– Aos domingos sempre almoço com meus pais. Depois disso, provavelmente farei um pouco de *stand-up paddle.*

– É?

– É divertido. Você já fez?

– Não. Sempre quis tentar.

– Ocupado demais malhando?

– Preguiçoso demais – admitiu ele.

Ela sorriu.

– E você? Vai trabalhar? – quis saber Maria.

– Não. Vou correr, cuidar um pouco do quintal, trocar o alternador do meu carro. Ainda não está dando a partida direito.

– Talvez seja a bateria.

– Você acha mesmo que eu não verifiquei isso primeiro?

– Não sei. Verificou? – Ele notou a provocação na voz dela. – Então, depois do trabalho masculino no quintal e no carro, qual é o resto da sua programação?

– Vou à academia. Há um pessoal que se reúne nas manhãs de domingo e provavelmente vou treinar um pouco de luta e fazer trabalho de chão, socar os sacos, coisas assim. Um cara chamado Todd Daly administra a academia e costuma fazer a gente trabalhar duro. É ex-lutador de UFC, treina o pessoal como se fosse um sargento do Exército.

– Mas, se você precisasse, provavelmente bateria nele, certo?

– No Daly? Sem chance.

Ela gostou de Colin admitir isso.

– E depois?

– Na verdade, nada. Provavelmente vou estudar um pouco.

Nesse ponto tinham entrado em outra rua, na esquina do Pete Caranguejeiro. Ele reconheceu o carro dela adiante, da noite em que havia trocado o pneu, e quando finalmente chegaram ao automóvel nenhum dos dois sabia o que dizer. Em vez disso Colin sentiu os olhos de Maria virando-se para ele, quase como se ela estivesse vendo-o pela primeira vez.

– Obrigada por me acompanhar até o carro.

– Obrigado pelo passeio na praia.

Ela levantou ligeiramente o queixo.

– Tenho outra pergunta.
– Certo.
– Você falou sério, sobre tentar fazer *stand-up*?
– Falei.
Ela baixou os cílios, olhando-o de lado.
– Quer ir comigo amanhã?
– Quero – respondeu ele, sentindo um prazer inesperado. – Gostaria muito. A que horas?
– Que tal às duas? E vamos dar um pulo na ilha Masonboro? É meio difícil de chegar, mas vale a pena.
– Parece ótimo. Onde a gente se encontra?
– O único modo de chegar lá é ir pela praia de Wrightsville até a ponta da ilha. É só parar na rua. Traga umas moedas, porque vai ter de encher o parquímetro, mas eu encontro você lá.
– Eu posso alugar uma prancha em algum lugar?
– Não precisa. Eu tenho duas. Você pode usar a minha de iniciante.
– Ótimo.
– Mas ela é cor-de-rosa com adesivos de coelhinhos e flores.
– Verdade?
Ela deu um sorrisinho.
– Brincadeira. Ei, tive uma noite estranhamente boa.
– Eu também – disse ele, falando sério. – E estou ansioso por amanhã.
Ela destrancou o carro e Colin abriu a porta para ela entrar. Um instante depois, Maria estava dando marcha a ré e se afastando enquanto ele permanecia ali. Tudo poderia ter acabado nesse ponto, mas de repente Maria parou o carro e baixou a janela, inclinando-se para fora.
– Ei, Colin? – gritou ela.
– O quê?
– Quando estiver no treino amanhã, tente não ser acertado no rosto.
Ele sorriu, pensando no que estava se metendo. Não tinha esperado o convite e, enquanto voltava ao Camaro, repassou a noite, tentando entender. Qualquer que fosse o motivo de Maria, ele não podia negar o fato de que estava satisfeito.
Queria vê-la de novo.
Sem dúvida.

6

Maria

– Eu tinha certeza de que você ia gostar dele! – exclamou Serena. – Não estava certa?

Era manhã de domingo e, como sempre, Maria estava com a irmã na varanda dos fundos enquanto a mãe terminava de preparar o café. O pai passeava com Copo, fofa e limpa, com um laço cor-de-rosa preso à orelha.

– Eu não disse que gostei dele – respondeu Maria. – Disse que ele era interessante.

– Mas você disse que vai se encontrar com ele hoje. De biquíni.

– Não vou usar biquíni para fazer *stand-up*.

– Por quê?

– Porque não sou você, está bem? Eu ficaria desconfortável.

– Bom, é melhor mostrar um pouco de pele, porque, acredite, você vai querer que ele tire a camisa. O negócio de ficar espiando precisa funcionar dos dois lados.

– Não quero que ele tenha a ideia errada.

– Está certa. Você provavelmente deveria usar um agasalho de moletom largo. E, não importando como você se vestir, fico feliz porque finalmente vai sair com um cara.

– Não tente transformar isso numa coisa que não é. Não é um encontro. Só vamos remar nas pranchas.

– Seeei. – Serena assentiu. – Como quiser.

– Não sei por que ainda converso com você sobre essas coisas.

– Porque sabe que vou dizer a verdade. E é por isso que vocês dois se deram tão bem. Porque o Colin é igual a mim.

– É, claro. Está certa. Basicamente vou sair com minha irmã mais nova.

– Não me culpe. Você que foi atrás dele até o píer.

– Eu não fui atrás dele!

Serena deu um sorrisinho.

– Você anda tão sensível ultimamente! Se quer meu conselho, eu usaria biquíni por baixo do moletom, certo? Só para o caso de ficar quente demais por lá. Porque hoje vai fazer calor.

– Podemos falar sobre você, em vez disso? Como foi o resto da sua noite?

– Não há muita coisa para contar. Percorremos os bares, fomos a uma festa. Típica noite de sábado.

– Como vão as coisas com o Steve?

– Ele é meio grudento, e não tenho certeza se estou pronta para alguma coisa assim. Mas, voltando ao Colin. Ele é gato *demais.*

– É, eu notei.

– Ele tentou dar um beijo de despedida?

– Não. E eu não quis.

– Isso é bom, continue bancando a difícil. Os caras gostam disso. – Maria fez uma careta e Serena riu de novo. – Certo, certo, vou parar. Mas acho fantástico. Você não só teve um encontro, um encontro de verdade, não importando como quiser descrever, mas além disso foi você que convidou o cara. É a síntese da mulher moderna. E, só para saber, estou morrendo de inveja porque você vai ver o Colin sem camisa. Acho que ele não tem um grama de gordura.

– Realmente não sei dizer. Estava meio escuro e ele andou ao meu lado.

– Hoje eu quero fotos. Você sempre leva a máquina fotográfica, de qualquer modo. Tire umas dele.

– Não.

– Achei que você poderia fazer ao menos esse favor para sua irmã mais nova, que por acaso foi quem armou para você sair com ele.

Maria pensou.

– Certo, talvez.

– Fantástico. Ou, melhor ainda, tire algumas com seu celular e mande para mim, que eu coloco no Instagram.

– Sem chance.

– Tem certeza? Eu odiaria ter de contar ao papai que você anda saindo com um ex-presidiário.

– Nem ouse!

– Estava brincando! Nem quero estar por aqui quando você soltar essa bomba. Por isso me avise antes, certo?

– Aviso.

– Mesmo assim, você deveria pelo menos tirar uma selfie com ele. Antes do anúncio. Assim você vai saber que saiu mesmo com o cara, já que, depois, isso nunca mais vai acontecer de novo.

– Acabou?

Serena riu.

– Já. Agora acabei.

Maria notou um beija-flor no bebedouro, pairando de um modo que a hipnotizava desde que era pequenina. Lá dentro podia ouvir a mãe cantando baixinho, e ainda que o aroma de ovos e feijões fritos devesse tê-la deixado com fome, já estava meio nervosa por causa do passeio à tarde. Imaginou o quanto conseguiria comer.

– Ainda estou meio surpresa pela forma como ele simplesmente... contou tudo a você – disse Serena por fim.

– Se estivesse lá, ficaria em choque. Acredite.

– Mas é esquisito. Acho que jamais conheci alguém assim.

– Nem me diga.

Duas horas depois, Maria estava em casa, decidindo o que usar. O conselho de Serena ressoava em seu ouvido, tornando a decisão muito mais difícil do que deveria ser. Normalmente ela nem pensaria duas vezes; usaria um short e um biquíni, e certamente não teria tomado banho antes nem posto maquiagem ou sentido as pontadas de nervosismo na barriga, mas elas estavam lá. Parada diante da cômoda, tentava decidir que tipo de impressão queria causar. Ousada? Casual? Sensual?

Era muito mais fácil para os homens: colocar uma camiseta, sandália e short e sair pela porta. Enquanto isso, ela precisava decidir o *comprimento* do short e quanto queria que eles fossem *justos* ou *desbotados*. Deveria usar um short sexy, com desenhos de lágrimas nos bolsos de trás, ou ser mais conservadora? E isso só com a parte de baixo; tentar decidir o que usaria em cima era ainda mais difícil, principalmente porque não tinha definido se colocava o biquíni ou um maiô por baixo. Apesar do que havia dito a Serena, era um encontro e, tirando o fiasco da semana anterior com Jill e Paul, ela não tivera muitos encontros recentemente. Acrescente-se o fato de que seus pensamentos tinham se desviado para Colin durante toda a manhã e a noite anterior, e tudo isso a deixava mais nervosa do que nunca.

O que queria com ele, afinal? Colin era o tipo de cara que ela costumava *processar*. Até ontem, se alguém sequer fizesse a sugestão de que ela saísse com um cara que tivesse o passado dele, ela teria gargalhado ou ficado ofendida. Deveria simplesmente ter dito adeus depois de ele levá-la ao carro na noite anterior. A simples ideia de os dois saírem hoje era absurda. No entanto... *ela* havia convidado, e sentia dificuldade para lembrar como isso tinha acontecido ou o que estivera pensando.

Colin era... *magnético*. Era a palavra que havia saltado em sua cabeça enquanto tomava banho. Ainda que às vezes as respostas dele a deixassem desnorteada, precisava admitir que seu lema de "Este é o meu eu verdadeiro e você pode me aceitar ou não" era revigorante. Mais do que isso, sentia que o arrependimento dele era verdadeiro, enfatizando o quanto havia mudado. Não era ingênua a ponto de ignorar a possibilidade de que ele tivesse tentado angariar sua simpatia, mas era impossível juntar essa ideia com o cara que havia trocado seu pneu, ou andado pela praia com ela, ou que estudava com sua irmã na esperança de virar professor. Ele não tinha tentado dar em cima dela e, se Maria não o convidasse para fazer *stand-up paddle*, não tinha dúvida de que ele iria deixá-la no carro sem dizer mais nada.

Precisava admitir que apreciava o fato de que ele havia sido tão honesto e aberto com relação ao passado. Se ele esperasse até hoje para revelar essas surpresas, ela teria se sentido manipulada, talvez até amedrontada. A química que sentira inicialmente com Colin seria apagada quase no mesmo instante, fazendo-a imaginar sobre o que mais ele havia mentido. Ninguém gosta de ser atraído com iscas falsas.

Para dizer a verdade, ela não conhecia muitas pessoas que tivessem mudado de vida tão completamente como Colin. Mesmo não tendo ideia de aonde o dia poderia levar – ou mesmo se era algum tipo de começo –, vestiu o biquíni preto e escolheu o short jeans apertado. Por fim, colocou uma camiseta justa com decote cavado. Se Colin tirasse a camisa *dele* – e isso, Maria precisou admitir, não iria incomodá-la nem um pouco – no mínimo ela deveria ter a opção de fazer o mesmo.

Colin estava encostado na lateral de seu carro e Maria quase abriu a boca quando ele acenou. Ele usava uma camiseta cinza grudada desde os ombros esculturais até a cintura estreita. As mangas mal conseguiam conter os braços bem definidos e, mesmo de longe, a profunda cor cinza-azulada de seus olhos era visível, destacada pelas maçãs do rosto. Por mais improvável que fosse, ele ficava mais bonito a cada dia. Quando se afastou do carro e sorriu, ela sentiu algo saltar por dentro enquanto uma vozinha sussurrava: *se eu não tiver cuidado, posso me encrencar seriamente com esse cara.*

Afastando o pensamento, acenou de dentro do carro e respirou fundo enquanto desligava o motor. Quando abriu a porta, o calor a invadiu quase de imediato. Felizmente uma brisa fraca agitava o ar, tornando-o um pouco mais suportável.

– Ei! – gritou ela. – Você chegou na hora exata.

Viu que ele havia trazido uma mochila, uma pequena caixa térmica e um par de toalhas. Ele se inclinou, pegando a mochila e pendurando-a no ombro.

– Cheguei cedo – disse ele. – Não sabia se estava parando no lugar certo. Não há outros carros por aqui.

– É sempre mais calmo na ponta da ilha. As pessoas não gostam de pôr moedas nos parquímetros, o que é bom, já que significa que não precisamos andar tanto. – Ela protegeu os olhos do sol com a mão. – Como foi o treino?

– Um pouco mais intenso do que o normal, mas não sofri nenhum hematoma nem tive o nariz quebrado.

– Dá para ver – disse ela com um sorriso. – E os outros caras? Você não os machucou, né?

– Estão bem. – Ele franziu os olhos por causa da claridade. – Sua vez. Como foi o almoço com a família?

– Também sem narizes quebrados nem hematomas – provocou ela e, quando o ouviu rir, prendeu uma mecha de cabelo atrás da orelha, lembrando-se de não ficar empolgada demais. – Falando sério, provavelmente eu deveria alertá-lo de que contei a Serena que íamos para a água hoje. Para o caso de ela perseguir você depois da aula e perguntar um monte de detalhes pessoais.

– Ela vai fazer isso?

Com certeza, pensou Maria.

– Provavelmente.

– Por que ela não pergunta a você?

– Tenho certeza de que ela vai me ligar mais tarde. Serena considera um dever ficar totalmente envolvida na minha vida pessoal.

– Certo. – Ele riu. – Por sinal, você está linda.

Maria sentiu um calor nas bochechas.

– Obrigada. – Depois, tentando manter as coisas leves, acrescentou: – Está preparado?

– Mal posso esperar.

– Temos sorte, porque não está ventando muito. A água deve estar perfeita.

Ela começou a soltar uma das tiras que prendiam as pranchas no teto do carro. Colin chegou perto para ajudá-la a soltar as outras tiras. Os músculos do antebraço dele se moviam como cordas de piano, fazendo a tatuagem ondular enquanto os dois trabalhavam lado a lado. Ele cheirava a sal e vento, limpo e refrescante. Levantou a prancha de cima, encostando-a no carro antes de fazer o mesmo com a outra, apoiando uma na outra.

– Como é o seu equilíbrio na prancha? – perguntou ele.

– Bastante bom. Por quê?

– Porque eu preparei uma pequena caixa térmica com umas coisinhas – disse ele, apontando para trás. – Imaginei se você poderia colocá-la na sua prancha. Não sei se meu equilíbrio vai ser bom.

– Não é muito difícil. Você vai pegar o jeito. Mas, respondendo à sua pergunta, sim, posso colocar a caixa térmica na minha prancha. Na verdade, isso é perfeito, já que vai me dar um lugar para pôr as toalhas. Odeio toalhas molhadas.

Abrindo a porta do seu carro, ela pegou a máquina fotográfica e as alças para carregar as pranchas, tentando conscientemente não encará-lo. Estendeu as alças no chão e prendeu-as nas pranchas, sabendo que Colin estava olhando e gostando de como isso a fazia se sentir. Quando terminou, ele pegou a mochila e as duas pranchas. Maria pegou as toalhas e a caixa térmica enquanto iam em direção à ponta.

– O que há na caixa? – perguntou ela.

– Coisas para beliscar. Frutas, umas castanhas, duas garrafas d'água.

– Saudável – comentou ela.

– Sou bem rígido com o que como.

– E a mochila?

– Um frisbee, uma bolinha para brincar de embaixadinhas e filtro solar. Se pararmos na praia ou algo assim.

– Não sou muito boa com frisbee. E, só para você saber, nunca fiz embaixadinhas.

– Então nós dois vamos experimentar uma coisa nova hoje.

Na praia, a areia reluzia quase branca ao sol. A não ser por um homem jogando uma bola para seu golden retriever nas ondas, a praia nessa extremidade da ilha estava deserta. Maria levantou a caixa térmica apontando na direção da enseada.

– Aquela é a ilha Masonboro.

– Até ontem à noite, nunca tinha ouvido falar sobre ela.

– É rústica. Não tem estradas nem áreas de piquenique. Um monte de gente vai lá de barco no verão, mas está vazio agora. É quieto, lindo e um ótimo lugar para relaxar depois da semana de trabalho, ainda mais se for uma como esta. O sócio para quem trabalho tem um julgamento daqui a uns dias e eu provavelmente vou trabalhar até tarde, toda noite, para garantir que ele tenha tudo de que precisa. Vou acordar mais cedo do que o normal também.

– São muitas horas.

– Preciso progredir, você sabe. – Ela riu.

– Por quê?

– Se eu não fizer meu trabalho, sou demitida.

– Eu não estava perguntando sobre fazer bem o trabalho. Entendo isso. Só estava imaginando por que para você é importante progredir.

Maria franziu a testa, percebendo que ele era a primeira pessoa que lhe fazia essa pergunta, e ficou perplexa.

– Não sei – respondeu finalmente. – Acho que sou assim. Ou é isso ou foi culpa dos meus pais. Não é o que as pessoas dizem na terapia?

– Às vezes. E às vezes até é verdade.

– Você não quer progredir?

– Nem sei o que significa progredir. Uma casa maior? Carros melhores? Férias mais exóticas? Meus pais têm todas essas coisas, mas não sinto que qualquer um dos dois seja realmente feliz. Sempre há mais alguma coisa lá longe, mas onde isso acaba? Não quero viver assim.

– Como você quer viver?

– Quero equilíbrio. Trabalho é importante porque preciso me sustentar, mas os amigos, a saúde, o descanso também são. Ter tempo para fazer as coisas que eu curto, e às vezes não fazer nada.

A caixa batia na perna dela.

– É muito… sensato.

– Certo.

Ela sorriu. *Eu podia ter previsto que ele falaria isso.*

– Você tem razão, claro. Equilíbrio é importante, mas sempre gostei da sensação de realizar algo difícil, fosse conseguir boas notas quando era pequena ou escrever bem um relatório agora. Estabelecer objetivos e depois alcançá-los faz com que eu sinta que não estou somente existindo por existir. E no fim, se faço isso bastante bem, outras pessoas notam, e sou recompensada. Gosto disso, também.

– Faz sentido.

– Mas não para você?

– Nós somos diferentes.

– Você não estabelece objetivos? Tipo terminar a faculdade ou ganhar uma luta?

– Sim.

– Então em que sentido somos diferentes?

– É que eu não me importo em progredir. E geralmente não penso muito no modo como as outras pessoas definem isso.

– E você acha que eu penso?

– Acho.

– Pode ser mais específico?

Ele deu alguns passos antes de responder.

– Acho que você se preocupa demais com o modo como é vista pelas outras pessoas, mas para mim isso é um erro. No fim das contas, a única pessoa a quem você pode agradar de verdade é a si mesma. O que as outras pessoas sentem é problema delas.

Maria comprimiu os lábios, sabendo que ele estava certo, mas mesmo assim um tanto pasma porque ele simplesmente... dizia isso. Mas, afinal de contas, ele era direto com relação a todo o resto, então por que ficaria surpresa?

– Você aprendeu isso na terapia?

– Foi. Mas demorei muito tempo para abraçar a ideia.

– Talvez eu devesse falar com seu terapeuta.

– Talvez – concordou Colin, e ela riu.

– Bom, só para você saber, não sou só eu. O fato de eu precisar de tanta validação externa *é* culpa dos meus pais.

Quando ele levantou a sobrancelha, cético, ela cutucou seu ombro de um jeito brincalhão e o gesto foi estranhamente natural.

– Estou falando sério. Posso ter nascido com o impulso, a ambição ou como quer que você queira chamar, mas eles definitivamente alimentaram isso. Nenhum dos meus pais estudou além do ensino fundamental, e os dois precisaram se sacrificar durante anos antes de abrirem o restaurante. Precisaram aprender uma língua nova, fazer contabilidade e mil outras coisas desde o zero. Para eles, uma boa formação era tudo. Cresci falando espanhol em casa, de modo que desde o início precisei me esforçar mais do que as outras crianças porque não entendia nada que a professora dizia. Ainda que meus pais trabalhassem quinze horas por dia, nunca perderam uma reunião com os professores e garantiam que eu sempre fizesse o dever de casa. Quando comecei a tirar notas boas, eles ficaram orgulhosíssimos. Convidavam minhas tias, meus tios e primos no fim de semana – eu tenho uma tonelada de parentes na cidade – e eles passavam de mão em mão meu boletim, falando sem parar sobre como eu era boa aluna. Eu era o centro das atenções e gostava de como isso me fazia sentir, de modo que comecei a me esforçar mais ainda. Ficava sentada na primeira fileira e levantava a mão sempre que a professora fazia uma pergunta, e permanecia acordada até o meio da noite estudando para as provas. Resumindo: fui uma nerd completa até o fim do ensino médio.

– É? – Ele exibia outra vez aquela expressão de divertimento.

– Ah... é – disse ela, sem graça. – Precisei usar óculos quando tinha 8 anos e usei aparelho nos dentes durante três anos. Era tímida, desajeitada e *gostava* de estudar. Só fui a um baile no último ano e, mesmo assim, fui com um grupo de outras garotas que não tinham acompanhantes. Só beijei um garoto um mês antes de começar a faculdade. Acredite, eu fui uma nerd.

– E agora?

– Ainda sou. Trabalho demais, não visito os amigos com tanta frequência quanto deveria e não faço nada de verdade nos fins de semana, a não ser remar e passar um tempo com minha família. Nas noites de sexta geralmente posso ser encontrada lendo na cama.

– Isso não faz de você uma nerd. Hoje em dia eu também não saio muito. Se não estou trabalhando ou competindo, em geral estou ouvindo música, estudando ou conversando com Evan e Lily em casa.

– Lily?

– A noiva do Evan.

– Como ela é?

– Loura. Mais ou menos do mesmo tamanho que você. Personalidade fantástica. E muito, muito sulista. É de Charleston.

– E o Evan? É parecido com você?

– É mais como você, controlado.

– Você acha que eu sou controlada?

– Acho.

– Então por que não me sinto assim?

– Não faço ideia. Mas acho que a maioria das pessoas diria o mesmo que eu.

Ela franziu os olhos em sua direção, gostando do que ele havia dito. Nesse ponto, tinham chegado à beira da praia, e ela tirou as sandálias, focalizando a água.

– Certo, isso está bom – declarou. – A maré está subindo, o que torna mais fácil. Se estivesse descendo, teríamos de partir de lá – disse apontando por cima do ombro dele. – Está preparado?

– Quase. – Ele pôs as pranchas no chão, tirou a mochila do ombro, guardando as sandálias e pegando um frasco de filtro solar. Tirou a camisa, guardando-a na mochila também, e o primeiro pensamento de Maria foi que ele parecia quase esculpido. O peito e a barriga eram uma paisagem de contornos e cristas, cada músculo nitidamente definido. No peito, uma colorida tatuagem de dragão serpenteava sobre um dos ombros, entrelaçando-se artisticamente com um ideograma chinês. Ele olhou para a água enquanto começava a aplicar a loção. – Isto aqui é lindo.

– Concordo – disse ela, tentando não devorá-lo com os olhos.

Ele colocou um pouco mais de filtro solar na mão antes de lhe oferecer o frasco.

– Quer?

– Talvez mais tarde. Coloquei um pouco antes, mas em geral não fico queimada. Pele latina, você sabe.

Ele assentiu, passando um pouco na frente das pernas e depois se virando.

– Pode passar um pouco nas minhas costas?

Ela assentiu, com a boca ligeiramente seca.

– Claro.

Os dedos dos dois se roçaram quando ela pegou a loção. Espremeu um pouco nas mãos e passou-as lentamente pelas costas dele, sentindo o jogo de músculos e pele, tentando ignorar a estranha intimidade do que estava fazendo. Serena adoraria ouvir sobre isso.

– Vamos ver algum boto? – perguntou ele, aparentemente sem perceber seus pensamentos.

Passando as mãos pelas costas dele, Maria demorou um tempo para responder.

– Duvido. Nessa hora do dia geralmente eles estão mais para o oceano. – Depois, sentindo um pouco de desapontamento, terminou e fechou a tampa. – Certo, acabei.

– Obrigado – disse ele, guardando o filtro solar. – E agora?

– Estamos quase prontos. – Ela soltou as alças das pranchas e as entregou para Colin guardar na mochila, enquanto pegava a prancha menor. – Você pode vir atrás de mim com a caixa e as toalhas? Vou mostrar como subir.

Entrou no oceano com a prancha. Quando estava com água até acima dos joelhos, deitou-se nela, puxando o corpo até ficar centralizada. Colocou o remo perpendicularmente à prancha, segurou-o com firmeza enquanto primeiro ficava de joelhos e depois de pé.

– Tchã-rã… E é só. A chave é encontrar o ponto médio, em que nem o bico nem a cauda estejam embaixo d'água. E depois manter os joelhos meio dobrados, isso vai ajudar você a ficar de pé.

– Entendi.

– Pode colocar a caixa atrás de mim e empilhar as toalhas em cima. E pode me passar a máquina fotográfica?

Colin entrou na água seguindo as instruções. Ela pendurou a câmera no pescoço enquanto ele pegava sua prancha e repetia os movimentos dela. Quando estava de pé, mudou o peso de lugar, balançando a prancha ligeiramente.

– É mais estável do que imaginei – observou.

– Quando quiser virar, pode remar para a frente para fazer uma curva lenta e aberta ou pode remar para trás, para uma curva mais fechada. – Ela demonstrou a primeira opção, depois a segunda, girando no lugar. Nesse processo, afastou-se um pouco mais da praia. – Está pronto?

– Vamos – disse ele.

Com algumas remadas, ele a alcançou. Emparelhados, chegaram às águas férteis e calmas da marisma. Acima deles o céu azul era riscado por cirros. Discretamente ela observou Colin captando tudo, o olhar dele se demorando nos pelicanos-marrons, nas garças cor de neve ou numa águia-pescadora que passava acima. Ele não parecia sentir necessidade de romper o silêncio. Ela nunca havia conhecido alguém igual.

Enquanto seus pensamentos continuavam a correr soltos, ela voltou a atenção para a ilha, notando os restos nodosos de tocos de árvores, cinzentos e cobertos de sal, as raízes se retorcendo feito barbante esgarçado numa bola mal enrolada. Caminhos curvos atravessavam as dunas salpicadas de capim, atalhos indo para o trecho da ilha voltado para o oceano, e restos de madeira trazidos pela água e manchados de preto pelo pântano acumulados na beira d'água.

– Você está pensando em alguma coisa.

Sem que ela notasse, Colin havia se aproximado com sua prancha.

– Estou pensando em quanto adoro estar aqui.

– Você vem todo fim de semana?

– Na maioria – disse ela, mantendo as remadas firmes. – A não ser que esteja chovendo ou ventando forte. O vento forte faz parecer que a gente não está indo a lugar nenhum, e a água fica meio agitada. Cometi esse erro uma vez quando trouxe Serena. Ela ficou uns vinte minutos antes de insistir em voltar. Nunca mais veio. Quando se trata do oceano, ela é mais do tipo ficar torrando ao sol ou relaxando na parte de trás de um barco. Não somos muito parecidas.

A curiosidade com que ele observava e ouvia instigou-a.

– Serena sempre foi mais expansiva e popular do que eu – disse Maria, impelindo o remo pela água. – Teve um namorado depois do outro e tem um zilhão de amigos. O telefone dela nunca para de tocar, as pessoas sempre querem passar um tempo com ela. Para mim não foi assim. Sempre fui mais quieta, mais tímida, acho, e cresci sentindo que nunca me encaixava de verdade.

– Para mim você não parece tímida.

– Não? Pareço como?

Ele inclinou a cabeça.

– Pensativa. Inteligente. Cheia de empatia. Linda.

A certeza com que ele falava, como se tivesse revisado a lista antes, a fez sentir-se subitamente sem graça.

– Obrigada – murmurou. – Isso foi... fofo.

– Tenho certeza de que você já ouviu isso antes.

– Na verdade, não.

– Então você tem andado com as pessoas erradas.

Ela ajustou os pés na prancha, tentando esconder como se sentia lisonjeada e nervosa.

– Então, você não tem namorada?

– Não. Durante um tempo eu não tinha o perfil "garoto para namorar". Agora ando muito ocupado. E você?

– Ainda solteira. Tive um namorado sério quando estava na faculdade, mas não deu certo. E ultimamente tive uma tendência para atrair o tipo errado de homem.

– Como eu?

Ela deu um sorriso sem graça.

– Não estava pensando em você quando disse isso. Pensava no sócio da minha empresa que, por acaso, é casado e tem filhos. Ele vem dando em cima de mim e isso está tornando meu trabalho bem estressante.

– Imagino.

– Mas você não tem nenhum conselho para me dar, não é? Porque não dá conselhos.

– É.

– Você sabe que conversar com você exige que a gente se acostume um pouco, não sabe? Serena, por exemplo, sempre tem um monte de conselhos.

– Eles ajudam?

– Na verdade, não.

A expressão dele dizia que tinha provado seu argumento.

– O que aconteceu com o seu namorado?

– Não há muito que contar. Saímos juntos durante uns dois anos e eu achei que estávamos na direção de algo mais sério.

– Casamento?

Ela assentiu.

– Foi o que achei. Mas aí ele decidiu que eu não era o que ele queria. Ele queria outra pessoa.

– Deve ser difícil.

– Foi devastador.

– E desde então não teve mais namorados?

– Na verdade, não. Saí com alguns caras, mas nada foi para a frente. – Ela fez uma pausa, lembrando. – Saía para dançar com minhas amigas numa boate de salsa em Charlotte, mas a maioria dos caras que eu conhecia só queria uma coisa. Para mim, dormir com alguém é algo que surge a partir de um compromisso, sei lá.

– Eles queriam algo sem compromisso.

– Eu sei. Mas... – Ela tentou pensar no melhor modo de dizer. – Às vezes é difícil. Talvez porque meus pais sejam tão felizes e façam isso parecer tão fácil, mas sempre presumi que poderia encontrar o cara perfeito sem ter de me acomodar. Eu tinha um monte de planos... Achava que, na minha idade, estaria casada, morando numa casa vitoriana restaurada. Talvez com um filho. Mas agora essas coisas parecem mais distantes do que quando eu era criança. Parecem mais distantes até mesmo do que há dois anos.

Quando ele não respondeu, ela balançou a cabeça.

– Não acredito que estou contando tudo isso.

– Estou interessado.

– Claro que não está – disse ela, desconsiderando o comentário. – Parece uma chatice, até para mim.

– Não é chato. É a sua história e eu gosto de ouvir. – Ele fez uma pausa antes de mudar subitamente de assunto. – Dança salsa, é?

– Foi isso que você ouviu? De tudo o que eu disse? – Quando Colin deu de ombros, ela se perguntou por que era tão fácil conversar com ele. – Eu ia quase todo fim de semana.

– Mas não vai mais?

– Pois é. Eu voltei para cá. Serena tentou me arrastar para um lugar, mas no último minuto desisti.

– Podia ter sido divertido.

– Talvez. Mas nem é uma boate de verdade. É um armazém abandonado, e tenho certeza de que o negócio todo é ilegal.

– Às vezes esses são os melhores lugares para ir.

– Imagino que esteja falando por experiência própria, não é?

– É.

Ela sorriu.

– Você sabe alguma coisa sobre salsa?

– É parecido com tango?

– Não. O tango é uma espécie de dança de salão. A salsa é mais uma dança de festa, com um monte de giros e trocas de mãos, e você fica no mesmo lugar. É um modo legal de passar algumas horas com amigos, principalmente se o seu parceiro for bom. Era a única ocasião em que sentia que podia me soltar de verdade e ser eu mesma.

– Você não está sendo você mesma agora?

– Claro. Mas esta é sem dúvida minha versão mais quieta. – Ela levantou o remo acima da cabeça para se espreguiçar por um momento, depois mergulhou-o na água de novo. – Tenho uma pergunta: por que você quer dar aulas para crianças? Eu achava que a maioria dos caras gostaria de trabalhar no ensino médio.

Ele empurrou o remo na água.

– Porque nesse estágio as crianças têm idade suficiente para entender quase tudo o que os adultos dizem, mas ainda são suficientemente novas para acreditar que os adultos falam a verdade. Além disso, é a faixa etária em que os problemas de comportamento começam a se manifestar.

Deslizaram pela água quase tão imóvel quanto vidro.

– E? – perguntou ela.

– E o quê?

– Você me disse a mesma coisa ontem à noite. Quando achou que eu não estava contando a história inteira. Por isso pergunto de novo: qual é o verdadeiro motivo para você querer ensinar para crianças?

– O terceiro ano foi meu último bom na escola. Bem, até dois anos atrás, na verdade. E tudo por causa do Sr. Morris. Ele era um oficial do Exército aposentado que passou a ensinar já com certa idade e sabia exatamente do que eu precisava. Não da disciplina insensata que tive mais tarde no colégio militar, e sim um plano específico para mim. Ele não aceitava papo furado na sala de aula. Assim que comecei a aprontar, ele disse que eu precisava ficar depois da aula. Achei que só ia ficar sentado na sala com um livro, que ele me mandaria limpar a sala ou algo assim, mas em vez disso ele me obrigou a correr em volta da escola e a fazer flexões sempre que passava por ele. E o tempo todo ficava dizendo que eu estava indo muitíssimo bem, que eu era mesmo rápido, forte, ou sei lá o quê, por isso a coisa não pareceu um castigo. Fez a mesma coisa na hora do recreio no dia seguinte, e depois perguntou se eu podia começar a chegar mais cedo todo dia porque estava claro que eu levava jeito para correr. Que eu era mais forte do que os outros garotos. *Melhor* do que os outros garotos. Hoje sei que estava fazendo isso por causa do meu TDAH e de outras besteiras emocionais. Ele só queria gastar meu excesso de energia para eu poder ficar parado na sala de aula.

Sua voz ficou mais suave enquanto ele continuava:

– Foi a primeira vez que lembro de ter sido elogiado. Depois disso, eu só queria deixá-lo mais orgulhoso de mim. Baixei a bola, e os estudos começaram a ficar mais fáceis. Alcancei a turma em leitura e matemática e fiquei mais comportado em casa também. Avancemos um ano até a turma da Sra. Crandall, e tudo aquilo foi pelo ralo. Ela era má, raivosa e odiava os garotos. Voltei a ser o encrenqueiro de antes. Foi nesse ano que meus pais me mandaram embora.

Ele soltou a respiração demoradamente antes de se virar para ela.

– É por isso que quero ensinar para crianças. Porque talvez, só talvez, eu encontre um garoto igual a mim e vou saber o que fazer. A longo prazo, sei o quanto esse único ano pode significar para o tal garoto. Jamais teria pensado em voltar à faculdade e virar professor se não fosse o Sr. Morris.

Enquanto Colin falava, Maria mantinha o olhar fixo nele.

– Sei que eu não deveria estar surpresa, considerando tudo o que você me contou. Mas estou.

– Porque...

– É inspirador. Quer dizer, o motivo para você querer ser professor. Não tenho nenhuma história assim. Na metade do tempo nem sei direito por que virei advogada. A coisa simplesmente aconteceu.

– Como assim?

– Quando fui para a faculdade, eu não sabia direito o que queria fazer. Pensei em administração ou algo ligado à pesquisa, até pensei se deveria ir para a escola de medicina. Foi tremendamente difícil escolher um curso. Minha colega de quarto, por outro lado, estava decidida a estudar direito e eu meio que me convenci de que a ideia era muito mais glamorosa do que é de verdade. Quando vi, estava me candidatando à escola de direito e, três anos depois, tinha um emprego na promotoria e estudava para a prova do registro profissional. E agora aqui estou. Não me entenda mal, sou boa no que faço, mas às vezes é difícil imaginar que vou fazer isso pelo resto da vida.

– Quem disse que precisa fazer?

– Não posso jogar meus estudos fora. Ou os últimos quatro anos. O que eu faria?

Ele coçou o queixo.

– Você pode fazer o que quiser. No fim das contas, todos levamos a vida que escolhemos.

– O que os seus pais acham de você ter voltado a estudar?

– Ainda estão decidindo se mudei de verdade ou se vou voltar a ser o cara de antes.

Ela sorriu. Ele sempre dizia o que pensava, sem se preocupar com o que ela acharia?

– Não sei por quê, mas para mim é difícil imaginar o outro Colin.

– Você não gostaria muito dele.

– Provavelmente não. E ele não teria parado para trocar meu pneu.

– Com certeza não.

– O que mais devo saber sobre o novo Colin? – perguntou ela, e a pergunta deu lugar gradualmente a uma conversa sinuosa sobre a infância em Raleigh e um pouco mais sobre a amizade com Evan e Lily.

Ele contou sobre os pais e as irmãs mais velhas, como havia sido crescer sob os cuidados de várias babás. Falou sobre as primeiras brigas, as escolas onde estudara e deu mais detalhes dos anos depois do ensino médio. Falou sobre o MMA e, quando foi pressionado, contou algumas lutas, inclusive a mais recente com o fuzileiro, que o havia deixado com hematomas e sangrando. Ainda que muitas histórias enfatizassem as partes complicadas de seu passado, elas combinavam com o que ela já sabia.

Enquanto conversavam, a maré começou a subir, empurrando-os para a frente, lado a lado. O sol foi baixando gradualmente para o horizonte, a água começando a reluzir como moedas antigas. A fina cobertura de nuvens suavizava a claridade e começou a mudar de cor – cor-de-rosa, laranja e magenta.

– Quer dar um pulo na praia? – perguntou ela finalmente.

Ele confirmou com a cabeça. Enquanto começavam a remar para a areia, Maria viu as costas esguias e escuras de três botos se aproximarem lentamente. Eles faziam arcos na água e, quando ela apontou, Colin abriu um sorriso de menino. Numa concordância tácita, os dois pararam de remar, deixando as pranchas à deriva. Para surpresa dela, os botos alteraram o rumo, indo na direção dos dois. Por instinto, Maria pegou a máquina e começou a tirar fotos, ajustando o enquadramento a cada clique. Capturou a imagem dos três botos rompendo a superfície antes de passarem em fila, suficientemente perto para serem tocados, com os furos de respiração espirrando água. Maria se virou, vendo-os ir na direção da enseada e do oceano mais além, e imaginando o que os teria trazido àquele lugar naquele momento exato.

Quando finalmente sumiram de vista, ela notou que Colin estivera encarando-a. Ele sorriu e ela levantou a câmera e tirou uma foto dele, lembrando-se de repente da súbita vulnerabilidade que ele havia mostrado alguns minutos antes. Apesar da confiança que apresentava, Maria percebeu que Colin simplesmente queria ser aceito; a seu modo, ele era tão solitário quanto ela. Essa percepção doeu, e subitamente parecia que os dois eram as únicas pessoas em todo o mundo. Nesse momento silencioso e íntimo ela soube que queria passar mais tardes com ele, como esta, uma tarde comum que, de algum modo, parecia mágica.

7

Colin

Na praia, Colin sentou-se numa toalha ao lado de Maria, tentando ignorar a aparência dela no biquíni preto que estivera escondido por baixo das roupas. No dia anterior, tinha-a visto como uma estranha intrigante; hoje, remando na prancha, passara a vê-la como amiga; mas agora não sabia o que mais poderia vir a ser. Só sabia que era difícil manter os pensamentos no lugar certo com Maria de biquíni. Ela era mais do que bonita e, apesar de Colin sentir que algo mudara entre os dois no correr do dia, não conseguia dar exatamente um nome ao que sentia.

Não tinha muita experiência com mulheres como Maria. Em vez de diplomas universitários e famílias felizes, as mulheres que havia namorado costumavam ter muitos piercings e tatuagens, expressões raivosas e sérios problemas com os pais. Esperavam ser maltratadas, e era isso o que ele fazia. A falta de expectativa mútua criava algo que parecia conforto. Um conforto muito errado, claro, mas o sofrimento adora ter companhia.

Somente duas haviam durado três meses, mas, diferentemente de Evan, ter uma pessoa especial não era uma ideia que atraía o interesse de Colin. Ele não era assim. Gostava da liberdade de estar solteiro, sem precisar dar satisfação a ninguém. Já era difícil manter a própria vida no rumo, quanto mais tentar satisfazer as expectativas de alguém.

Ou pelo menos era o que sempre tinha acreditado. Mas agora, enquanto admirava Maria, imaginou se simplesmente estivera arranjando desculpas. Será que ele nunca tentara de verdade, talvez porque não houvesse encontrado a pessoa certa? Estava colocando o carro na frente dos bois, mas não conseguia negar o fato de que desejava passar mais tempo com ela. Não entendia por que ela ainda estava solteira. Lembrou-se de que não havia a mínima chance de ela se interessar por um cara como ele.

No entanto…

No hospital havia passado muito tempo na terapia de grupo, onde tentar descobrir o que movia os outros era parte crucial do exercício. Entender os outros significava entender a si mesmo – e vice-versa – e fazia muito tempo que ele era afinado com a linguagem corporal e as deixas vocais que as pessoas revelavam ao compartilhar seus temores, defeitos e arrependimentos.

Ainda que não conseguisse ler Maria com exatidão, suspeitava de que ela se sentia tão confusa quanto ele com relação ao que estava acontecendo. Isso fazia sentido. Apesar de estar se saindo bem, ela compreendia que o antigo Colin ainda fazia parte dele. Isso seria uma preocupação para qualquer pessoa. Sua raiva explosiva estava adormecida, como um urso hibernando. Por isso, ele precisava estruturar a vida de modo a impedir a chegada da primavera. Treinar intensamente para manter a raiva sob controle; participar de uma luta de MMA ocasional para expurgar a agressividade. Estudar muito e trabalhar por longas horas para preencher o dia e não visitar os lugares errados. Ficar longe das drogas e limitar o álcool. Passar tempo com Evan e Lily, que não somente eram cidadãos exemplares como sempre estavam ali para apoiá-lo.

Não havia espaço em sua vida para Maria. Não havia tempo. Ele não tinha energia. No entanto...

Estavam sozinhos num trecho de areia isolado. Ela era de uma sensualidade infernal. Segundo a lógica, Maria já deveria ter fugido para as colinas, mas parecia aceitar aos poucos seu passado, e ele não conseguia parar de pensar nela.

Olhou-a se reclinar ao calor do sol da tarde, apoiando-se nos cotovelos. Pensou de novo que ela era uma das mulheres de beleza mais natural que ele já vira e, num esforço para se distrair, rolou de lado e estendeu a mão por trás dela, puxando a caixa térmica. Tirou a tampa e pegou duas garrafas d'água, entregando uma a ela.

– Banana ou laranja? – perguntou.

– Banana – respondeu Maria. Em seguida, sentou-se lânguida e graciosa. – Laranja deixa as mãos pegajosas.

Ele entregou a fruta e pegou dois saquinhos de castanhas mistas.

– Quer um pouco também?

– Claro. Por que não?

Ela pegou outro saquinho e jogou algumas amêndoas na boca.

– Eu precisava exatamente disso. Já posso sentir meu colesterol baixando e os músculos aumentando.

Ele sorriu, começando a descascar sua laranja. Ela fez o mesmo com a banana e deu uma mordida antes de se recostar outra vez.

– Nunca faço isso – disse Maria. – Quer dizer, vir à praia quando estou aqui. Já passei por aqui remando, mas nunca vim só para relaxar.

– Por quê?

– No verão sempre há gente demais. Eu me sentiria estranha vindo aqui sozinha.

– Por quê? Isso não me incomodaria.

– Não tenho dúvida, mas para as mulheres é diferente. Alguns caras poderiam achar que é um convite. Vai que algum maluco se senta perto de mim, um cara sob condicional e com histórico de frequentar bares para brigar com estranhos e pisar na cabeça das pessoas... Ah, espera!

Ela fingiu horror enquanto se virava subitamente para ele. Colin gargalhou.

– E se ele dissesse que estava mudado?

– A princípio eu não acreditaria.

– E se ele fosse charmoso?

– Ele precisaria ser muito, muito charmoso. Mesmo assim, eu preferiria ficar sozinha.

– Mesmo se ele trocasse seu pneu no meio de uma tempestade?

– Eu ficaria grata pela ajuda, mas não sei se isso faria muita diferença. Até as pessoas malucas podem fazer uma coisa boa de vez em quando.

– Provavelmente é uma decisão sensata. Um cara assim poderia ser perigoso.

– É óbvio. Claro, sempre há a possibilidade de ele *ter* mudado mesmo e por acaso ser um cara legal. Aí o azar seria meu, já que nem dei uma chance.

– Dá para entender como isso poderia ser um problema.

– De qualquer modo, é por esse motivo que não venho sozinha à praia. Isso simplesmente elimina toda a dificuldade.

– Faz sentido. Mas preciso admitir que não sei como me sinto com relação ao que você acaba de dizer.

– Bom – respondeu ela, cutucando-o com o ombro. – Estamos quites. Não sei como me sentir com relação a um monte de coisas que você me disse.

Mesmo sem ter certeza se ela estava flertando, Colin gostou de como era natural quando Maria o tocava.

– Que tal mudarmos o assunto para algo mais seguro?

– O quê, por exemplo?

– Fale da sua família. Você disse que tem um monte de parentes na cidade, não foi?

– Meus avós dos dois lados ainda moram no México, mas três tias e quatro tios moram em Washington, junto com mais de vinte primos. Nós damos umas festas familiares tremendas.

– Parece divertido.

– E é. Muitos deles trabalham ou trabalharam no La Cocina de la Familia. O restaurante era como nosso segundo lar. Eu provavelmente passei mais tempo lá do que em casa.

– É?

Ela confirmou com a cabeça.

– Quando eu era pequena, meus pais tinham uma área para crianças nos fundos, para que minha mãe pudesse me vigiar. Quando comecei na escola, fazia o dever de casa no escritório e tomava conta da Serena até o fim do turno da minha mãe. Mais tarde, comecei a trabalhar lá também. O estranho é que nunca me lembro de ter sentido que eu era menos importante do que o restaurante, ou mesmo que ele dominava minha vida. Não só porque toda a minha família estava lá, mas porque meus pais viviam aparecendo para me olhar e ver se estava bem. Em casa a sensação não era muito diferente. Sempre tínhamos parentes lá. Um monte deles morou com a gente até conseguir um lugar próprio. Para uma criança, não há coisa melhor. Sempre havia algo acontecendo; pessoas falando, brincando, cozinhando ou ouvindo música. Era sempre barulhento, mas era uma energia boa. Energia feliz.

Ele tentou associar aquele relato à mulher sentada ao seu lado, e achou isso surpreendentemente fácil.

– Quantos anos você tinha quando começou a trabalhar no restaurante?

– Quatorze. Trabalhava lá depois das aulas e em todos os verões e feriados, até me formar na escola de direito. Meus pais achavam que seria bom eu ganhar meu próprio dinheiro.

– Você parece ter orgulho deles.

– Você não teria? Mas devo admitir que não sei bem o que meus pais pensariam se soubessem que eu estou com você hoje.

– Tenho uma boa ideia do que eles pensariam.

Ela gargalhou, um riso leve e solto.

– Quer experimentar o frisbee?

– Vou tentar, mas não diga que não avisei.

Ela não estava mentindo. Não era muito boa; quase todos os lançamentos saíam do rumo, alguns batendo na areia e outros sendo apanhados pela brisa. Colin fazia zigue-zagues, bem-humorado, tentando resgatar o objeto antes que batesse no chão enquanto a ouvia gritar: "Desculpe!" Sempre que conseguia fazer um lançamento preciso ou pegar o frisbee, ela festejava com uma alegria quase infantil.

Durante a brincadeira, contou a ele suas viagens ao México para visitar os parentes e descreveu as casas minúsculas feitas de blocos de concreto onde os dois casais de avós tinham passado a vida inteira. Falou dos anos do ensino médio, das experiências na faculdade e na escola de direito, e compartilhou algumas histórias de trabalho na promotoria. Colin ficou perplexo ao saber como o primeiro namorado havia terminado com ela e que ninguém tinha aparecido desde então. Será que os homens eram cegos? Ele não sabia e não se importava: só tinha certeza de que era sortudo por ela ter ido até o píer.

Abandonando o frisbee, ele pegou a bolinha e a ouviu rir alto.

– Sem chance – disse Maria antes de desmoronar na toalha.

Colin sentou-se também, sentindo o cansaço de um dia ativo ao sol e notando que a pele de Maria tinha adquirido um brilho dourado. Terminaram de tomar o resto da água, bebericando lentamente enquanto olhavam as ondas.

– Acho que gostaria de ver você lutar – disse ela, virando-se na direção de Colin.

– Certo.

– Quando vai ser a próxima?

– Daqui a algumas semanas. É na House of Blues, em Nort Myrtle Beach.

– Com quem você vai lutar?

– Ainda não sei.

– Como você pode não saber com quem vai lutar?

Ele passou os dedos pela areia.

– Nos eventos de amadores, a programação nem sempre está pronta até a véspera. Tudo depende de quem quiser ou estiver preparado para lutar.

– Isso deixa você nervoso? Não saber?

– Na verdade, não.

– E se ele for... um gigante ou algo assim?

– Há oito categorias, de modo que isso não é problema. Minha preocupação principal é se o cara entrar em pânico e violar as regras. Alguns amadores não têm muita experiência no octógono, e é fácil perder o controle. Foi o que aconteceu quando meu último oponente me deu uma cabeçada. Precisariam parar a luta para eu controlar o sangramento, mas o juiz não percebeu. Meu treinador ficou maluco.

– E você *gosta* disso?

– Faz parte da coisa. O bom é que consegui encaixar uma guilhotina no round seguinte e ele teve de desistir.

– Você sabe que isso não é normal, não sabe?

– Sei.

– Não me importa se você vai vencer ou perder, não quero que fique todo ensanguentado e com hematomas.

– Vou me esforçar.

Ela franziu a testa.

– Espera... House of Blues? Não é um restaurante?

– Entre outras coisas. Mas tem espaço suficiente. Os eventos amadores não costumam atrair uma multidão.

– Estou chocada! Quem não gostaria de assistir a homens tentando arrebentar uns aos outros? O que há de errado com a sociedade?

Ele riu. Ela envolveu os joelhos com os braços, como tinha feito na noite anterior, mas desta vez Colin sentiu o ombro dela roçar o seu.

– Como ficaram as fotos? – perguntou ele. – As dos botos?

Maria pegou a câmera e clicou na tela antes de entregá-la.

– Acho que esta é a melhor – disse. – Mas há mais algumas. Use o botão com as setas, embaixo, para ir passando.

Ele olhou a imagem dos três botos.

– É incrível. É quase como se eles estivessem posando.

– Às vezes tenho sorte. A luz estava perfeita. – Ela se inclinou, com o braço roçando no dele. – Há outras que tirei no mês passado e das quais gostei também.

Ele usou a seta para trás, examinando uma longa série de fotos: pelicanos e águias-pescadoras, um close de uma borboleta, uma tainha apanhada no meio do salto. Quando se inclinou mais para acompanhá-lo, ele captou o cheiro de flores silvestres.

– Você deveria emoldurar algumas – disse ele, entregando a câmera.

– Eu faço isso. Mas só com as melhores.

– Melhores do que estas?

– Você é que teria de avaliar. Claro, primeiro você teria de me fazer uma visita, porque elas estão no meu quarto.

– Acho que eu gostaria disso, Maria.

Ela se virou de novo para a água com um leve sorriso nos lábios, e pareceu estranho achar que somente na véspera ele a vira no fim do píer. Ou como havia passado a conhecê-la num tempo tão pequeno. E como queria conhecê-la mais ainda.

– Deveríamos ir embora – disse ela, com um tom de pesar na voz. – Antes que comece a escurecer demais.

Ele concordou, sentindo uma pontada de desapontamento enquanto se levantavam para pegar as coisas. Remaram de volta, chegando à praia de Wrightsville quando as primeiras estrelas começavam a surgir no céu. Colin ajudou Maria a prender as pranchas e os remos em cima do carro antes de se virar para encará-la. Observando-a afastar os cabelos dos olhos, ele se sentiu estranhamente nervoso, algo que não conseguia se lembrar de lhe ter acontecido quando estava com uma mulher em qualquer outra ocasião.

– Adorei o passeio de hoje.

– *Stand-up paddle* é bem divertido – concordou ela.

– Não estava falando disso. – Em seguida, Colin mudou o peso do corpo, de um pé para o outro, e teve a impressão de que ela esperava que ele terminasse. – Estava falando em passar o tempo com você.

– É? – perguntou ela, com a voz suave.

– É. – Colin teve certeza de que ela era mais bonita do que qualquer mulher que ele já havia conhecido.

– O que você vai fazer no próximo fim de semana?

– Além do almoço no domingo, não tenho nada planejado.

– Quer ir ao tal armazém do qual Serena falou? No sábado à noite?

– Está me convidando para ir dançar?

– Gostaria de conhecer a Maria que pode realmente ser ela mesma.

– Porque a versão mais quieta não faz o seu tipo?

– Na verdade, é o oposto disso. E já sei como me sinto com relação a essa Maria.

Grilos estrilavam nas dunas, fazendo uma serenata para eles. Estavam sozinhos e ela o encarou. Com o instinto tomando conta, Colin se aproximou. Ele achou que Maria iria se virar e quebrar o encanto, mas isso não aconteceu. Puxando-a para perto, os lábios dos dois se uniram. Nesse momento, Colin soube que era isso que havia desejado o tempo todo. Quisera que ela ficasse em seus braços, assim, para sempre.

Colin demorou muito em seu caminho de volta para casa, dirigindo devagar pelas ruas mais bonitas de Wilmington e curtindo a sensação calorosa do dia passado ao lado de Maria. Seu espírito sem dúvida parecia renovado depois daquela tarde, sua mente não parava de ir ao encontro dela. Estava começando a passar pelo gramado recém-aparado, na direção do seu apartamento, quando ouviu Lily chamar da varanda, com o celular na mão.

– Aí está você! – disse ela.

Como sempre, tinha o cabelo arrumado de modo perfeito. Mas esta noite, num momento raro, usava jeans – ainda que com sandálias de salto alto, um colar de pérolas, brincos de diamante com tamanho apropriado e uma gardênia presa artisticamente no cabelo.

– O que houve? – perguntou Colin, se aproximando.

– Estava falando com minha mãe enquanto esperava por você – respondeu ela, descendo os degraus em sua direção. Lily era a única mulher que ele conhecia que saltitava de verdade quando estava feliz. Ela se inclinou para lhe dar um abraço. – Evan disse que você ia sair com uma garota hoje e quero saber de tudo antes de entrarmos.

– Cadê o Evan?

– No computador, pesquisando uma empresa farmacêutica para os clientes dele. Você sabe como ele leva o trabalho a sério, graças a Deus. Mas não tente mudar de assunto. Vamos nos sentar nos degraus. Quero saber tudo sobre essa moça especial.

Ela se sentou nos degraus da varanda, dando um tapinha no lugar ao lado. Colin sabia que não tinha opção além de obedecer, e contou o básico. Lily interrompia frequentemente, pressionando-o por detalhes. Quando ele terminou, ela franziu os olhos, desapontada.

– Você precisa melhorar sua habilidade narrativa, Colin – censurou ela. – Só falou uma lista de atividades e os assuntos sobre os quais vocês conversaram.

– De que outro modo eu deveria contar?

– Que pergunta boba! Você deveria fazer com que *eu* me apaixonasse por ela também.

– Por que eu ia querer isso?

– Porque, mesmo tendo contado a história muito mal, é óbvio que você está caidinho por ela.

Ele não disse nada.

– Colin? É exatamente isso que eu quero dizer. O que você deveria ter dito era algo do tipo: "Quando estou com Maria... simplesmente... eu..." e depois deixar no ar, balançando a cabeça, porque as palavras são inadequadas para revelar a intensidade do que você está sentindo.

– Isso se parece mais com você do que comigo.

– Eu sei – disse ela, parecendo quase pesarosa. – É o que torna você um narrador tão ruim, coitadinho.

Só Lily era capaz de insultá-lo sem parecer uma completa megera.

– Como você sabe que estou caidinho por ela?

Lily suspirou.

– Se você não tivesse gostado de passar o dia com ela teria feito aquela sua expressão vazia e dito: "Não há o que contar." E tudo isso, claro, me leva à questão principal: quando vou conhecê-la?

– Eu precisaria perguntar a ela.

– E você tem planos imediatos de passar mais tempo com sua bela dama?

Colin hesitou, imaginando se alguém, além de Lily, usaria a expressão "bela dama".

– Acho que vamos sair juntos no fim de semana que vem.

– Não vão a um bar, espero.

– Não. – Ele contou sobre o armazém.

– Você acha uma boa? Considerando a última vez em que foi a uma boate com o Evan e comigo?

– Só quero levá-la para dançar.

– Dançar pode ser muito romântico – admitiu ela. – Mas...

– Vou ficar bem. Prometo.

– Então vou aceitar sua palavra. Claro, você também deveria passar no trabalho dela em algum momento desta semana e surpreendê-la com flores ou bombons. As mulheres adoram receber esse tipo de presente, se bem que bombons são mais adequados para os meses frios. É melhor comprar flores.

– Não faz meu estilo.

– Claro que não. Por isso eu fiz a sugestão. Acredite. Ela vai ficar empolgada.

– Certo.

Diante dessa resposta, ela deu um tapinha na mão dele.

– Já não conversamos sobre isso? Responder "certo" quando as pessoas falam com você? É um hábito a eliminar. É *muito* pouco atraente.

– Certo.

– Pois é – Ela suspirou. – Um dia você vai entender a sabedoria das minhas palavras.

Evan abriu a porta atrás deles justamente no momento em que Lily pousava a mão dela sobre a de Colin. O que poderia criar uma rixa em outros casais não os afetava. Evan entendia o relacionamento fraternal que existia entre os dois.

– Deixe-me adivinhar. Você está pegando no pé dele para saber sobre o encontro? – perguntou à noiva.

– Eu não estava fazendo isso – bufou Lily. – As damas não "pegam no pé". Simplesmente indaguei como ele achava que foi o encontro. Ainda que a princípio o Colin, coitadinho, quase tenha me feito dormir, acho que nosso amigo aqui está apaixonado.

Evan gargalhou.

– Colin? Apaixonado? Essas duas coisas não combinam.

– Colin, poderia informar ao meu noivo a verdade dessa questão?

Colin virou um polegar para ela.

– Ela acha que estou apaixonado.

– Como eu disse – observou Lily, parecendo satisfeita. – Agora que chegamos à verdade da questão, quando você planeja convidar a bela dama para nos visitar?

– Não pensei nisso.

– Você não aprendeu nada comigo? – Ela balançou a cabeça. – Antes mesmo de tomar uma chuveirada, você precisa ligar para sua bela dama e dizer como ela o fez sentir-se maravilhoso, e que você ficou honrado com o prazer da companhia dela.

– Não acha isso um pouquinho demais?

Lily pareceu quase triste.

– Colin... sei que você tem dificuldade quando se trata de expressar seu lado sensível e que essa é uma falha no seu caráter que sempre estive disposta a desconsiderar, ao menos em nome da nossa grande amizade. Mas você *vai* ligar para ela esta noite. Assim que entrar pela porta. Porque os cavalheiros, os cavalheiros *de verdade*, sempre telefonam, e eu só me associo a cavalheiros.

Evan ergueu as sobrancelhas e Colin soube que não tinha opção.

– Certo.

8

Maria

Na segunda-feira, Maria achou melhor se esconder em sua sala, onde poderia se concentrar em paz. O nível de estresse de Barney com o julgamento só aumentava e ela não queria se tornar um alvo involuntário. Fechou a porta e começou a fazer anotações, preparando-se para uma reunião com clientes no meio da manhã, deu alguns telefonemas e respondeu a e-mails, querendo adiantar a semana. No entanto, apesar do desejo de eficiência, de vez em quando se pegava olhando pela janela, se lembrando do fim de semana.

Parte de sua distração tinha a ver com a ligação de Colin na noite de domingo. Se as amigas e as revistas diziam a verdade, os caras não telefonavam imediatamente e a maioria nem ligava. Mas, afinal de contas, tudo com relação a Colin beirava o inesperado. Depois de desligar o telefone, ela havia examinado a foto dele e imaginou ver nela tanto o Colin que conhecia quanto o Colin estranho. A expressão dele era gentil, mas o corpo era um mapa de cicatrizes e tatuagens. Mesmo tendo prometido mostrá-la a Serena, naquele momento decidiu que era melhor guardar a foto apenas para os seus olhos.

– Alguém está de bom humor.

Ao ouvir a voz, Maria percebeu Jill junto à porta.

– Ei, Jill. Como vão as coisas?

– Acho que eu é que deveria perguntar – disse ela, entrando. – Você estava perdida no seu mundinho de sonho e ninguém faz isso nas segundas-feiras.

– Tive um bom fim de semana.

– É? Estou presumindo que foi melhor do que os meus depoimentos na semana passada. Deve ter sido a primeira vez que me peguei *rezando* para voltar ao escritório.

– Foi tão ruim assim?

– Medonho.

– Quer falar sobre isso?

– Só se você quiser morrer de tédio. De qualquer forma, tenho uma teleconferência daqui a pouco. Só passei para ver se você ia fazer alguma coisa na hora do almoço. Estou doida para comer um sushi em boa companhia, agora que voltei à labuta.

– Parece ótimo.

Jill ajeitou a manga da blusa.

– Isso quer dizer que você não está mais furiosa comigo?

– Por que eu estaria furiosa com você?

– Talvez porque eu tenha emboscado você com o pior encontro às escuras da história?

– Ah, é – disse Maria, surpresa por ter quase esquecido. – Isso.

– Desculpe. Você não imagina como me senti mal durante toda a semana, ainda mais porque não tive chance de conversar com você.

– Nós conversamos, lembra? E você se desculpou.

– Não o suficiente.

– Tudo bem. Na verdade acabou sendo bom.

– Não imagino como.

– Conheci alguém.

Alguns instantes se passaram antes que a resposta viesse.

– Você não está falando do cara que trocou seu pneu, certo? O que estava com hematomas, sangrando e quase matou você de medo?

– O próprio.

– Como é possível?

– É meio difícil explicar.

Jill deu uma risadinha.

– Opa!

– O quê?

– Você está sorrindo de novo.

– Estou?

– Está! Parte de mim quer cancelar a teleconferência e simplesmente puxar uma cadeira.

– Não posso. Barney e eu vamos receber um cliente daqui a uns minutos.

– Mas vamos sair para almoçar, certo? E aí você me conta tudo?

– Sem dúvida.

Dez minutos depois, Serena ligou. Quando Maria viu quem era, sentiu uma súbita pontada de preocupação. Serena jamais ligava antes das dez horas da manhã. Na metade do tempo ela nem mesmo estava acordada a essa hora.

– Serena? Tudo bem?

– Cadê?

– Cadê o quê?

– A foto do Colin. Não estava no meu e-mail nem no WhatsApp.

Maria piscou.

– Você está ligando para o meu trabalho para perguntar sobre uma foto?

– Eu não ligaria se você já tivesse mandado. Foi tudo bem? Diga que já não pôs o cara para correr.

– Não. Na verdade vamos sair no sábado à noite.

– Certo – disse Serena. – Mas o post teria mais impacto com uma foto. Claro, acho que posso usar uma de quando você era criança ou algo assim, se você não vai mandar...

– Tchau, Serena.

Ela desligou. Segundos depois, hesitante, pegou o celular de novo, mais por curiosidade mórbida do que qualquer coisa. E ali, no Instagram, estava sua foto. Da época do ensino médio. Aparelho nos dentes. Espinhas. Óculos. Desengonçada. A pior foto escolar da história das fotos escolares. "Tentem não morrer de ciúme, caras, mas minha irmã Maria vai ter um encontro no sábado à noite!"

Maria fechou os olhos. Precisaria matar a irmã. Sem dúvida.

Mas tinha que admitir: Serena era meio engraçada.

Diante de um prato de sushis e sashimis algumas horas depois, Maria contou a Jill boa parte do que havia acontecido com Colin, e a história parecia inacreditável até mesmo para ela.

– Uau – ofegou Jill.

– Acha que estou maluca? Considerando o passado dele?

– Quem sou eu para julgar? Veja o encontro às escuras que a gente aprontou. Numa coisa tão fora do comum assim, a melhor opção é continuar seguindo seus instintos.

– E se meus instintos estiverem errados?

– Então, no mínimo, você teve o pneu trocado. E um belo encontro que espero que me tire da encrenca pelo fiasco do encontro às escuras.

Maria sorriu.

– E aí, os depoimentos foram chatos?

– O bastante para enlouquecer um monge, já que metade das pessoas está perfeitamente disposta a mentir sob juramento e a outra metade diz que não se lembra de nada. E agora que desperdicei a semana inteira, provavelmente vamos acabar fazendo um acordo. O que era esperado, mas não posso dizer que vou gostar disso. – Ela pegou outro sushi. – Como está a coisa com o Barney?

– Melhor.

– Como assim?

– Ah, é verdade: você não estava aqui – começou Maria, e contou a Jill sobre a troca do pneu e como isso a levou a se atrasar para a reunião, junto com todo o trabalho que se sentiu compelida a fazer depois. Também contou a bronca que recebeu de Barney, mas omitiu o confronto com Ken.

– Barney vai superar isso. Ele sempre fica tenso antes de um julgamento.

É, mas... Maria se remexeu na cadeira.

– O negócio é que ouvi dizer que o Barney ia deixar que eu comandasse a defesa neste caso.

– Onde você ouviu isso? – Jill levantou os hashis até a boca, mas se deteve no meio do caminho. – Não me entenda mal, você é uma advogada brilhante, mas tem pouca experiência para o Barney lhe dar esse tipo de responsabilidade.

– Boatos – disse Maria.

– Eu não daria muito crédito aos boatos. Barney gosta demais dos holofotes e tem dificuldade para entregar o controle a outra pessoa. Esse é um dos motivos para eu ter me transferido para a área trabalhista. Achei que nunca poderia subir de nível nem ter a experiência de tribunal de que precisava.

– Ainda não acredito que você conseguiu se transferir de departamento.

– Foi uma questão de sorte. Já contei que fui da área trabalhista antes de entrar para a empresa, não contei? – Quando Maria confirmou com a cabeça, Jill continuou: – Mas na época eu não sabia se era isso que queria fazer de verdade, por isso me arrisquei e tentei a área de seguros. Trabalhei nove meses com o Barney e praticamente me matei antes de perceber que era um beco sem saída. Teria me demitido, mas por acaso o escritório estava montando a área trabalhista e precisou de mim.

– Infelizmente estarei meio de mãos atadas se isso não der certo. A não ser que a gente comece a fazer defesa criminal.

– Você sempre pode mudar de empresa.

– Não é tão fácil como você imagina.

– Você não andou procurando, andou?

– Na verdade, não. Mas ando pensando se não deveria começar.

Jill a examinou enquanto ela pegava o copo.

– Você sabe que pode falar comigo, certo? Sobre qualquer problema. Mesmo não sendo sócia, comando meu próprio departamento, o que me dá certo pistolão por aqui.

– Só estou com muita coisa na cabeça agora.

– Espero que esteja falando do Colin.

A menção ao nome dele trouxe mais lembranças do fim de semana e ela mudou de assunto.

– Como vai o Paul?

– Bem. Tive de dar um gelo nele durante uns dois dias, como castigo pelo encontro, mas ele superou. Fomos a Asheville no fim de semana para provar uns vinhos.

– Parece divertido.

– Foi. Só que, claro, por enquanto nada de aliança, o relógio biológico está correndo e o tempo encurtando. Fingir que tudo vai bem ainda não deu certo. Talvez seja hora de tentar uma nova estratégia.

– O quê, por exemplo?

– Não faço ideia. Se você tiver algum plano infalível, não deixe de me dizer.

– Pode deixar.

Jill pegou outro sushi.

– O que você vai fazer esta tarde?

– O mesmo de sempre. Há muito trabalho preparatório para o julgamento. Ao mesmo tempo em que tento fazer todo o resto, claro.

– Como eu disse, Barney espera muito dos subordinados.

E Ken espera outra coisa.

– É um emprego – disse Maria.

– Tem certeza de que está tudo bem? Mesmo com o nosso gerente lascivo?

– Por que pergunta?

– Porque você foi àquela convenção com ele, e eu o conheço há mais tempo do que você. E lembre-se: eu sei exatamente como ele atua.

– A convenção foi boa.

Jill olhou-a de cima a baixo antes de finalmente dar de ombros.

– Tudo bem. O fato é que estou sentindo que há outra coisa incomodando você.

Maria pigarreou, imaginando por que subitamente parecia estar passando por um interrogatório.

– Não há nada a dizer – respondeu. – Só estou fazendo o melhor que posso.

Os dias seguintes foram ocupados demais para se dar ao luxo do devaneio, com Barney invadindo sua sala a cada meia hora para pedir que ela examinasse detalhes adicionais ou desse telefonemas, além de seu trabalho com processos de outros clientes. Ela mal teve tempo de se afastar da mesa.

Na tarde de quarta-feira, enquanto trabalhava num esboço da apresentação inicial de Barney, Maria não percebeu como os raios de sol atravessavam a janela cada vez mais oblíquos, nem seus colegas indo embora, um a um. Olhava a tela de seu MacBook com concentração especial até que uma batida à porta a assustou. Viu a porta se abrir lentamente.

Ken.

Com uma pontada de pânico, olhou pela porta aberta; do outro lado do corredor, Lynn não se encontrava mais à mesa. A sala de Barney estava escura e ela não podia ouvir mais ninguém no corredor.

– Notei que sua luz continuava acesa – disse ele, entrando na sala. – Tem alguns minutos?

– Estava terminando – improvisou ela, percebendo um traço de incerteza na própria voz. – Devo ter perdido a noção do tempo.

– Fico feliz porque peguei você, então – disse ele, com a voz suave e sob controle. – Queria terminar a conversa que começamos na semana passada.

Maria sentiu uma pancada no peito e começou a recolher as páginas sobre a mesa antes de enfiá-las de volta nas pastas. A última coisa que desejava era ficar sozinha com ele. Engoliu em seco.

– Será que podemos fazer isso amanhã? Já é tarde, e eu deveria jantar com meus pais esta noite.

– Não vai demorar – disse ele, ignorando a desculpa enquanto rodeava a mesa. Parou perto da janela e Maria notou que o céu estava escuro do outro lado do vidro. – Pode ser mais fácil para você assim, já que estamos longe de olhares curiosos. Não há motivo para alguém saber o que aconteceu com os clientes do Barney.

Sem saber o que dizer, ela ficou quieta.

Ele olhou pela janela, aparentemente concentrado em algo a distância.

– O que você acha de trabalhar com o Barney? – perguntou finalmente.

– Estou aprendendo bastante com ele – começou Maria, escolhendo as palavras com cuidado. – Ele tem instintos estratégicos fantásticos, os clientes confiam nele e, como colega, é um excelente tutor.

– Então você o respeita.

– Claro.

– É importante trabalhar com pessoas que você respeita. É importante que vocês dois possam atuar juntos, como uma equipe. – Ken ajeitou as persianas, fechando-as ligeiramente e depois voltando-as à posição original. – Você se considera uma pessoa de equipe?

A pergunta pairou no ar antes que ela pudesse responder.

– Tento ser – disse.

Kevin esperou um instante antes de continuar.

– Falei com Barney outra vez na sexta-feira e devo dizer que fiquei meio surpreso com o quanto ele ainda está com raiva pelo que aconteceu. É por isso que perguntei sobre você ser uma pessoa de equipe. Porque a defendi e acho que pude aliviar a situação. Queria garantir que estava fazendo a coisa certa.

Maria engoliu em seco, imaginando por que Barney não teria falado com ela pessoalmente se ainda estava tão chateado.

– Obrigada – murmurou.

Ele virou as costas para a janela e deu um passo na direção dela.

– Fiz isso porque quero que você tenha uma vida longa e bem-sucedida na empresa. Você vai precisar de alguém que possa defendê-la nesse tipo de situação e estou aqui para ajudar quando puder. – Nesse ponto, Maria sentiu-o colocar a mão em seu ombro. *Mais ou menos.* As pontas dos dedos dele roçavam a área abaixo de sua clavícula. – Você deveria me considerar um amigo, ainda que um amigo em alto posto.

Encolhendo-se para longe do toque dele, Maria soube de repente que tudo aquilo – o gelo na segunda-feira, a bronca na terça e agora essa coisa de "você e eu contra o mundo" – era simplesmente parte do plano para levá-la para a cama.

– Deveríamos almoçar juntos amanhã – disse ele, com as pontas dos dedos ainda roçando a pele exposta acima da blusa de gola cavada. – Podemos falar sobre outros modos como posso ajudá-la a crescer dentro do escritório, especialmente se você quiser virar sócia algum dia. Acho que poderemos trabalhar juntos muito bem. Não acha, Maria?

Foi o som de seu nome que a trouxe de volta, as palavras dele finalmente sendo registradas. *Nem morta*, pensou ela de repente.

– Não posso almoçar amanhã – disse, tentando manter a voz firme. – Já tenho planos.

Um clarão de irritação surgiu no rosto dele.

– Com a Jill?

Geralmente era, e Ken sabia disso. Sem dúvida ele sugeriria que ela mudasse de planos. Para seu próprio bem.

– Na verdade, vou almoçar com meu namorado.

Sentiu a mão dele escorregar lentamente de seu ombro.

– Você tem namorado?

– Já contei a você sobre o Colin, não contei? Quando estávamos na convenção?

– Não – respondeu ele. – Você não o mencionou.

Sentindo a chance, Maria se levantou e se afastou, continuando a recolher os documentos, enfiando-os em pastas, sem se importar onde fossem parar. Poderia separá-los depois.

– Estranho – observou. – Achei que tinha contado.

Pelo sorriso forçado, Maria sentiu que ele estava tentando decidir se acreditava ou não.

– Fale sobre ele – disse Ken.

– Ele é lutador de MMA – respondeu. – Você sabe, aqueles caras que ficam numa jaula? Acho maluco, mas ele gosta. Fazer o quê? Ele malha e treina durante horas todo dia, e adora lutar, por isso acho que preciso apoiá-lo.

Maria era capaz de imaginar as engrenagens na mente de Ken continuando a girar enquanto ela pendurava a bolsa no ombro.

– Não posso ir almoçar com você, mas quer conversar na sua sala amanhã? Tenho certeza de que posso arranjar um horário pela manhã ou à tarde.

– Não sei se é necessário.

– Talvez eu devesse falar com o Barney, não é?

Ele balançou a cabeça, um movimento quase imperceptível.

– Provavelmente é melhor deixar para lá, por enquanto.

Claro que você diria isso. Porque essa coisa toda era um ardil e você nem falou com o Barney.

– Certo. Acho que vou indo, então. Boa noite.

Ela estendeu a mão para a porta, soltando um suspiro de alívio enquanto escapava. A coisa do namorado fora uma inspiração, mas agora essa carta já havia sido jogada. Não iria surpreendê-lo de novo; ele estaria preparado. A longo prazo, ela duvidava de que isso impedisse os avanços de Ken, mesmo se fosse verdade.

Ou se virasse verdade?

Ainda furiosa com a conversa, imaginou se queria que fosse verdade. Só tinha certeza de que, quando Colin a beijou, tinha sentido um arrepio, uma eletricidade, e a percepção havia sido ao mesmo tempo empolgante e assustadora.

Apesar de estar mentindo ao dizer que iria jantar com os pais, Maria não estava no clima para ficar sozinha e se pegou caminhando pelas ruas familiares até o lugar onde havia crescido.

O bairro era mais de operários do que de executivos, com casas mostrando sinais de falta de manutenção e algumas com placas de À VENDA. Carros e caminhonetes antigos estavam estacionados em quase todas as entradas de veículos. Os vizinhos eram encanadores e carpinteiros, escriturários e secretárias. Era o tipo de comunidade onde as crianças brincavam nos quintais da frente e casais jovens empurravam carrinhos de bebê, onde pessoas recolhiam a correspondência para as outras quando estas estavam fora da cidade.

Ainda que seus pais nunca falassem sobre isso, na infância Maria tinha ouvido boatos de que, quando seu pai comprou a casa, vários vizinhos tinham ficado chateados. A família Sanchez era a primeira de origem hispânica naquela rua, e as pessoas haviam especulado sobre o declínio dos valores das propriedades e o aumento da criminalidade, como se todo mundo que nascesse no México estivesse ligado aos cartéis de drogas.

Ela achava que esse era um dos motivos pelos quais seu pai havia sempre mantido o quintal imaculado e os arbustos aparados; ele pintava o exterior da casa com a mesma cor a cada cinco anos, sempre guardava os carros na garagem e não na entrada, e mantinha a bandeira americana num mastro no quintal da frente. Enfeitava a casa para o Dia das Bruxas e para o Natal. Nos primeiros anos, distribuía cupons do restaurante para qualquer vizinho que estivesse do lado de fora, deixando que comessem pela metade do preço. Sua mãe fazia regularmente bandejas de comida nas tardes dos fins de semana em que não estava no restaurante – e servia a qualquer criança que estivesse na rua brincando de bola. Pouco a pouco, foram aceitos. Desde então, a maioria das casas ao redor tinha sido vendida mais de uma vez. Em cada ocasião, seus pais iam dar as boas-vindas aos novos donos com um presente, esperando se proteger de futuras maledicências.

Às vezes, Maria nem conseguia imaginar como isso havia sido difícil. Embora por muitos anos ela tivesse sido a única mexicana em sala de aula, fora boa aluna e não conseguia se lembrar de ter sentido a ferroada da discriminação do mesmo modo que seus pais haviam experimentado. Caso tivesse, os pais teriam dito para fazer o que eles haviam feito: ser ela mesma, ser gentil e receptiva com todo mundo, nunca se rebaixar ao nível de outras pessoas. E depois, pensou com um sorriso, teriam dito para ela estudar.

Diferentemente de Serena, que ainda adorava o fato de estar fora do controle dos pais, Maria gostava de ir para casa. Adorava o lugar: as paredes verdes e laranja; o ladrilho divertido na cozinha; a mobília eclética que sua mãe colecionara ao longo dos anos; a porta de geladeira enfeitada com fotos e informações da família, qualquer coisa que tivesse deixado Carmen particularmente orgulhosa. Adorava o modo como sua mãe cantarolava sempre que se sentia feliz ou cozinhava. Maria considerava essas coisas naturais, mas se lembrava de que, ao começar a faculdade, passar pela porta da frente lhe proporcionava um sentimento de conforto, mesmo depois de apenas algumas semanas longe.

Sabendo que os pais ficariam ofendidos se ela batesse à porta, entrou direto, passando pela sala e entrando na cozinha. Pousou a bolsa na bancada.

– Mãe? Pai? Cadê vocês? – gritou.

Como sempre, quando estava em casa, falou em espanhol. A mudança de idioma era natural como respirar.

– Aqui fora! – ouviu a mãe responder.

Maria se virou para a varanda dos fundos, onde viu a mãe e o pai se levantando da mesa. Felizes porque ela estava ali e inclinando-se para abraçá-la, os dois falaram ao mesmo tempo.

– *Não sabíamos que você vinha...*

– *Que bela surpresa...*

– *Você está linda...*

– *Está tão magra...*

– *Está com fome?*

Na mente dos pais, *Maria sempre seria a menininha deles.* Apesar de antigamente a ideia deixá-la mortificada – principalmente quando a cena se dava em público – hoje em dia precisava admitir que gostava disso.

– Tudo bem. Posso comer alguma coisa mais tarde.

– Vou preparar algo – disse a mãe em tom decisivo, indo para a geladeira.

Seu pai observou-a se afastar com apreço óbvio. Sempre fora um romântico incurável. Com 50 e poucos anos, ele não era magro nem gordo. Tinha poucos fios grisalhos no cabelo, porém Maria notou em seu rosto um cansaço demorado, quase constante, efeito do trabalho. Esta noite ele parecia ainda menos enérgico do que o normal.

– Preparar seu jantar faz sua mãe sentir que ainda é importante para você – comentou ele.

– Ela *é* importante para mim. Por que acharia que não?

– Porque você não precisa dela como antigamente.

– Não sou criança.

– Mas ela sempre vai ser sua mãe – disse ele com firmeza. Em seguida, indicou a mesa da varanda. – Quer ficar aqui fora e tomar um vinho? Sua mãe e eu estávamos tomando uma taça.

– Eu pego. Deixe-me falar com mamãe um pouquinho e encontro você lá fora.

Enquanto seu pai retornava à varanda, ela pegou uma taça no armário e serviu-se de um pouco de vinho antes de se aproximar da mãe. Nesse ponto, Carmen havia enchido uma caçarola com carne assada de panela, purê de batata e vagens – calorias suficientes para dois dias, avaliou Maria – e a colocava no forno. Por algum motivo, talvez porque fosse algo que jamais serviam no restaurante, seu pai adorava carne de panela e purê de batata.

– Estou tão feliz porque você veio! – disse a mãe. – O que há de errado?

– Nada – respondeu Maria. Em seguida, se recostou na bancada e tomou um gole de vinho. – Só queria surpreender vocês.

– É o que você diz. Mas alguma coisa deve ter acontecido. Você nunca visita a gente durante a semana.

– Por isso é surpresa.

Carmen avaliou-a antes de ir até a bancada e pegar sua própria taça de vinho.

– É a sua irmã?

– Minha irmã o quê?

– A bolsa não foi negada, foi?

– Você sabe da bolsa?

Carmen indicou uma carta presa à geladeira.

– É empolgante, não é? Ela contou para a gente ontem à noite. O diretor vem jantar este sábado.

– Verdade?

– Nós queríamos conhecê-lo. A carta diz que ela é semifinalista! O problema é com sua irmã? O que aconteceu? Se não é isso, então deve ter alguma coisa a ver com um rapaz. Ela não está encrencada, está?

Sua mãe estava falando tão depressa que até mesmo Maria tinha dificuldade para acompanhá-la.

– Serena está bem.

– Ah. – Sua mãe assentiu. – Bom. Então é alguma coisa no seu trabalho. Você é que está com problemas.

– O trabalho é... só o trabalho. Por que você imagina que há algum problema?

– Porque você veio para cá.

– E daí?

– E daí que é isso que você sempre fazia quando alguma coisa a incomodava. Não lembra? Até na faculdade, se você achasse que tirou nota baixa, ou quando tinha problema com sua colega de quarto no primeiro ano, ou quando brigava com o Luis, você sempre vinha para cá. As mães se lembram desse tipo de coisa.

Nunca percebi isso.

– Acho que você se preocupa demais.

– E eu acho que conheço minha filha.

Maria sorriu.

– Como está o papai?

– Está quieto desde que chegou em casa. Precisou despedir duas pessoas esta semana.

– O que elas fizeram?

– A mesma coisa de sempre. Um lavador de pratos faltou a dois turnos e um garçom estava deixando os amigos comerem de graça. Você sabe como é. Mesmo assim, é difícil para seu pai. Ele quer confiar em todo mundo. Isso acaba com ele. Quando chegou em casa hoje, tirou um cochilo antes de levar Copo para passear. – Talvez ele precise ir a um médico.

– Era sobre isso que estávamos falando quando você chegou.

– O que ele disse?

– Concordou, mas você o conhece. Se eu não marcar a consulta, ele não vai.

– Quer que eu ligue para você?

– Você não se incomoda?

– Claro que não – respondeu Maria. Por causa das poucas habilidades de linguagem de sua mãe, ela vinha marcando consultas desde que era pequena. – Ainda é o Dr. Clark, não é?

A mãe assentiu.

– E marque um check-up completo para ele, se puder.

– Ele não vai gostar.

– É, mas precisa. Já faz quase três anos.

– Papai não deveria esperar tanto. Ele tem pressão alta. E no ano passado sentiu aquelas dores no peito e ficou uma semana sem trabalhar.

– Eu sei, você sabe, mas ele é teimoso e insiste que o coração está ótimo. Talvez você consiga colocar um pouco de juízo na cabeça dele.

A mãe abriu o forno; satisfeita, calçou uma luva térmica e tirou a caçarola antes de começar a encher um prato para Maria.

– Já chega – disse ela, tentando limitar a quantidade.

– Você precisa comer – insistiu a mãe, continuando a empilhar comida no prato enquanto Maria pegava os talheres. – Vamos nos sentar com seu pai.

Do lado de fora, na mesa, uma vela de citronela mantinha os mosquitos a distância. A noite parecia perfeita, com apenas uma brisa levíssima e um céu bordado de estrelas. Copo estava sentada no colo de Félix, roncando baixinho enquanto a mão dele se movia ritmicamente sobre os pelos. Maria começou a cortar um pedaço da carne.

– Ouvi dizer o que aconteceu hoje – começou Maria, iniciando uma conversa que abarcava o restaurante, notícias locais e as fofocas da família.

Em uma família grande como a deles, sempre havia algum tipo de drama que valia ser comentado e dissecado. Quando Maria terminou de jantar, não mais do que um quarto do prato, os grilos tinham começado sua melodia noturna.

– Parece que você pegou um pouco de sol no fim de semana.

– Fui remar depois do almoço.

– Com seu novo amigo? – perguntou a mãe. – O do píer?

Diante da expressão espantada de Maria, a mãe deu de ombros.

– Escutei você e Serena conversando. Às vezes sua irmã fala meio alto.

Serena ataca outra vez, pensou Maria. Ela não queria puxar esse assunto, mas agora não poderia negar, poderia? Até seu pai pareceu ter um súbito interesse pela conversa.

– O nome dele é Colin. – Sabendo que os pais pressionariam por mais, continuou: – Serena o conhece da faculdade. Quando ela e eu jantamos no sábado, Colin estava trabalhando no bar. Nós conversamos no píer e decidimos nos encontrar no domingo.

– Ele está na faculdade? Quantos anos tem?

– A mesma idade que eu. Só começou a faculdade há dois anos. Quer ser professor.

– Serena disse que ele é muito bonito – comentou a mãe com um sorriso malicioso.

Obrigada, Serena. Da próxima vez, baixe a voz.

– E é.

– E vocês se divertiram?

– Foi muito divertido.

– Quando vamos conhecê-lo?

– Não acha meio cedo para isso? – perguntou Maria.

– Depende. Vocês vão sair de novo?

– Ah, vamos... no sábado.

– Então devemos conhecê-lo. Você deveria convidá-lo para o almoço de domingo.

De jeito nenhum seus pais estavam preparados para Colin. A ideia de que ele responderia com seu jeito direto a qualquer pergunta que fizessem bastou para causar palpitações no coração de Maria. Ela sorriu para o pai com um traço de desespero.

– Por que ele esperou tanto para entrar na faculdade? – perguntou ele.

Ela pensou no melhor modo de responder.

– Só há uns dois anos ele decidiu que queria ser professor.

Dos dois, seu pai sempre fora melhor em ler nas entrelinhas. Maria suspeitou de que ele continuaria a pressionar por detalhes sobre o passado de Colin, mas foi interrompido pelo toque de um celular na cozinha.

– Ah, é o meu – disse ela, agradecendo a Deus pela interrupção. – Preciso atender.

Levantando-se da mesa, correu para a cozinha. Ao tirar o aparelho da bolsa, viu o nome de Colin. Sentiu-se uma adolescente quando apertou o botão e levou o celular ao ouvido.

– Ei, estava falando de você.

Foi andando até a sala enquanto conversavam, contando como tinha passado o dia. Colin era um ouvinte atento e, quando sentiu alguma coisa na voz de Maria, ela revelou sobre o incidente com Ken. Perguntou se Colin estaria interessado em encontrá-la para almoçar e ele respondeu que adoraria.

– A que horas devo pegá-la no escritório?

Ela sorriu, sabendo que isso daria mais crédito à sua história, e ficou secretamente empolgada com a ideia de encontrar Colin tão cedo. Desligou o telefone com a sensação de que Colin poderia ser exatamente o que ela precisava na vida.

Retornou à varanda.

– Desculpe – disse pegando sua taça. – Era o Colin.

– E ele ligou só para dizer olá?

Maria confirmou com a cabeça.

– Vamos almoçar amanhã.

Assim que as palavras saíram de sua boca, ela se arrependeu. Sua mãe jamais poderia compreender por que alguém pensaria em almoçar em outro local que não o restaurante da família.

– Maravilhoso – disse a mãe, – Vou fazer uma coisa especial para vocês dois.

9

Colin

– Sério? – gritou Evan inclinando-se por cima do corrimão da varanda enquanto Colin atravessava o quintal. – Você foi correr *de novo*?

Colin ainda estava ofegante, finalmente diminuindo o passo até uma caminhada. Tirou a camisa para enxugar o rosto antes de olhar o amigo.

– Não corri hoje cedo.

– Você malhou à tarde. E de manhã.

– Isso foi na academia.

– E daí?

– Não é a mesma coisa – respondeu ele, sabendo que Evan não entendia. Em vez disso, assentiu em direção à porta da frente. – Por que você não está lá dentro com a Lily?

– Porque minha casa está fedendo.

– O que isso tem a ver comigo?

– Que tal o fato de que eu sinto o fedor das suas roupas subindo pelas aberturas de ventilação como uma névoa verde e pútrida? Em vez de sair para correr, você deveria lavar as roupas de academia. Lily achou que havia um rato morto na despensa. Ou que o esgoto tinha transbordado.

Colin sorriu.

– Vou cuidar disso agora mesmo.

– Depressa. E depois me encontre de novo aqui. Lily quer falar com você.

– Por quê?

– Não faço ideia. Ela não quis dizer. Mas, se eu fosse adivinhar, diria que é sobre sua namorada.

– Eu não tenho namorada.

– Tanto faz. O fato é que ela quer falar com você.

– Por quê?

– Porque ela é Lily – respondeu Evan, exasperado. – Provavelmente quer perguntar se você escreveu um cartão para ela com caligrafia chique. Ou vai se oferecer para você escolher a echarpe de seda perfeita para o aniversário de Maria. Ou quer se certificar de que você use a colher certa para a sopa se a levar a um restaurante. Você sabe como ela é. Ela trouxe uma sacola extra e não quer me dizer o que há dentro.

– Por quê?

– Pare de fazer perguntas que eu não posso responder! – Evan suspirou. – Ela só disse que eu precisava chamá-lo. E, antes que pergunte, não estou feliz com isso. Queria sair com ela esta noite. Estava ansioso por esta noite. Eu precisava desta noite. Tive um dia de merda.

– Certo.

Evan fez uma careta diante da resposta.

– "Por que foi um dia de merda?" – disse ele, imitando Colin. – Ah, obrigado por perguntar, Colin. Agradeço sua empatia. Você obviamente se importa com meu bem-estar. Por acaso houve um relatório de trabalho terrível hoje cedo e o mercado despencou. Apesar de eu não ter controle sobre essas coisas, mesmo assim fiquei ao telefone com clientes chateados a tarde inteira. Depois cheguei aqui e minha casa estava fedendo a vestiário masculino, e agora preciso esperar que *ela* fale com *você* antes que minha noite possa começar de verdade.

– Deixe-me trocar de roupa primeiro. Volto em dois minutos.

– Espero que não – disse Lily a Colin, aparecendo subitamente ao lado de Evan na varanda, usando um vestido amarelo de tecido leve. Em seguida pegou a mão do noivo e deu um sorriso doce para ele. – Você nem pensaria em deixar que ele viesse para cá sem tomar um banho, não é, Evan? O pobrezinho está encharcado. Claro que podemos esperar mais alguns minutos. Não seria adequado simplesmente deixar que ele troque de roupa.

Quando Evan não respondeu, Colin pigarreou.

– Ela tem razão, Evan. Não seria "adequado".

Evan olhou-o com irritação.

– Ótimo. Vá tomar um banho, ponha a roupa para lavar e depois venha.

– Ah, não seja tão duro com ele – censurou Lily. – Não é culpa dele você ter investido o dinheiro dos seus clientes nas empresas erradas.

Ela piscou secretamente para Colin.

– Eu não investi nas companhias erradas! Não foi culpa minha! Tudo caiu hoje.

– Só estava brincando com você, querido – disse ela com seu sotaque forte. – Aquele homem mau, o Sr. Mercado, simplesmente se aproveitou de você, não foi?

– Você não está ajudando – retrucou Evan.

Lily voltou de novo a atenção para Colin.

– Já falou com sua bela dama hoje? – perguntou ela.

– Conversamos antes de eu sair para correr.

– Levou flores ao trabalho dela, como recomendei?

– Não.

– Bombons?

– Não.

– O que vou fazer com você?

– Não sei.

Ela sorriu antes de puxar a mão de Evan.

– Apareça em alguns minutos, está bem?

Colin viu-os voltar para dentro antes de entrar em seu apartamento. Despiu-se a caminho do banheiro e acrescentou as roupas à pilha para ser lavada, notando que Evan estava certo. A pilha fedia. Pôs algumas roupas na máquina e entrou no chuveiro. Depois, vestiu uma calça jeans e uma camiseta antes de voltar à casa de Evan.

O amigo e Lily estavam sentados no sofá. Ficou claro que Lily era a única feliz com a presença de Colin.

– Colin! Que bom que voltou – disse ela, levantando-se, obviamente ignorando o breve encontro anterior. – Podemos oferecer alguma coisa para você beber?

– Água, por favor.

– Evan? Por favor, pode pegar água para o Colin?

– Por quê? – perguntou Evan, pondo o braço sobre o encosto do sofá. – Ele sabe onde é. Ele pode pegar a água.

Lily se virou para ele.

– A casa é sua. E você é o anfitrião.

– Eu não o convidei. Foi você.

– Evan?

O modo como ela disse seu nome deixou claro que Evan não tinha opção. Isso e a maneira como ela o olhou, claro. Ela não era somente a mulher mais linda que Evan havia namorado, também era versada nos modos de usar a aparência em seu próprio benefício.

– Ótimo – resmungou ele, levantando-se. – Vou pegar um copo d'água para ele.

Evan foi arrastando os pés até a cozinha.

– Com gelo, por favor – gritou Colin.

Evan fez uma careta por cima do ombro antes de Colin sentar-se na poltrona diante de Lily.

– Como você está esta noite? – perguntou ela.

– Bem.

– E Maria?

Mais cedo, ao telefone, Maria tinha contado o que acontecera com seu chefe, Ken Martenson. Apesar de ter mantido a voz firme, Colin sentiu o maxilar trincar e se imaginou tendo uma conversinha com Ken. Não confessou isso a Maria e só começou a se sentir normal outra vez quando quase havia terminado a corrida.

Mas não era isso que Lily havia perguntado.

– Falei com ela há pouco.

– E ela está bem?

Colin pensou na situação do trabalho, mas não tinha o direito de compartilhar essa informação. A vida era dela.

– Acho que ela ficou bem feliz em conversar comigo – disse com sinceridade.

– Você não tinha ligado para ela?

– Liguei na noite de domingo, depois de falar com você e Evan.

– E não ligou na segunda nem na terça?

– Estava trabalhando.

– Você poderia ter ligado na ida ou na volta do trabalho. Ou no horário de folga. Ou a caminho das aulas ou da academia.

– É.

– Mas não ligou.

– Não, mas vamos almoçar juntos amanhã.

– Verdade? Algum lugar especial, espero.

– Não pensei direito nisso.

Lily não se incomodou em esconder o desapontamento. Evan entrou de novo na sala com um grande copo de água gelada. Estendeu-o para Colin.

– Obrigado, Evan – disse Colin. – Não precisava fazer isso. Eu poderia ter ido pegar.

– Ha-ha – respondeu Evan com sarcasmo. – Agora, sobre o que você queria falar com ele?

– Estávamos falando do encontro de amanhã. Colin disse que vai almoçar com Maria.

– Quer um conselho? Certifique-se de que o carro dela vai dar a partida.

Lily olhou na direção dele, desaprovando o comentário.

– Minha principal preocupação tem a ver com o encontro dele no fim de semana. Queria discutir o assunto.

– Por quê? – perguntou Evan.

– Porque a primeira noite de verdade que a gente passa com a outra pessoa é um momento crítico em qualquer relacionamento – respondeu ela, como se isso fosse óbvio. – Se Colin simplesmente a tivesse convidado para jantar, ou talvez passear no centro da cidade, eu não teria preocupações. Se ele tivesse sugerido que nós quatro saíssemos juntos, tenho certeza de que a conversa seria tão envolvente que Maria passaria uma noite maravilhosa. Infelizmente Colin vai levar Maria a uma *boate de salsa.*

Evan ergueu a sobrancelha. Colin não disse nada.

– Você tem experiência ou mesmo familiaridade com salsa?

– Não.

– Então provavelmente não sabe que a salsa é dançada a dois.

– Toda dança é assim – interveio Evan.

Lily ignorou o noivo.

– A salsa pode ser muito agradável se o casal treina junto – explicou ela –, mas como isso não é viável na situação atual, você terá de fazer o melhor possível. Há coisas que precisa saber: o modo de mover os pés, como guiar a parceira num giro ou como oferecer a ela a chance de se separar e dar alguns passos sozinha. Se não fizer essas coisas, vai ser quase impossível impressioná-la.

Evan gargalhou.

– Quem disse que ele quer impressioná-la? Colin não se importa com o que os outros pensam...

– Continue – disse Colin, interrompendo-o.

Evan se virou para ele, surpreso, enquanto Lily sentava-se mais empertigada.

– Fico feliz por entender o dilema que tem pela frente. O que estou tentando dizer é que você precisa aprender o básico.

– E como ele vai aprender o básico? – perguntou Evan. – Nós moramos em Wilmington. Duvido que exista um professor de salsa que possa liberar a agenda nos próximos dois dias para que meu amigo aqui não passe vergonha.

Lily se inclinou, tirando vários CDs da pequena sacola que estivera ao lado do sofá.

– São CDs de salsa. Você precisa ouvi-los. Liguei para minha antiga professora de dança e ela fez questão de mandar algumas amostras. Nada é muito recente, mas não importa. A salsa tem mais a ver com velocidade e ritmo do que com melodia. E, quanto a um professor, eu ficaria feliz em ajudar o Colin a aprender o necessário.

– Você sabe dançar salsa? – perguntou Evan.

– Claro – respondeu ela. – Dancei durante quase doze anos. Em várias ocasiões nós nos concentramos em danças alternativas.

– Alternativas? – perguntou Evan.

– Cresci em Charleston. Qualquer coisa que não seja valsa é considerada alternativa – respondeu ela, como se fosse o tipo de coisa que qualquer pessoa civilizada do Sul dos Estados Unidos saberia. – Evan, você precisa deixar que Colin faça as perguntas. Ele mal disse uma única palavra. Você permitiria que eu fosse sua professora nos próximos dois dias?

– De quanto tempo estamos falando?

– Vou mostrar algumas coisas esta noite, o básico dos passos, movimentos e viradas, e como guiar a parceira num giro, de modo que você saiba no que precisa trabalhar. Depois disso, vamos precisar de três horas amanhã à noite, e mais três na noite de sexta. E obviamente você deve treinar no tempo livre antes de chegar aqui.

– Isso vai bastar?

– Nem de longe. Para ser bom de verdade em qualquer tipo de dança são necessários anos. Mas se você se concentrar e fizer exatamente o que eu disser, pode ser o bastante para seu encontro no sábado.

Colin tomou um gole de água, sem responder.

– Você está cogitando fazer isso? Sério? *Você?* – perguntou Evan.

– Claro que ele está pensando. Ele sabe que estou certa.

Colin baixou o copo sobre o colo.

– Eu topo. Vou precisar de alguém para cobrir meu turno na noite de sexta.

– Maravilhoso. – Lily sorriu.

– Espere aí – disse Evan, virando-se para Lily. – Achei que nós iríamos sair na sexta.

– Sinto muitíssimo, mas terei de cancelar. Um amigo precisa da minha ajuda e não posso recusar.

– Sério? Eu não tenho nenhum privilégio?

– Claro que tem – disse Lily. – Você vai ter o privilégio de acompanhar o aprimoramento de seu amigo.

– Aqui?

– Onde mais?

– Não sei. Num estúdio de dança, talvez?

– Não seja bobo. Não é preciso. Mas vou precisar de que você afaste os móveis da sala. E vai ser responsável pela música também, recuando ou avançando quando eu pedir, recomeçando a música, coisas assim. Precisamos maximizar o uso do tempo. Você vai ser meu ajudantezinho.

– Ajudantezinho?

Ela sorriu.

– Eu mencionei que a salsa pode mesmo fazer uma mulher se sentir... *sensual*? E que esse sentimento pode durar horas depois?

Evan engoliu em seco, encarando-a.

– Vou ficar feliz em ajudar.

– Você aceitou tudo como se fosse uma criancinha – disse Colin.

Evan e ele afastavam o sofá para um lado da sala enquanto Lily ia ao quarto pegar os sapatos adequados, com saltos da altura exata, e trocar de roupa. Lily jamais fazia alguma coisa pela metade.

– Tudo o que for necessário para ajudar um amigo.

Colin sorriu.

– Certo.

– E depois de terminarmos, você vai me ajudar a pôr os móveis de volta.

– Tudo bem.

– E não vai pedir para ficar mais tempo para treinar. Vai sair daqui às nove horas.

– Certo.

Pousaram o sofá no chão.

– Não sei como ela me convence a fazer coisas assim.

Colin deu de ombros.

– Acho que eu faço uma boa ideia.

Assim que os móveis saíram do caminho e o tapete foi enrolado, Lily puxou Colin para o centro da sala. Evan ficou sentado, emburrado, no sofá, com livros, uma luminária e vários badulaques na almofada ao lado. Lily tinha vestido jeans brancos justos, uma blusa de seda vermelha e um par de sapatos que provavelmente custavam mais do que o que Colin ganhava em uma semana. Apesar de ela ser noiva de Evan e sua amiga, Colin tinha consciência de que Lily exalava sensualidade.

– Não chegue perto demais, Colin – gritou Evan.

– Quieto, agora – disse Lily, totalmente profissional. – Você pode estar se perguntando por que eu troquei de roupa – disse a Colin.

– Na verdade, não.

– Troquei de roupa para que você veja o que meus pés estão fazendo. Como mencionei, vou mostrar o passo mais básico, em que se baseia boa parte da salsa. É um passo ao qual você pode sempre voltar, não importando o que Maria esteja fazendo. Faz sentido?

– Faz.

– Antes de começarmos, vou presumir que Maria saiba dançar salsa.

– Ela disse que dançava o tempo todo.

– Perfeito. – Lily ficou ao lado dele, os dois virados para a janela, dando uma visão de perfil para Evan. – Isso significa que ela vai poder seguir quando você guiar. Está preparado?

– Estou.

– Então olhe para meus pés e faça exatamente o que eu fizer – disse ela. – Avance com o pé esquerdo, conte um. Depois mude o peso para a ponta do pé direito, conte dois. Agora traga o pé esquerdo para a posição inicial, conte três. E pare durante o tempo do compasso, é o quatro. – Ela demonstrou e Colin fez a mesma coisa. – Agora recue com o pé direito, é o cinco. Mude o peso para a ponta do pé esquerdo, é o seis. Depois leve o pé direito para a frente outra vez, para a posição inicial, sete. E pare de novo durante o tempo do compasso. É o oito. E acabou.

De novo Colin acompanhou-a.

– É isso?

Ela confirmou com a cabeça.

– Vamos fazer de novo, certo?

Fizeram. Depois fizeram de novo. E de novo e de novo, repetindo o movimento várias vezes enquanto Lily contava de um a oito, aumentando gradualmente a velocidade. Fizeram uma pausa e recomeçaram lentamente, acelerando aos poucos. Assim que ele sentiu que estava pegando o jeito, Lily parou e observou Colin continuar.

– Perfeito – disse ela, assentindo. – Você sabe os passos agora, mas a verdadeira chave é não ficar saltitando tanto. Você está se movendo feito um rufião marchando pelo pântano. Precisa ser mais suave, como uma flor se abrindo devagar. Mantenha os ombros na mesma altura o tempo todo.

– Como faço isso?

– Use mais os quadris. Assim. – Enquanto mostrava o que queria dizer, deslizando pelos movimentos, os quadris oscilando para trás e para a frente, os ombros nivelados o tempo todo, Lily estava certa com relação à sensualidade da dança. Com o canto do olho, Colin notou como Evan estava sentado mais empertigado e olhando para ela, ainda que Lily não parecesse notar. – Então agora vamos fazer exatamente a mesma coisa de novo, mas com música. Concentre-se em ser mais suave. – Ela se virou para Evan. – Querido? Poderia começar a música?

Evan balançou a cabeça, como se tentasse acordar de um sonho.

– O quê? Você disse alguma coisa?

Dançaram por pouco mais de duas horas. Além do passo básico, Colin aprendeu a virar, e nesse ponto os dois começaram a dançar juntos. Lily mostrou onde colocar a mão direita (na parte superior das costas, logo abaixo do braço, lembrou ele), e mostrou como guiá-la em três giros diferentes fazendo sinais minúsculos com a mão esquerda, o que exigia dar passos ligeiramente diferentes antes de voltar ao básico.

O tempo todo ela o lembrava de deslizar e usar os quadris, manter contato visual, acompanhar o ritmo da música, parar de contar em voz alta e sorrir. Isso exigia muito mais concentração do que ele havia imaginado. Depois colocaram os móveis de volta no lugar e Colin fez menção de sair. Lily segurou a mão de Evan enquanto Colin ia para a varanda.

– Você se saiu muito bem esta noite – disse Lily. – Tem um ritmo natural para a dança.

– É um pouco como lutar boxe – observou ele.

– Espero que não – retrucou ela, parecendo um tanto ofendida.

Colin sorriu.

– Amanhã à noite, certo?

– Seis em ponto. – Ela lhe entregou um CD. – Isto é para você. Amanhã, sempre que tiver uma hora extra durante o dia, insisto que treine os passos e voltas e finja que guia a parceira num giro. Concentre-se nos sinais de mãos e tente ser suave. Seria tremendamente improdutivo se precisássemos começar de novo.

– Certo. Lily?

– O quê?

– Obrigado.

– De nada, Colin. – Ela sorriu. – Mas eu seria descuidada se não aproveitasse a oportunidade para abordar outra questão que me veio à mente agora mesmo.

Colin ficou cheio de expectativa.

– Com relação ao almoço de amanhã com Maria, não preciso lembrá-lo de que você vai se encontrar com ela num local de trabalho, o que exige uma vestimenta mais formal. E devo acrescentar: por mais que você adore seu carro, não há nada menos convidativo do que um interior imundo ou um carro que não dê a partida. Estou correta nas minhas suposições?

Tentei consertar meu carro por outros motivos, mas agora que você mencionou...

– Está.

– Ótimo – disse ela, assentindo. – Afinal de contas, a mulher tem certas expectativas ao ser cortejada. Agora, com relação às flores... já decidiu o que vai levar? Sabendo que buquês diferentes transmitem suposições diferentes?

Lily pareceu tão séria que, para Colin, foi difícil não sorrir.

– O que você recomenda?

Ela levou a mão bem cuidada ao queixo.

– Bom, considerando que vocês dois ainda estão se conhecendo, e que é somente um encontro no horário de almoço, um buquê de rosas seria formal demais. Lírios, apesar de lindos, são muito mais adequados à primavera. Cravos só revelam que são uma escolha barata, de modo que simplesmente não servem.

Colin assentiu.

– Faz sentido.

– Talvez um buquê simples, de outono, então? Com uma mistura de rosas miúdas, margaridas cor de bronze e talvez só uma haste de hipérico vermelho. – Ela assentiu, pensativa. – É, parece perfeito para a ocasião. Você vai pedir para arrumarem as flores num vaso, obviamente, para que ela possa colocar no escritório, mas sem dúvida é a escolha perfeita para essa ocasião, não acha?

– Sem dúvida.

– E certifique-se de fazer o pedido ao meu florista, o Michael. Aqui está o contato dele. Ele é um tremendo artista quando se trata de arranjos. Ligue de manhã cedinho e mencione o meu nome. Ele vai saber o que fazer.

Evan deu um risinho, obviamente adorando aquilo e suspeitando de que Colin não seria diferente dele com relação a Lily e seus pedidos. E, como Evan o conhecia melhor do que ninguém, Colin assentiu como de costume:

– Certo.

Colin acordou cedo e ficou satisfeito ao descobrir que o velho Camaro deu a partida ao primeiro giro da chave. Malhou com intensidade na academia – pliometria e halteres, corda e longos intervalos no saco pesado e no de velocidade. Na volta ao apartamento, parou junto de uma caçamba de lixo e tirou a bagunça de dentro do carro. Em casa, com os músculos ainda quentes e flexíveis, colocou um CD de Lily e passou meia hora treinando salsa. Ficou mais uma vez surpreso com a concentração necessária para que os passos dessem certo.

Tomou um shake de proteína e uma chuveirada, vestiu uma calça preta, mocassins e uma camisa de botões, heranças dos dias no tribunal. Desde então havia ganhado músculos de verdade e a camisa estava apertada no peito e nos braços, mas era o melhor que podia fazer. Parado diante do espelho, achou que, a não ser pela camisa meio justa, era como se Evan o tivesse vestido. A roupa era ridícula, principalmente porque ele estava indo para um campus onde a norma eram bermudas e sandálias de dedo. Mesmo sabendo que Lily não teria aprovado, dobrou as mangas, expondo parte dos antebraços. Melhor. Mais confortável, também.

As colegas de turma não notaram ou não se importaram com sua vestimenta e ele prestou atenção e tomou notas como sempre. Nada de Serena, já que só tinham aulas juntos nas segundas e quartas-feiras. Com alguns minutos extras, ligou para o florista e encomendou um buquê de outono, seja lá o que isso significasse. Dali, foi até uma aula de administração escolar, sabendo que não tinha parado de se mover desde que o despertador havia tocado.

A última aula do dia terminou às 11h45. O sol estava a pino e, com um resquício de verão no ar, Colin caminhou até o carro, tentando não ficar suado. Parou no florista a caminho do endereço dado por Maria e, como se o destino estivesse brincando com ele, foram necessárias duas viradas da chave e vários apertos do pedal para que o motor funcionasse.

A Masterson, Hertzberg e Holdman ocupava um edifício próprio, uma estrutura relativamente moderna a dois quarteirões do rio Cape Fear, bem no meio do distrito histórico, com estacionamento dos dois lados do prédio. Os edifícios por ali eram unidos, um tom de tijolo dando lugar ao outro, as fachadas de lojas salpicadas de toldos. Ele parou numa vaga a pouca distância do carro de Maria e perto de um Corvette vermelho brilhante.

Pegou o vaso de flores, lembrando-se da expressão de Lily –, depois pensou em Ken e nos problemas que ele estava causando. Imaginou se o sujeito estaria por perto; queria ter um rosto para ligar ao nome. Enquanto trancava o carro, de repente viu toda a manhã como uma contagem regressiva para a hora em que finalmente poderia ver Maria de novo.

Sem muita surpresa, percebeu que sentia saudade dela.

10

Maria

Com Barney enfurnado na sala dele, preparando-se para o julgamento, Maria estava com tarefas duplicadas. Passou a manhã fazendo contato com clientes, esforçando-se ao máximo para garantir que cada um sentisse que seu processo ainda era prioridade.

A intervalos de meia hora, a assistente dos dois, Lynn, entrava com mais documentos ou formulários para serem preenchidos. Apesar de Maria mal conseguir fazer tudo, permanecer ocupada tinha o benefício de impedi-la de ficar pensando no almoço ou em como seus pais reagiriam ao conhecer Colin. Para começo de conversa, Colin nasceu nos Estados Unidos, e, ainda que isso não fosse muito importante para as pessoas de sua geração, seus pais ficariam surpresos. Permitir que eles conhecessem Colin significava que o relacionamento estava ficando sério, e eles provavelmente sempre presumiram que Maria só namoraria de verdade um mexicano.

Todos os seus parentes eram mexicanos. Sua família celebrava cada reunião com uma *piñata* para as crianças, ouvia música de mariachis, assistia obsessivamente às telenovelas e falava espanhol entre si. Algumas tias e tios nem falavam inglês. Ela sabia que isso não seria problema para seus pais, mas na certa eles se perguntariam por que Maria não tinha mencionado a origem de Colin. As opiniões do resto da família se estabeleceriam de acordo com a geração: os parentes mais jovens não dariam importância. Mesmo assim, ela não tinha dúvida de que isso seria assunto no restaurante, do tipo que provavelmente continuaria muito depois de Maria e Colin terem se despedido.

Essas coisas ela podia enfrentar. O que não tinha certeza se conseguiria enfrentar era alguma discussão sobre o passado de Colin. O que aconteceria se sua mãe ou seu pai começassem a fazer perguntas? Supunha que poderia despistá-los declarando que os dois eram simplesmente amigos, mas por quanto tempo conseguiria manter isso? A não ser que o relacionamento não desse em nada depois do sábado – e Maria admitia esperar que isso não acontecesse –, o passado de Colin *seria* abordado. E o que Serena dissera? *Nem quero estar no mesmo estado quando você jogar essa bomba.* Para seus pais não importava que ela fosse adulta; deixariam claro seu desprazer, garantindo que faziam a coisa certa, já que era óbvio que Maria não tinha ideia de onde estava se metendo.

E o mais louco era que seus pais provavelmente estavam certos.

– Você tem visita – disse Jill.

Maria conversava ao telefone com Gwen, a recepcionista, que acabara de lhe dar a mesma informação quando Jill apareceu junto à sua porta, com uma bolsa pendurada no ombro.

– Acabei de saber – respondeu ela, notando que eram 12h15. – A manhã passou muito rápido.

Jill deu um sorriso.

– Você e Colin vão sair?

– É, mais ou menos – respondeu Maria. – Desculpe, não tive chance de dizer que tinha planos, fiquei atolada a manhã inteira.

– Não se preocupe – disse Jill, sem dar importância. – Eu me lembro dessa coisa de trabalhar até cair quando Barney está se preparando para um julgamento. Na verdade, vim dizer que estava planejando surpreender o Paul no trabalho dele e fazer com que ele me leve para almoçar.

– Tem certeza de que não se importa?

– Não com relação ao almoço. Mas gostaria que tivesse me avisado antes que o Colin viria. Eu faria o Paul vir também, para que ele visse o que comer direito e malhar faz por um homem.

– Paul está ótimo.

– Para você é fácil falar. Olhe quem a está esperando na recepção. Paul, por outro lado, está ficando meio mole e nem se importa. Andei dando umas deixas discretas aqui e ali, tipo: "Largue o biscoito e pule na esteira, pelo amor de Deus."

– Você não diz isso de verdade.

– Não, mas *penso*. É a mesma coisa.

Maria riu, pegando suas coisas, e se levantou.

– Quer me acompanhar?

– É por isso que ainda estou esperando. Também quero ver sua cara quando descobrir.

– O quê?

– Você vai ver.

– O quê?

– Venha – disse Jill. – E não deixe de nos apresentar. Quero contar tudo ao Paul, especialmente se o seu querido flertar comigo.

– Colin não é do tipo que flerta.

– Quem se importa? A verdade é que só quero dar uma olhadinha de perto. Para garantir que ele é bom o suficiente para você, claro.

– Gentileza sua.

– Para que servem as amigas?

Enquanto seguiam pelo corredor, Maria respirou fundo, sentindo as preocupações se reafirmando. Felizmente Jill não notou, com o pensamento obviamente em outro lugar.

– Espere um segundo – disse a amiga. Maria olhou Jill enfiar a mão na bolsa. Ela pegou o batom e passou um pouco, antes de guardá-lo de novo. – Certo – continuou Jill. – Agora podemos ir.

Maria encarou-a.

– Precisava mesmo disso?

Jill piscou.

– A primeira impressão é a que fica.

Mais à frente, Maria viu duas assistentes virarem o corredor, vindas da recepção, sussurrando empolgadas como duas colegiais. Jill balançou a cabeça na direção delas.

– Agora entende o que eu quero dizer? Você estava escondendo isso de mim. Esse homem é gatíssimo.

– Não é *tão* bonito assim.

– Ah... tá. Continue andando. Você tem um encontro e não deve se atrasar.

Assim que Maria viu Colin no saguão, seu estômago deu uma pequena cambalhota. Ele estava virado na direção oposta – *esperando-a*, percebeu – e poderia ser confundido com um jovem advogado, ainda que excepcionalmente em forma e com tatuagens visíveis. Quando Maria olhou para a recepcionista, notou que Gwen estava se esforçando para não encarar Colin enquanto atendia o telefone.

Quando Colin se virou, Maria viu um lindo arranjo de flores: um belo misto de laranja e amarelo com uma explosão de vermelho no centro. Seu queixo caiu ligeiramente.

– Surpresa – sussurrou Jill, mas Maria estava chocada demais para escutar.

– Ah – disse ela finalmente. – Oi. – Enquanto começava a se aproximar, teve uma leve consciência de que Jill havia ficado para trás. De perto, o cheiro limpo dele se misturava ao das flores. – Roupas novas?

– Roupas de liberdade – respondeu ele. – Provavelmente me mantiveram fora da prisão.

Ela sorriu, achando divertido. No instante seguinte, pensou: *Eu não acredito que a resposta dele não me preocupa.* Mas não queria pensar nisso.

– Para mim?

– É – disse ele, entregando-as. – É um buquê de outono.

– São lindas. Obrigada.

– De nada.

– Deixe-me colocar na minha sala. Já volto e podemos ir.

– Certo.

Atrás dela, Maria ouviu Jill pigarrear.

– Ah, esta é minha amiga Jill. É advogada aqui também.

Jill se aproximou e ele estendeu a mão.

– Oi, Jill.

– Oi, Colin. – Ela segurou a mão dele com uma postura amigável, mas profissional. – Prazer em conhecê-lo.

Maria deixou-os conversando e foi rapidamente para sua sala, notando que duas assistentes a olhavam com um pouco de inveja. Tentou se lembrar da última vez que alguém a havia presenteado com flores. A não ser por uma única rosa que Luis lhe dera no dia dos namorados depois de estarem saindo por um ano, não conseguia se lembrar de nenhuma ocasião.

Pôs o vaso num lugar de destaque na sala e voltou à recepção bem a tempo de pegar o fim da conversa de Jill e Colin.

A amiga se virou.

– Ouvi dizer que você é uma fotógrafa muito melhor do que diz. Colin falou que você tirou fotos incríveis de uns botos.

– Ele está sendo gentil – disse Maria. – Tenho sorte de vez em quando.

– Mesmo assim eu gostaria de ver.

– Vou mandar por e-mail – disse ela. – Está pronto, Colin?

Ele assentiu e, depois de se despedir de Jill, os dois foram em direção ao estacionamento.

– Sua amiga é legal – observou ele.

– Ela é fantástica. Se não fosse por ela, estaria almoçando sozinha desde que cheguei aqui.

– Como vão as coisas no trabalho?

– Estou completamente atolada – admitiu ela. – Mas espero que as coisas fiquem mais calmas. Meu chefe ficará fora do escritório esta tarde e amanhã.

– Um conselho: não dê uma festa enorme e estraçalhe o escritório na ausência dele. Aprendi que isso costuma irritar as pessoas.

– Vou levar isso em consideração – disse Maria enquanto ele abria a porta do carro para ela.

– Estava pensando que a gente poderia ir a um restaurante aqui do centro. Podemos pegar uma mesa do lado de fora, com uma dessas vistas fantásticas. O que acha?

Ah, é, pensou ela. *Com relação a isso.* Maria demorou a pôr o cinto de segurança, imaginando o melhor modo de explicar.

– Parece maravilhoso – começou. – E normalmente eu adoraria ir. Mas o negócio é que ontem à noite, quando você ligou, eu estava na casa dos meus pais e, por acaso, falei que iríamos almoçar, e... Eles estão nos esperando para almoçar no restaurante.

Colin deixou a chave do carro cair no banco.

– Você quer que eu conheça seus pais?

Na verdade, não. Pelo menos ainda não. Mas... Ela franziu o nariz, sem saber como ele reagiria, esperando que ele não ficasse com raiva.

– Mais ou menos.

Ele enfiou a chave na ignição.

– Certo.

– Verdade? Você não se incomoda? Apesar de termos acabado de nos conhecer?

– Não.

– Só para que você saiba, muitos caras ficariam incomodados.

– Certo.

– Está bem.

– Você está nervosa.

– Eles não conhecem você como eu conheço. – Maria respirou devagar. – Quando os conhecer, você não deve esquecer que eles são antiquados. Meu pai sempre foi superprotetor e minha mãe se preocupa demais. Tenho medo de que, se eles começarem a fazer perguntas...

Quando ela deixou a frase no ar, Colin terminou:

– Você está preocupada com o que vou dizer. E como eles vão reagir.

Mesmo não respondendo, Maria suspeitou de que ele já soubesse o que ela estava pensando.

– Não vou mentir para eles – disse Colin.

– Eu sei – respondeu ela. *Esse é o problema.* – E não vou pedir que minta. Não quero que minta, mas isso me deixa nervosa.

– Por causa do meu passado.

– Sei que sou adulta e deveria ser capaz de sair com quem eu quiser, sem me importar com o que pensam. Mas me importo. Porque ainda quero a aprovação deles. E, acredite, sei como isso parece medonho.

– Não parece medonho. Parece normal.

– Você não precisa de aprovação.

– Evan provavelmente diria que eu não sou normal.

Apesar da tensão, ela riu antes de ficar quieta de novo.

– Está com raiva de mim?

– Não.

– Mas provavelmente está ofendido.

– Não – repetiu ele.

– O que está sentindo, então?

Ele não respondeu imediatamente.

– Eu me sinto... lisonjeado – disse por fim.

Ela piscou.

– Lisonjeado? Como você pode se sentir lisonjeado?

– É uma coisa complicada.

– Mesmo assim, eu gostaria de saber.

Ele deu de ombros.

– Você me disse como estava se sentindo, mesmo suspeitando de que isso poderia ferir meus sentimentos. E disse a verdade. E fez essas duas coisas numa posição de vulnerabilidade e preocupação, porque quer que eles gostem de mim. Porque se importa comigo. Isso é lisonjeiro.

Ela sorriu, um pouco porque se sentia surpresa e um pouco porque ele estava certo.

– Acho que vou desistir de tentar prever qualquer coisa sobre você.

– Certo. – Ele girou a chave e o motor rugiu. Antes de engrenar o carro, Colin se virou para ela. – Então, o que você quer fazer?

– Ir almoçar? Esperar o melhor?

– Parece um bom plano.

La Cocina de la Familia ficava a alguns quarteirões da Market Street, num velho shopping de rua. Enquanto se aproximavam da entrada, Colin parecia calmo como sempre, o que só deixou Maria mais tensa. Ele pegou a mão dela. Ela apertou a dele, como alguém que segura um colete salva-vidas num navio em meio a uma tormenta.

– Você gosta de comida mexicana?

– Gostava muito.

– Mas não come mais? Porque não é saudável, certo?

– Sempre posso encontrar alguma coisa para pedir.

Ela apertou a mão dele, gostando da sensação.

– Minha mãe disse que vai fazer uma coisa especial para nós. O que significa que talvez você não tenha chance. Dito isso, contei a ela que você gosta de comida saudável.

– Vou ficar bem.

– Você nunca se preocupa, né?

– Tento não me preocupar.

– Você precisa me ensinar a ser assim.

Ele abriu a porta e ela entrou à frente. Seu tio Tito se aproximou no mesmo instante, obviamente empolgado por ela estar ali, berrando em espanhol. Depois de cumprimentá-la com um beijo, ele apertou a mão de Colin e pegou os cardápios antes de levá-los a um canto reservado.

Assim que se sentaram, sua prima Ana trouxe copos d'água e um cesto de nachos e molho. Maria conversou com ela brevemente e apresentou Colin pela segunda vez. Quando Ana saiu, Maria se inclinou por cima da mesa.

– Desculpe – disse. – Não venho aqui tanto quanto deveria. Provavelmente eles estão tão empolgados quanto meus pais.

– Quantos parentes seus trabalham aqui?

– Neste momento? – Ela examinou rapidamente o lugar, vendo outro tio no bar e duas tias servindo às mesas. – Acho que provavelmente uns seis. Mas eu precisaria perguntar aos meus pais para ter certeza.

Ele examinou o restaurante.

– É movimentado.

– Sempre. Tivemos de expandir três vezes. Quando começou, só havia oito mesas. – Enquanto respondia, ela viu os pais saírem da cozinha. – Certo, eles estão vindo.

Quando seus pais chegaram à mesa, ela beijou a mãe, depois o pai, o tempo todo esperando que eles não fizessem uma cena.

– Este é o meu amigo, Colin – disse ela. – Estes são meus pais, Félix e Carmen.

– Oi – disseram Félix e Carmen, quase em uníssono, ambos obviamente analisando-o da cabeça aos pés.

– É um prazer conhecê-los.

– Maria disse que você é estudante, não é? – perguntou Félix, partindo para o ataque. – E que trabalha como barman?

– Isso mesmo – respondeu Colin. – Serena faz duas aulas comigo. Trabalho em um restaurante na praia. – Pensando nas preocupações de Maria e não querendo provocar uma conversa longa sobre seu passado, fez um gesto indicando o restaurante ao redor. – Vocês montaram um negócio incrível. Há quanto tempo ele existe?

– Trinta e um anos – respondeu Félix, com um traço de orgulho na voz.

– Maria disse que vocês precisaram expandir três vezes com o passar dos anos. É impressionante.

– Nós fomos abençoados – concordou Félix. – Você já comeu aqui?

– Não – admitiu Colin –, mas Maria disse que sua esposa é uma chef incrível.

Félix se empertigou mais um pouquinho.

– É a melhor – disse olhando para Carmen. – Claro que, por causa disso, às vezes ela acredita que é a patroa.

– Eu sou a patroa! – disse Carmen num inglês meio enrolado.

Colin sorriu e, depois de mais algumas amenidades, Maria ficou olhando o pai segurar o braço da mãe.

– Vamos deixá-los à vontade – disse Félix.

Depois de se despedir, Maria viu os pais voltarem para a cozinha.

– Agora mesmo eles estão lá dentro falando sobre você com Tito, Ana e todo o resto. Tirando o Luis, você é o único cara que eu trouxe aqui.

– Fico honrado – disse ele, e Maria teve a sensação de que era sincero.

– Não foi tão ruim quanto imaginei – acrescentou ela.

– São pessoas gentis.

– É, eles não fizeram nenhuma pergunta difícil.

– Talvez não façam.

– Ah, vão fazer. A não ser, claro, que nunca mais nos vejamos.

– É o que você quer?

Maria baixou os olhos por um momento.

– Não. Fico feliz por estarmos aqui. E estou feliz porque vamos passar algum tempo juntos esta semana.

– O que significa...?

– Que da próxima vez que estivermos todos juntos, presumindo que haja uma segunda vez, vou ficar mais nervosa ainda.

Minutos depois, Carmen e duas primas de Maria começaram a trazer comida para a mesa: pratos de tacos, burritos, mole poblano e enchiladas; tamales, carne assada, chile relleno, tilápia Veracruz e uma tigela de salada. Enquanto a mãe começava a colocar os pratos na mesa, Maria balançou as mãos e começou a protestar:

– Mamãe, isso é demais!

Até Colin pareceu surpreso enquanto todos os pratos começavam a chegar.

– Comam o que quiserem – respondeu Carmen em espanhol. – Vamos levar o que sobrar lá para trás. O pessoal acaba com tudo.

– Mas…

Carmen olhou para Colin, depois de volta para Maria.

– Sua irmã estava certa. Ele é muito bonito.

– Mãe!

– O quê? Ele não me entende.

– Esse não é o ponto!

– É bom ver você feliz. Seu pai e eu estávamos preocupados. Você só trabalha. – Ela sorriu antes de seu olhar retornar a Colin. – Colin é um nome irlandês?

– Não faço ideia.

– Ele é católico?

– Não perguntei.

– Sobre o que vocês falam?

Você não faz ideia, pensou Maria. *E não vai querer saber.*

– Não é educado falar assim na frente dele, você sabe.

– Claro – disse a mãe, enfiando o último prato entre os copos d'água. – Está absolutamente certa. – Mudando para o inglês, ela sorriu para Colin. – Por favor… aproveite.

– Obrigado. Vamos aproveitar.

Um instante depois, estavam sozinhos, com montanhas de comida espalhadas à frente.

– O cheiro é delicioso – disse Colin.

– Está brincando? Isso é ridículo! Quem, afinal, poderia comer tanta coisa?

– Você parece chateada.

– Claro que estou chateada. Nós deveríamos pedir o cardápio, mas em vez disso minha mãe tinha de fazer a coisa do jeito dela.

– Esse é o jeito dela?

– Ainda estou tentando deduzir o motivo. Para impressionar você? Para garantir que você se sinta bem-vindo?

– Isso é bom.

– É, mas ela tende a exagerar.

Ficou observando o olhar de Colin ir de um prato ao outro e apontou para a tilápia.

– Acho que minha mãe fez isso para você. É só peixe assado com tomates, azeitonas e passas. Sirva-se.

Ele pegou dois filés e acrescentou um pouco de salada ao prato; ela também pegou um filé e salada, mas acrescentou meia enchilada. O resto permaneceu intocado. Quando Colin provou o peixe, bateu com o garfo no prato.

– Está incrível! Não é de admirar que ela seja a patroa.

– Ela é boa.

– Você sabe cozinhar assim?

Maria balançou a cabeça.

– Eu gostaria. Nem de longe sou boa como a minha mãe, mas comecei a trabalhar na cozinha e aprendi o básico. Gostei, mas depois de um tempo meus pais acharam que seria melhor se eu aprendesse a servir às mesas. Acharam que ser obrigada a conversar com estranhos me ajudaria a superar a timidez.

– De novo o papo de timidez?

– Obviamente, pela sua avaliação, deu certo. Caso esteja curioso, sou uma garçonete excelente.

Ele riu e os dois saltaram de um assunto ao outro durante a hora seguinte: filmes prediletos, lugares que queriam visitar um dia; ele contou um pouco mais sobre sua família e ela fez o mesmo. Sempre que Maria falava, Colin ouvia com atenção. A conversa era fácil e sem esforço. O tempo todo ela não conseguia deixar de sentir que ele se importava com tudo o que ela dizia. Apesar da presença da família e das conversas que vinham das outras mesas, o almoço dos dois parecia estranhamente íntimo. Quando seus pais chegaram junto à mesa pela segunda vez – e apesar do desapontamento da mãe ao ver como os dois tinham comido pouco –, Maria sentiu-se relaxada e contente.

Depois de despedidas calorosas, eles voltaram para o escritório, o velho Camaro reagindo com perfeição. Colin levou-a até a entrada e, quando ele segurou sua mão pela segunda vez, Maria só pôde pensar em como aquilo parecia natural.

– A que horas no sábado? – perguntou ela junto à entrada.

– Tenho uma sessão de treino que acaba às seis da tarde, então que tal pegá-la na sua casa mais ou menos às sete e meia? Podemos jantar primeiro e depois sair?

– Parece fantástico. Que tipo de treino?

– Socos, chutes e trabalho de solo. O trabalho de solo é como luta livre.

– Alguém pode assistir?

– Acho que sim. Tenho certeza de que o dono da academia não se importaria, mas eu teria de perguntar.

– Você faria isso?

– Por quê? Você quer ir?

– Já que vamos dançar, eu poderia ver você fazendo alguma coisa de que gosta, também.

Ele não escondeu a surpresa.

– Certo, mas terei de ir para casa tomar banho antes de sairmos. Tudo bem se você me encontrar na academia?

– Perfeito.

Ele deu o nome da academia e Maria anotou o endereço de sua casa no verso de seu cartão de visitas. Colin guardou o cartão no bolso e, antes que Maria percebesse o que estava acontecendo, ele se inclinou, com os lábios encontrando os dela. O beijo foi suave e, apesar de não ser tão eletrizante quanto o do domingo, havia nele algo quente e tranquilizador. Colin era a única coisa que importava, e ela se pegou desejando que o beijo tivesse durado mais um pouquinho.

Sorrindo para Colin, ela percebeu um movimento em sua visão periférica. Foi quando registrou que Ken tinha virado a esquina e estava parado, olhando-os de longe.

– É ele? – perguntou Colin em voz baixa. – O Ken?

– É – respondeu ela, e ficou olhando a expressão dele endurecer.

Colin não se separou dela, mas sua atenção se fixou em Ken. Maria pôde senti-lo se retesar, uma violência profunda, contida por um fio. Não ficou com medo, mas teve a súbita certeza de que Ken ficaria.

Ken continuou a olhá-los. Era uma espécie de impasse. Colin só voltou a se concentrar em Maria depois de Ken dar as costas. Beijou-a de novo, desta vez com um traço de posse, antes de recuar.

– Não deixe que ele a incomode. Ele não vale a pena.

– Ele está incomodando *você*.

– Vou ficar bem, mas não gosto dele.

– Foi por isso que me beijou de novo?

– Não.

– Então por que foi?

– Porque gosto de você.

O comentário, tão direto e sincero, fez o estômago de Maria dar aquela ridícula cambalhota outra vez. Ela mal pôde evitar um riso.

– O que você vai fazer esta noite e na sexta?

– Tenho planos com Evan e Lily.

– Nas duas noites?
– É.
– O que vão fazer?
– Não quero contar.
– Por quê?
– Também não quero contar isso.
Ela apertou a mão dele antes de soltá-lo.
– Sei que você está dizendo a verdade, mas realmente não está dizendo nada. Devo me preocupar? Você vai sair com outra pessoa?
– Não – respondeu ele, balançando a cabeça. – Não há com que se preocupar. Passei momentos ótimos hoje no almoço. Gostei de conhecer seus pais.
Ela o encarou.
– Fico feliz.
Então ele sorriu, antes de finalmente dar um passo atrás.
– Acho que você precisa voltar ao trabalho.
– Eu sei.
– Ele ainda está vigiando?
Maria espiou por trás de Colin e balançou a cabeça.
– Acho que deu a volta pela entrada dos fundos.
– Ele vai ficar incomodado com o que viu?
Ela pensou.
– Provavelmente. Agora ele sabe que você existe de verdade, e isso é bom. Se o Ken me incomodar de novo, só vou sugerir que você faz o tipo ciumento.
– Não faço – disse Colin. Seus olhos azul-acinzentados estavam intensos, porém gentis. – Mesmo assim, não gosto dele.

11

Colin

No sábado, Colin se levantou cedo e foi dar uma volta de bicicleta enquanto o sol nascia. Sua bicicleta, um objeto enferrujado que adquirira quase de graça numa loja de penhores, tinha pelo menos uma década de idade, mas aguentava o tranco. Ele pôde suar bastante antes mesmo de chegar à academia. Lá, passou cerca de uma hora numa sessão de treino misto pulando corda, empurrando trenós com pesos e fazendo uma série de outros exercícios, depois cambaleou de volta até a bicicleta para ir para casa.

Cortou a grama e aparou os arbustos, refletindo o quanto não conseguia parar de pensar em Maria. Até Evan tinha percebido seu risinho bobo. O amigo parecera empolgado nas noites de quinta e sexta-feira, e Colin suspeitou de que isso poderia ter algo a ver com a conversa de que "a salsa é uma dança sensual".

Lily também tinha notado que os sentimentos de Colin por Maria haviam crescido, mas permaneceu concentrada nas aulas de dança. Entretanto, recomendou um restaurante no centro da cidade, lembrando-o duas vezes de fazer a reserva. Tinha ensinado mais sobre dança do que ele achava possível. Ainda assim, Colin não confiava muito em sua capacidade. Não queria imaginar como estaria despreparado caso Lily não tivesse intervindo.

Depois de terminar as tarefas, tomou seu segundo shake de proteína do dia enquanto ajeitava o apartamento, em seguida começou a trabalhar num texto para a aula de administração escolar. Eram somente cinco páginas, mas estava distraído demais para fazer muito mais do que um esboço.

Vestiu de novo as roupas de malhação, pegou a bolsa da academia e foi para a porta. Apesar de o motor do carro ter sido impecável no dia do almoço, hoje ele tossiu e tossiu, ligando com relutância, o que significava que o problema não era a ignição nem o alternador. Deveria ter se preocupado em encontrar uma solução, mas em vez disso pegou-se conjurando a imagem de Maria, ansioso para que o encontro corresse bem.

Tinha ligado para ela depois do trabalho na quinta e na sexta-feira, e os dois conversaram por mais de uma hora em cada noite, o que era uma experiência nova para ele. Não conseguia se lembrar de ter conversado tanto com alguém pelo telefone. No entanto, Maria tornava a coisa fácil e, mais de uma vez, ele se pegou sorrindo por qualquer coisa que ela dissesse. Ela mencionou que Ken vinha mantendo distância e ele riu alto quando Maria contou o encontro às escuras que tivera na noite em que ele havia trocado seu pneu. Depois de desligar o telefone, achou difícil cair no sono. Normalmente despencava na cama no fim do dia, incapaz de manter os olhos abertos.

Pela primeira vez em muito tempo pensou em ligar para os pais. Não sabia por quê, mas presumiu que tivesse algo a ver com o modo como

Maria falava sobre os pais dela e como se davam bem. Imaginou como sua vida poderia ter sido diferente se ele fosse criado numa família como a dela. Apesar de estar satisfeito com seu rumo atual, até recentemente a estrada havia sido cheia de buracos e pedregulhos. O fato de Maria ser capaz de enxergar além dessas coisas ainda o surpreendia.

Quando chegou à academia, viu Maria parada na porta da frente. Estava de bermuda e camiseta. Era uma das mulheres mais lindas que já havia conhecido.

– Ei – disse ela quando ele se aproximou. – Está preparado para espancar algumas pessoas?

– É só um treino.

– Tem certeza de que eu posso assistir?

Ele estendeu a mão para a porta, confirmando.

– Falei com o dono hoje cedo. A não ser que você decida entrar no ringue, ele prometeu que nem faria você assinar um termo de responsabilidade.

– Você é um tremendo negociador.

– Eu tento.

Ele manteve a porta aberta, olhando para Maria enquanto ela entrava. Observou-a examinando o ambiente. Diferentemente de muitas academias comerciais, o lugar tinha mais a aparência de um armazém. Passaram por vários suportes com pesos e outros equipamentos de exercícios, indo para a sala de treino na extremidade oposta do prédio. Passando por outra porta, ele entrou num espaço amplo com paredes acolchoadas e grandes colchões, equipamentos empilhados em todo canto; à esquerda ficava o octógono. Alguns companheiros de treino de Colin estavam se alongando ou se aquecendo. Ele os cumprimentou enquanto pousava a sacola no chão. Maria franziu o nariz.

– Que fedor.

– Só vai piorar – prometeu ele.

– Onde devo me sentar?

Colin indicou uma pilha de equipamentos no canto; caixotes de luvas de boxe, almofadas, vários elásticos, cordas de pular e caixas de pliometria.

– Pode se sentar ali nas caixas, se quiser. Normalmente não usamos aquela parte da sala.

– Onde você vai ficar?

– Por aí, provavelmente.

– Quantos caras vão estar aqui?

– Uns oito ou nove. Os sábados são sempre meio calmos. Durante a semana costumam ser uns quinze ou dezesseis.

– Em outras palavras, só os tremendamente dedicados estão aqui?

– Pode-se dizer que são os malucos por malhação ou os caras que estão começando e tentando se exercitar sempre que podem. Nos sábados, vários que levam a coisa a sério estão fora da cidade, em eventos.

– Isso é bom, já que vamos sair. Eu odiaria se você acabasse todo ferido e com hematomas como na primeira noite em que eu o vi.

– Você nunca vai se esquecer disso, não é?

– Acho que não consigo – respondeu ela, ficando nas pontas dos pés para beijá-lo no rosto. – A imagem está gravada a ferro e fogo em meu cérebro, para sempre.

Colin fez um aquecimento rápido; giros de braços e pernas, alguns minutos pulando corda. Todd Daly, um lutador de UFC aposentado, e Jared Moore, que lutava profissionalmente, mas ainda não tinha nível para o UFC, haviam chegado. Daly comandou todo o grupo em mais um aquecimento.

Enquanto esperava sua vez no ringue, Colin fez trabalho de solo: chaves de braço e de perna; vários métodos de submissão. A maior parte dos golpes tinha raízes nas artes marciais e na luta livre, com velocidade, instinto e equilíbrio sendo muito mais importantes do que a força bruta.

Como era comum nas aulas de sábado, Daly demonstrava primeiro os movimentos – ocasionalmente usando Colin como parceiro – antes que o grupo se dividisse em dois. Cada grupo tinha a chance de treinar o movimento, repetindo dez ou doze vezes antes de trocar de posição com os parceiros e passar para um conjunto de golpes diferentes. Dez minutos depois, Colin ofegava; após meia hora, sua camisa estava encharcada. O tempo todo Daly os criticava – dizendo onde colocar o pé ou como usar as pernas de modo mais eficaz.

Uma a uma, as pessoas passavam pelo octógono. Quando chegou a vez de Colin, ele pôs protetor de cabeça e luvas mais pesadas, e trabalhou com um parceiro enquanto Moore – ex-campeão do Golden Gloves, vindo de Orlando – gritava dando dicas.

Colin lutou sete rounds de dois minutos, saltando e circulando, aproveitando-se das aberturas para dar socos ou chutes enquanto tentava evitar qualquer golpe aberto. Dominou a luta, mas o cara que enfrentou estava fora de forma e era relativamente novo, tendo lutado de verdade apenas uma vez, e perdido. Com o fim da sequência de combates, todos voltaram aos tatames, onde treinaram derrubadas. No fim da aula, os músculos de Colin estremeciam de exaustão.

Durante toda a tarde ele se surpreendeu observando Maria. Esperava que ela ficasse entediada, mas o olhar dela o seguia o tempo todo, tornando a sessão mais difícil do que o normal. A presença dela o deixava sem jeito de um modo que ele jamais havia experimentado. Essa falta de foco poderia encrencá-lo numa luta. No fim da aula, sentiu que havia recuado dois passos. Teria que trabalhar duro para recuperar o terreno. Afinal de contas, esse era um esporte tanto mental quanto físico, ainda que a maioria das pessoas não percebesse.

Foi direto à sua sacola e jogou suas coisas dentro antes de colocá-la no ombro. Nesse momento, Maria se aproximou.

– O que achou? – perguntou ele, ajustando a alça.

– Pareceu difícil. E cansativo. E suado.

– É mais ou menos isso.

– Como você acha que foi?

– Razoável. Fiquei distraído.

– Por minha causa?

– É.

– Desculpe.

– Não precisa se desculpar. – Ele sorriu antes de puxar a camisa. – Pode me dar uns minutos para jogar uma água no corpo e trocar de roupa? Caso contrário, o banco do carro vai estar encharcado quando eu chegar em casa.

Maria franziu o nariz.

– É... meio nojento, só de pensar.

– Isso é um sim ou um não?

– Claro que é um sim. Espero você lá fora.

Quando saiu do vestiário, Colin encontrou Maria do lado de fora, falando ao celular. Com óculos escuros, parecia uma glamorosa estrela de cinema dos anos 1950. Ela desligou assim que ele se aproximou.

– Era Serena.

– Ela está bem?

– Vai jantar na casa dos meus pais esta noite com o diretor de uma instituição de bolsa de estudos, por isso está meio nervosa. Exceto isso, tudo bem. – Maria deu de ombros. – Está se sentindo melhor?

– Mais limpo. Pelo menos temporariamente. Ainda estou suando.

Ela tocou seu braço.

– Fico feliz por ter vindo. Foi muito mais interessante do que eu imaginei.

– Ainda estamos combinados para mais tarde?

– Espero que sim. E, só para avisar, quando formos dançar, posso estar meio enferrujada.

– Eu não me preocuparia. Vai ser a minha primeira vez. Maria?

– Sim?

– Obrigado por ter vindo. Significou muito para mim.

Assim que Colin saiu do carro, Evan chegou à varanda segurando uma sacola plástica de compras.

– Aqui – disse ele, estendendo-a. – Isso é seu e você me deve um dinheiro.

Colin parou na frente da varanda.

– Por quê?

– Lily achou que você poderia precisar de alguma coisa para usar hoje.

– Eu tenho roupa.

– Não me culpe. Disse exatamente a mesma coisa. Mas estamos falando da Lily. Ela me arrastou para as lojas de qualquer jeito. Por isso, você me deve dinheiro. A nota está na bolsa.

– O que ela comprou?

– Na verdade não é tão ruim quanto parece. Achei que ela escolheria alguma coisa com guizos ou sei lá o quê, mas não. É uma calça preta, uma camisa vermelha de botões e sapatos pretos.

– Como ela sabe o tamanho que eu uso?

– Ela comprou roupas para você no Natal passado.

– E se lembrou do tamanho?

– Ela se lembra de coisas assim. Quer pegar a sacola, por favor? Meu braço está cansando.

Colin pegou-a.

– O que vai acontecer se eu não usar isso?

– Para começo de conversa, você precisa me pagar mesmo assim. Além disso, vai magoar os sentimentos dela e é a última coisa que iria querer fazer, depois de todas as aulas de dança. E, claro, você terá de explicar a Lily por que não usou.

– Como ela vai saber se eu vou usar ou não?

– Porque ela está aqui. E insiste em que você venha antes de sair. Ela quer falar com você.

Sem saída, Colin não disse nada.

– Só use a porcaria da roupa, certo?

Quando Colin não respondeu, Evan franziu os olhos ligeiramente.

– Você está me devendo.

Colin parou diante do espelho do banheiro, reconhecendo que a coisa poderia ser muito pior. A camisa era mais vinho do que vermelha. Mesmo não sendo algo que ele escolheria, não era ruim, principalmente com as mangas dobradas. O tempo todo ele estivera planejando usar calça preta – outra sobra dos dias de tribunal – e os sapatos eram bem parecidos com os que já tinha, sem as partes gastas. Não fazia ideia de como Lily sabia disso, mas havia desistido muito tempo atrás de se surpreender com qualquer coisa que ela fizesse.

Na cozinha, preencheu um cheque para Evan, pegou as chaves e desligou as luzes enquanto ia para a porta. Deu a volta na casa e subiu os degraus, notando que a porta fora deixada aberta. Empurrando-a, viu Lily e Evan na cozinha, cada um segurando uma taça de vinho. Lily pousou a sua na bancada, com um sorriso.

– Ora, não é que você está bonito? – declarou enquanto se aproximava. Em seguida, se inclinou e deu-lhe um beijo no rosto. – A cor fica perfeita em você, e tenho certeza de que Maria vai achá-lo atraente.

– Obrigado.

– O prazer foi meu. E espero que se lembre de tudo o que ensaiamos. Presumo que tenha repassado os passos hoje, não é?

– Hoje, não.

– O que você fez?

– Fui à academia.

– Claro que foi – disse ela, sem esconder o desapontamento. – Você precisa aprender o que é prioridade. Não posso deixá-lo sair sem estar certa de que você reteve tudo o que precisa saber.

– Tenho certeza de que vou ficar bem. E devo pegá-la daqui a alguns minutos.

– Então teremos de ser rápidos. Evan? – gritou ela. – Quer colocar a música, por favor?

– Claro – respondeu ele. Pegou o celular e apertou alguns botões. – Por acaso tenho uma aqui mesmo.

Lily havia planejado isso o tempo todo. Ela segurou a mão de Colin.

– Só vamos passar um pouquinho de cada parte, certo? Em velocidade máxima.

Colin obedeceu.

– Está bom? – perguntou ele quando terminaram.

– Você vai deixá-la espantada. – Lily piscou. – Como fez com as flores.

– E você sabe o que mais vai deixá-la espantada? – perguntou Evan. – Se o seu carro der a partida e você não terminar a noite sendo preso.

Colin mal havia terminado de bater quando Maria abriu a porta. Por um longo momento, eles apenas se olharam. A blusa dela abraçava as curvas do corpo, e a saia só chegava ao meio das coxas; as sandálias de salto a deixavam quase da mesma altura que ele. Com um pouquinho de rímel e batom, ela não parecia nem um pouco a profissional com quem ele fora almoçar apenas dois dias antes, nem lembrava a mulher bronzeada na prancha de *stand-up*. Parado diante dela, não sabia direito que versão preferia, mas precisava admitir que esta era bem estonteante.

– Você chegou na hora – disse Maria, oferecendo o rosto para ser beijado. – Estou impressionada.

As mãos dele foram automaticamente para os quadris dela.

– Você está linda – murmurou.

De perto captou um perfume, algo floral e discreto. Perfeito.

– Obrigada – disse ela. E deu um tapinha no peito dele. – Gostei da camisa.

– É nova.

– É? Para esta noite?

– Sim. Está pronta para ir?

– Só me deixe pegar a bolsa e já estarei pronta. Aonde vamos?

– Ao Pilot House.

– Uau… adoro esse lugar. A comida é fabulosa.

– Foi o que ouvi dizer. Lily recomendou.

– Ela tem bom gosto.

O restaurante não ficava longe, mas Colin dirigiu devagar com as janelas abaixadas, os dois desfrutando das estrelas que enfeitavam o horizonte e da brisa que aliviava o calor do dia.

Perto do rio, Colin saiu da Market Street, indo parar no estacionamento do restaurante. Deu a volta no carro para abrir a porta de Maria, pegou a mão dela e acompanhou-a até a entrada. Assim que entraram, ficou surpreso ao ver que o lugar era menos formal do que esperava: limpo, despretensioso, com mesas brancas e uma paisagem que valia um milhão de dólares.

O restaurante estava lotado, com pessoas agrupadas perto do balcão enquanto esperavam mesas do lado de dentro e de fora. Depois de verificar com a recepcionista, eles a acompanharam até uma mesa de canto com vista lindíssima do rio Cape Fear. O luar se derramava na superfície vagarosa, formando uma veia de luz líquida entre as margens escuras como carvão. Enquanto Maria olhava para a água, Colin percorreu as linhas graciosas do perfil dela, observando seu cabelo ser agitado pela brisa. Como ela havia passado a significar tanto em tão pouco tempo?

Como se adivinhasse seus pensamentos, ela o encarou e deu um leve sorriso antes de estender as mãos sobre a mesa. Ele as pegou, maravilhando-se com a suavidade e o calor.

– A noite está estupenda, não acha? – perguntou ela.

– Maravilhosa – respondeu ele, mas estava falando dela.

Sentado diante de Maria, Colin teve a sensação de que vivia a existência abençoada de outra pessoa, alguém merecedor. No fim do jantar, depois de todos os pratos terem sido retirados, as taças de vinho esvaziadas e as velas estarem se apagando, percebeu que havia passado a vida inteira procurando por aquela mulher.

12

Maria

O armazém ficava num bairro decadente, nos arredores da cidade, e a única sugestão de que servia a um propósito diferente do de qualquer outro armazém abandonado ali perto era a quantidade de carros parados aleatoriamente do outro lado da construção, fora da vista da estrada principal.

Não que essa impressão precária parecesse importar. Além da multidão que já estava dentro, havia uma longa fila de pessoas – quase exclusivamente homens – esperando para entrar. Muitos carregavam caixas térmicas, sem dúvida cheias de bebidas alcoólicas; outros bebiam cerveja em latas ou em copos de plástico enquanto iam em direção à música alta lá dentro. A não ser que estivessem acompanhadas, as mulheres não precisavam esperar na fila. Um grupo delas marchava animadamente para a porta, usando blusas justas, saias curtas e saltos agulha, ignorando o ambiente cheio de lixo ao redor, os assobios e as cantadas.

Apesar da confusão à sua volta, Colin parecia relaxado, absorvendo tudo aquilo calmamente. Quando chegaram à porta, foram recebidos por um homem enorme e de óculos escuros, que recolhia o dinheiro. O leão de chácara olhou Colin de cima a baixo – sem dúvida tentando decidir se ele era policial –, depois fez o mesmo com Maria antes de pegar as notas que Colin oferecia e assentir na direção da porta.

Lá dentro, encontraram um aglomerado de corpos oscilando. Com a música altíssima, o lugar se agitava numa energia vibrante. Ninguém parecia se incomodar com o piso de concreto manchado de óleo, a falta de decoração ou a luz industrial; os caras se amontoavam em volta das caixas térmicas, bebendo e gritando acima da música, tentando atrair a atenção de qualquer garota que passasse.

Os homens aparentavam ter entre 20 e 30 e poucos anos. Maria presumiu que eram trabalhadores aproveitando a noite de sábado. Como Serena tinha dito, também havia uns caras de aparência bem amedrontadora, com tatuagens e calças largas que podiam esconder alguma arma. Normalmente isso a deixaria nervosa, mas a atmosfera indicava que a maior parte das pessoas se concentrava em se divertir. Mesmo assim, ela se viu procurando possíveis saídas para o caso de alguma encrenca.

Colin também analisava a cena. Ele se inclinou para o ouvido dela.

– Quer chegar mais perto da pista?

Ela confirmou com a cabeça e Colin começou a levá-la mais para o interior do armazém. Os dois se espremeram entre a multidão, tendo o cuidado de não trombar com ninguém, e foram lentamente até a área de dança do outro lado do prédio. No caminho, dois caras tentaram atrair a atenção de Maria – querendo saber seu nome, comentando sua beleza ou até tentando apertar sua bunda –, mas, com medo de dar a Colin algum motivo de confronto, ela apenas fazia uma cara feia para eles, em silêncio.

A pista de dança era separada do resto do armazém por uma barreira improvisada feita de caibros pregados e presos em barris de metal. Do lado oposto estava o DJ, com o equipamento numa mesa dobrável. Era flanqueado por duas caixas de som do tamanho de geladeiras. A música era suficientemente alta para fazer o peito de Maria martelar. Na pista ela viu casais se movendo e girando, o que lhe provocou um jorro de lembranças de um tempo em que a vida parecia mais despreocupada.

Sentiu o perfume de Colin quando se inclinou mais para perto dele.

– Tem certeza de que você está preparado para isso?

– Tenho – respondeu ele.

Antes que percebesse, estavam cercados por casais. Já ia dizer a Colin o que fazer quando ele pegou sua mão direita e começou a guiá-la, os passos se movendo junto com os dela. Os olhos de Maria se arregalaram. Quando ele a levou a um giro executado com perfeição, ela ficou chocada demais para dizer alguma coisa. Colin apenas ergueu as sobrancelhas, fazendo-a rir alto. E pouco a pouco, enquanto uma música se fundia na outra, ela sentiu-se começando a se soltar, perdendo-se na música e nele.

Passava da meia-noite quando finalmente saíram do armazém e voltaram ao apartamento dela. Nenhum dos dois disse muita coisa, ambos sentindo-se quentes e ligeiramente ruborizados enquanto seguiam pelas ruas silenciosas.

Como havia feito nas últimas horas, Colin segurava a mão de Maria, o polegar movendo-se contra a pele. Ao se aproximarem do prédio, ela ponderou se deveria convidar Colin a subir, ao mesmo tempo amedrontada e animada. Não se conheciam por tempo suficiente e ela não sabia se estava preparada... mas precisava admitir que o desejava. Queria que a noite continuasse, com os dois juntos; queria que ele a beijasse de novo e a pegasse nos braços. Apesar das emoções conflitantes, orientou-o para o estacionamento atrás do prédio.

Depois de trancar o carro, subiram a escada lado a lado, ambos em silêncio. Quando chegaram à porta, ela pegou as chaves com as mãos ligeiramente trêmulas. Acendeu a luminária perto do sofá, mas percebeu que Colin havia parado na soleira. Ele pareceu sentir sua confusão, oferecendo-lhe a chance de encerrar a noite naquele momento, antes que fossem longe demais. Porém, alguma coisa a havia dominado. Ela prendeu uma mecha de cabelo atrás da orelha e sorriu.

– Entre – disse com a voz rouca e estranha aos seus próprios ouvidos.

Colin fechou a porta em silêncio enquanto olhava a sala, o piso de pinho escuro, as sancas e a porta dupla que se abria para a pequena sacada. Mesmo suspeitando de que ele não se importaria, ela ficou subitamente feliz por ter passado a manhã arrumando tudo, até mesmo afofando as almofadas do sofá.

– Sua casa é linda.

– Obrigada.

Ele deu dois passos e parou para examinar as fotos emolduradas acima do sofá.

– Você tirou essas?

– Sim. No início deste verão.

Ele as observou em silêncio, com atenção especial à da águia-pescadora que levava o peixe nas garras.

– Você é muito boa – comentou, impressionado.

– Você não sabe quantas fotos ruins foram necessárias para chegar a essas, mas obrigada. – Próxima a Colin, Maria sentiu o calor que ainda irradiava do corpo dele. – Quer beber alguma coisa? Tenho uma garrafa de vinho na geladeira.

– Talvez meia taça. Nunca fui um grande bebedor de vinho. E se você tiver um pouco d'água, seria fantástico também.

Deixando-o sozinho na sala, ela foi à cozinha e pegou duas taças no armário. Na geladeira havia uma garrafa que ela tinha aberto na noite anterior. Serviu duas taças e tomou um gole antes de pegar um copo para a água dele.

– Quer gelo?

– Claro, se não for dar trabalho.

– Acho que posso arranjar um gelo.

Ela lhe entregou o copo d'água e se surpreendeu com a rapidez com que Colin o bebeu. Em seguida, pegou o copo de volta e colocou-o no balcão de café da manhã, antes de indicar a porta dupla.

– Vamos para a varanda?

– Parece bom – concordou ele, pegando sua taça de vinho.

Abrindo a porta, saíram para a varanda. O ar estava fresco na pele de Maria, uma névoa começando a vir com a brisa. O tráfego era leve e as calçadas estavam vazias. As luzes dos postes lançavam sobre eles um brilho amarelo, e dava para ouvir do bar na esquina o som fraco de música pop dos anos 1980.

Ele indicou as cadeiras de balanço ao lado.

– Você costuma se sentar aqui?

– Não o suficiente. O que é meio triste, porque a varanda foi um dos motivos para eu comprar o apartamento. Acho que acreditei que relaxaria aqui depois do trabalho, mas isso não acontece. Na maior parte das noites como depressa e me planto à mesa de jantar ou à escrivaninha do quarto extra com meu MacBook. – Ela deu de ombros. – É de novo a coisa de tentar progredir, mas já falamos disso, não é?

– Já falamos um monte de coisas.

– Quer dizer que já está ficando entediado comigo?

Ele se virou para ela, os olhos refletindo a luz da noite.

– Não.

– Sabe o que eu acho interessante em você? – Colin esperou, sem dizer nada. – Você não sente necessidade de sempre explicar seu raciocínio quando responde às perguntas. Vai direto ao ponto. Só entra em detalhes quando pedem. Você é um homem de poucas palavras.

– Certo.

– É exatamente isso que eu quero dizer! – provocou ela. – Mas tudo bem, você me deixou curiosa. Por que não entra em detalhes, a não ser que isso seja pedido especificamente?

– Porque é mais fácil. E demora menos tempo.

– Não acha que incluir os outros em seu processo mental ajudaria a entendê-lo melhor?

– Isso presume que eles queiram me entender melhor. Se quiserem, vão pedir que eu explique. Aí eu faço isso.

– E se não pedirem?

– Provavelmente não se importam com meu raciocínio, para começo de conversa. Só querem saber a resposta. Eu sei que faço isso. Se pergunto a alguém que horas são, não preciso de uma história sobre a confecção de relógios e não me importo em saber quem deu o relógio à pessoa, nem quanto custou, nem se foi presente de Natal. Só quero saber a hora.

– Não estou falando disso. Estou falando de tentar conhecer alguém. Conversar.

– Eu também. Mas nem todo mundo precisa ou quer saber por que você se sente de um determinado jeito sobre algo. É melhor que algumas coisas sejam deixadas subentendidas.

– Espere aí. Não foi você que me contou sua história de vida naquela primeira noite, na praia?

– Você fez perguntas e eu respondi.

– E acha que isso funciona?

– Funcionou para nós. Não temos problema para conversar.

– Mas isso é porque eu faço um monte de perguntas.

– É.

– Bom, ainda bem que eu faço. Ou acabaríamos feito um casal de velhos que não dizem uma única palavra um para o outro enquanto tomam o café da manhã. Claro, isso provavelmente combina direitinho com você. Posso imaginá-lo passando o dia inteiro sem dizer nada a ninguém.

– Às vezes passo.

– Isso não é normal.

– Certo.

Ela tomou um gole de vinho e balançou a mão para ele.

– Mais detalhes, por favor.

– Não sei o que significa normal, realmente. Acho que cada um tem sua definição, e ela é moldada pela cultura, pela família e pelos amigos, pelo caráter e pela experiência, por acontecimentos e por mil outras coisas. O que é normal para uma pessoa não é normal para outra. Para algumas pessoas, pular de avião é loucura. Para outras, a vida não vale a pena sem isso.

Ela assentiu, admitindo. Mesmo assim...

– Certo. Sem que eu faça antes uma pergunta, quero que você mostre como se sente de verdade com relação a alguma coisa. Algo inesperado e fora do assunto, que eu não esperaria que dissesse. E depois entre em detalhes, sem que eu precise fazer nenhuma pergunta.

– Por quê?

– Faça a minha vontade – disse ela, cutucando-o. – Só por diversão.

Ele girou a taça com os dedos antes de levantar os olhos para ela.

– Você é incrível. É inteligente, linda e deveria ter facilidade para encontrar alguém sem meu passado, que não tenha cometido meus erros... Sinceramente isso me faz pensar no que estou fazendo aqui, ou em por que você me convidou. Parte de mim acha que tudo isso é bom demais para ser verdade e que vai acabar, mas, se isso acontecer mesmo, não vai mudar o fato de que você já acrescentou alguma coisa à minha vida, uma coisa da qual eu nem sabia que sentia falta.

Colin fez uma pausa. Quando voltou a falar, sua voz saiu baixa.

– Antes de você aparecer, eu tinha Evan e Lily, e achava que isso era o bastante. Mas não é. Não mais. Desde a semana passada. Estar com você faz com que eu me sinta vulnerável de novo, e não me sinto vulnerável desde que era um moleque. Não posso dizer que sempre gosto disso, mas a alternativa seria pior, porque significaria não vê-la outra vez.

Maria percebeu que prendera o fôlego; quando ele terminou, ela sentiu-se quase tonta, pasma com a resposta dele.

Colin, por outro lado, continuava a mostrar uma confiança tranquila, e foi isso, mais do que qualquer coisa, que lhe permitiu recuperar o equilíbrio.

– Não sei bem o que dizer – admitiu ela.

– Não precisa dizer nada. Eu não falei porque queria uma resposta. Falei porque quis.

Ela envolveu a haste da taça com as duas mãos.

– Posso fazer uma pergunta? – perguntou timidamente. – Sobre outra coisa?

– Claro.

– Por que fingiu que não sabia dançar salsa?

– Não fingi. Eu não sabia. Lily passou a semana me dando aulas. Foi o que fiz nas noites de quinta e sexta-feira.

– Você aprendeu a dançar por minha causa?

– É.

Ela se virou e tomou um gole de vinho, tentando esconder o espanto.

– Obrigada. E acho que eu deveria agradecer a Lily também.

Ele lhe deu um sorriso rápido.

– Você se incomoda se eu pegar mais água? Ainda estou com um pouco de sede.

– Claro que não.

Colin se afastou e Maria balançou a cabeça, imaginando quando, ou mesmo se, deixaria de ficar surpresa com ele.

Luis nunca havia falado com ela daquele jeito. Enquanto se inclinava por cima da balaustrada, achou difícil se lembrar do que tinha visto no ex. Luis era bonito e inteligente, mas também arrogante e vaidoso. Várias vezes ela arranjava desculpas para o comportamento dele. Ao mesmo tempo, desejava a aprovação de Luis. Ele, por sua vez, não somente tinha consciência disso como se aproveitava. Não era um relacionamento saudável. Tentou imaginá-lo se comportando como Colin – ligando para ela, trazendo flores, aprendendo a dançar –, mas não conseguia. Apesar de tudo, amara Luis com uma intensidade que algumas vezes ainda podia sentir.

Enquanto dançava com Colin, achou que a noite não poderia melhorar. Estava errada. Ouvi-lo expressar os sentimentos sem medo nem pesar a deixara sem fala. Imaginou se era capaz da mesma coisa. Provavelmente não, mas Colin não era como a maioria das pessoas. Ele se aceitava, com os defeitos e tudo, e se perdoava pelos erros que havia cometido. Mais do que isso, parecia viver o momento sem pensar no passado nem no futuro.

A maior revelação foi a profundidade com que Colin pôde experimentar suas emoções. Olhando-o durante o jantar e na pista de dança, e ouvindo suas palavras agora, sabia que ele estava apaixonado e disposto a se render ao inevitável, uma ideia que fazia as mãos de Maria tremerem.

Enquanto Colin voltava para a varanda, Maria respirou fundo, saboreando a onda de desejo que a inundava. Ele se inclinou por cima do corrimão, ao seu lado, e a respiração dos dois entrou num ritmo firme. Ela tomou outro gole de vinho, o calor descendo pela garganta. Examinando o rosto dele de perfil, pensou de novo em como a calma exterior de Colin envolvia suas emoções e de repente imaginou como ele ficaria se estivesse nu, em cima dela, os lábios roçando gentilmente nos seus, enquanto os dois se entregavam um ao outro. Seu estômago se apertou e ela sentiu a boca se curvar num leve sorriso.

– O que você disse antes foi sério?

Ele não respondeu imediatamente. Em vez disso, baixou a cabeça antes de se virar para ela.

– Cada palavra.

Sentindo um turbilhão de sensações no corpo, ela chegou mais perto e beijou-o suavemente nos lábios macios e quentes. Ao recuar, viu em sua expressão algo parecido com esperança. Beijou-o pela segunda vez e sentiu a pele se arrepiar quando ele a envolveu com os braços.

Maria podia sentir a força do peito de Colin e a urgência de sua língua, e soube com certeza feroz que precisava dele. Os dois continuaram a se beijar na varanda sob um céu enevoado e cheio de estrelas. Os dedos deles se entrelaçaram enquanto Colin beijava seu pescoço, provocando uma sensação hipnotizante e erótica. Maria estremeceu, desfrutando daquele sentimento antes de, sem palavras, levá-lo para o quarto.

Ao acordar, Maria sentiu a suave claridade do sol do início de outono. Virou-se e viu Colin deitado de lado, apenas com a metade do corpo sob o cobertor, já acordado e alerta.

– Bom dia – sussurrou ele.

– Bom dia – disse ela. – Há quanto tempo você está acordado?

– Há cerca de uma hora.

– E por que não voltou a dormir?

– Não estava cansado. Fiquei olhando você dormir.

– Isso pode ser muito meigo ou assustador.

– Certo.

Ela sorriu.

– Bom, já que você estava me olhando, espero não ter feito nada constrangedor nem algum barulho estranho.

– Não fez. Só ficou aí deitada, com uma sensualidade infernal.

– Meu cabelo está embolado e eu preciso escovar os dentes.

– Agora?

– Por quê? O que você tinha em mente?

Ele estendeu a mão, usando o dedo para acompanhar a linha de sua clavícula. Depois disso, nenhuma palavra foi necessária.

Eles tomaram banho juntos e se vestiram. Maria secou o cabelo e passou maquiagem enquanto Colin ficou encostado na bancada do banheiro, atrás dela, segurando uma xícara de café.

– Vamos a algum lugar? – perguntou ele.

– Almoço. Com meus pais.

– Parece bom. Mas primeiro preciso trocar de roupa. A que horas?

– Onze.

– Então acho que não vamos no mesmo carro.

– Provavelmente não é uma boa ideia. Desta vez eles vão fazer um monte de perguntas.

– Tem razão.

Maria pousou o rímel e segurou a mão dele.

– Isso incomoda você? Ou dá medo?

– Não.

– Bom, porque me dá um medo tremendo – admitiu ela, voltando à maquiagem. – Na verdade essa coisa toda é aterrorizante.

Ele tomou um gole de café.

– O que você vai contar a eles sobre mim?

– Espero que o mínimo possível. Qualquer detalhe só vai provocar mais perguntas.

– Qual seria o pior cenário?

– Minha mãe chorando e meu pai expulsando você de casa.

– Você é muito pessimista.

13

Colin

Colin chegou à casa dos pais de Maria logo antes das onze horas. Não tinha ideia de como havia sido a conversa dela com os pais, mas tinha a sensação de que logo descobriria.

Queria que Lily estivesse ali para indicar o que ele deveria levar para um almoço de família, mas Evan e ela já tinham saído para a igreja quando ele chegou em casa, e no fim das contas isso não adiantaria grande coisa. Como todo mundo, os pais de Maria teriam suas próprias opiniões. Um cesto de bolinhos ou flores não iria mudá-las.

Pensava em Maria sem parar, uma série de imagens dando lugar à próxima, cada qual mais arrebatadora do que a anterior. Era a primeira vez que isso lhe acontecia. Ele respirou fundo, lembrando-se de que, ainda que não fosse se esquivar de qualquer pergunta, suas respostas poderiam ser dadas de muitos modos diferentes e continuar sendo honestas.

A porta se abriu quase de imediato, revelando Serena. Notou de novo como ela era parecida com a irmã mais velha, apesar de estar mais agitada do que de costume, o que provavelmente não era bom sinal.

– Oi, Colin – disse ela, ficando de lado para que ele entrasse. – Vi você chegando. Entre.

– Obrigado. Como foi o seu jantar ontem à noite?

– Incrível. E o seeeu?

– Nós passamos uma noite ótima.

– Tenho certeza. – Serena deu uma piscadela para ele. – Maria está na cozinha com mamãe. E estou espantada por você ter conseguido levá-la para dançar.

– Por quê?

– Se você ainda não sabe, acho que precisa passar mais tempo com ela. Mas um conselho: eu não seria muito descritivo com relação a ontem à noite. O negócio já está meio tenso por aqui. Tenho a impressão de que meus pais acham que você é um terrorista.

– Certo.

– Posso estar exagerando, mas quem sabe? Só cheguei quando os três já haviam terminado de conversar e meus pais mal me cumprimentaram. Meu pai não estava sorrindo e minha mãe ficava fazendo o sinal da cruz, apesar de o jantar de ontem à noite com o diretor da fundação ter sido... hã... Deixa pra lá. Meus pequenos desafios não importam agora. De qualquer modo, decidi que era melhor esperar por você na sala.

Nesse ponto haviam chegado à cozinha, onde ele viu Maria parada junto à frigideira que chiava enquanto a mãe tirava um pequeno tabuleiro do forno. O ar cheirava a bacon e canela.

– Colin chegou! – exclamou Serena.

Maria se virou e ele notou que ela estava usando avental.

– Oi, Colin – disse ela com voz tensa. – Você se lembra da minha mãe, não é?

Carmen forçou um sorriso artificial e, apesar de Colin poder estar imaginando isso, ela parecia mais pálida do que dois dias antes.

– Bom dia, Sra. Sanchez – disse ele, achando que um pouquinho de formalidade talvez fosse uma boa aposta.

– Bom dia. – Ela assentiu e, obviamente desconfortável, voltou a atenção para o tabuleiro enquanto o colocava num suporte de ferro sobre a bancada.

Serena se inclinou para ele.

– Minha mãe decidiu fazer um café da manhã americano para você – sussurrou ela. – Bacon e ovos, torradas, bolinhos de canela. Claro, isso foi antes de Maria conversar com eles.

Maria pegou duas tiras de bacon do tabuleiro e colocou num prato coberto com um guardanapo, ao lado do fogão.

– Ei, Serena? Pode assumir aqui um segundo?

– Tudo bem – cantarolou Serena. – Vou poder usar esse avental maneiro?

Maria entregou o avental para Serena, que começou a conversar com a mãe em espanhol. Colin notou a tensão com que Maria se movimentava. Ela lhe deu um beijo rápido no rosto, tendo o cuidado de manter alguma distância entre os dois.

– Teve problema para achar a casa?

– Não. Google – respondeu ele.

Olhando por cima do ombro, foi difícil não notar o modo como Carmen franzia a testa ligeiramente. Tinha consciência de que não deveria perguntar como a coisa havia sido antes; em vez disso, ficou em silêncio. Maria baixou a voz, com a preocupação estampada no rosto.

– Você se importaria de conversar com meu pai antes de comermos?

– Claro que não.

– E, ah... – Ela deixou no ar.

– Tudo bem – disse ele, tranquilizando-a.

Ela assentiu com um gesto quase imperceptível.

– Vou ficar aqui e ajudar minha mãe na cozinha. Meu pai está à mesa na varanda dos fundos. Quer café? Água?

– Estou bem.

– Certo... – Ela deu um passo atrás. – Acho melhor eu voltar para a cozinha, então.

Colin a viu passar pela geladeira enfeitada com dezenas de fotos, cartas e outras lembranças, antes de se virar. Foi para a porta de correr e, assim que a abriu, Félix se virou em sua direção. Havia menos raiva do que Colin tinha previsto, mas o choque e o desapontamento eram evidentes, bem como o antagonismo óbvio. No colo dele, um cãozinho dormia.

– Bom dia, Sr. Sanchez. Maria disse que o senhor queria falar comigo.

Félix olhou para a mão dele antes de estender a sua, com relutância. Félix o convidou a se sentar. Colin o fez, cruzou as mãos e colocou-as à frente, permanecendo em silêncio. Não havia sentido em tentar falar amenidades ou fingir que não sabia o que Félix queria discutir.

Félix não estava com pressa e se demorou examinando-o.

– Maria disse que você já teve problemas com a lei – começou finalmente. – É verdade?

– Sim – respondeu Colin.

Na meia hora seguinte a história inteira saiu aos pedaços, mais ou menos como acontecera com Maria naquele primeiro dia na praia. Ele não açucarou seu passado nem tentou enganar Félix. Como acontecera com Maria, algumas vezes o choque de Félix foi intenso e ele o pressionava pedindo mais esclarecimentos; quando Colin contou o que acontecera na primeira escola militar que havia frequentado, pensou ter visto um clarão de entendimento súbito. Quando terminou, Félix estava menos tenso do que quando Colin havia se juntado a ele na varanda, mas também ficou claro que precisava de tempo para pensar em tudo o que tinha ouvido. Isso não era surpresa. Félix era pai e Maria era sua filha.

– Você diz que mudou e eu gostaria de acreditar, mas...

– Sim?

– E se você for preso de novo?

– Não planejo isso.

– Esse é o problema. As pessoas raramente planejam isso.

Colin não disse nada. Não havia o que dizer. Félix continuou a acariciar o cachorro branco, depois continuou:

– Se você for preso, o que vai acontecer?

– Não irei vê-la. Vou terminar o relacionamento. Não quero que Maria sofra ou me espere.

Depois de um momento, Félix assentiu num misto de satisfação e incredulidade.

– Se algum dia você machucar minha filha ou a puser em perigo...

Não terminou a frase, mas não precisava. Colin sabia o que Félix queria escutar.

– Isso não vai acontecer.

– Tenho a sua palavra?

– Tem.

Nesse momento, Maria pôs a cabeça para fora, obviamente nervosa mas também aliviada por não ter ouvido nenhum grito.

– Vocês dois já terminaram? A comida está pronta.

Félix expirou.

– Terminamos – disse. – Vamos comer.

Quando terminaram de comer, Serena e seus pais começaram a tirar os pratos enquanto Maria ficava junto de Colin.

– O que você disse a ele? – perguntou ela.

– A verdade.

– Toda?

– Toda.

Maria pareceu perplexa.

– Então foi muito melhor do que eu imaginei.

Ela estava certa. O almoço fora agradável, com Serena falando da bolsa, de Steve e das aventuras de seus numerosos amigos. Félix e Carmen tinham feito perguntas ocasionalmente, até direcionando algumas indagações a Colin, mas todas eram sobre o trabalho ou a escola. Quando ele mencionou o MMA, Carmen empalideceu um pouco.

– Mesmo assim... – disse Maria. – Acho que você estava certo. Era melhor deixar tudo às claras logo de início.

Às vezes, pensou Colin. *Nem sempre*. Félix tinha sido cordial, mas não havia nenhum afeto ou confiança evidente, duas coisas que demorariam para ser alcançadas, se é que isso seria possível. Mas Colin não disse isso. Estendeu a mão para a porta.

– Quer fazer um pouco de *stand-up paddle* mais tarde? – perguntou ele.

– Que tal fazermos uma coisa diferente? Tipo... jet ski? Podemos alugar na praia. Parece divertido?

Ele se lembrou da visão dela usando biquíni.

– Parece ótimo.

Mais tarde, Colin e Maria se encontraram na praia de Wrightsville e passaram duas horas com jet skis antes de Colin voltar para casa e dar uma malhada rápida. Prepararam o jantar na casa de Maria, e depois, como na noite anterior, passaram as horas seguintes nos braços um do outro.

A manhã de segunda-feira chegou cedo demais, porém passaram o máximo de tempo possível juntos durante a semana. Colin almoçou com Maria duas vezes e ela passou o início da noite de quarta-feira no Pete Caranguejeiro, bebericando uma Pepsi Diet e trabalhando num resumo jurídico para Barney com o MacBook apoiado no balcão do bar. Afora os turnos de trabalho dele e as aulas, algumas horas para malhar e o almoço com a família, os dois passaram praticamente todos os minutos juntos. Foram a uma feira livre e ao aquário, dois lugares que Colin jamais havia pensado em visitar.

O tempo todo ele simplesmente tentava aceitar o modo como se sentia com relação a ela. Não pensava a respeito, não se preocupava, não tentava entender. Em vez disso, gostava de como se sentia sempre que ela ria, e de como ela ficava sensual ao franzir as sobrancelhas, concentrada; saboreava a sensação da mão dela enquanto caminhavam.

Na noite de domingo, na cama depois de fazer amor, Maria estava deitada de barriga para baixo, os joelhos dobrados e os pés levantados enquanto mordiscava algumas uvas. Colin achou impossível afastar o olhar, encarando-a até que, de brincadeira, ela jogou uma uva nele.

– Pare de encarar. Você está me deixando sem graça.

Ele pegou a uva e colocou-a na boca.

– Por quê?

– Porque sou católica e nós não somos casados, talvez?

Ele deu um risinho.

– Sua mãe perguntou se eu era católico, não perguntou? Quando nós fomos almoçar na primeira vez?

– Você entende espanhol?

– Na verdade, não. Tive aulas no ensino médio e mal consegui passar, mas ouvi meu nome e a palavra quando ela estava sentada à mesa. Não foi difícil deduzir. Avise a ela que eu fui criado como católico. Fui batizado e crismado, a coisa toda. Mas parei de ir à igreja há muito tempo, de modo que não sei direito o que sou agora.

– Ela vai gostar de saber.

– Bom.

– Como eles conseguiram que você fosse crismado?

– Com doações, acho. Provavelmente uma das grandes, porque o padre me deixou fazer um curso rápido num verão.

– Isso é fraude.

– Sim! E eu ainda ganhei um kart, o que foi bem legal.

– Por que você ganhou um kart?

– Era isso ou eu não faria. Mas não adiantou muito. Acabei com ele em duas semanas e me recusei a falar com meus pais durante o resto do verão porque eles não quiseram comprar um novo.

– Legal – disse ela com sarcasmo.

– Nunca escondi o fato de que tenho problemas.

– Eu sei. – Ela sorriu. – Mas às vezes eu gostaria de que você me surpreendesse de um modo bom quando fala sobre quando era novo.

Ele pensou.

– Uma vez bati no ex-namorado da minha irmã mais velha. Isso conta? Já que ele era um completo babaca?

– Não, não conta.

Ele sorriu.

– Quer almoçar comigo amanhã?

– Adoraria, mas já prometi à Jill. Ela me mandou uma mensagem antes e eu me esqueci de dizer a você. Mas estou livre para um jantar mais tarde.

– Não posso. Preciso trabalhar.

– Quer dizer que talvez a gente não se veja amanhã? O que vou fazer?

Podia ter sido o tom brincalhão dela ou o fato de que um fim de semana longo e maravilhoso estava finalmente acabando, mas Colin não respondeu. Ele apenas a encarou, notando as curvas sensuais de seu corpo, perfeito em quase todos os sentidos.

– Você é incrivelmente linda – sussurrou.

Um leve sorriso surgiu nos lábios dela, sedutor e adorável.

– É?

– É – repetiu ele, sem conseguir afastar a sensação de que uma longa jornada finalmente chegava ao fim.

Ainda que aquele sentimento fosse inimaginável apenas um mês atrás, não havia motivo para negá-lo. Estendeu a mão para ela, passando os dedos suavemente pelos cabelos, com uma sensação luxuriante, e soltou um suspiro longo.

– Eu te amo, Maria – murmurou finalmente.

Com a mão dele ainda no seu cabelo, Maria a envolveu com a sua.

– Ah, Colin – sussurrou ela. – Também te amo.

14

Maria

Fizeram amor cedo na manhã seguinte. Apesar de o sol ainda não ter nascido quando Colin saiu para malhar, Maria ficou se revirando na cama, incapaz de dormir de novo. Finalmente se levantou, decidida a pôr em dia um documento negligenciado por muito tempo.

Preparou o café, tomou um banho, vestiu-se e, com a melhor das intenções, abriu seu MacBook para fazer algum trabalho na uma hora e meia que tinha antes de ir para o escritório. No entanto, enquanto se acomodava, sentiu que algo estava errado. O momento a fez suspeitar de que aquilo tinha a ver com Colin. Os dois estavam apaixonados e não havia nada de estranho nisso. Era normal. Acontecia com outras pessoas todos os dias.

Então o que a incomodava?

Encheu a xícara de novo, deixou a mesa e foi até a varanda, olhando a cidade portuária voltar à vida. Uma névoa fina se demorava acima da calçada, fazendo-a parecer desfocada. Enquanto bebia o café, lembrou-se de ter ficado no mesmo lugar na noite em que Colin e ela haviam feito amor pela primeira vez, e isso trouxe um sorriso ao seu rosto.

Talvez alguns sentimentos com relação a Colin não fossem tão simples e diretos quanto ela queria fingir. Mas o que a deixava tão inquieta? O fato de estarem dormindo juntos? As palavras que trocaram na noite anterior? O fato de que seus pais não o aprovavam? Ou de que, um mês antes, ela nem poderia imaginar que se apaixonaria por alguém como ele?

Isso praticamente resume tudo, admitiu. Mas por que a ansiedade *nesta* manhã? Era ridículo pensar que dizer "eu te amo" poderia alterar seu equilíbrio desse modo. Não fazia sentido. Terminou de tomar o café e decidiu ir para o trabalho mais cedo, com a certeza de que estava exagerando na preocupação.

Entretanto, o sentimento não se dissipou. Até seu estômago tinha um peso ligeiramente estranho. Quanto mais tentava se convencer de que não fazia sentido se preocupar com relação a Colin, mais difícil era se concentrar. Enquanto o relógio tiquetaqueava ao se aproximar da hora do almoço, ela só conseguia pensar que precisava conversar com Jill.

Contou tudo, todos os seus sentimentos, enquanto via Jill pegar várias peças de sushi da bandeja e colocar no prato. Maria pôs uma única peça no prato antes de decidir que não teria condições de forçá-la para dentro. Quando terminou de falar, notou que Jill apenas assentia.

– Então deixe-me ver se entendi direito – disse Jill. – Você conheceu um cara, vocês dormiram juntos depois de sair por pouco tempo, você o apresentou aos seus pais e ele disse que a amava. E então, hoje de manhã, de repente você começou a questionar tudo. Meu resumo está certo?

– Certíssimo.

– E você não sabe direito por quê?

Maria fez uma careta.

– É simples. Você está questionando sua felicidade, como uma adolescente que perdeu a virgindade.

– Como assim?

Jill usou os hashis para pegar o último rolinho maki.

– Suas emoções estão oscilando de um extremo ao outro. Tipo: "Isso aconteceu de verdade? Foi tão bom quanto lembro? O que eu fiz?" Ficar apaixonada é aterrorizante. Por isso é tão comum dizerem que a pessoa ficou "caidinha". Cair é apavorante. – Ela balançou a cabeça, triste, na direção do prato de Maria. – Comi toda a nossa comida e vou culpar você quando subir na balança.

– Em outras palavras, você acha que é normal o que estou sentindo?

– Eu ficaria muito mais preocupada se você não estivesse questionando tudo. Porque nesse caso significaria que está maluca.

– Isso aconteceu com relação ao Paul? Digo, quando você se apaixonou por ele?

– Claro. Num dia ele era tudo em que eu conseguia pensar. Depois, eu me perguntava se não estava cometendo o maior erro da minha vida. E aqui vai um segredinho: algumas vezes isso ainda acontece. Sei que eu o amo, mas não sei se amo o suficiente para ficar namorando para sempre. Quero me casar e ter filhos. Os pais dele não gostam muito de mim e eu tenho dificuldades com isso também.

– Por que eles não gostam de você?

– Acham que eu falo demais. E que tenho opiniões demais.

– Está brincando!

– Queria estar!

Maria riu antes de ficar séria de novo.

– Tudo com relação à gente parece tão... estranho – desabafou Maria. – Tudo fazia sentido com Luis. Primeiro éramos amigos. Mesmo depois de estarmos namorando, devem ter se passado seis meses antes que eu falasse que o amava. Meus pais gostavam dele, Luis era de uma boa família e não havia nada questionável no passado dele.

– Se a lembrança serve de alguma coisa, acho que você também me disse que Serena não gostava do Luis. E que no fim ele acabou se revelando um sacana egoísta.

Ah, é. Isso.

– Mas...

– Luis foi seu primeiro amor. Você não pode comparar o que aconteceu na época com o que está acontecendo agora.

– Foi o que acabei de dizer.

– Você não está entendendo. Quero dizer que o primeiro amor *sempre* faz sentido porque você não conhece nada melhor. Tudo é novo e as campainhas de alerta são abafadas pela novidade da coisa. Agora você é mais velha e tem mais sabedoria. Precisa de alguém parecido. Você confia no Colin e gosta de passar seu tempo com ele. Ou pelo menos é o que andou me dizendo.

– E você não acha que a coisa está indo depressa demais?

– Comparado com quê? A vida é sua. Meu conselho é seguir o fluxo e viver um dia de cada vez. E, de novo, o que você está sentindo hoje é perfeitamente normal.

– Prefiro não sentir isso.

– Por quê? Tenho a impressão de que você vai se sentir melhor no instante em que falar com ele de novo. Em geral é assim que funciona.

Maria empurrou sua peça solitária de sushi pelo prato, finalmente começando a sentir as primeiras pontadas de fome.

– Espero que esteja certa.

– Claro que estou. No início as emoções sempre enlouquecem, mas você deve segurar firme. Nós duas sabemos que o amor verdadeiro não aparece com muita frequência.

Depois do almoço com Jill, Maria sentiu-se melhor. Talvez não totalmente normal, mas pelo menos um tanto *centrada* de novo. Quanto mais refletia, mais reconhecia que Jill estivera certa com relação a praticamente tudo. Apaixonar-se *era* um pouco apavorante e bastava para deixar todo mundo meio nervoso no início.

Jill também havia acertado ao garantir que falar com Colin ajudaria a aplacar suas dúvidas. Ele telefonou pouco depois das quatro horas, a caminho do trabalho. Ainda que não tenham conversado por muito tempo, escutar a voz dele já a ajudou a diminuir a tensão. Quando Colin perguntou se ela estaria livre na noite seguinte e se os dois poderiam passar um tempo juntos, Maria percebeu que desejava exatamente isso.

A ideia de passar um tempo com ele fez o dia seguinte correr mais depressa do que o normal. Até Barney – que passou em sua sala ou ligou uma dúzia de vezes para receber as últimas atualizações sobre várias questões – não conseguiu abalar seu bom humor. Ela atendeu o telefone no meio da tarde, esperando escutar a voz de Barney, mas do outro lado era Jill.

– Seu príncipe encantado é muito atencioso – anunciou a amiga.

Maria demorou um segundo para identificar a voz.

– Jill?

– Ou vocês dois brigaram ontem à noite e ele está esperando perdão, ou está tentando fazer com que os outros homens pareçam inferiores.

– Do que você está falando?

– Do Colin. E do buquê de rosas que ele mandou para você.

– Ele mandou rosas?

– O que você acha? O entregador está esperando.

Maria olhou para o telefone, notando o número da extensão.

– Por que você está ligando do telefone da Gwen?

– Porque por acaso estava conversando com ela quando o entregador chegou e fiz questão de ligar para você para contar. Sabe com que frequência o Paul manda flores para o meu trabalho? Nenhuma. Se não vier logo aqui, vou pegar o buquê e pisoteá-lo. Essas flores estão me fazendo questionar todo o meu relacionamento. E, acredite, você não quer ter *isso* na consciência.

Maria riu.

– Já estou indo.

Quando entrou na recepção, Maria viu Jill parada ao lado do entregador que usava boné de beisebol e, de fato, estava segurando um buquê de rosas. Antes que pudesse agradecer, o entregador lhe deu o buquê e se virou abruptamente. Um instante depois, a porta do saguão se fechou atrás dele, como se o homem nunca tivesse estado ali.

– Sujeito encantador – comentou Jill. – Nem falou nada. Só ficou dizendo seu nome sempre que eu perguntava alguma coisa. Mas você precisa admitir que o buquê é lindo.

Maria precisou concordar. Os botões, envolvidos em ramos de gipsofila, estavam começando a se abrir e, quando se curvou para cheirá-los, ela percebeu que o florista tivera o cuidado de aparar os espinhos.

– Que fofo da parte dele – observou ela, inalando o perfume delicado do buquê.

– É quase triste – disse Jill, balançando a cabeça. – Ele deve ter sérios problemas de autoestima. Quer dizer, já que vive procurando sua aprovação.

– Não acho que o Colin tenha problemas de autoestima.

– Então deve ser carente. Você provavelmente deveria romper com ele antes que a coisa piore. Você precisa de alguém como o Paul, um cara que pensa em primeiro lugar em si próprio.

Maria olhou para a amiga.

– Acabou?

– Ficou com a impressão de que estou sentindo inveja?

– Fiquei.

– Então sim. Acabei. E imagino que vocês dois tenham conversado e que tudo esteja bem de novo?

– Fizemos planos para esta noite. – Ela estendeu o buquê para Jill. – Pode segurar isto enquanto abro o cartão?

– Claro. Não parece que você esteja esfregando a coisa na minha cara.

Maria revirou os olhos enquanto pegava o cartão e lia. Piscou antes de ler pela segunda vez, com a testa começando a se franzir.

– O que é? – perguntou Jill.

– Acho que colocaram o cartão errado. Este não faz sentido.

– O que diz?

Maria segurou-o aberto, para mostrar a Jill.

– "Você vai saber qual é a sensação."

Jill franziu o nariz.

– Isso é uma piada ou algo assim?

– Não.

– Então o que significa?

– Não faço ideia – respondeu Maria, mais perplexa a cada minuto.

Jill devolveu o buquê.

– É uma coisa estranha para escrever, não acha?

– Sem dúvida – admitiu Maria.

– Talvez você devesse ligar para ele e perguntar o que significa.

Talvez, pensou Maria.

– Colin provavelmente está malhando.

– E daí? Aposto que o celular está com ele. Ou sabe o que pode ser? Talvez o florista tenha cometido um equívoco. Colocou o cartão de outra pessoa ou anotou errado.

– Pode ser – concordou Maria, tentando se convencer de que era verdade.

Depois de colocar as rosas no vaso, Maria tirou o celular da bolsa e ligou para Colin.

– Oi! Não vai cancelar o encontro de hoje, vai?

Ele estava ofegando e, ao fundo, Maria escutou música e o som de pessoas correndo nas esteiras.

– Não. Estou ansiosa por ele. Peguei você numa hora ruim?

– De jeito nenhum. O que foi?

– Só uma perguntinha. Eu queria perguntar sobre sua mensagem.

– Que mensagem?

– Do cartão que veio com as rosas hoje. O cartão dizia: "Você vai saber qual é a sensação." Não entendi.

Ela pôde ouvi-lo respirando forte do outro lado.

– Não fui eu. Não mandei rosas.

Maria sentiu um arrepio súbito na nuca. *Você vai saber qual é a sensação?* Já era bem estranho se Colin tivesse escrito. Se não foi ele, isso tornava o bilhete...

Estranho. Até assustador.

– O que isso quer dizer? – perguntou Colin em meio ao silêncio.

– Não sei. Ainda estou tentando deduzir.

– E você não sabe quem mandou?

– Não havia nome no cartão.

Colin não disse nada. Tentando esconder o sentimento de inquietação, Maria mudou de assunto:

– Sei que você precisa voltar aos exercícios e eu deveria voltar ao trabalho, mas a que horas você vem hoje?

– Que tal às 18h30? Estava pensando que a gente poderia ir passear pelo parque e decidir depois. Estou meio com vontade de me movimentar, não ficar só sentado. E podemos beliscar alguma coisa quando estivermos lá.

– Perfeito. Estou plantada na cadeira nos últimos dias e preciso mesmo dar um passeio.

Quando desligaram, ela estava imaginando-o suado na academia... mas então viu as rosas e o cartão. O cartão sem assinatura.

Você vai saber qual é a sensação.

Examinou o cartão de novo, imaginando se poderia ligar para o florista e descobrir quem o havia encomendado, até perceber que não havia identificação da floricultura em lugar nenhum.

– Você está distraída – comentou Colin.

Como era o meio da semana, as ruas estavam vazias e, apesar de ainda fazer calor, a brisa do norte sugeria a possibilidade de temperaturas mais frescas nas próximas semanas. Pela primeira vez em meses ela se sentia satisfeita por usar calças jeans.

– Só estou imaginando quem me mandaria rosas.

– Talvez você tenha um admirador secreto.

– Fora você, não conheci ninguém ultimamente. Não que eu saia muito. Visito meus pais, faço *stand-up* ou fico em casa.

– Menos quando está no trabalho.

– Ninguém do trabalho me mandaria flores – reagiu ela, mas a imagem de Ken lhe veio à mente. – Além disso, a mensagem não reflete a tentativa de alguém tentando fazer com que eu me sinta especial. É o oposto.

– Um ex-cliente?

– Acho possível – admitiu ela, mas tinha dificuldade para acreditar.

Colin apertou sua mão.

– De um modo ou de outro, você vai descobrir quem ele é.

– Você acha que é um homem?

– Você não acha?

– Só sei que a mensagem... me incomodou.

Esperou que ele dissesse algo para fazê-la sentir-se melhor. Em vez disso, Colin deu alguns passos antes de olhá-la.

– Me incomodou também.

Passar o tempo com Colin aliviou um pouco a inquietação de Maria. Ou pelo menos a impediu de ficar pensando em quem teria mandado as flores e escrito o bilhete. Não tinha a menor ideia de quem poderia ser, além de Ken, e, ainda que houvesse muitas coisas das quais não gostasse no sujeito, não conseguia imaginá-lo fazendo algo assim.

Enquanto caminhavam, a conversa foi passando de um assunto a outro. Uma hora depois, pararam para comprar sorvetes de casquinha, que tomaram de pé, junto ao corrimão com vista para o *USS North Carolina*, um couraçado que participara de muitas ações na Segunda Guerra Mundial antes de finalmente se aposentar, e agora ficava ancorado do outro lado do rio Cape Fear. Maria se lembrou de tê-lo visitado numa excursão de escola, de como era apertado abaixo do convés, da sensação claustrofóbica dos corredores estreitos e dos cômodos minúsculos. Imaginou quantos marinheiros tinham conseguido ficar a bordo durante meses seguidos sem perder a cabeça.

Caminharam mais um pouco enquanto o sol poente transformava o rio em ouro, depois percorreram as lojas que atraíram seu interesse. Pararam para jantar apenas quando a lua começou a reluzir sobre o horizonte, e, sentada à mesa diante de Colin, Maria desejou que seus pais conhecessem esse lado dele, o lado que a fazia sentir-se confortável e à vontade. Queria que testemunhassem como ela ficava feliz ao lado dele. A caminho do apartamento, convidou Colin para almoçar com eles de novo, mesmo não sabendo se seus pais estavam preparados para outra visita.

Quando fizeram amor naquela noite, foi de forma lenta e carinhosa, uma dança deliberada, em que ele sussurrava seu nome e quanto ela significava para si. Maria se entregou completamente. Depois, caiu no sono com a cabeça recostada no peito dele, acalentada pelo ritmo constante dos batimentos cardíacos. Acordou duas vezes: uma pouco depois da meia-noite e uma hora antes do alvorecer. No silêncio daqueles momentos, encarou-o, ainda pasma por terem se tornado um casal, e mais certa do que nunca de que cada um deles era exatamente aquilo de que o outro precisava.

Quando entrou em sua sala na manhã de quarta-feira, a primeira coisa que Maria fez foi se livrar do cartão. Rasgou-o em pedacinhos e jogou-os no cesto de lixo, depois foi até o computador do escritório. Revendo as mensagens, verificou se algum cliente havia mencionado que mandara as flores, mas não encontrou nada. Enquanto isso, Barney a esperava na sala de reuniões.

Só perto do meio-dia voltou para a sala. Nesse meio-tempo, Barney mandou outro e-mail, sugerindo que Maria começasse logo a trabalhar em um documento porque precisava de um resumo para o dia seguinte. O que significava almoçar em sua mesa *de novo*. Olhando para as rosas, percebeu que não as queria na sala. Agarrou o buquê e a bolsa, saiu do prédio, pegou o carro e virou a esquina em direção às caçambas de lixo.

Jogou o buquê na caçamba e estava começando a voltar para o carro quando teve a sensação súbita de que alguém a observava. Como não viu ninguém nas proximidades, descartou a sensação a princípio. Mas a aflição não parava de incomodá-la e, enquanto começava a procurar as chaves do carro em sua bolsa, olhou na direção do prédio.

Ali, parado à janela da sala dele, estava Ken.

Baixou o olhar para a bolsa outra vez, fingindo que não o havia notado. O que ele estava fazendo? Havia alguém na sala e ele estava parado perto da janela, de costas para essa pessoa. Será que ele a vira jogar as flores no lixo? Isso não era bom. Se Ken as havia mandado, provavelmente ficaria com raiva; se não, presumiria que Colin e ela tinham se desentendido.

Assim que entrou no carro, ligou o ar-condicionado e decidiu passar no mercado orgânico, que tinha várias opções de saladas incríveis. Ao sair do estacionamento, olhou pelo retrovisor, presumindo que Ken teria sumido.

Mas ele não havia saído de perto da janela. E mesmo estando longe demais para ter certeza, Maria não pôde evitar a sensação de que ele a estivera vigiando o tempo todo.

Ao voltar, parou na mesma vaga de antes. O carro de Ken não estava no estacionamento. Se o conhecia bem, ele só retornaria por volta das 13h30. Aliviada, tentou focar no trabalho. Depois das rosas, da mensagem e agora de Ken, sentia-se pronta para pegar suas coisas e ir para casa. Talvez pudesse fingir uma enxaqueca e sair cedo... mas de que adiantava? Barney ainda esperaria que ela terminasse o trabalho, e sabia que mesmo em casa continuaria obcecada com os acontecimentos do dia.

Você vai saber qual é a sensação.

Qual é a sensação de quê?

Como tinha rejeitado as investidas de Ken, será que ele planejava tornar sua vida no trabalho mais terrível ainda?

Nesse caso, o que isso significava?

Tentou não se importar com essas questões e começou a montar uma programação para um cliente que havia se ferido numa queda e estava processando uma loja de departamentos. Isso ocuparia a maior parte da tarde. Enquanto começava a tomar notas, observou que toda a sua profissão fazia parte de um *jogo* gigantesco em que o *objetivo* era juntar horas pagas, tornando os advogados os únicos vencedores garantidos.

Era uma visão cínica, mas de que outro modo poderia explicar como estava sempre tão ocupada apesar de a justiça não ser nem um pouco rápida? Trabalhava em processos iniciados anos atrás, e o caso para o qual Barney a havia designado agora não tinha chance de chegar ao tribunal antes de no mínimo dezoito meses. Isso se tudo corresse bem, o que era praticamente impossível. Então por que Barney precisava da programação para o dia seguinte? O que havia de tão urgente?

Para piorar, dentro de sua mente, visualizava Ken observando-a. Não deixaria que ele a pegasse de surpresa outra vez caso aparecesse para discutir sua "carreira". Decidiu manter a porta da sala escancarada, ainda que o ruído ambiente do escritório costumasse distraí-la. Desse modo, se Ken decidisse fazer uma visita, ela teria alguns segundos a mais para se preparar.

De sua janela era possível enxergar a vaga ocupada por Ken. De modo previsível, ele estacionou seu Corvette vermelho às 13h30 em ponto. Ela esperou que ele passasse por sua sala assim que entrasse no prédio, mas isso não aconteceu. Nem passou mais tarde, nem sequer para visitar as assistentes. Quando continuava sem aparecer às cinco horas, Maria se lembrou que não devia ficar até tarde. Fechou o MacBook, pegou cópias dos documentos e colocou tudo na bolsa. Espiando pela janela, hesitou por um instante ao ver que o carro de Ken já havia partido.

Tanto fazia. O dia seguinte certamente traria mais surpresas.

Saiu da sala, despediu-se de Jill e foi para o carro. Como sempre, rodeou primeiro até o lado do carona, para colocar a bolsa no banco. Assim que abriu a porta, soltou um grito.

O buquê de rosas, já murcho pelo calor, estava espalhado em leque no banco, como se tentasse provocá-la.

Colin estava sentado diante dela na sala de estar, os cotovelos apoiados nos joelhos. Maria tinha ligado para ele logo depois de jogar as rosas na caçamba de lixo, e ele estava esperando à sua porta quando ela chegou em casa.

– Não entendo – disse ela, ainda em pânico. – O que ele quer?

– Você sabe o que ele quer.

– E o Ken acha que esse é o melhor modo de conseguir? Mandando flores com um bilhete esquisito sem assinatura? E enfiando as rosas de volta no meu carro e me fazendo morrer de medo?

– Não sei a resposta. Acho que a verdadeira questão é o que *você* vai fazer.

Colin continuou a sustentar seu olhar, imóvel, mas a tensão do maxilar deixava claro que estava tão incomodado quanto ela.

– Não sei se há alguma coisa que eu possa fazer. O bilhete não estava assinado e eu não o vi colocar as rosas no meu carro. Não posso provar nada.

– E você tem certeza de que foi o Ken?

– Quem mais poderia ser? Não havia mais ninguém por perto.

– Tem certeza?

Ela abriu a boca para responder, mas fechou-a rapidamente, porque não havia pensado numa alternativa. Só porque não tinha visto mais ninguém, não significava que não houvesse mais ninguém, mas a ideia era apavorante demais para ser levada em conta.

– É ele. Tem de ser ele.

Seu maior medo era estar errada.

15

Colin

Colin passou a noite com Maria. Apesar de não ter pedido para ele ficar, ela estivera tensa durante parte da noite, incapaz de comer, e dava para sentir sua mente à deriva. Depois de finalmente cair no sono, Colin ficou acordado olhando para o teto, tentando juntar as peças. Ela havia contado o suficiente sobre Ken para lhe dar uma boa visão, e desde então ele estivera lutando contra a ânsia de fazer uma visita ao sujeito.

O assédio sexual já era suficientemente ruim, mas Ken exercia também abuso moral. Por experiência própria, Colin sabia que pessoas assim não paravam de abusar do poder a não ser que alguém as obrigasse. Ou lhes infundisse o temor de Deus.

Porém, Maria deixara claro que não queria que ele falasse com Ken ou mesmo chegasse perto do sujeito. Colin entendia isso: Ken era um advogado conhecido. Uma ameaça bastaria para pôr Colin atrás das grades. Ele não tinha dúvida de que Margolis e os juízes locais garantiriam isso.

Mesmo assim, algo não encaixava: o bilhete e as rosas pareciam uma *ameaça*. Parecia *pessoal* e, apesar de Ken ter problemas para controlar a libido e ter estado junto à janela, o resto não batia. Qual seria o objetivo do bilhete? Como Ken poderia saber que Maria decidiria jogar as rosas fora naquele momento? Ou, se Ken tinha planejado colocá-las no carro, por que continuara junto à janela, sabendo que sem dúvida Maria presumiria sua culpa? Ele precisava saber que amedrontar Maria tornaria mais provável que ela o acusasse de assédio. E se outro funcionário do escritório o visse pegando as rosas no lixo e colocando-as no carro de Maria? Será que ele estaria disposto a assumir esse tipo de risco? A maioria das salas tinha janelas.

Tudo isso significava… *o quê*? Se Ken tinha feito isso, obviamente não estava pensando com clareza. E se *não fosse* Ken?

Quando Maria acordou, Colin se ofereceu para acompanhá-la ao trabalho, mas ela garantiu que ficaria bem. Ele se despediu dela e, tremendo de raiva, retornou à casa de Evan, onde vestiu as roupas de ginástica e então saiu para aliviar a tensão.

Foi correr e aumentou o volume da música, acelerando o ritmo até ficar com a respiração alterada. Quando finalmente sentiu a raiva exaurida, experimentou uma clareza que emergia lentamente. Faria o que Maria tinha pedido e ficaria longe de Ken, mas isso não significava que se sentia disposto a permanecer parado sem fazer nada.

Ninguém iria amedrontar Maria e se livrar das consequências.

– Já pensou em ligar para a polícia? – perguntou Evan.

Estavam à mesa da cozinha, alguns minutos depois de Colin ter dado uma versão resumida do que acontecera, inclusive do que planejava fazer.

Colin balançou a cabeça.

– A polícia não vai fazer nada.

– Mas alguém invadiu o carro dela.

– O carro estava destrancado, as janelas abertas, nada foi levado e não houve dano. A primeira coisa que vão perguntar é: qual é o crime?

– E a mensagem? Não há leis contra assédio?

– A mensagem é esquisita, mas não há ameaça óbvia. E não há prova de que a pessoa que mandou as flores foi a mesma que as colocou no carro.

– Às vezes esqueço de que você teve bastante experiência nessa área. Mas mesmo assim não sei por que você acha que precisa cuidar disso.

– Não preciso. Eu quero.

– E se Maria não gostar do seu plano? – Quando Colin não respondeu, Evan balançou a mão. – Você planeja contar a ela, não é? Já que você é tão favorável à honestidade.

– Não é uma coisa tão importante assim.

– Você não respondeu à minha pergunta.

– É, vou contar.

– Quando?

– Hoje.

– E se ela pedir para você não fazer isso?

Quando Colin não respondeu, Evan se empertigou mais.

– Você vai fazer de qualquer modo. Porque já tomou a decisão, estou certo?

– Quero saber o que está acontecendo.

– Você sabe que era assim que agia no passado, não sabe? Fazendo o que quisesse e pensando "dane-se o futuro".

– Vou dar uns telefonemas. Vou falar com pessoas. – Colin encolheu os ombros. – Não é ilegal.

– Não estou questionando isso. Estou falando do que você pode decidir depois.

– Sei o que estou fazendo.

– Sabe?

Quando Colin não respondeu imediatamente, Evan se recostou na cadeira.

– Contei que Lily quer que nós quatro façamos algo juntos neste fim de semana?

– Não.

– Ela estava pensando na noite do sábado. Quer conhecer Maria.

– Certo.

– Você não deveria perguntar primeiro a Maria?

– Vou falar com ela, mas tenho certeza de que Maria vai topar. O que vocês estão pensando em fazer?

– Jantar. E depois vamos achar algum lugar divertido. Acho que aquelas aulas todas deixaram Lily com vontade de dançar.

– Salsa?

– Ela diz que eu não tenho ritmo para isso. Vai ser algum outro tipo de dança.

– Numa boate?

– Já que obviamente você escapou sem encrenca da última vez, Lily é da opinião de que você consegue de novo.

– Certo.

– Mas tenho outra pergunta. – Colin esperou enquanto Evan olhava-o por cima da mesa. – O que acontece se você achar o cara?

– Vou falar com ele.

– Mesmo se for o chefe dela? – Quando Colin não respondeu, Evan balançou a cabeça. – Eu sabia que estava certo.

– Com relação a quê?

– Você não tem a menor ideia de onde está se metendo.

Colin entendia que Evan estava preocupado, mas não achava a preocupação justificada. Qual seria a dificuldade de descobrir se Ken havia mandado as rosas? Só seria necessário dar alguns telefonemas, fazer algumas perguntas objetivas, e uma foto... Deus sabe que ele já fora objeto de incontáveis interrogatórios, sabia que obter respostas tinha tanto a ver com presença e expectativa quanto com parecer oficial. A maioria das pessoas queria falar; a maioria das pessoas não conseguia calar a boca. Achou que, com sorte, teria a resposta no meio da tarde.

Na cozinha de seu apartamento, abriu o computador e fez uma rápida busca sobre Ken Martenson. Não foi difícil encontrá-lo. O sujeito era mais conectado do que Colin esperava, mas havia menos fotos do que tinha pensado. Nenhuma era o que ele realmente queria; tiradas de muito longe, muito borradas. Até a foto no site da empresa devia ter pelo menos dez anos. Na ocasião, Ken usava cavanhaque, o que alterava um pouco sua aparência. Colin precisaria tirar sua própria foto, decidiu. Só que não tinha uma máquina de alta qualidade com teleobjetiva. Duvidou de que Evan tivesse uma câmera decente também, já que ele era um tremendo pão-duro.

Entretanto, Maria tinha.

Ligou e deixou um recado perguntando se ela estaria livre para almoçar. Quando ela mandou uma mensagem de volta querendo saber se ele poderia encontrá-la ao meio-dia e meia, Colin estava na sala de aula. Lendo a mensagem, percebeu que estava mais tenso que o normal. Obrigou-se a respirar fundo, com calma.

– Quer minha máquina fotográfica emprestada?

Estavam sentados no pátio externo de um pequeno café, esperando a chegada da comida. Apesar de não ter comido desde a véspera, Colin não sentia fome.

– Quero – respondeu.

– Por quê?

– Preciso de uma foto do Ken.

Ela piscou.

– O quê?

– O único modo de ter certeza de quem encomendou as flores é encontrar o florista. Então posso mostrar a foto ao florista e perguntar se foi ele.

– E se ele encomendou pelo telefone?

– Se ele pagou com cartão de crédito, vou conseguir o nome.

– Eles não vão dizer a você.

– Talvez sim. Talvez não. De qualquer forma, gostaria que me emprestasse a máquina.

Maria pensou antes de balançar a cabeça.

– Não.

– Por quê?

– Porque ele é meu chefe e já viu você. Se ele descobrir, tudo só vai piorar para mim por aqui. Além disso, eu vi o Ken hoje cedo e tenho a sensação de que o problema já passou.

– Você o viu?

– De manhã cedo ele foi falar com o Barney e comigo sobre um dos nossos casos. Para dizer que ficou sabendo que o processo finalmente estava encaminhado.

– Você não contou isso quando eu liguei…

– Não sabia que precisava contar.

Colin captou a primeira sugestão de frustração insinuando-se na voz dela.

– Como ele se comportou?

– Tudo bem. Estava normal.

– E você não se incomodou quando ele apareceu?

– Claro que sim. Meu coração pulou no peito, mas o que eu poderia fazer? Barney estava ali. Mas o Ken não tentou falar comigo a sós, e também não passou nenhum tempo com as assistentes. Foi totalmente profissional.

Colin cruzou as mãos embaixo da mesa.

– Com ou sem sua câmera, vou descobrir quem mandou as flores.

– Não preciso de que você resolva meus problemas, Colin.

– Eu sei.

– Então por que ainda estamos falando sobre isso?

Colin manteve a expressão firme.

– Porque você ainda não tem certeza se o Ken fez isso. Você está supondo.

– Não é uma suposição.

– Seria errado demais garantir isso?

No passado, Colin não daria a mínima para nada disso. Não tinha motivo para se envolver. Afinal de contas, Maria estava certa. O problema era dela e, francamente, ele já tinha problemas suficientes.

Mas Colin se considerava especialista em raiva. No hospital tinha aprendido as diferenças entre raiva explícita e guardada; em sua própria vida fora versado nas duas. Nos bares, quando estava no clima para brigar, sua raiva era explícita. Seu objetivo era claro, sem vergonha nem arrependimentos. Mas não podia pôr a raiva para fora de modo algum nas duas primeiras semanas no hospital. Os médicos haviam deixado claro que, se ele ficasse violento – se levantasse a voz – acabaria na enfermaria de tratamento para casos agudos, o que significava ser posto numa sala comunitária com uma dúzia de outras pessoas e tomar lítio em doses que o faziam sentir-se embotado, enquanto os médicos e enfermeiros vigiavam cada movimento seu.

Era a última coisa que desejava. Por isso, guardou a raiva dentro de si, tentando mantê-la escondida. Subconscientemente começou a manipular pessoas; irritava pacientes até que eles explodissem. Um a um, os outros eram mandados para a enfermaria de tratamento de casos agudos enquanto ele bancava o inocente, até que seu médico finalmente o chamou para saber o que estava fazendo. Incontáveis horas de terapia mais tarde, Colin entendeu que raiva era raiva, fosse explícita ou guardada, e era igualmente destrutiva dos dois modos.

Era o caso das flores de Maria: raiva com o objetivo de manipular. Quem quer que fosse, queria que Maria se descontrolasse. E, se Colin estivesse certo, era apenas o início.

Curiosamente, isso inocentava Ken. No entanto, não havia escolha senão começar por ele. Depois que Maria, relutante, lhe entregou a chave de seu apartamento no fim do almoço, ele foi até lá e pegou a máquina. Ligou-a, certificando-se de que as baterias tivessem carga suficiente, e repassou os vários ajustes. Verificou o zoom e tirou algumas fotos na varanda, antes de perceber que precisava realmente fotografar rostos para saber a que distância teria de estar.

Depois de enfiar a chave num vaso de plantas perto da porta, como fora instruído, seguiu de carro até a praia, onde ninguém acharia estranho um homem com uma máquina fotográfica. Havia pessoas suficientes em volta para ele conseguir o que desejava, e passou uma hora fotografando rostos de várias distâncias. No fim calculou que não poderia estar a mais de 50 metros. Isso era bom, mas não ótimo. Ken ainda poderia reconhecê-lo. Precisaria de um ponto de observação onde não seria visto.

A maioria dos prédios históricos dos dois lados do quarteirão onde ficava o escritório de Maria tinha dois ou três andares, com terraços planos. O tráfego de pedestres era constante, ou seja, permanecer sem ser visto durante uma hora ou mais, segurando uma máquina fotográfica, estava praticamente fora de questão.

Levantando o olhar, focalizou os prédios pelos quais tinha acabado de passar, os que ficavam diante da entrada do escritório. A distância era boa e o ângulo perfeito, mas não sabia como – ou mesmo se – poderia subir até lá.

Atravessou a rua de novo, procurando uma escada de incêndio. Os prédios modernos de dois ou três andares não tinham escadas externas, e assim que chegou ao beco estreito que passava atrás do quarteirão percebeu que estava com alguma sorte. Os prédios em frente ao escritório de advocacia não davam acesso ao terraço, mas o de três andares ao lado deles tinha uma antiga escada deslizante, com a base a três metros ou três metros e meio do chão, que levava a um patamar de metal no segundo andar. Era difícil, mas não impossível de ser alcançada, e, ainda que o ângulo oferecido pelo prédio não fosse ideal, era sua melhor e única aposta. Foi pelo beco, pendurou a tira da câmera no pescoço e a enfiou embaixo da camisa. Usou a parede como trampolim e agarrou o degrau de baixo com as duas mãos. Com um puxão forte, pôs uma das mãos no degrau seguinte e repetiu o processo até chegar ao patamar. Felizmente a escada estava presa e, alguns instantes depois, ele chegou ao terraço. Ninguém na rua parecia tê-lo notado.

Até agora, tudo bem.

Foi até o canto mais próximo do escritório de Maria. A borda do prédio era baixa – não teria mais de 15 centímetros –, era melhor do que nada. Felizmente o cascalho estava limpo ali, embora houvesse alguns papéis de chiclete espalhados. Ele os afastou quando ficou de barriga para baixo, preparou a máquina fotográfica e esperou. Para sua surpresa, pôde ver Maria trabalhando à mesa da sala; também podia ver o carro dela e, mais além, as caçambas de lixo. Algumas vagas adiante, viu o Corvette de Ken.

Uma hora depois, as primeiras pessoas começaram a sair do escritório. Assistentes bem jovens e bonitas, uns dois caras de 40 e poucos anos, Jill... e Maria. Ele a acompanhou com a lente. Quando chegou à esquina do prédio ela olhou em volta, sem dúvida tentando encontrá-lo. Colin viu a testa de Maria se franzir antes de entrar no carro.

Concentrando-se na entrada de novo, não viu sinal de Ken. Justo quando começava a se perguntar se a chegada do crepúsculo turvaria os detalhes que ele desejava conseguir, Ken finalmente passou pela porta. Colin prendeu o fôlego e tirou uma dúzia de fotos antes que ele entrasse no estacionamento, depois rolou de lado para examinar as imagens, esperando que uma ou duas estivessem boas.

Estavam.

Esperou até Ken se afastar, ficou de pé e desceu do terraço pelo mesmo caminho que tinha usado para subir. De novo, ninguém pareceu notá-lo. Quando chegou ao carro, o crepúsculo estava se assentando. Parou numa loja a caminho de casa e escolheu duas fotos para ampliar antes de retornar ao apartamento de Maria.

Tinha prometido levar a câmera de volta.

– Não é de espantar que não pude ver você – disse ela mais tarde, olhando as fotos sobre a mesa da cozinha. – Então amanhã…

– Vou começar a ligar para as floriculturas. E espero descobrir a verdade.

– E se foi um pedido por telefone?

– Vou dizer a verdade. Que você gostaria de saber se tinham posto o cartão errado. E que você estava se perguntando quem mandou.

– Talvez eles não digam.

– Só estou pedindo um nome, não um número. Aposto que a maioria das pessoas estaria disposta a ajudar.

– E quando você descobrir que foi o Ken?

A mesma pergunta que Evan tinha feito.

– A decisão quanto ao que fazer será sua.

Ela assentiu com os lábios comprimidos, antes de finalmente se levantar da mesa e ir para a porta da varanda. Ficou parada à frente dela, sem dizer nada por um longo momento. Colin se levantou. Quando chegou perto, pôs a mão em sua cintura e sentiu algo desmoronar sob seu toque.

– Estou cansada demais de falar sobre isso. Estou cansada até de pensar nisso.

– Vamos sair daqui e fazer alguma coisa para afastar sua cabeça dessa história.

– O quê, por exemplo?

– Que tal eu surpreender você?

Olhando pela janela do Camaro parado entre duas minivans, ela não fez menção de sair do carro.

– Esta é a sua surpresa?

– Achei que seria divertido.

– Minigolfe? Sério?

Maria olhou com ceticismo óbvio as luzes espalhafatosas que cercavam a entrada. Do outro lado da porta de vidro dava para ver uma área de jogos eletrônicos; à esquerda ficava o campo de golfe miniatura, até mesmo com moinhos de vento girando, como parte do que Colin supunha que era um tema escandinavo.

– Não é só um minigolfe. É um minigolfe que brilha no escuro.

– E... Imagino que você tenha me confundido com alguém de 12 anos.

– É uma boa distração. Quando foi a última vez que você jogou?

– Quando tinha 12 anos. A festa de aniversário de Kevin Ross foi aqui. Ele convidou praticamente todo o sexto ano. Minha mãe também veio, de modo que não foi exatamente um encontro.

– Mas foi memorável. Depois, se você quiser, pode experimentar o labirinto laser.

– Labirinto laser?

– Eu vi o cartaz há uns dois meses, quando estava passando por aqui. Acho que é igual àquela cena do *Agente 86* com Steve Carell, em que a gente tenta atravessar uma sala sem ultrapassar os fachos de laser. – Como Maria não respondesse, ele continuou: – Está com medo de perder?

– Se não me falha a memória, eu acho que fui a melhor da minha turma.

– Então você topa?

– Vamos lá.

Na sexta-feira, Colin acordou cedo e saiu antes do amanhecer. Correu uns 10 quilômetros e passou na academia. Depois, entrou na Internet e pegou os números de telefone necessários. Ficou surpreso ao descobrir que Wilmington tinha mais de quarenta floriculturas, além de mercearias que também vendiam flores.

Sentia-se bem com relação à noite anterior. Apesar de Maria ter demorado algumas tacadas e alguns acertos de sorte para começar a relaxar, ela estava rindo e até dançou depois de acertar na primeira tentativa o 16º buraco e pararem de vez. Com fome, abriram mão do labirinto laser e ele a levou a uma barraca de tacos perto da praia. Durante o jantar, ela aceitou sair com Evan e Lily e, quando se despediram, Colin teve a sensação de que aquele tempo passado juntos tinha sido exatamente o que Maria precisava.

No bar, tomando o café da manhã, começou a dar os primeiros telefonemas, esperando conseguir chegar ao fim da lista em duas horas, mas percebeu que a pessoa com quem precisava falar nem sempre estava disponível, o que implicava um segundo ou terceiro telefonema para o mesmo número. Deu a explicação e fez as perguntas que achou que funcionariam melhor: que o cartão errado poderia ter sido posto nas flores; se uma entrega fora mandada para o escritório; se um buquê de rosas cor-de-rosa fora montado, e felizmente a maioria das pessoas com quem falou se mostrou bastante disposta a ajudar. Depois de ligar para apenas um pequeno número de lojas, já era o início da tarde, e começou a suspeitar de que as próximas pessoas diriam a mesma coisa que as outras: que não eram as floriculturas que haviam montado ou mandado o buquê.

Estava certo. Decidiu tentar algumas floriculturas de fora da cidade; a única dúvida era a direção que escolheria. Optou pelo norte. Ligou para os dois floristas de Hampstead, depois encontrou mais dezoito em Jacksonville.

No sexto telefonema, para um lugar chamado Floral Heaven, perto dos portões do Camp Lejeune, acertou na mosca. Sim, disse o dono, lembrava-se do homem que havia encomendado o buquê. Tinha sido pago em dinheiro, acrescentou. Sim, a loja abriria no dia seguinte e ele estaria lá.

Mais tarde naquela noite, enquanto trabalhava no bar, Colin percebeu seus pensamentos voltando ao fato de que alguém fizera um tremendo esforço para tentar esconder a identidade.

Uma tempestade se desenrolou durante toda a noite de sexta-feira. Depois de terminar de correr e fazer algum trabalho no quintal na manhã de sábado, Colin foi até a Floral Heaven em Jacksonville, a pouco mais de uma hora de distância. Na loja, mostrou a foto de Ken ao homem.

– Por acaso não é esse o sujeito, é?

O dono, um homem corpulento de 60 e poucos anos e com óculos, demorou apenas um segundo antes de balançar a cabeça.

– O sujeito da foto é muito mais velho. O cara que comprou as flores devia ter pouco menos de 30 anos.

– Como ele era?

– Ele era meio estranho. Usava boné de beisebol e manteve os olhos sobre o balcão enquanto falava. Meio que murmurava. Só disse o que queria e saiu pela porta. Voltou uma hora depois, pagou em dinheiro e foi embora.

– Por acaso o senhor notou se ele estava sozinho?

– Não estava prestando atenção. Por que está perguntando tudo isso, afinal?

– Como mencionei pelo telefone, havia uma mensagem estranha no cartão.

– Ele não pediu cartão. Lembro-me bem, porque todo mundo quer escrever alguma coisa. Como eu falei, era um sujeito estranho.

Os exercícios da tarde na academia se concentraram no trabalho de defesa. Surpreendendo-o, Daly trabalhou quase exclusivamente com ele, pressionando-o mais do que o normal. Na sua época, Daly havia sido uma fera no trabalho de solo. Colin se pegou fora de posição, sentindo que estava lutando pela vida. Quando o exercício terminou, percebeu que não havia pensado nem uma vez no sujeito com boné de beisebol.

Quem quer que fosse.

Mas a preocupação retornou assim que saiu do ringue. Antes de Colin chegar ao vestiário, Daly veio correndo e puxou-o de lado.

– Posso falar dois minutos com você?

Colin usou a camisa ainda encharcada para tirar o suor do rosto.

– O que você acharia de lutar no fim de semana que vem? Em Havelock. – Antes que Colin pudesse responder, Daly continuou: – Sei que está parado há três semanas, mas recebi um telefonema do Bill Jensen. Você conhece o Bill, não é?

– O promotor – disse Colin.

– Você sabe o quanto ele fez por nossos lutadores nos últimos anos... inclusive por você, e ele está encalacrado. De qualquer modo, Johnny Reese vai ser o principal nome do evento e o cara com quem ele deveria lutar quebrou a mão há alguns dias e precisou desistir. Reese precisa de um novo oponente.

Assim que Daly disse o nome, Colin se lembrou da conversa com Evan na lanchonete. *Ele é muito melhor do que você.*

– Jensen está tentando arranjar alguém e, por acaso, você é o único cara nessa categoria de peso que poderia tornar a luta interessante. É a última luta do Reese antes de virar profissional. Ele leva jeito. É ex-campeão de luta-livre do NCAA, está ficando melhor nos socos e chutes e, na maior parte, não sente medo. Na verdade, ele tem chance de chegar ao UFC em um ou dois anos, de modo que o Jensen não quer cancelar. Por isso peguei tão pesado com você hoje. Queria saber se você estava preparado para enfrentar o sujeito.

– Não sou bom o suficiente para o Reese.

– Você me deixou na defensiva várias vezes hoje. Acredite em mim, você está preparado.

– Vou perder.

– Provavelmente – admitiu Daly. – Mas vai ser a melhor luta da vida dele até esse ponto, porque você é melhor do que pensa. – Ele torceu o suor da camisa. – Sei que estou pedindo para se arriscar, mas isso iria ajudar a gente. A você também. Jensen é o tipo de cara que nunca se esquece de um favor. E você estará ajudando-o a conseguir muita divulgação para a academia.

Colin enxugou o rosto de novo antes de decidir. *Droga, por que não?*

– Certo.

Quando saiu da academia, seu pensamento permanecia focado em Johnny Reese. Mas estava estranhamente sem empolgação, e ao chegar à metade do caminho para casa já não pensava nem um pouco na luta. A única coisa em sua mente era a imagem do homem que havia mandado as rosas para Maria.

– Dia fantástico – comentou Evan. Estavam na varanda, Colin bebendo água e Evan degustando uma cerveja. – Reese, é? Ele é bastante bom.

– Obrigado por evitar o óbvio.

– Ah, quer dizer, sobre Maria e o cara que anda perseguindo-a? É sobre isso que você quer falar? – Evan fez uma pausa antes de prosseguir: – Tudo bem. Você já considerou a ideia de que Ken pode ter contratado o sujeito para comprar e entregar as rosas?

– Então por que comprá-las em um lugar a uma hora de distância?

– Talvez o cara que ele contratou seja de lá.

Colin tomou um longo gole d'água.

– Talvez. Mas não acho.

– Por quê?

– Porque acho que o Ken não tem nada a ver com isso.

Evan puxou o rótulo de sua garrafa.

– Se serve de consolo, acho que você está certo. Não é o chefe dela. Mas, pelo lado positivo, toda a sua atividade de investigador particular, depois de ficar de tocaia no terraço e tirar fotografias, deu resultado. O que significa que você não é um completo idiota. Mesmo não estando mais perto de saber quem é de verdade o responsável.

– Descobri outra coisa, também.

– O quê?

– Aposto que o sujeito vigiou Maria daquele mesmo lugar no terraço, de onde eu tirei a foto.

– Por quê?

– Porque o cascalho estava limpo onde eu fiquei, e havia papéis de chiclete espalhados. Alguém esteve lá recentemente. E daquele lugar eu pude enxergar até dentro da sala de Maria. E também o carro dela e a lixeira. Só juntei as peças pouco antes de falar com você.

Pela primeira vez, Evan ficou em silêncio.

– Hã... – disse finalmente.

– É isso?

– Talvez você esteja certo ou talvez esteja errado. Não tenho a resposta.

– E agora tenho essa luta no fim de semana que vem.

– E daí?

– Estou em dúvida.

– Por quê?

– Por causa de tudo o que está acontecendo com Maria.

– Você treina para lutar. Você gosta de lutar. Ofereceram uma luta. O que isso tem a ver com Maria?

Colin abriu a boca para responder, mas nada disse.

– Sabe de uma coisa? Você pega no meu pé o tempo todo dizendo que Lily me tem na palma da mão, mas está claro que eu entendo meu relacionamento muito melhor do que você entende o seu. Neste momento você está tentando levar a vida baseado no que pode acontecer ou em se você pode resolver o problema dela, mesmo quando ela disse que não quer isso. Sabe até que ponto isso é confuso? Você disse que ela queria assistir a uma luta sua, certo? Convide-a para ir, leve-a para jantar depois e considere que foi um encontro. Pronto. Problema resolvido.

Colin deu um sorriso parcial.

– Acho que você quer que eu lute porque tem quase certeza de que vou perder.

– E daí? Ótimo, admito, você é um pé no saco tão monumental que pode ser divertido ver alguém enchê-lo de porrada. – Quando Colin riu, Evan continuou: – Bom. Então isso foi resolvido. Mudando de assunto, está empolgado com esta noite?

– Esta noite?

– Você e Maria? Com Lily e eu? Tínhamos planos, lembra? Fiz reservas para as sete e meia no Caprice Bistrô. Depois vamos a uma boate que toca música dos anos 1980.

– Anos 1980?

–É! Lily é fã da Madonna. Resquícios dos anos supostamente rebeldes da adolescência, segundo ela. Então, tudo certo? Quer dizer, se Maria ainda estiver a fim.

– Por que não estaria?

– Talvez porque o humor dela ficou arruinado com o que você descobriu?

– Ainda não contei a ela.

– O Sr. Honestidade? Estou chocado.

– Estava planejando contar esta noite.

– Se fizer isso, certifique-se de não criar estardalhaço. Não preciso de você estragando a noite. Você não sabe se esse cara vai agir de novo.

– Pois é. *Eu não sei.*

16

Maria

Colin estava quieto desde o início do encontro naquela noite, o que deixou Maria nervosa. Apesar de ele não dizer nada, ela sabia que ele estava pensando nas flores. Vendo-o responder às suas amenidades com ar distraído, ela sentiu um buraco crescendo no estômago. Quando pararam no estacionamento do restaurante, não conseguiu mais se conter.

– Quem mandou as rosas?

Ele desligou o motor e contou o que tinha descoberto. Ela franziu a testa.

– Se não foi o Ken, quem foi?

– Não sei.

Ela se virou para a janela do carona. Do outro lado do vidro viu um casal de mais idade entrando no restaurante, cheio de sorrisos. *Sem qualquer preocupação no mundo.*

– Eu vi o Ken de novo ontem, quando estava conversando com Barney – disse numa voz hesitante. – Parecia meio distraído, mas foi completamente profissional. Na verdade, ele mal pareceu me notar. Isso quase faz com que eu pense...

Que não é o Ken. Pelo silêncio de Colin, dava para ver que ele pudera completar o pensamento.

– Vamos tentar não nos preocupar com isso esta noite, certo? – disse ele.

Ela confirmou com a cabeça, sentindo a tensão nos ombros.

– Vou tentar, mas será difícil.

– Eu sei. Só que você deveria tirar um momento para se preparar para Lily. Eu a adoro, mas é necessário certo esforço para se acostumar com ela.

Maria forçou um sorriso.

– Isso é um elogio esquisito, você sabe.

– Adivinhe com quem aprendi?

Maria levou apenas um segundo para identificar Lily depois de entrar no restaurante. Quase no mesmo segundo em que passou pela porta, uma loura arrebatadora e perfeitamente penteada, com olhos turquesa, deslizou na direção deles. Usava um vestido estiloso, de comprimento médio, e um colar de pérolas. Praticamente todos os homens no restaurante se viraram para olhá-la passar. Evan, que estava vestido em um estilo arrumadinho e poderia ser confundido com um estudante universitário rico, foi atrás dela. Maria notou o ar de confiança jovial que exibia; Evan ficava obviamente confortável em deixar Lily nos holofotes.

O sorriso de Lily jamais hesitava, e ela segurou as mãos de Maria. As dela eram notavelmente macias, como um sedoso cobertor de bebê.

– É um absoluto deleite desfrutar sua companhia esta noite! Colin disse tantas coisas maravilhosas a seu respeito! – Nesse ponto, Evan tinha chegado ao seu lado. – E, ah, nossa! Onde estão meus bons modos? Sou Lily, e este homem bonito ao meu lado é meu noivo, Evan. É maravilhoso conhecê-la, Maria!

– Oi – disse Evan com simpatia genuína. – E, por favor, não se ofenda se Lily não deixar que eu diga uma única palavra pelo resto da noite.

– Quieto, Evan – censurou Lily. – Não há motivo para dar uma impressão errada à nossa nova amiga. – Ela voltou o olhar para Maria. – Por favor, tente perdoá-lo. Ele é um doce, e é mais inteligente do que dá a entender, mas estudou na *estadual* e fez parte de uma *fraternidade*. Você sabe o que isso quer dizer.

Mesmo contra a vontade, Maria sorriu.

– É um prazer conhecê-los.

Ainda segurando as mãos de Maria, Lily se virou para Colin.

– Colin, você precisa admitir que não foi justo quando me falou sobre Maria! Ela é de tirar o fôlego! – Soltando as mãos de Maria, ela deu um beijo no rosto de Colin. – Você está muito bonito esta noite. Eu comprei essa camisa?

– Obrigado – respondeu Colin. – Sim, comprou.

– E isso é uma coisa boa, não acha? Se eu não estivesse por perto, você provavelmente estaria usando uma daquelas suas camisetas medonhas.

– Gosto das minhas camisetas.

Lily deu um tapinha no braço dele.

– Sei que gosta, coitadinho. Agora, vamos para a mesa? Fiquei nervosa o dia inteiro e quero saber tudo sobre a mulher que tem você na palma da mão.

– Tenho certeza de que isso não é verdade – protestou Maria.

– É tão verdadeiro quanto o norte geográfico. Colin, apesar da postura estoica, é bem expressivo nas emoções quando a gente fica familiarizada com elas.

Quando ela se virou para a mesa, Colin deu de ombros para Maria. Ele estava certo: Lily era de um nível totalmente novo. Maria até achou que isso era em parte uma representação, mas à medida que conversavam durante o jantar, mudou de ideia. O interessante era que, por mais que Lily falasse – e ela era capaz de falar sobre *qualquer coisa* – era capaz de obter informações simplesmente pelo modo como *ouvia*. Tinha um jeito de se inclinar ligeiramente e assentir quando era adequado; fazendo sons de simpatia, seguidos por perguntas de sondagem. Nenhuma vez Maria teve a sensação de que Lily tentava pensar na próxima coisa que queria dizer enquanto Maria ainda estava falando e, para sua surpresa, pegou-se contando a Lily e Evan sobre a entrega das rosas e o que veio em seguida. Diante disso, a mesa ficou em silêncio.

Mais tarde, enquanto as duas se arrumavam no toalete depois do jantar, Maria olhou para o reflexo de Lily no espelho.

– Parece que eu falei sem parar – disse Maria. – Desculpe.

– Não há absolutamente nenhum motivo para pedir desculpa. Há muita coisa acontecendo na sua vida neste momento, e fico lisonjeada pela confiança em nós.

Maria passou um pouco de batom antes de sua voz se suavizar.

– Você não ficou surpresa com o que o Colin fez, ficou? Com o negócio da foto e de descobrir de onde as rosas vieram.

– Não. Ele é assim. Quando ama alguém, é capaz de fazer qualquer coisa pela pessoa.

– Parece que na metade do tempo ainda estou tentando decifrá-lo.

– Não fico surpresa – disse Lily. – Ao mesmo tempo, como você foi tão honesta com Evan e comigo, deve saber que, antes do jantar, minhas lealdades pertenciam completamente ao Colin. Eu queria conhecê-la para garantir que você era tudo o que ele disse.

– Você gosta mesmo dele.

– Eu o amo como se fosse um irmão – admitiu Lily. – Ele é muito importante para mim. E sei o que você deve estar pensando. Nós dois não poderíamos ser mais diferentes. A princípio não entendia o que Evan enxergava nele. Todas aquelas tatuagens, os músculos e a violência no passado... – Lily balançou a cabeça. – Devo ter visitado o Evan quatro ou cinco vezes antes de ao menos dizer uma palavra ao Colin. Mas, quando finalmente fiz isso, a primeira coisa que saiu da minha boca foi que achava que ele deveria arranjar outro local para morar. E sabe o que o Colin me disse?

– "Certo"? – imitou Maria, e Lily gargalhou.

– Ele faz isso com você também? Coitadinho. Estive tentando acabar com esse hábito e não consegui, mas ultimamente passei a admitir que isso combina com ele. Na ocasião, me lembro de que fiquei ofendida. Reclamei com o Evan e ele prometeu falar com o Colin, mas só com a condição de eu conversar com ele antes. Coisa que, a princípio, recusei.

– E quem acabou quebrando o gelo? Você ou ele?

– Colin. Mais ou menos nessa época eu tinha comprado uma televisão de aniversário para o Evan, e ela estava no porta-malas. Ele se ofereceu para ajudar. Trouxe-a para dentro e perguntou se eu queria que o aparelho fosse montado ou deixado na caixa. E essa era uma coisa em que eu não havia pensado. Disse a ele que Evan faria isso, mas ele riu e respondeu que o Evan não saberia fazer. Ele foi à loja de ferramentas e, vinte minutos depois, estava instalando a TV na parede. Ainda por cima colocou uma fita com um laço enorme. Foi isso, mais do que qualquer coisa, que me fez imaginar se haveria nele algo que valia a pena conhecer. Por esse motivo conversamos. Demorei uns trinta segundos fazendo perguntas antes de perceber que ele era diferente de todo mundo que eu já havia conhecido.

– Colin disse que você recomendou que ele voltasse à faculdade. E que o ajudou com os estudos.

– Alguém precisava fazer isso. O coitado não abria um livro havia anos. Mas ele conseguiu com facilidade, porque ficou determinado a fazer o máximo possível assim que decidiu voltar. E é inteligente. Apesar de ter pulado de escola em escola, deve ter captado alguma coisa pelo caminho.

– E vai ser o padrinho de casamento de Evan?

Lily pegou um lenço de papel e tirou o excesso de batom enquanto assentia.

– É. Claro, meus pais estão absolutamente pasmos com essa ideia. Para eles, Colin é amigo de Evan, não meu, e vivem sugerindo que eu deveria manter distância dele. A primeira vez que viu o Colin, meu pai se encolheu. Minha mãe chegou ao ponto de sugerir que ele nem deveria ser convidado para o casamento, quanto mais ser padrinho. Eu digo que ele é meu amigo e eles fingem que não ouviram. Os dois são enraizados em seu modo de vida, e eu vou ser sempre sua filhinha preciosa, coitadinhos.

– Minha mãe e meu pai também não ficaram muito empolgados com o Colin.

– É compreensível. Mas, diferentemente dos meus pais, aposto que os seus vão dar uma chance a ele e vão acabar mudando de ideia. Eu mudei, afinal de contas. Agora mesmo, às vezes tenho dificuldade para entender isso. Com toda a honestidade, Colin e eu não temos muita coisa em comum.

– Preciso concordar.

Lily sorriu, ajeitando as pérolas antes de se virar para Maria.

– Mesmo assim, há alguma coisa naquela honestidade dele, junto com o fato de não ligar a mínima para o que os outros pensam, que simplesmente me impressiona.

Maria não conseguiu deixar de sorrir, concordando.

– Você precisa acreditar quando digo que ele está muito menos rude do que quando eu o conheci – acrescentou Lily. – Tem sido um esforço extraordinário da minha parte. – Ela piscou. – Mas não há motivo para me agradecer. Está pronta? Tenho certeza de que os garotos já estão ansiando por nós.

– Não creio que o Colin seja do tipo que anseia.

– Ele está ansiando – disse ela. – Pode não admitir, mas anseia.

– Eu não estava reclamando – disse Colin a caminho do carro. À frente, Lily andava com Evan em direção ao Prius dele. – Estava conversando com o Evan sobre minha luta.

– A de Myrtle Beach?

– Não. A do próximo fim de semana.

– Que luta?

Colin deixou-a a par, depois acrescentou:

– Evan irá. Você também deveria ir.

– Lily vai?

– Não. Lily não curte lutas.

– Estou surpresa de saber que o Evan curte.

– Ele sempre vai às minhas. E gosta.

– Verdade? Ele não parece fazer o tipo.

– E que tipo é esse?

– Pessoas parecidas com você – provocou Maria. – Músculos grandes e tatuagens, mas principalmente gente que não parece que vai desmaiar ao primeiro sinal de sangue.

Ele sorriu.

– Quer ir?

– Claro. Mas a mesma regra se aplica a mim. Você não pode apanhar demais, caso contrário isso vai trazer de volta lembranças da noite em que nos conhecemos.

– Certo.

– Você diz isso agora, mas, pelo modo como falou sobre Johnny Reese, talvez não possa garantir.

– Sem garantias – admitiu ele. – O que você e Lily conversaram no banheiro?

– Principalmente sobre você.

– Certo.

– Sem perguntas?

– É.

– Como você pode não se interessar pelo que nós falamos?

– Porque isso foi entre você e Lily. Não é da minha conta. E, além do mais, não pode ter sido muito ruim, caso contrário você não estaria segurando minha mão.

– Então, a que tipo de boate nós vamos?

– Só sei que toca música dos anos 1980. É uma das coisas que Lily gosta. Evan disse que ouvir Madonna foi o modo como ela se rebelou quando era adolescente.

– Não é lá uma grande rebelião...

– Não para você ou para mim. Mas para os pais de Lily? Tenho certeza de que eles enlouqueceram. Caso não saiba, eles não gostam muito de mim.

– Talvez você devesse convidá-los para uma luta. Isso provavelmente vai fazer com que mudem de ideia.

Maria ouviu-o rir enquanto abria a porta para ela, e o som continuou conforme ele rodeava o carro até o lado do motorista.

Apesar do som estrondoso REO Speedwagon, a boate não era exatamente o que ela esperava. Em vez de mulheres divorciadas e homens de 40 anos tentando reviver a juventude, o local era povoado principalmente por estudantes da universidade; Maria até esperou ver Serena com seus amigos. Universitárias dançavam em grupos, cantando ou fazendo mímica da música.

Colin se inclinou para perto do ouvido dela.

– O que acha?

– Estou me sentindo velha – admitiu ela. – Mas gosto da música.

Evan apontou para o bar e Colin assentiu antes de pegar a mão dela, conduzindo-a em volta das mesas e dos grupos de pessoas até chegar à área do bar. Quando finalmente atraíram a atenção do barman, Colin pediu água, Evan pediu uma cerveja e Maria e Lily pediram *sea breezes*. Na metade das bebidas, uma música da Madonna começou a tocar e Lily bateu palmas, deliciada, antes de levar Evan para a pista. Aproveitando a deixa, Maria pegou a mão de Colin e os dois foram atrás.

A noite passou depressa enquanto dançavam três ou quatro músicas seguidas, fazendo somente uma pausa ocasional. Maria pediu um segundo *sea breeze* e, mesmo não tendo terminado o primeiro, sentiu-se tonta e com o rosto vermelho. Pela primeira vez em uma semana tinha conseguido se divertir.

Às onze e meia, estavam dando uma pausa e decidindo quanto tempo ainda ficariam quando uma jovem garçonete apareceu com uma bandeja de bebidas. Pôs outro *sea breeze* na frente de Maria.

– Eu não pedi isso – disse Maria.

– Seu amigo pediu – explicou a garçonete, esforçando-se para ser ouvida acima da música.

Maria lançou um olhar interrogativo para Colin.

– Você pediu outra bebida?

Quando ele balançou a cabeça, ela se virou para Evan, que parecia tão surpreso quanto Colin. Lily também pareceu confusa.

– Quem pediu? – perguntou Maria.

– Seu amigo que está no bar – disse a garçonete, virando a cabeça naquela direção. – O de boné de beisebol. Ele pediu que eu dissesse que ficou chateado porque você não gostou das rosas.

Maria ofegou. Uma fração de segundo depois, viu Colin pular da mesa, fazendo sua cadeira tombar. Maria só pôde registrar uma série de imagens, como fotos instantâneas captadas em luz estroboscópica.

Colin dando dois passos na direção da garçonete, o maxilar trincado... aproximando-se tão depressa que ela deixou cair a bandeja de coquetéis...

Evan e Lily se levantando da mesa, com as bebidas caindo em cima deles...

Fregueses no bar virando-se na direção deles, perplexos...

Colin exigindo que a garçonete dissesse exatamente quem era o sujeito do bar, numa raiva feroz, repetindo a pergunta...

A garçonete recuando, aterrorizada...

Seguranças começando a vir na direção deles...

Evan dando um passo na direção de Colin, com as mãos levantadas...

Maria se imobilizou, enraizada na cadeira, as palavras da garçonete ressoando em seu ouvido. *Boné de beisebol... Ele ficou chateado porque você não gostou das rosas...*

Ele estava ali. Tinha-a seguido. Vinha seguindo-a o tempo todo...

Era difícil respirar, turbilhão de imagens, o mundo desmoronando por dentro.

Seguranças abrindo caminho pela multidão, movendo-se com velocidade apavorante...

Colin gritando, exigindo saber mais sobre o homem que havia pedido a bebida...

A garçonete recuando, começando a chorar...

Pessoas começando a cercá-los...

Evan avançando e segurando o braço de Colin...

Lily indo na direção de Maria...

Maria sentiu alguém colocar as duas mãos em seu ombro e começar a ajudá-la a sair da cadeira. Não teve energia para resistir, e de repente percebeu que Lily a havia posto de pé. Podia ouvir Colin gritando, enquanto Evan continuava a puxar o braço dele, a garçonete chorando de terror, estranhos em volta, com os seguranças logo atrás.

Estranho de camisa azul: "Que diabo está acontecendo?"

Colin, para a garçonete: "Como ele era?"

Estranho de cabelo espetado: "Calma aí! Deixe a garota em paz!"

A garçonete, entre lágrimas: "Eu disse que não sei! Ele estava usando boné! Não sei!"

Estranho cheio de tatuagens: "Qual é a sua?"

Evan: "Precisamos ir embora!"

Colin: "Ele era novo ou velho?"

Garçonete: "Não sei! Vinte e poucos ou 30 e poucos anos? Não sei!"

Evan: "Agora, Colin! Venha!"

Lily levava Maria para longe da mesa. Com o canto do olho, Maria viu Evan puxar Colin, desequilibrando-o. Colin reagiu instintivamente, soltando-se de imediato, as mãos assumindo postura de luta. Seu rosto estava vermelho e tenso, os músculos do pescoço, retesados; por um instante pareceu que não reconhecia Evan.

– Colin, não! – gritou Lily.

Evan deu um passo atrás e, tão rapidamente quanto havia irrompido, a raiva de Colin começou a se dissipar. Nesse instante, os seguranças haviam chegado. Colin levou as mãos às costas, segurando a esquerda com a direita. Um segurança agarrou seus dois braços, parecendo tão raivoso e cheio de adrenalina quanto ele estivera um instante atrás.

– Eu vou com vocês – disse Colin. – Eu vou. – Depois, para a garçonete, que ainda estava chorando: – Desculpe. Não queria assustá-la.

Mas nem a garçonete nem os seguranças se importaram; Colin foi arrastado para fora e, apenas alguns minutos depois, um carro da polícia chegou. Logo em seguida, um sedã escuro se aproximou e parou.

– Quem é aquele? – perguntou Maria, parada com Evan na frente da boate, de braços cruzados.

No estacionamento, Colin estava com dois policiais, um dos seguranças e um homem com um paletó esporte muito usado, mastigando um palito.

O tom de Evan denunciou sua preocupação.

– O detetive Margolis. Ele estava esperando Colin fazer besteira de novo.

– Por quê?

– Porque acha que o Colin deveria estar preso.

– Isso vai acontecer?

– Não sei.

– Mas ele não fez nada! – protestou Maria. – Nem encostou a mão nela.

– Graças a Deus. Caso contrário, já estaria algemado. E isso ainda pode acontecer, a não ser que Lily consiga usar a magia dela.

– O que ela está fazendo?

– Resolvendo o problema – respondeu Evan. – É o que Lily faz.

Depois de um tempo, Lily saiu pela porta da frente, parando para apertar a mão de um dos seguranças que tinham arrastado Colin para fora. Ela deu um sorriso franco ao aproximar-se dos policiais.

Maria ficou observando quando Margolis a viu e levantou a mão para impedi-la. Lily o ignorou, continuando até estar suficientemente perto para ser ouvida. Durante alguns minutos intermináveis, Evan e Maria só podiam conjecturar o que Lily estaria dizendo. Até que um dos policiais acompanhou o segurança para dentro da boate enquanto Margolis e o outro policial permaneciam com Colin. Margolis estava furioso, mas mesmo assim não foi feita qualquer menção de algemar Colin. Os acontecimentos da última meia hora provocaram confusão nas emoções de Maria. Ela fora seguida desde o bar, o que significava que tinha sido seguida desde sua casa.

Ele sabia onde ela morava e a havia seguido até aqui.

– Você está bem?

Ela ofegou e registrou a voz distante de Evan. Queria que Colin a abraçasse, mas estava com raiva por ele ter perdido o controle. Ou será que estava com medo por ele? Não tinha certeza.

Ele sabia onde ela morava e a havia seguido até aqui.

– Não – admitiu, percebendo que estava trêmula. – Não estou.

Sentiu o braço de Evan passar pelas suas costas.

– É uma situação difícil, sem dúvida. Se eu fosse você, estaria péssimo.

– O que vai acontecer com o Colin?

– Ele vai ficar bem.

– Como você sabe?

– Porque Lily parece calma e Margolis parece puto da vida.

Maria examinou os dois, percebendo que Evan estava certo. Um minuto depois, o policial que havia entrado na boate conversou com Margolis. Os dois falaram por alguns minutos antes de voltarem, relutantes, aos seus respectivos carros. Nesse ponto, Lily correu em direção a Evan e Maria. Evan soltou Maria para abraçar Lily.

– Vão deixá-lo ir – disse ela.

– O que você fez? – perguntou Maria.

– Falei com o gerente e contei a verdade. Descobrimos que você estava sendo seguida, e Colin reagiu porque achou que você poderia estar correndo perigo. Ele foi muito compreensivo, principalmente quando dei uma gorjeta enorme à garçonete, paguei as bebidas derramadas e ofereci um pequeno extra ao gerente pelo trabalho dado.

Maria a encarou.

– Você subornou todos eles?

– Nada disso. Fiz o máximo para consertar a situação de um modo que satisfizesse a todos os envolvidos. Quando o policial foi falar com eles, os dois fizeram questão de não prestar nenhuma queixa. Mesmo assim, admito que houve um momento em que pensei que isso não funcionaria de novo.

– De novo?

– Não é a primeira vez que acontece – disse Evan.

Margolis acompanhou os passos de Colin enquanto ele se aproximava do grupo. Para outras pessoas, ele parecia controlado como sempre, mas Maria notou na expressão dele um entendimento de que quase perdera tudo. Ele a abraçou enquanto Margolis examinava o rosto de cada um. Colin o encarou de volta sem se abalar, assim como Evan e Lily.

– A dupla dinâmica ataca de novo – zombou Margolis. – Quanto custou desta vez?

– Não faço ideia do que o senhor está dizendo – mentiu Lily com doçura, o sotaque ardente como sempre.

– Claro que não – disse Margolis. – Imagino o que o gerente e a garçonete diriam se eu os pusesse sob juramento. – Ele deixou o comentário no ar, com todas as implicações, antes de finalmente prosseguir: – Mas não há motivo para isso, há? Agora que você salvou de novo seu bom amigo Colin.

– Não houve necessidade de salvá-lo – respondeu Lily. – Ele não fez nada errado.

– Curioso. Porque me lembro de uma coisa assim ter acontecido pelo menos em duas outras ocasiões em que você estava presente.

Lily fingiu confusão.

– Está falando das ocasiões em que por acaso Colin estava conosco e, de novo, não fez nada errado?

– Tente se convencer disso. Você só está adiando o inevitável. Colin sabe quem é. Pergunte. Ele vai contar. – Em seguida, se virou para Colin. – Não é, Colin? Já que você gosta de convencer todo mundo de que é a pessoa mais honesta que existe? Mesmo estando sempre à beira de explodir.

Maria viu os olhos de Colin se estreitando enquanto Margolis virava a cabeça para Evan.

– Você precisa agradecer ao Evan aqui, por tê-lo puxado. Se ao menos um dos caras do bar tivesse encostado em você, nós dois sabemos que passaríamos bastante tempo juntos, com você de volta à cadeia e eu dizendo ao promotor para jogar a chave fora.

– Colin não encostou em ninguém! – exclamou Evan.

Margolis passou o palito para o outro lado da boca.

– Não precisa. Estava pensando mais em agressão verbal. Disseram que a garçonete ficou aterrorizada porque Colin gritou com ela, e eu tenho uma dezena de testemunhas que podem confirmar isso.

– Ele só queria saber quem mandou a bebida – protestou Maria.

Assim que o olhar de Margolis encontrou o seu, ela sentiu-se encolher.

– Ah, isso mesmo. Por causa de um suposto perseguidor, certo? Vou me certificar de revisar a queixa para você.

Maria não disse nada, lamentando ter intervindo.

– Ah, espere. Você não prestou queixa, não é? Ao menos falou com um advogado?

– Ela é advogada – disse Lily.

– Então é mais estranho ainda, não acha? Tudo o que os advogados fazem é prestar queixas. – Ele se virou para Maria. – Bem, se for fazer isso, cite o meu nome. Eu vou ajudá-la, certo?

– Deixe-a fora disso – rosnou Colin.

– Está me dizendo o que fazer? – perguntou Margolis.

– Estou.

– Ou o quê? Vai bater em mim?

Colin continuou a encará-lo antes de pegar a mão de Maria.

– Vamos – disse, começando a se afastar, com Evan e Lily logo atrás.

– Eu estarei por perto! – gritou Margolis atrás deles.

– Quanto eu devo? – perguntou Colin.

– Mais tarde a gente se preocupa com isso, certo? – respondeu Lily.

Os quatro estavam agora reunidos na varanda de Evan e Lily. Tinha sido uma viagem silenciosa, os pensamentos de Maria fragmentados demais para admitir uma conversa e Colin sem clima para romper o silêncio.

– O que você fez esta noite? – indagou Evan. – Nós falamos sobre isso! E Margolis está certo! O que teria acontecido se Lily e eu não estivéssemos lá?

– Não sei – respondeu Colin.

– Você sabe muitíssimo bem o que teria acontecido! – Evan passou a mão pelos cabelos. – Por que você continua fazendo isso? Você precisa aprender a controlar essa coisa.

– Certo.

– Não venha com "certo"! – gritou Evan. – Como a Lily, estou farto de você falar isso o tempo todo, porque só serve para fugir do assunto! Achei que tínhamos superado isso no ano passado, depois que aquele cara derrubou a bebida sem querer em Lily.

– Você está certo – disse Colin em voz baixa. – Eu cometi um erro. Perdi o controle.

– Jura? – reagiu Evan, irritado. Em seguida se virou, indo para a porta da frente. – Tanto faz. Vocês duas, cuidem dele. Estou de saco cheio.

A porta bateu às suas costas, deixando os três na varanda.

– Você sabe que o Evan está certo, Colin – disse Lily.

– Eu não ia machucá-la.

– Isso não importa – insistiu ela com a voz suave. – Você é grande e forte. Quando está com raiva, as pessoas podem sentir a violência inata dentro de você. A coitada da garçonete estava encolhida e chorando, e você não parou até que o Evan fez toda a força que tinha para puxá-lo para longe. Eu tive certeza de que você iria bater nele.

O olhar de Colin baixou para o chão antes de subir lentamente. Por um instante sua confiança desapareceu. No lugar Maria viu vergonha e remorso, talvez até mesmo um clarão de desamparo.

– Não vai acontecer de novo.

– Talvez – disse Lily, dando-lhe um beijo no rosto. – Mas você disse isso da última vez.

Ela se virou para Maria e abraçou-a.

– Tenho certeza de que tudo isso deve parecer avassalador e aterrorizante para você. Se alguém estivesse me perseguindo e me provocando, eu já teria ido para Charleston me esconder com meus pais e, conhecendo-os, eles me mandariam para fora do país. Sinto muitíssimo pelo que está passando.

– Obrigada. – Subitamente exausta, Maria mal reconheceu o som da própria voz.

– Gostariam de entrar? – perguntou Lily quando a soltou. – Evan já deve estar mais calmo. Podemos analisar algumas opções e ideias... ou podemos só ficar sentados, se você não sentir vontade de falar.

– Eu nem saberia o que dizer – respondeu ela.

Lily entendia, e com um estalo fraco da porta se fechando depois de ela entrar, Maria e Colin ficaram a sós na varanda.

– Sinto muito, Maria – murmurou ele.

– Eu sei.

– Quer que eu a leve para casa?

Nas duas direções, a maioria das casas já estava escura.

– Não quero ir para casa – disse ela numa voz baixinha. – Ele sabe onde eu moro.

Colin estendeu a mão.

– Pode ficar comigo.

Os dois saíram da varanda e deram a volta pela lateral, indo para a entrada de baixo. Quando entraram, Colin acendeu as luzes, mostrando o caminho. Esperando alguma distração para afastar o embrulho que se demorava no estômago, ela olhou a sala. Era de tamanho médio, com uma cozinha à direita e um pequeno corredor à frente, que sem dúvida levava ao quarto e ao banheiro. Surpreendentemente arrumada, sem entulhos na mesinha de centro ou nas bancadas. Móveis de cor neutra, sem fotos ou artigos pessoais, como se ninguém morasse ali.

– Esta é a sua casa?

Ele assentiu.

– Por enquanto. Posso pegar alguma coisa para você beber?

– Só água.

Colin encheu dois copos na cozinha, trazendo um para ela. Maria tomou um gole, lembrando-se de repente de que estava sendo seguida e vendo de novo a raiva de Colin ao exigir respostas da garçonete, com os músculos tensos. Lembrou-se da fração de segundo antes de Evan desequilibrá-lo e da loucura absoluta e da fúria incontrolável na expressão dele.

– Como você está se sentindo? – perguntou ele finalmente.

Ela tentou afastar a imagem e percebeu que não conseguia.

– Nada bem.

Nenhum dos dois parecia saber o que dizer ao outro na sala de estar, nem mais tarde, quando estavam na cama. Em vez disso, simplesmente precisando ser abraçada, Maria rolou, pousando a cabeça no peito de Colin, consciente da tensão que se demorava no corpo.

Tinha esperado que, ficando ali, com Colin ao lado, iria sentir-se segura.

Mas não se sentia segura. Não mais. Acordada, olhando para a escuridão, começou a se perguntar se algum dia iria sentir-se segura de novo.

De manhã, Colin levou Maria para casa e esperou na sala enquanto ela tomava um banho e trocava de roupa, mas não a acompanhou ao almoço com os pais. Sabia que, nesse momento, ela precisava ficar sozinha com a família, um porto seguro de estabilidade e previsibilidade numa vida que de repente parecia ter saído do rumo. Acompanhou-a até o carro e, sem palavras para se expressar, a abraçou por um longo tempo.

Os pais não perceberam nada, mas Serena deduziu que algo incomodava Maria assim que ela entrou. Serena entrou em seu jogo, preenchendo qualquer silêncio e impedindo que a conversa fosse na direção de alguma coisa séria.

Depois, Maria e Serena foram dar um passeio. Assim que chegaram a uma distância segura de casa, Serena se virou e disse:

– Desembuche.

Num banco embaixo de um olmo com folhas que começavam a ficar douradas, Maria contou tudo o que havia acontecido, revivendo o terror dos últimos dias. Quando começou a chorar, Serena chorou também.

Como Maria, Serena estava perturbada e com medo; como Maria, tinha mais perguntas do que respostas. Perguntas para as quais Maria só podia balançar a cabeça.

Depois do almoço, Serena e os pais foram para a casa de um tio, uma reunião informal de família. Maria, entretanto, pediu para ser dispensada, alegando que estava com dor de cabeça.

Embora o pai tenha aceitado a desculpa, a mãe ficou em dúvida, mas sabia que não deveria pressionar. No caminho para a porta, abraçou Maria e perguntou como iam as coisas com Colin. O som do nome dele trouxe uma nova torrente de lágrimas e, a caminho do carro, Maria achou que estava enlouquecendo.

Até mesmo dirigir era difícil. Apesar do trânsito, só conseguia pensar que alguém a estava vigiando, esperando que ela voltasse... ou talvez a estivesse seguindo agora mesmo. Impulsivamente trocou de pista e entrou numa rua lateral, os olhos grudados no retrovisor. Virou de novo, e de novo, antes de parar. Apesar de querer ser forte – de implorar a Deus para ajudá-la a ser forte –, pegou-se curvada sobre o volante, aos prantos.

Quem era ele? O que desejava? O homem sem nome e sem rosto, com boné de beisebol. Por que não havia olhado direito para ele? Só se lembrava de sombras e fragmentos, absolutamente nada...

Porém havia mais, algo que a mantivera ansiosa e à beira das lágrimas. Sem pensar, engrenou o carro e começou a dirigir até chegar a um trecho calmo da praia.

O dia estava fresco e a brisa anunciava o inverno próximo. Nuvens cobriam o céu, brancas e cinza. As ondas quebravam num ritmo calmo e, enquanto andava, ela finalmente sentiu o pensamento clarear.

Não estava nervosa porque vinha sendo seguida. Nem estava meramente revivendo os temores que havia sentido *por* Colin, parado junto aos policiais e com a vida na balança. Sentia medo *de* Colin. Por mais que essa ideia a deixasse nauseada, não conseguia de forma alguma afastar o sentimento.

Sabendo que precisava falar com Colin, foi até a casa de Evan. Quando Colin abriu a porta do apartamento, Maria notou que ele estivera estudando à pequena mesa da cozinha. Ela se recusou a entrar, já que o interior lhe parecia claustrofóbico naquele instante. Em vez disso, foram para a varanda de Evan, cada um deles ocupando uma cadeira de balanço enquanto a chuva começava a cair.

Colin sentou-se na borda da cadeira, os antebraços apoiados nas pernas. Parecia cansado, com as últimas 24 horas obviamente cobrando um preço alto. Não fez nada para romper o silêncio. Maria, por sua vez, não sabia por onde começar.

– Colin, estou tensa desde ontem à noite. Se eu não fizer muito sentido, provavelmente é porque meus pensamentos ainda estão confusos. – E respirou fundo. – Sei que você só tentou me ajudar, mas Lily estava certa. Ainda que eu acredite quando você diz que não machucaria a garçonete, o modo como você agiu mostrava o oposto.

– Eu quase perdi o controle.

– Não – corrigiu ela. – Você *perdeu* o controle.

– Não consigo controlar minhas emoções. A única coisa que posso controlar é meu comportamento. Eu não toquei nela.

– Não tente minimizar o que aconteceu.

– Não estou tentando.

– E se você ficar com raiva de mim?

– Eu nunca machucaria você.

– E, como a garçonete, mesmo assim eu poderia acabar aterrorizada e chorando. Se você agisse daquele jeito comigo, eu nunca mais iria querer falar com você. E depois, com o Evan...

– Eu não fiz nada com o Evan.

– Se fosse outra pessoa, um cara desconhecido, você não conseguiria parar. – Ela certificou-se de sustentar o olhar dele. – Ou vai mentir para mim pela primeira vez e dizer que estou errada?

– Fiquei apavorado por você. Porque o cara estava lá.

– Mas o que você fez não melhorou nada.

– Eu só queria descobrir como ele era.

– E acha que eu não queria? – perguntou ela, levantando a voz. – Mas diga: o que aconteceria se ele estivesse lá? O que teria feito? Acredita mesmo que seria capaz de ter uma conversa razoável com ele? Não. Você teria exagerado e estaria na prisão.

– Desculpe.

– Você já pediu desculpas. – Ela hesitou. – Por mais que tenhamos falado do seu passado, e por mais que eu pensasse conhecer você, percebo que não conheço. Ontem à noite você não era o cara por quem eu me apaixonei, nem mesmo um cara com quem eu sairia. Eu vi alguém que, no meu passado, eu teria mandado prender tranquilamente.

– O que você está tentando dizer?

– Não sei. Só que não tenho energia para começar a me preocupar com a hipótese de você fazer alguma coisa idiota e jogar a vida fora, ou de acabar me amedrontando porque algo dentro de você se ligou de repente.

– Não precisa se preocupar comigo.

Diante desse comentário, ela ficou vermelha. Todos os temores, as ansiedades e a raiva subindo à superfície como uma bolha de ar movendo-se pela água.

– Não seja hipócrita! O que você acha que foi aquilo ontem à noite? Ou na semana passada? Você se escondeu em cima de um prédio durante horas para tirar fotos do meu chefe, ligou para todos os floristas da cidade e dirigiu duas horas para mostrar uma foto a um estranho! Fez isso porque *você* estava preocupado *comigo*. E agora vem dizer que *eu* não tenho o direito de me preocupar com *você*? Por que você pode se preocupar e eu não...

– Maria...

– Deixe-me terminar! – exigiu ela. – Eu disse que o que estava acontecendo comigo não era problema seu! Disse para esquecer! Mas você estava decidido a fazer o que queria... E certo, talvez você tenha me convencido a deixá-lo tirar as fotos. Porque fez parecer que sabia o que estava fazendo; como se pudesse cuidar da situação. Mas vendo o que aconteceu ontem à noite, você obviamente não consegue! Você quase foi preso! E aí o que teria acontecido? Tem alguma ideia do que isso faria comigo? De como eu me sentiria?

Ela fechou os olhos com força, tentando organizar os pensamentos, quando ouviu o celular tocar. Tirou-o do bolso e reconheceu o número de Serena, imaginando por que a irmã estaria ligando. Ela não tinha dito alguma coisa sobre sair com o namorado?

Atendeu e instantaneamente percebeu o pânico na voz de Serena, as palavras se derramando rápidas em espanhol.

– Venha para casa agora!

Serena soluçava. Maria sentiu o peito se apertar.

– O que foi? Papai está bem? O que aconteceu?

– Copo morreu.

17

Colin

Colin ficou preocupado achando que Maria estava abalada demais, por isso dirigiu o carro dela até a casa dos pais, tentando decifrar seu humor enquanto ela olhava pela janela. Entre soluços, Serena não conseguiu dizer muita coisa – na verdade ninguém sabia de nada, a não ser que Copo estava morta. Assim que chegaram à entrada de veículos, Maria correu para dentro de casa, com Colin logo atrás. Os pais dela estavam abraçados no sofá, abalados e com os olhos vermelhos. Serena estava perto da cozinha, enxugando as lágrimas.

Félix se levantou do sofá assim que Maria entrou, e os dois começaram a chorar. Logo toda a família estava de pé, abraçada, chorando, enquanto Colin permanecia em silêncio junto à porta.

Quando as lágrimas diminuíram, todos desmoronaram no sofá. Maria continuou segurando a mão do pai. Falavam em espanhol, por isso ele não conseguiu acompanhar direito a história, mas ouviu mais do que o suficiente para saber que a morte da cadela não fazia sentido.

Colin se sentou com Maria na varanda dos fundos, e ela o deixou a par do que tinha ouvido. Seus pais e Serena tinham ido à casa dos parentes depois do almoço. Normalmente teriam levado a cadela, mas haveria muitas crianças lá e eles ficaram preocupados achando que Copo se agitaria demais ou, pior, poderia se machucar por acidente.

Serena voltou para casa uma hora depois porque tinha deixado o celular carregando na bancada da cozinha. Quando viu Copo caída perto da porta dos fundos – que tinha sido deixada aberta –, presumiu que estivesse dormindo. No entanto, a cadela não se mexia. Serena a chamou e Copo não reagiu. Só então percebeu que ela havia morrido. Ligou para os pais, que foram correndo para casa, e depois ligou para Maria.

– Copo estava ótima antes de eles saírem. Tinha comido e não parecia doente. Não havia nada com que ela pudesse engasgar e meu pai não encontrou nada na garganta dela. – Ela suspirou, trêmula. – É como se tivesse morrido sem motivo. Meu pai... Eu nunca tinha visto meu pai chorar. Ele ia com ela a toda parte; os dois quase nunca deixavam Copo sozinha. Você não pode entender como ele amava aquela cachorrinha.

– Só posso imaginar – disse ele.

– Mesmo assim... você precisa entender que, no povoado de onde meus pais vieram, os cachorros trabalham, pastoreiam ou passam o tempo com as pessoas no campo, mas não são considerados bichos de estimação. Meu pai nunca entendeu o amor dos americanos pelos cães. Serena e eu imploramos por um cachorro quando éramos pequenas, mas ele se opunha com teimosia. E então, depois que Serena e eu saímos de casa, subitamente houve um enorme vazio na vida dele... Alguém sugeriu que eles arranjassem um cachorro. Copo era como uma filha, porém mais obediente e dedicada. – Maria balançou a cabeça, quieta por um momento. – Ela nem tinha 4 anos. Quer dizer... um cachorro pode morrer sem causa aparente? Já ouviu falar nisso?

– Não.

Maria tinha esperado essa resposta, mas ela não ajudou, e seus pensamentos voltaram ao motivo pelo qual precisara falar com ele.

– Colin... Com relação ao que estávamos conversando antes...

– Você estava certa.

Ela suspirou.

– Eu me importo com você, Colin. Eu amo você, e tudo o que quero é ficar com você, mas...

A palavra "mas" pairou pesada no ar.

– Eu não sou quem você achava que eu era.

– Não. Você é exatamente quem eu achava que era, e você me alertou de cara. E eu achei que podia lidar com isso, mas ontem à noite percebi que talvez não possa.

– O que isso significa?

Ela ajeitou uma mecha de cabelo atrás da orelha.

– Acho que, por enquanto, talvez seja melhor deixar as coisas irem um pouco mais devagar. Quer dizer, entre nós dois. Com tudo o que está acontecendo...

Ela não terminou, mas não precisava.

– O que vai fazer com relação ao cara que está seguindo você?

– Não sei. É difícil pensar direito agora.

– É isso que ele quer. Que você fique preocupada e com medo, nervosa.

Ela passou a mão pelos cabelos. Quando falou, sua voz estava abalada.

– Neste momento sinto que estou presa num pesadelo e só quero acordar... Além de todo o resto, preciso apoiar meus pais. Meu pai quer enterrar Copo esta noite, e isso só vai deixá-lo mais emotivo ainda. Minha mãe também. E essa chuva... De todos os fins de semana em que Copo poderia morrer, por que este?

Colin olhou para o quintal dos fundos.

– Que tal eu ajudar a preparar as coisas?

Maria trouxe a pá que estava na garagem e, com o consentimento de Félix, Colin começou a cavar um buraco à sombra de um carvalho, com a chuva encharcando sua camisa. Ele se lembrou de ter feito a mesma coisa por sua cadela, Penny, uma dachshund miniatura, de pelo longo. A cachorrinha dormia em sua cama quando ele ainda morava em casa, e enquanto estava na escola ele sentia mais falta dela do que da família.

Recordou como tinha sido difícil cavar a sepultura no verão depois de seu segundo ano do ensino médio; era uma das poucas vezes em que podia se lembrar de ter chorado, desde o primeiro ano em que fora mandado para longe. A cada pá de terra ele tivera uma lembrança de Penny – correndo pela grama ou tentando morder uma borboleta – e queria poupar Félix disso.

A tarefa também daria um pouco da distância de que Maria precisava. Entendia a necessidade de ela ter algum espaço. Sabia que tinha feito uma besteira fenomenal e, nesse momento, ela provavelmente tentava avaliar se ele valia o risco.

Quando Colin terminou de cavar o buraco embaixo da árvore, a família enterrou Copo. De novo, os quatro choraram e trocaram abraços. Depois de voltarem para dentro, Colin começou a jogar a terra de volta no buraco, os pensamentos retornando ao perseguidor e ao fato de que Maria estava sendo seguida. Nesse momento, decidiu que, independentemente de Maria querê-lo em sua vida ou não, ele estaria presente caso ela precisasse.

– Tem certeza? – perguntou Maria, parada com ele na varanda da frente.
– Eu ficaria feliz em levá-lo de volta.

Dentro de casa, Carmen e Serena preparavam o jantar. Félix ainda estava na varanda dos fundos, segurando a coleira de Copo.

– Vou ficar bem. Preciso correr, de qualquer modo.

– Mas ainda está chovendo.

– Já estou molhado.

– Não é meio longe? Uns 8 ou 10 quilômetros?

– Você precisa ficar com sua família – falou ele, e por um momento nenhum dos dois disse nada. – Posso ligar para você depois?

O olhar dela foi rapidamente à casa antes de voltar para ele.

– Que tal eu ligar para você?

Ele confirmou com a cabeça antes de dar um passo atrás e, sem dizer nada, começou a correr.

Maria não ligou durante o resto da semana, e pela primeira vez na vida Colin gostava de uma mulher o suficiente para que isso importasse. Não ligaria para ela. Queria; mais de uma vez tinha pegado o telefone, antes de se lembrar de que ela havia pedido para não fazer isso. Ligar ou não seria escolha dela.

Para não ficar pensando nisso, tentou se manter ocupado. Pegou um turno extra no restaurante e passou mais tempo na academia, treinando com Daly e Moore.

Eles estavam mais empolgados com a próxima luta do que ele. Ainda que lutar com alguém como Reese fosse uma oportunidade rara de medir seu nível de habilidade, ganhar ou perder não significaria muito para Colin. Para Daly e Moore uma boa luta poderia significar um pequeno impulso para a academia. Não era de espantar que passassem as primeiras duas horas na segunda-feira assistindo com Colin a filmes das lutas anteriores de Reese, estudando suas tendências e avaliando pontos fortes e fracos.

– Ele é bom, mas não é invencível – insistia Daly, com Moore concordando.

Colin ouvia, ao mesmo tempo que tentava deixar de lado os comentários que considerava muito esperançosos ou otimistas – basicamente tudo o que tivesse as palavras *Reese* e *chão* na mesma frase. No chão, Reese iria comê-lo vivo.

Pelo lado positivo, os filmes mostravam que as habilidades de Colin eram ligeiramente melhores do que as de Reese quando se tratava de socos e chutes, principalmente chutes. Até esse ponto em sua carreira, nenhum lutador tinha atacado Reese com chutes nos joelhos, apesar de Reese oferecer várias oportunidades. Além disso, Reese ficava aberto para socos nas costelas depois de qualquer combinação, o que era útil saber para planejar uma estratégia. O problema era que, quando a luta começava, as estratégias costumavam voar pela janela.

– Reese nunca lutou contra alguém que tivesse mais de seis ou sete lutas no cartel, o que significa que os oponentes dele estavam abaixo do seu nível ou intimidados. Você não vai se intimidar, e isso vai abalá-lo.

Daly e Moore estavam certos. Lutar não tinha a ver somente com habilidade, mas também com confiança e controle. Esperar o momento certo e depois aproveitá-lo; tinha a ver com experiência em lidar com a adrenalina alta. E Colin tinha mais *lutas* do que Reese. O adversário havia sido atleta, alguém que aperta a mão do oponente depois de uma disputa; Colin era o tipo de cara que batia primeiro e no fim quebrava garrafas de cerveja na cabeça das pessoas, com o único intento de provocar o máximo de dano.

Dito isso, Reese estava invicto por um motivo. Em seu melhor dia, Colin achava que tinha uma chance em quatro de ganhar se conseguisse passar pelos dois primeiros rounds. Os chutes nos joelhos e os socos nas costelas, como continuavam a garantir os treinadores, iriam desgastar Reese à medida que a luta demorasse.

– O terceiro round vai ser seu – prometeram.

Na terça, quarta e quinta-feira trabalharam dedicando uma hora e quinze minutos de cada dia a golpes específicos. Daly entrava no ringue com joelheiras grossas e um colete, exigindo que Colin desse chutes nos joelhos, oferecendo aberturas e depois as tirando. Simultaneamente, Moore instruía Colin a manter distância e se concentrar nas costelas após cada combinação feita por Daly. As exortações dos dois eram acaloradas e exigentes. Nos últimos 45 minutos, Colin se concentrava no trabalho de solo, treinando técnicas defensivas. Todos tinham plena consciência de que Reese possuía uma vantagem significativa nessa área, e o máximo que Colin poderia esperar era sobreviver.

Ele nunca havia treinado para um oponente específico, e isso era frustrante. Errava os chutes e era lento demais com os socos nas costelas; com frequência permitia-se cair numa chave, exatamente o que Reese desejaria. Só na quinta-feira a ficha caiu e, quando saiu da academia, Colin desejou ter mais duas semanas para se preparar.

A sexta-feira era dia de descanso, o primeiro em que Colin não se exercitava em mais de um ano. Tudo doía. Sem aulas, passou a manhã e a tarde terminando duas dissertações. Mais tarde, no trabalho, praticamente nenhum freguês apareceu no terraço do restaurante, mesmo durante a hora de maior movimento para o jantar. Às nove da noite, não havia nenhum freguês e Colin ficou sozinho. As gorjetas tinham sido quase inexistentes, mas isso lhe deu tempo para refletir sobre a semana anterior. Ou, mais especificamente, sobre a pergunta de Maria, que vinha incomodando-o desde então.

De todos os fins de semana em que Copo poderia morrer, por que este?

Nada sugeria que o cara que estava seguindo Maria fosse responsável pela morte de Copo, mas também não havia nada implicando que a ideia não fosse plausível. Se o cara sabia onde ela morava, era mais do que provável que também soubesse onde seus pais moravam. A porta dos fundos apareceu aberta. Copo estava ótima quando saíram, mas, três horas depois, estava morta sem motivo aparente. Colin sabia que não seria necessário muito esforço para torcer o pescoço de Copo ou sufocá-la até a morte.

Por outro lado, a cadela podia ter tido uma morte natural, ainda que não explicada.

Imaginou se os mesmos pensamentos terríveis teriam ocorrido a Maria; nesse caso, ela também suspeitaria de que a perseguição tinha subido a um novo nível, e se perguntou se ela iria telefonar. Se não pensasse mais nele como namorado, pelo menos como um amigo que tinha prometido estar presente ao lado dela.

Verificou o telefone.

Ela não havia ligado.

Colin passou a manhã de sábado tentando adiantar as leituras da faculdade, mas ao meio-dia não tinha certeza do motivo para se preocupar com isso. O nervosismo o impedia de gravar qualquer coisa importante. Também não estava com fome; tinha precisado se esforçar para engolir dois shakes de proteína.

A sensação de nervosismo era nova para ele. Lembrou-se de que não se importava em vencer, mas ao mesmo tempo também admitia que estava mentindo para si mesmo. Se não se importava com o resultado no ringue, por que se preocupar com tudo o que comia ou bebia? Por que treinar duas ou três vezes, todos os dias? Será que teria concordado em passar toda a semana se preparando para Johnny Reese?

O fato era que ainda não havia entrado num ringue achando que perderia a luta. Amadores eram *amadores*. Mas Reese era diferente. Reese poderia lhe dar uma surra se Colin fizesse um único movimento errado; Reese era simplesmente melhor.

A não ser que minha estratégia funcione...

Sentiu uma forte onda de adrenalina súbita e inesperada. Nada bom. Cedo demais. Estaria exaurido antes mesmo do início da luta, e precisava tirar o pensamento daquilo. O melhor modo de fazer isso era correr para esvaziar a mente, apesar de os treinadores quererem que ele conservasse sua energia.

Que pena. Correu mesmo assim. Só teve sucesso em parte.

Horas depois, estava sentado sozinho no vestiário improvisado. Tinha sido pesado, assim como suas luvas. Colin optou por usar coquilha, e seus sapatos foram inspecionados pelos juízes. Eram toneladas de regras, mesmo no nível amador. Só restavam dez minutos antes do início da luta e ele havia pedido que Daly e Moore o deixassem sozinho, mesmo sabendo que eles queriam ficar.

A atitude dos dois o irritava. Nos minutos anteriores a qualquer luta, praticamente tudo e todos o irritavam, e era exatamente isso que ele queria. Pensou em golpes nos joelhos e nas costelas; pensou em manter Reese incomodado e em dominar o terceiro round. A adrenalina já estava retesando todos os músculos, os sentidos estavam aguçados. Para além das paredes, podia ouvir o rugido da multidão, depois ouviu-o ficando mais alto ainda. Sem dúvida um lutador estava exercendo sua vontade sobre outro, a luta obviamente chegando ao fim, um oponente sendo espancado...

Respirou fundo.

Hora do show.

Estava cara a cara com Reese no centro do ringue, cada um deles avaliando o outro enquanto o juiz repassava as regras: nada de morder, nada de chutes no saco etc. Enquanto se encaravam, o mundo começou a encolher, os sons diminuindo, e então os lutadores foram liberados para seus corners. Daly e Moore gritavam encorajamentos, mas Colin mal registrava as vozes deles. O gongo soou e ele avançou.

Conseguiu dar um chute no joelho de Reese nos primeiros vinte segundos, e mais dois rapidamente em seguida. Todos os três golpes pareceram pegar Reese desprevenido, e, quando Colin acertou o joelho pela quarta vez, viu o primeiro clarão de raiva em Reese. Um quinto chute no joelho veio em seguida, e Reese começou a manter distância, já tendo decifrado parte do plano de Colin. Nos dois minutos seguintes, eles trocaram socos, com Colin acertando três bons nas costelas e mais um chute forte no joelho. As habilidades de boxeador de Reese eram mais ou menos como Colin esperava, porém seus socos eram mais fortes, e quando Reese acertou um em sua têmpora, Colin viu estrelas e acabou caindo de costas. Reese estava claramente no controle, mas Colin pôde se manter na defensiva até o soar do gongo. Os dois lutadores ofegavam.

Segundo Daly, o round poderia ir para qualquer um dos dois, mas ele achou que Colin levara vantagem.

O segundo round seguiu mais ou menos o mesmo padrão: Colin acertou mais três chutes no joelho, com Reese se encolhendo visivelmente depois do último; Colin martelou as costelas de Reese sempre que a oportunidade se apresentava. Faltando pouco para o fim do round, estavam no chão de novo, com o adversário dando dois socos fortes enquanto Colin fazia todo o possível para se defender. Nos vinte segundos finais, o cotovelo de Reese fez contato com a parte de cima do nariz de Colin e abriu um talho. O sangue escorreu para dentro do olho, ele perdeu a concentração e Reese se aproveitou, torcendo sua perna até que Colin quase precisou bater na lona. Enquanto voltava ao corner, Colin avaliou que, mesmo não tendo sido completamente dominado, havia perdido o round.

Contudo, também percebeu que Reese mancava ao voltar para o corner.

Colin atacou o joelho de novo no início do terceiro round, deu alguns jabs e fintou numa série de socos rápidos, voltando repetidamente ao joelho. No chute final, Reese se encolheu com força e se curvou; Colin avançou e partiu pesado para as costelas. Fora de posição, Reese tentou agarrar Colin, que levantou o joelho, sentindo-o acertar a testa de Reese. Pela primeira vez na luta, Reese caiu de costas.

Colin partiu para cima com tudo, golpeando com os punhos e os cotovelos. Reese não ficava nessa posição com frequência, e Colin pôde perceber que ele começava a entrar em pânico. Continuou a socar, dando mais golpes com o máximo de força possível. Reese levou um soco forte no queixo e seu corpo se afrouxou; Colin deu mais três socos que deixaram o adversário tonto. Colin aproveitou a vantagem e, enquanto o round se aproximava do fim, Reese cometeu um erro tático. Colin quase conseguiu terminar a luta com uma chave de braço, mas Reese se soltou retorcendo-se. Segundos preciosos tiquetaquearam antes que Colin manobrasse Reese para a posição de outra chave de braço. Justo quando Colin começava a aplicar pressão, o gongo soou e a luta acabou.

Colin se levantou com relutância, mas viu Daly e Moore sacudindo os punhos; na mente deles, estava claro quem tinha vencido a luta. Na de Reese também; enquanto se levantava, ele evitou os olhos de Colin.

Mas os juízes não enxergaram do mesmo modo. Quando o braço de Reese foi levantado por um juiz obviamente surpreso, Colin soube que tinha acabado de sofrer sua primeira derrota. Colin apertou a mão de Reese, e Daly e Moore partiram para dentro do ringue. A multidão começou a vaiar.

Colin se desligou de tudo aquilo; estava exausto. Saiu dali e foi sozinho em direção ao vestiário, apenas levemente desapontado e não muito surpreso.

– Se serve de consolo, você não parece tão ruim como depois da última luta – observou Evan. Como vinha se tornando costume, estavam numa lanchonete vagabunda, de beira de estrada, com Evan olhando Colin comer. – Na última vez você poderia ser confundido com o Rocky depois da luta com Apollo Creed. E aquele cara era um sacana.

– Ele me deu uma cabeçada.

– Ele pode ter trapaceado na luta, mas a decisão foi justa. Já hoje... Você sabe que encheu o cara de porrada, não sabe? Nem foi uma diferença pequena. A plateia sabia, o juiz também. Você viu a cara dele quando anunciou o vencedor?

– Não.

– Ele não conseguia acreditar. Até o treinador do Reese ficou chocado.

Colin usou o garfo para cortar suas panquecas e o cravou num pedaço grande.

– Certo.

– Se tivesse demorado mais vinte segundos, Reese teria batido na lona. Talvez dez. De jeito nenhum ele iria sair daquela chave de braço, porque estava frito. Naquele ponto o cara mal conseguia fazer qualquer coisa.

– Eu sei.

– Então por que não está mais chateado? Seus treinadores ficaram putos. Você também deveria estar.

– Porque acabou – respondeu Colin. – Agora não posso fazer nada.

– Você não pode pedir para reconsiderarem a decisão?

– Não.

– Então, no mínimo, deveria ter dado uma porrada no Reese quando ele começou a fazer aquela dança idiota depois do anúncio. Você viu?

– Não.

– A luta foi armada. Eles queriam que Reese terminasse a carreira de amador sem derrotas.

– "Eles", quem?

– Não sei. Os juízes, o promotor, tanto faz. Quero dizer que foi armação.

– Armação? Você está parecendo um personagem de filme de gângster.

– Só estou dizendo que, não importando o que você fizesse, a não ser conseguindo um nocaute ou que ele batesse na lona, Reese iria vencer essa luta.

Colin deu de ombros.

– Reese vai se profissionalizar. Eu fui um substituto de última hora. Era melhor para todo mundo se ele terminasse sem derrotas como amador.

– Está brincando. Isso importa?

– Oficialmente, não. Mas produzir um lutador desta área que chegue ao UFC é bom para todo mundo.

– Você faz com que isso pareça um negócio, e não um esporte.

– É a verdade.

Evan balançou a cabeça.

– Ótimo. Pode filosofar com relação a isso, tudo bem. Você acha que venceu?

Colin pegou uma garfada de ovos.

– Acho.

Evan balançou a cabeça.

– Ainda acho que você deveria ter dado uma porrada nele quando ele começou a fazer aquela dança. Eu senti vontade de dar uma porrada nele.

– Certo.

Evan se recostou na cadeira.

– Tudo bem, então. Já que você não se incomoda com isso, fico feliz por ter visto você levar uma surra. Principalmente depois do fiasco da semana passada.

– Certo.

– E tem mais uma coisa.

– Qual?

– Maria estava lá esta noite.

Colin levantou o queixo, instantaneamente alerta.

– Estava com outra garota que parecia uma irmã gêmea. Bom, era bem parecida. Estavam do lado oposto do ringue, bem no fundo. Mas era ela, sem dúvida.

– Certo.

– O que está acontecendo com vocês dois, afinal?

Colin fisgou um pedaço de salsicha.

– Não sei.

18

Maria

– Obrigada de novo por ter vindo – disse Maria a Serena enquanto voltavam a Wilmington. A chuva caía fraca, fazendo os faróis no sentido oposto tremeluzirem.

– Foi divertido – respondeu Serena no banco do carona, com uma lata de refrigerante entre as pernas. – Uma das noites de sábado mais interessantes que já tive em muito tempo. Na verdade, acho que conheço um dos lutadores.

– Dãã. Foi você que apresentou a gente.

– Não estou falando do Colin. Estou falando de outro lutador, acho que eu o vi no campus. Claro, de onde nós estávamos não dava para ter certeza. Diga de novo: por que não tentamos ficar mais perto?

– Porque eu não queria que o Colin soubesse que eu estava lá.

– E, de novo... por quê?

– Porque nós não conversamos desde o fim de semana passado. Já contei isso.

– Eu sei, eu sei. Ele gritou com a garçonete, a polícia apareceu e vocês piraram de vez. Blá-blá-blá.

– Agradeço o apoio.

– Só acho que você está cometendo um erro.

– Você não disse isso no domingo passado.

– Bom, tive a chance de pensar. Por falar nisso, obrigada por esconder de mim a história do perseguidor, até aquele dia.

Sua voz disparava sarcasmo, porém Maria não podia culpá-la.

– Até aquele dia eu não tinha certeza.

– E quando você descobriu, Colin estava lá, tentando obter respostas.

– Ele estava fazendo muito mais do que isso.

– Você preferiria namorar o tipo de cara que não faz nada? Que ficaria sentado feito um cachorro? Ou gostaria que ele enfrentasse a situação? Droga, se eu estivesse lá, provavelmente também teria berrado com aquela garçonete idiota. Que não consegue se lembrar da aparência de uma pessoa cinco minutos depois de ela ter pedido uma bebida?

– Eu vi um lado do Colin de que não gostei.

– E daí? Você acha que mamãe não viu um lado do papai de que ela não gosta? Ou vice-versa? Eu vi um lado seu de que não gosto, mas não expulsei você da minha vida.

– Que lado?

– Importa?

– Importa.

– Ótimo. Você sempre acha que está certa. Isso me irrita.

– Não, não acho.

– Você só está confirmando meu argumento.

– E você está começando a me irritar.

– Alguém precisa manter você na linha e dizer quando está errada. Aliás, você está errada com relação ao Colin também. Você deveria ligar para ele. Ele é bom para você.

– Não tenho certeza.

– Então por que insistiu para que viéssemos assistir à luta?

Por que ela quisera vir essa noite? Tinha embromado Serena, dizendo que havia prometido a Colin, mas Serena zombou:

– Só admita que ainda gosta dele.

Na semana anterior ficara claro que precisava de algum tempo para pensar. Suas emoções turbulentas – com relação ao perseguidor e a Colin – a haviam deixado insegura, um sentimento que só piorou à medida que a semana passava.

Até mesmo a atmosfera no trabalho parecia estranha. Ken havia entrado e saído da sala de Barney durante a maior parte da semana, parecendo distraído e preocupado, mas nem ao menos murmurou uma única palavra para ela. Barney estava igualmente tenso; Ken e ele não pararam em suas salas o dia inteiro na quinta-feira e, quando Lynn não apareceu para trabalhar na quinta nem na sexta-feira, ela esperou que Barney fizesse um estardalhaço ao voltar, no mínimo porque Lynn não havia sequer telefonado para dizer que não viria. Mas Barney simplesmente acrescentou o trabalho de Lynn à bandeja de Maria sem nenhum comentário.

Estranho.

Seus pais também eram motivo de preocupação. Ainda sofrendo por causa de Copo, o pai estava deprimido a ponto de parar de ir ao restaurante, e a mãe preocupava-se com ele. Maria jantou com os dois na terça e na quinta, Serena na segunda e na quarta, e a caminho da luta de Colin as duas tinham concordado que alguma coisa precisaria ser feita, ainda que não tivessem certeza de que poderiam fazer algo.

A luta deveria ser uma distração, ou pelo menos era o que ela tentara dizer a si mesma. A Serena também. Mas assim que Colin entrou no ringue, Maria sentiu uma onda quase nauseante de nervosismo junto com um agudo sentimento de pesar.

Tudo isso significava… o quê?

Com o sofrimento dos pais, a ideia de pedir para faltar ao almoço do domingo estava fora de questão, ainda que ela não se sentisse com clima para dar apoio moral a ninguém. E foi por isso que a visão de Serena na varanda da frente, quase vibrando com energia e expectativa, pegou-a desprevenida. Assim que Maria parou o carro, Serena se aproximou.

– O que houve?

– Sei o que precisamos fazer – disse Serena. – Não sei por que demorei tanto para pensar nisso! Você e eu teremos nossa vida de volta… Quero dizer, adoro mamãe e papai, mas não posso jantar aqui duas vezes por semana e ainda por cima almoçar no domingo. Já tenho de passar um tempo com eles no restaurante, e preciso pelo menos de um pouquinho de espaço, sabe?

– Do que você está falando?

– Pensei numa coisa para ajudar mamãe e papai.

Maria saiu do carro.

– Como assim?

– Venha comigo. Eu tenho um plano.

Foi necessário instigá-los um pouco, mas os pais de Maria não eram do tipo que dizia não às filhas, especialmente quando as duas estavam unidas no pedido.

Entraram no utilitário do pai e foram até a Associação Protetora dos Animais. Quando chegaram ao estacionamento do prédio baixo e sem graça, Maria não deixou de notar como seus pais arrastavam os pés, com a relutância escrita em cada passo.

– É cedo demais! – A mãe havia protestado quando Serena apresentou a ideia.

– Só vamos dar uma olhadinha – garantiu Serena. – Sem pressão.

Agora eles se arrastavam atrás das filhas, indo lentamente para a porta.

– Não sei se é uma boa ideia – sussurrou Maria, inclinando-se mais perto de Serena. – E se não houver um cachorro que agrade a ele?

– Lembra que eu contei que o Steve trabalha aqui como voluntário? Bom, depois que eu falei com ele sobre Copo, Steve disse que há um cachorro que pode ser perfeito – sussurrou Serena de volta. – Ele até concordou em nos encontrar aqui.

– Você chegou a pensar em arranjar outro shih tzu para ele? Do mesmo criador de quem eles compraram a Copo?

– Claro que pensei. Mas não queria que eles pensassem que queremos substituir Copo.

– Não é exatamente isso que estamos fazendo?

– Não se for um cachorro diferente.

Maria não confiava tanto nessa lógica quanto Serena, mas não disse nada. Steve, visivelmente nervoso, recebeu-os assim que entraram. Depois de lhe dar um abraço, Serena apresentou-o aos pais. Steve levou-os, ansioso, para os fundos, na direção dos canis.

Os cachorros começaram a latir imediatamente, o som ecoando nas paredes. Passaram devagar pelos primeiros canis – havia um mestiço de labrador, um mestiço de pit bull e algum tipo de terrier –, e ela notou a apatia dos pais.

À frente, Serena e Steve pararam diante de um dos menores canis.

– Que tal este? – gritou Serena.

Félix e Carmen foram até ela, movendo-se com relutância, como se preferissem estar em outro lugar. Maria foi atrás.

– O que acham? – pressionou Serena.

No canil, Maria viu um cãozinho preto e marrom parecido com um urso de pelúcia, sentado nas patas traseiras, sem fazer nenhum barulho. Maria precisou admitir que era a coisa mais bonitinha que já vira.

– É um shorkie tzu – explicou Steve. – Uma mistura de shih tzu e yorkshire. É muito doce e tem entre 2 e 3 anos.

Steve abriu o canil; enfiou a mão, pegou o cãozinho e ofereceu a Félix.

– Poderia levá-lo para fora? Ele provavelmente vai adorar um pouco de ar puro.

Ainda com um traço de relutância, Félix pegou o cachorro no colo; Carmen se inclinou para perto, com curiosidade. Maria observou o bichinho lamber os dedos de seu pai antes de bocejar ganindo.

Em minutos Félix estava apaixonado, assim como Carmen. Serena ficou por perto, observando-os, segurando a mão de Steve, obviamente satisfeita consigo mesma. Não que Maria pudesse culpá-la. Não era de espantar que ela estivesse na lista de indicados para a bolsa; às vezes Serena era absolutamente brilhante.

A tensão no escritório era palpável quando Maria voltou ao trabalho na segunda-feira. Todo mundo estava agitado, as assistentes sussurrando umas com as outras por cima das divisórias dos cubículos, ficando em silêncio sempre que algum advogado se aproximava; enquanto isso, Maria ficou sabendo que todos os sócios tinham se trancado na sala de reuniões no início da manhã, o que só poderia significar que algo importante estava acontecendo.

Lynn se ausentou pelo terceiro dia consecutivo. Sem ideia do que deveria fazer – Barney não havia deixado nenhuma instrução –, Maria enfiou a cabeça na sala de Jill.

Antes que ela pudesse dizer uma palavra, Jill começou a balançar a cabeça e a falar suficientemente alto para ser ouvida no corredor:

– Claro que o almoço está de pé – anunciou Jill. – Mal posso esperar para saber sobre o seu fim de semana! Parece incrível!

Os sócios *ainda* estavam trancados quando Maria sentou-se diante de Jill à mesa de um restaurante ali perto.

– O que está acontecendo? Aquilo está igual ao *Além da imaginação*! E sobre o que os sócios estão conversando? Ninguém parece saber de nada.

Jill soltou a respiração lentamente.

– Tudo é muito sigiloso por enquanto... mas tenho certeza de que você notou a ausência da sua assistente, não foi?

– Ela tem alguma coisa a ver com o que está acontecendo?

– Pode-se dizer que sim – murmurou Jill, deixando o resto no ar enquanto o garçom se aproximava para colher os pedidos. Esperou que ele se afastasse para falar de novo. – Vamos chegar lá. E vou responder o que puder. Acima de tudo, eu quis almoçar com você porque queria lhe contar um segredo.

– É claro...

– Você está feliz trabalhando na empresa?

– Estou bem. Por quê?

– Porque eu estava imaginando o que você acharia de sair e vir trabalhar comigo, no meu escritório.

Maria ficou pasma demais para formular uma resposta. Jill confirmou com a cabeça.

– Sei que é uma grande decisão. Não precisa responder agora. Mas quero que você pense. Especialmente agora, com o que está acontecendo.

– Ainda não sei o que está acontecendo. Espere aí... você vai embora?

– Nós estamos fazendo planos desde antes de você começar aqui.

– Nós?

– Vou trabalhar com Leslie Shaw. É uma advogada trabalhista da Scanton, Dilly e Marsden. Nós estudamos juntas. Ela é fantástica, inteligentíssima e astuta quando se trata de leis trabalhistas. Eu gostaria que você a conhecesse, se estiver aberta à ideia de vir com a gente. Você vai gostar dela, claro... mas se não tiver vontade de sair, espero que esqueça que eu disse alguma coisa. Por enquanto estamos tentando manter tudo na maior discrição possível.

– Não vou dizer nada – prometeu Maria, com o choque ainda reverberando. – E claro que estou disposta a conhecê-la, mas... por que você está pensando em sair?

– Porque nossa empresa está com problemas. Problemas tipo o *Titanic* batendo no iceberg. Os próximos meses não vão ser nada bonitos.

– Como assim?

– Nosso gerente, o Ken, está para ser processado pela Lynn por assédio sexual. E acho que umas três outras assistentes também vão processá-lo. É por causa disso que os sócios estão reunidos o dia inteiro. Porque tudo isso vai parar no noticiário e vai ser feio. Pelo que ouvi, a mediação não correu bem na semana passada.

– Que mediação?

– Da quinta-feira passada.

– O que explica por que Lynn, Barney e Ken estavam ausentes... Por que não ouvi nada sobre isso?

– Porque Lynn ainda não fez a denúncia à Comissão de Oportunidades Iguais de Emprego, que cuida das leis de discriminação no trabalho.

– Então por que houve uma mediação?

– Porque o Ken foi avisado há duas semanas e está fazendo todo o possível para impedir. Tenho certeza de que você notou que desde então ele vem se comportando maravilhosamente. Está apavorado. Ele acha que a firma pode negociar um acordo, mas os outros sócios estão hesitando. Eles querem que o Ken dê um jeito, mas ele não tem dinheiro para isso.

– Como ele pode não ter dinheiro?

– Duas ex-esposas? E não é a primeira vez que isso acontece. Ken já fez acordos antes. Foi por isso que eu perguntei a você sobre ele. Porque você é nova, bonita e trabalha no escritório, e para o Ken isso basta. Ele pensa com a cabeça de baixo e, claro, Lynn vai dizer que os sócios estão tramando contra ele, já que sabem exatamente que tipo de sujeito ele é e nunca fizeram nada a respeito. A empresa pode ter de pagar vários milhões de dólares... e clientes não querem estar associados a um escritório de advocacia conhecido por casos de assédio sexual. O que me traz de volta à pergunta: você está aberta à ideia de se juntar a Leslie e a mim numa firma nova?

Maria estava pasma.

– Não tenho experiência em leis trabalhistas...

– Sei disso, mas não me preocupo. Você é inteligente e aplicada. Vai pegar tudo mais rápido do que provavelmente imagina. O único problema é que não poderemos igualar seu salário logo de início, mas você vai ter um horário mais flexível e, simplesmente por ter entrado no primeiro dia, vai estar no rumo para virar sócia.

– Quando você pensa em sair?

– Em seis semanas, contando a partir da sexta-feira. Já alugamos e mobiliamos um escritório a alguns quarteirões daqui; toda a papelada está preenchida.

– Tenho certeza de que existem outras pessoas com muito mais qualificação. Então por que eu?

– Por que não você? – Jill deu um sorriso. – Somos amigas, e se eu aprendi uma coisa nessa profissão é que o trabalho é muito mais agradável quando a gente gosta das pessoas com quem passa os dias. Já tive o suficiente do Ken e do Barney pelo resto da vida, muito obrigada.

– Você me… deixa... lisonjeada.

– Vai pensar no assunto? Presumindo que você e a Leslie se deem bem?

– Não imagino por que não nos daríamos. Como é a Leslie?

Os sócios saíram da sala de reuniões por volta das três da tarde, todos sérios. Barney se enfurnou em sua sala, obviamente sem vontade de falar com ninguém. O mesmo aconteceu com os outros; uma a uma as portas das salas se fecharam. Como a maioria dos funcionários, Maria decidiu ir para casa alguns minutos antes do fim do expediente, e na saída notou que quem ainda estava ali parecia nervoso e com medo.

Jill havia ligado para ela de novo, depois de falar com Leslie, e confirmou os planos para as três almoçarem na quarta-feira. O entusiasmo de Jill era contagiante, mas a empolgação também provocava certo nervosismo em Maria. Mudar de emprego, mudar a área de atuação (de novo) e entrar para uma empresa iniciante pareciam coisas arriscadas, ainda que permanecer ali parecesse mais arriscado ainda.

O que ela realmente desejava, percebeu, era conversar com alguém que não fosse Serena e seus pais. Entrou no carro e se pegou passando pela casa de Evan e pela academia, procurando o carro de Colin antes de ir até a praia de Wrightsville.

O bar do Pete Caranguejeiro estava quase vazio. Maria já ia subindo num banco quando Colin finalmente a notou, e ela viu a surpresa dele dar lugar a algo mais reservado.

– Oi, Colin – disse ela baixinho. – Que bom ver você.

– Estou surpreso por estar aqui.

Olhando-o de pé atrás do balcão, Maria pensou que ele era um dos homens mais bonitos que já havia conhecido, e sentiu a mesma pontada de pesar que tivera na noite de domingo.

Ela suspirou.

– Eu não estou.

O bar era um bom local para conversar; a barreira física entre os dois e o fato de que Colin estava trabalhando impedia que a conversa ficasse séria demais. Ele a deixou a par da luta com Reese e da insistência de Evan em que a coisa toda tinha sido armada. Maria falou do cachorro que os pais adotaram, além da crise no escritório e sua nova oportunidade de carreira com Jill.

Como era típico, ele ouviu sem interromper e ela precisou arrancar as explicações e os pensamentos dele. Quando chegou a hora de ir embora, Colin pediu que um garçom o substituísse por alguns minutos e a levou até o carro.

Não tentou beijá-la. Maria, entretanto, ao perceber que ele não faria isso, inclinou-se e beijou-o. Ao sentir o calor familiar da boca de Colin, pegou-se imaginando por que tinha achado necessário dar uma pausa no relacionamento com ele.

Em casa, com a exaustão do dia cobrando seu preço, caiu no sono rapidamente. Acordou ao receber uma mensagem de Colin, agradecendo por ela ter passado no bar e dizendo que sentia saudade.

O clima no escritório estava pior do que no dia anterior. Ainda que os sócios parecessem decididos a agir de modo profissional, a falta de informações desgastava todas as outras pessoas. Havia pouca dúvida de que a maior parte do escritório tinha começado a imaginar o pior, e os boatos passaram a correr soltos. Maria ouviu rumores sobre demissões – muitos funcionários tinham famílias e hipotecas, o que significava que a vida deles poderia ficar muito mais complicada.

Maria se esforçou ao máximo para manter a cabeça baixa e se concentrar no trabalho; Barney permaneceu silencioso e distraído. As horas passaram num piscar de olhos e, quando finalmente saiu do escritório, Maria percebeu que não havia pensado em seu perseguidor.

Não sabia se isso era bom ou ruim.

Na quarta-feira o almoço com Leslie e Jill correu melhor do que Maria poderia ter esperado. Em muitos aspectos, Leslie era um complemento perfeito para sua melhor amiga no escritório: igualmente animada e cheia de irreverência, mas também atenta e inteligente. A ideia de trabalhar com elas começou a parecer boa demais para ser verdade. Depois do almoço, quando Jill apareceu para informar que Leslie tinha ficado entusiasmada com o encontro, Maria sentiu uma onda de alívio. Além disso, Jill repassou a oferta básica, inclusive o salário, que era significativamente mais baixo, porém Maria já não se importava. Podia ajustar seu estilo de vida.

– Estou empolgada – disse a Jill.

Imaginou se deveria revelar sobre seu perseguidor e o fato de que Colin e ela estavam tentando voltar, depois percebeu que nem havia mencionado que tinham dado um tempo.

Eram coisas demais acontecendo de uma só vez.

Enquanto isso, na Martenson, Hertzberg e Holdman a nuvem negra que baixou sobre o escritório ficava cada vez mais escura. Ao se aproximarem de sua sala, Jill inclinou-se para Maria e sussurrou:

– Não fique surpresa se uma bomba estourar amanhã.

De fato, na manhã de quarta-feira correu pelo escritório a notícia de que Lynn havia prestado queixa. Ken não apareceu. Ainda que a queixa devesse ser confidencial, num escritório de advogados poderosos com favores a cobrar, logo ela estava no computador de todo mundo. Acompanhando os outros, Maria leu as acusações, que revelavam todos os detalhes sinistros. O relato narrava em linguagem rude e específica, frequentemente sexual, os assédios numerosos e indesejados de Ken, inclusive as promessas de avanço na carreira e de um salário mais alto em troca de favores sexuais.

Maria e Jill escaparam do escritório, indo almoçar na hora de sempre, e discutiram sobre quando iriam anunciar que sairiam da empresa. Maria gostava da ideia de informar a Barney o mais cedo possível, para que ele não se visse em dificuldades – talvez dentro de poucos dias.

– Barney é exigente, mas também é justo, e eu aprendi muita coisa com ele. Não tenho vontade de piorar as coisas ainda mais para ele.

– É um argumento válido, e é uma coisa atenciosa, mas pode sair pela culatra. Estou imaginando se não deveríamos deixar a poeira assentar primeiro.

– Por quê?

– Porque o anúncio de que vamos sair pode provocar um êxodo de advogados, o que poderia levar a uma reação em cadeia. Outros farão o mesmo, os clientes vão embora e até as pessoas que estavam dispostas a ficar podem perder o emprego.

– Tenho certeza de que um monte de gente já está avaliando opções.

– Mas não é o mesmo que se demitir de verdade.

No fim chegaram a um meio-termo e decidiram fazer o anúncio duas semanas depois da sexta-feira, deixando Barney com uma curta janela para encontrar um substituto. A partir disso, a conversa passou para o tipo de empresa que elas queriam criar. Que casos aceitariam, como montariam a base de clientes, quais clientes delas poderiam acompanhá-las, de quanto pessoal precisariam no início.

Na sexta-feira outra bomba explodiu no escritório quando correu a notícia de que Heather, a assistente jurídica de Ken, e Gwen, a recepcionista, também haviam feito queixas, com declarações tão danosas quanto as de Lynn. Mais uma vez os sócios se trancaram, sem dúvida lançando olhares mortíferos na direção de Ken.

Um a um, os advogados e o pessoal de apoio começaram a sair do escritório – alguns às três horas, outros às quatro. Com o cansaço da semana, Maria decidiu sair também. Afinal de contas, planejava encontrar Colin mais tarde e precisava de tempo para se acalmar.

– Não consigo imaginar como a semana deve ter sido surreal – observou Colin.

– Foi... medonha. Um monte de gente com raiva e medo, praticamente todo mundo foi apanhado desprevenido. Não faziam ideia de que uma coisa assim estava por vir.

Era a primeira vez que Maria encontrava Colin desde a ida ao Pete Caranguejeiro. De calça jeans e camisa branca de botões com as mangas enroladas até os cotovelos, ele parecia mais bonito ainda do que na segunda. Era engraçado o que até um curto afastamento podia fazer, pensou ela.

– E a Jill?

– Um tremendo salva-vidas. Não sei o que eu teria feito sem ela. As firmas não estão contratando. Eu provavelmente ficaria maluca. E Jill está certa. Com três funcionárias dando queixa, é certo que todos os sócios vão ficar em dificuldades financeiras e os próximos anos vão ser ruins.

– O que provavelmente significa que estão chateados.

– Furiosos. Todos adorariam estrangular o Ken.

– A empresa tem seguro para coisas assim?

– Eles não têm certeza se o seguro cobre isso. Ele violou a lei e, segundo as queixas, há gravações, e-mails... Parece que uma assistente tem até um vídeo.

– Nada bom.

– É – concordou Maria. – Um monte de gente inocente vai se ferir com isso. Nem posso dizer como tive sorte.

– Certo.

– Não comece a dizer isso.

Colin sorriu.

– Certo.

Passaram a noite redescobrindo um ao outro, e caíram no sono entrelaçados. De manhã, Maria não tinha arrependimentos e ficou surpresa ao se pegar visualizando um futuro para os dois. O pensamento era estranhamente empolgante. Depois de passarem o sábado juntos soltando pipa na praia, o sentimento só continuou a crescer.

Na noite de sábado ela jantou com Jill e Leslie enquanto Colin trabalhava; depois que o turno dele terminou, os dois se encontraram na casa dele. Evan e Lily estavam lá, e os quatro conversaram até depois das três da madrugada. Incapazes de ficar acordados mais um minuto, Colin e Maria só fizeram amor na manhã seguinte.

Apesar de ela tê-lo convidado para o almoço, Colin recusou a oferta, pois precisava estudar para as provas antes de trabalhar de novo à noite. Quando chegou à casa dos pais, ficou satisfeita ao saber que Smoky – o nome que os pais haviam escolhido para o cachorro – agora tinha seu próprio colar de cristal e vários brinquedos espalhados pela sala, mas parecia mais contente quando ficava aninhado em seu pai. Na cozinha, Carmen não conseguia parar de cantarolar e Serena tagarelava sobre Steve.

– É, talvez a coisa esteja ficando um pouquinho séria – admitiu ela, finalmente se submetendo ao interrogatório da mãe.

À mesa, foi a vez de Félix perguntar sobre Steve, e Maria não pôde deixar de sorrir. Pensando na carreira, na família e em Colin, as coisas estavam melhorando. Enquanto tiravam a mesa, Maria percebeu de novo que não se sentia mais obcecada com o sujeito do boné de beisebol, em parte porque todo o resto ia bem, mas também porque ultimamente não houvera sinal dele.

Queria pensar que ele havia desistido – que tinha parado de incomodá-la. Mas, por mais que gostasse da pausa temporária, ainda não estava pronta para acreditar que tudo havia terminado completamente.

Afinal de contas, antes de um arco-íris costuma haver uma tempestade.

O tempo estava frio demais para fazer *stand-up paddle.* Colin estava ocupado, por isso Maria passou o resto da tarde e o início da noite tentando pôr em dia o trabalho do escritório. Com Lynn ausente e Barney atuando em ritmo lento, o fato de que iria sair dentro de três semanas a deixava com um sentimento de culpa. Não o suficiente para mudar de ideia, mas o bastante para mantê-la no MacBook até que seus documentos viraram um borrão e se tornou inútil escrever.

Quando acordou na manhã seguinte, pegou-se pensando na próxima semana – em como o clima no escritório estaria muito pior – e se outra pessoa também havia tomado a decisão de ir embora. A maioria dos sócios parecia distraída, o que significava que o trabalho provavelmente estava atrasado em todos os departamentos. Seria difícil conseguir novos contratos assim que vazassem as notícias dos problemas da firma.

Maria decidiu tornar sua saída o mais tranquila possível para Barney. Pendurando a bolsa no ombro, pegou sua pasta e foi para a porta, com os olhos baixando para o capacho. Demorou um momento para processar o que via, antes que a respiração se prendesse na garganta.

Uma rosa murcha, com as pétalas ficando pretas, junto com um bilhete.

Você vai saber qual é a sensação.

Quase como se estivesse sonhando, seus pés permaneceram estagnados na soleira, porque ela sabia que haveria mais. No corrimão perto da escada havia outra rosa apodrecida, dobrada sob o peso de mais um cartão. Forçando os pés a se mover para a frente, ela passou por cima da flor no capacho e chegou perto para ler:

Por que você a odiava?

O estacionamento diante de seu prédio encontrava-se deserto, a calçada, vazia; não havia nenhum carro que ela reconhecesse. Sua boca estava seca quando trancou a porta depois de sair e pegou a rosa no capacho. Segurando a rosa cujo cabo tinha sido preso no corrimão, obrigou-se a descer os degraus, os olhos examinando o carro.

Como temia, os pneus tinham sido cortados. No para-brisa, um envelope fora colocado sob o limpador.

Mais tarde, ficaria pasma com a calma com que havia enfrentado essas descobertas, com a clareza de seus pensamentos. Quando estendeu a mão para o envelope, lembrou-se de não destruir possíveis digitais e segurou-o pelas bordas. Não sentia pânico; pelo contrário, estava dominada por uma lenta sensação de afundamento, um reconhecimento da inevitabilidade. De algum modo soubera que isso iria acontecer.

A carta, feita no computador, estava impressa numa folha única em papel sem pautas, do tipo que poderia ser comprado em qualquer loja de artigos de escritório. Mas a última linha fora escrita à mão, em letras de fôrma quase infantis.

> Acha que não sei o que você fez? Você ACHA QUE NÃO SEI QUE ESTAVA POR TRÁS DE TUDO AQUILO? Você ACHA que eu não ENXERGO DENTRO DA SUA MENTE e não sei o que VOCÊ FEZ? Você tirou SANGUE DE UMA INOCENTE.
>
> Seu CORAÇÃO É CHEIO DE VENENO e você é A DESTRUIDORA! Você ENVENENA e NÃO VAI SE LIVRAR DISSO. Você vai saber qual é a sensação, porque AGORA EU ESTOU NO CONTROLE!
>
> Eu sou o INOCENTE vivo.
>
> ME VEJA como eu vejo você!

Quando terminou de ler a carta, Maria leu pela segunda vez, sentindo-se angustiada. A rosa se desintegrando ainda estava no para-brisa e ela a pegou, juntando-a com as outras num buquê medonho.

Deu as costas ao carro e começou a voltar para o prédio, com os membros pesados de pavor. Percebeu que os sinais tinham sido óbvios e ela os havia ignorado: Gerald Laws sendo entrevistado pela polícia, com o cabelo muito bem partido e os dentes brancos; Cassie Manning, o rosto jovem distorcido de medo; o pai de Cassie, com uma certeza apavorante das intenções de Laws e também possuído por uma intensidade ardente; a mãe de Cassie, Eleanor, encolhida, silenciosa e acima de tudo amedrontada. E finalmente Lester, o irmão nervoso que roía unhas e havia mandado tantos bilhetes terríveis para ela depois da morte de Cassie.

Aqueles bilhetes medonhos, refletindo a raiva que aumentava gradualmente. *Como as cartas de Laws para Cassie enquanto ele estava na prisão.*

O primeiro passo num *padrão* é...

Enquanto subia a escada até sua porta, o celular de Maria tocou. Era Serena. Ignorou a chamada. Precisava falar com Colin. Precisava se sentir segura. Com mãos trêmulas, digitou o número, imaginando quando ele poderia chegar à sua casa.

Um *padrão*…

Margolis havia dito para ela procurá-lo se quisesse prestar queixa. Ela queria Colin presente, mas precisava contar a Margolis sobre Gerald Laws e Cassie Manning, a mulher que Laws havia matado. Queria contar sobre a família Manning e tudo o que lhe havia acontecido recentemente. Acima de tudo, queria contar que sabia exatamente quem a estava perseguindo e qual seria o último movimento no jogo dele.

19

Colin

Desde que tinha começado a faculdade, Colin não havia faltado. Só uma vez chegara perto disso – um dia em que seu carro não deu a partida e ele correu até a escola carregando uma mochila cheia de livros, chegando alguns minutos antes do início da aula.

Aquela foi a primeira vez. Depois que Maria ligou, ele partiu para a casa dela. Enquanto Maria telefonava para Margolis, ele pediu um reboque, já que o carro dela estava apoiado nos aros das rodas. Então, Colin fez uma xícara de chá para Maria, mas ela só conseguiu tomar alguns goles antes de empurrá-la para longe.

O reboque chegou e, assim que ele foi embora, seguiram para a delegacia. Maria deu seu nome ao policial da recepção e eles se sentaram no pequeno saguão, notando o ritmo constante do lugar. Maria aproveitou a oportunidade para deixar um recado para Barney, informando que demoraria para voltar ao trabalho. Margolis devia estar em outro setor da delegacia, atolado em papéis dos incidentes do fim de semana. Como detetive, ele lidava com crimes importantes, e provavelmente estava arrependido de ter desafiado Maria a ligar para ele se quisesse prestar queixa.

Aquilo não era exatamente a área dele, e sem dúvida o fato de Colin estar com ela tornava tudo mais irritante. Margolis fez com que os dois esperassem quase noventa minutos antes de aparecer segurando uma pasta de papel pardo. Apertou a mão de Maria, mas não ofereceu a sua a Colin. Não havia motivo para fingir que gostavam um do outro.

Margolis pediu para falar a sós com Maria; ela insistiu que Colin estivesse presente. Irradiando desaprovação, o detetive concordou e levou os dois até uma sala de interrogatório. Tendo passado um bom tempo em várias delegacias no correr dos anos, Colin sabia que a sala de interrogatório era um dos poucos lugares com alguma privacidade.

Gentileza dele, ainda que geralmente seja um sacana.

Depois de fechar a porta e acomodá-los à mesa, Margolis pôs de lado a pasta que estivera segurando, fez uma série de perguntas genéricas – e começou a preencher a ficha. Depois disso – de modo trêmulo, mas surpreendentemente linear –, Maria repassou a mesma história que havia contado a Colin na praia, sobre Cassie Manning e Gerald Laws, além do que vinha acontecendo nos últimos tempos. Esboçou os paralelos antes de entregar a Margolis a carta que havia encontrado no para-brisa.

Margolis leu devagar, sem dizer nada. Por fim, perguntou se podia tirar uma cópia. Quando ela concordou, ele se levantou e saiu da sala, voltando com dois papéis nas mãos.

– Vamos manter o original na pasta, se não for problema. Você tem certeza de que Lester Manning escreveu isso?

– Tenho – respondeu Maria. – Além disso, ele é o cara que está me seguindo.

– O irmão de Cassie Manning?

– Irmão mais novo.

– Por que você acha que é ele?

– Porque eu o ouvi dizer parte do que está na carta.

– Quando?

– Depois que Cassie morreu. Ele também escreveu o mesmo tipo de coisa nos bilhetes que me mandou.

– O quê, especificamente?

– O sangue de uma inocente. Que meu coração é cheio de veneno.

Margolis assentiu e fez outra anotação.

– Isso foi no primeiro lote de bilhetes ou no segundo?

– Como assim?

– Você disse que os bilhetes mudaram quando começaram a chegar de novo. Que eram mais ameaçadores e apavorantes.

– No segundo grupo.

– E como você sabe que ele mandou os bilhetes?

– Quem mais poderia ser?

Margolis examinou suas anotações.

– Avery Manning disse que pode ter sido o namorado de Cassie.

– Não foi ele.

– Como você sabe?

– Segundo a polícia, ele não era um suspeito digno de crédito. Ficou arrasado com o assassinato de Cassie, mas não me culpou.

– Você falou com ele alguma vez?

– Não.

Margolis fez outra anotação.

– Você se lembra do nome dele? Ou de como ele conheceu Cassie?

Maria franziu os lábios.

– Acho que era Mike, Matt ou Mark... algo assim. E não, não sei como ele conheceu Cassie. Mas por que estamos falando sobre ele? É o Lester que anda me perseguindo! Foi ele que escreveu aqueles bilhetes em Charlotte!

– Você não disse que Lester negou ter escrito os bilhetes quando interrogado pela polícia?

– Claro que negou.

– E nunca passou pela sua cabeça que poderia ter sido esse tal de... Michael? O namorado?

– Por que seria? Ele nem me conheceu. Ele disse à polícia que não fez isso.

– Lester também disse.

– O senhor ouviu o que eu falei? Lester é maluco. Os bilhetes são malucos. Não é preciso muito para somar dois e dois.

– Você ainda tem os bilhetes originais?

Maria balançou a cabeça, visivelmente frustrada.

– Joguei fora quando me mudei para cá. Não queria ter nada a ver com eles. A polícia de Charlotte ainda pode ter alguns, mas não tenho certeza.

– Quando você fala de bilhetes, o que quer dizer?

– Só uma ou duas frases.

– Então... não são como este.

– Não. Mas, de novo, ele usava as mesmas palavras e expressões. E havia dois bilhetes curtos que se *encaixam* no padrão.

– Em outras palavras, esta carta é diferente.

– É óbvio.

Margolis bateu com a caneta na ficha à sua frente.

– Certo. Digamos que seja o Lester. Quando você afirma que os bilhetes dele eram ameaçadores, o que quer dizer? Ele falou que iria machucar você de algum modo? Ou fazer algum mal?

– Não, mas estava claro que ele me culpava pela morte da irmã. Na verdade, no fim a família inteira me culpou.

– Como era a família?

– Eles eram simplesmente... estranhos. Quero dizer, toda a dinâmica deles.

– Como assim?

Colin se virou para ela, percebendo que não tinha ouvido Maria falar sobre eles com muitos detalhes.

– Avery Manning, o pai, era psiquiatra. Desde o primeiro encontro ele se considerou especialista em comportamento criminoso. Nunca deixou Cassie se encontrar comigo sozinha. Ficava sempre lá e dominava as conversas. Até no hospital, quando eu estava tentando tirar a história de Cassie, ele respondia por ela. A coisa chegou ao ponto em que precisei pedir que saísse do quarto, mas ele se recusou. O máximo que fez foi ir para o canto, prometendo permanecer em silêncio enquanto ela falava. Mesmo assim eu ficava com a sensação de que Cassie tinha muito cuidado com as palavras, como se estivesse tentando dizer as coisas exatamente como ele queria. Quase como se tivessem ensaiado. Acho que foi por isso que ela... floreou a história algumas vezes.

– Floreou?

– Cassie me disse que Laws havia batido nela antes. Se fosse verdade, isso seria importante, porque poderíamos apresentar uma acusação mais séria. Cassie me disse que Laws bateu nela num estacionamento e que Lester tinha presenciado. As histórias de Cassie e Lester eram idênticas, palavra por palavra, mas depois descobrimos que Laws estava em outro estado no dia e na hora em questão, o que significava que os dois mentiram. Quando comentamos com Cassie sobre isso ela não quis recuar. O que só tornou ainda mais necessária a tentativa de acordo. O advogado de Laws iria deitar e rolar se ela testemunhasse.

– E a mãe?

– Eleanor. Só me encontrei com ela duas vezes. Ela estava sob o total domínio de Avery. Não sei se ela chegou a me dizer alguma coisa. Só chorava o tempo todo.

Margolis continuou a tomar notas enquanto falava.

– Agora vamos falar sobre o Lester. Como ele era?

– De novo, só me encontrei com ele duas vezes, e pareceram duas pessoas totalmente diferentes. No primeiro encontro não notei nada fora do comum. Ele era o mais normal de todos. Mas quando o encontrei pela segunda vez, depois de informar a eles sobre as acusações contra Laws, ele mudou. Quase como se... tivesse medo de mim. Murmurava que não deveria estar ali, que ninguém da família deveria chegar perto de mim porque eu era perigosa. O pai ficava dizendo para ele permanecer em silêncio, e então ele só ficou parado, remexendo-se e me olhando como se eu estivesse mancomunada com o diabo.

– Você sabe o nome do hospital psiquiátrico onde ele foi internado?

– Não.

– Mas os bilhetes acabaram parando?

– Quando me mudei. Mas agora ele está fazendo tudo de novo.

Margolis girou a caneta antes de pegar a pasta que havia trazido para a sala no início.

– Depois que nos falamos por telefone, pedi que a polícia de Charlotte me mandasse um e-mail sobre a morte de Cassie Manning; ainda estou esperando o relatório sobre a prisão inicial de Laws. Na verdade não tive chance de examinar tudo detalhadamente, mas, pelo que li, está claro que Gerald Laws matou Cassie Manning. Além disso, não foi você que tomou a decisão que permitiu a ele alegar um delito menor. Foi o seu chefe, não é mesmo?

– Foi.

– Então por que acha que a família de Manning culpava você? Ou, no caso de Lester, considerava você "perigosa"?

– Porque era comigo que eles lidavam. Contavam comigo para convencer o promotor a tentar uma condenação mais séria. E, no caso de Lester, ele é obviamente doente... Como disse, ele foi parar num hospital psiquiátrico.

Margolis assentiu.

– Está bem. Digamos que você esteja certa com relação a tudo isso e que Lester Manning é mesmo responsável por tudo o que vem acontecendo. – Ele se recostou na cadeira. – Mesmo assim não tenho certeza de que haja alguma coisa que eu possa fazer.

– Por quê?

– Você não o viu. Ninguém mais o viu. Você não sabe quem comprou as rosas, a não ser que não foi seu chefe. Ninguém viu Lester colocar as rosas no seu carro. Tudo o que você sabe sobre o cara que lhe mandou a bebida foi que era um jovem usando boné. E você não reconheceu o cara que entregou as rosas como sendo Lester. Em outras palavras, você não tem prova de que é Lester.

– Eu disse que o bilhete usava as mesmas expressões!

– Quer dizer, quando comparado com os bilhetes que você não tem mais? De novo, não estou dizendo que você está errada. Acho que há uma boa probabilidade de estar certa. Mas, como ex-promotora, você sabe que isso não é suficiente.

– Ele está me seguindo, me vigiando e monitorando minhas ações. Isso vai ao encontro da conduta exigida pela lei. Ele escreveu um bilhete que me aterroriza. Cortou meus pneus. Isso constitui assédio. As ações dele provocaram enorme perturbação emocional, e por isso estou aqui. Ele está obviamente me perseguindo, e isso é crime.

Margolis levantou uma sobrancelha.

– Certo, Srta. Ex-Promotora. Mas, se ele negou uma vez que escreveu os bilhetes, vai negar de novo. E aí?

– E o padrão? Bilhetes, flores, ficar me seguindo, as flores mortas. Ele está imitando o que Laws fez com Cassie.

– O padrão é *semelhante*, mas não é *o mesmo*. Laws mandou cartas e se identificou. Você recebeu bilhetes curtos e sem assinatura. Laws espionava Cassie no jantar e se certificava de que ela soubesse que ele estava lá. Alguém pagou uma bebida para você numa boate, anonimamente. Cassie sabia que Laws havia mandado flores para ela. Você nem tem certeza de quem lhe mandou as rosas.

– É bastante próximo.

– Para você, talvez. Mas num tribunal é diferente.

– Em outras palavras: já que ele está sendo cuidadoso, vai se livrar dessa? O senhor nem vai falar com ele?

– Não me entenda mal. Vou tentar falar com ele.

– Tentar?

– Você está presumindo que ele continua na cidade e que eu posso encontrá-lo. Por outro lado, se ele estiver em Charlotte ou em outro lugar, provavelmente terei de entregar o assunto a um detetive de lá.

– E o que o senhor diria a ele se pudesse encontrá-lo?

– Deixaria claro que sei o que ele está aprontando, e que é do interesse dele parar, caso contrário as autoridades intervirão. Em outras palavras, acredito em você. Dito isso, não posso prendê-lo porque você *acha* que ele lhe comprou rosas. Ou porque você *acha* que ele lhe pagou uma bebida. Ou porque você *acha* que ele colocou um bilhete no seu carro. Você e eu sabemos que isso não cola. E, no fim, ele pode tornar as coisas ainda piores para você.

– Como?

Margolis deu de ombros.

– Você já fez uma acusação antes, e o pai ameaçou processá-la. Agora você está acusando-o de novo. É possível que ele consiga apresentar uma queixa por assédio contra você.

– Isso é ridículo!

– Mas é possível.

– Então o que devo fazer? Se o senhor não vai fazer nada para me ajudar?

Margolis se inclinou, cruzando as mãos sobre a mesa.

– Eu anotei sua queixa e o relatório vai ficar arquivado. Eu disse que iria falar com ele, presumindo que possa encontrá-lo, ou que alguém falará. Vou rever os dossiês da prisão de Laws e da morte de Cassie. Vou falar com a polícia de Charlotte e pedir que verifiquem se os bilhetes antigos estão arquivados em algum lugar. Considerando que você não me ofereceu absolutamente nenhuma prova de que foi ameaçada – e levando em conta sua avaliação questionável ao escolher um namorado –, eu diria que isso é mais do que suficiente, não acha?

O rosto de Maria não mostrava reação.

– Que tal uma ordem de restrição?

– Qualquer coisa é possível, mas você e eu sabemos que isso não é automático, por todos os mesmos motivos que já discutimos. Mas digamos que, por algum milagre, um juiz conceda uma. A lei diz que ela não é válida a não ser que Lester Manning possa recebê-la. O que, de novo, pode ser conseguido ou não.

– Em outras palavras, o senhor está dizendo para eu fingir que isso não está acontecendo.

– Não. Estou dizendo para deixar que eu faça meu trabalho. – Ele pegou a pasta. – Eu lhe informarei o que descobrir.

– Não sei por que fui procurá-lo, para começo de conversa – disse Maria voltando ao carro, com o rosto tenso. – E sabe o que realmente me deixa furiosa? – Ela não precisava de uma resposta. – Ele está certo. Com relação a tudo. E eu sei que ele está certo. Se um detetive tivesse me trazido um caso assim, eu o teria mandado embora. Não há prova alguma. Mesmo que eu *saiba* que é ele.

– Margolis vai verificar.

– E daí?

– Margolis pode ser um pé no saco, mas é inteligente. Vai fazer com que o Lester diga alguma coisa para se incriminar.

– E depois? Você acha que o Margolis vai convencê-lo a parar? Eu pensei que tudo havia acabado quando me mudei para cá, mas nem isso fez com que acabasse. Ele sabe onde eu moro e, pelo que sei, Lester matou Copo. Ele pode ter entrado na casa dos meus pais!

Era a primeira vez que Colin a ouvia relacionar a morte de Copo a todas as outras coisas que haviam acontecido, e o medo de Maria fez algo se retorcer dentro dele. Aquilo iria parar. Margolis podia fazer o que quisesse, mas nesse momento isso não bastava para Colin. Era hora de alguém descobrir o que Lester estava aprontando.

Depois de deixar Maria no trabalho, Colin pôs os fones de ouvido e se empoleirou diante do computador em sua mesa. Lester Manning. Com ou sem prova, ter um nome ajudava a focar os pensamentos, e ele queria descobrir o máximo possível sobre o sujeito.

O único problema era que, sem acesso a bancos de dados ou registros oficiais do governo, não havia muita coisa a fazer. Não existiam registros nas páginas amarelas para qualquer pessoa chamada Lester Manning na Carolina do Norte, nem conseguiu encontrar um número de telefone. Havia dois Lester Mannings no Facebook; um morava em Aurora, Colorado, e o outro em Madison, Wisconsin; o primeiro era adolescente, o segundo tinha 40 e poucos anos. Instagram, Twitter e Snapchat não revelaram nada, e uma busca no Google relacionando o nome e a cidade de Charlotte também não deu resultado.

Havia alguns sites com promessa de mais informações – número de telefone, endereço mais recente e algo assim – em troca de pagamento, e depois de pensar muito ele digitou o número de seu cartão de crédito e fez uma tentativa. Felizmente surgiu um endereço em Charlotte.

Sobre Avery Manning, médico, havia um pouco mais, inclusive um número de telefone e o mesmo endereço de Lester. Pai e filho morando juntos? Ou seria uma informação desatualizada?

Também havia alguns artigos curtos sobre o pai. O mais recente confirmava a lembrança de Maria, de que Manning tivera a licença profissional suspensa por dezoito meses devido a tratamento inadequado de vários pacientes. O caso mais importante envolvia um rapaz que cometera suicídio. Segundo o artigo, Manning não conseguiu diagnosticar corretamente o transtorno de déficit de atenção do paciente e monitorar o uso do medicamento Adderall. Outros pacientes alegaram que pioraram sob seus cuidados. Se a data da suspensão era precisa, Avery Manning ainda não tinha permissão de atuar profissionalmente.

Interessante.

Também havia uma fotografia: um homem de 50 e poucos anos, com cabelo louro e ralo e olhos azul-claros espiando de um rosto anguloso, quase ossudo; para Colin, ele poderia passar por um coveiro. Colin não conseguia se imaginar sentado diante do sujeito durante uma hora, expondo a alma e esperando empatia.

Outro artigo mencionava o trabalho de Manning com presidiários. No texto, Manning escrevia que muitos prisioneiros eram sociopatas que não poderiam ter reabilitação prática. Segundo ele, o encarceramento humano era a solução mais pragmática para a patologia criminosa. Além de comentar que Manning se considerava especialista em comportamento criminoso, Maria não havia mencionado seu trabalho em prisões, e Colin se perguntou se ela sabia disso.

Mais um pouco de pesquisa acabou revelando o obituário de Eleanor Manning, que não mencionava suicídio, o que não era surpreendente. A maioria das pessoas não queria que esse fato se tornasse público. Também dizia que ela tivera três filhos e deixou o marido e um filho. Quem era esse terceiro irmão?

Examinou meia dúzia de artigos sobre Manning antes de encontrar a resposta; numa entrevista sobre depressão, Avery observou que sua mulher havia lutado contra a depressão desde que seu filho, Alexander Charles Manning, tinha morrido num acidente de automóvel aos 6 anos.

Alex. Cassie. Eleanor. Tragédia demais para uma família. E Lester culpava Maria por uma, talvez até por duas mortes.

O bastante para fazer Lester atormentá-la e aterrorizá-la?

Sim. Os bilhetes originais deixavam isso claro. Cronologicamente ou não, Maria estava experimentando os mesmos temores que Cassie havia sofrido. E, como Maria, Colin sabia os desdobramentos da história de Cassie.

Depois de sair da prisão, Laws encontrou Cassie cara a cara.

Cassie requereu uma ordem de restrição.

A polícia não conseguiu encontrar Laws.

No fim, Cassie foi sequestrada e morta.

Será que isso também fazia parte do plano de Lester?

Era um salto enorme ir do que havia acontecido com Maria até o passo final. Atormentar era uma coisa, assassinar era outra, e ele não sabia o suficiente sobre Lester para tentar adivinhar o que ele iria fazer. Mas isso não significava que Maria devesse se arriscar.

Passou mais uma hora tentando descobrir qualquer coisa além disso. A parte fácil havia terminado – informações que qualquer um poderia descobrir – e ele se perguntou qual seria o próximo passo.

O que ele *sabia* sobre Lester? E o que podia *presumir*?

Lester tinha um carro. Não era uma grande suposição, claro, mas ele se perguntou que tipo de informação conseguiria obter caso tivesse o número da placa. Algumas palavras-chave no mecanismo de busca revelaram duas empresas com acesso a todo tipo de registros públicos, inclusive documentos de carros e números de placas. Era meio caro, mas poderia ajudar, e ele anotou os nomes dos sites para o caso de haver necessidade.

Mais alguma coisa?

Ele supunha que Lester havia se escondido no terraço do outro lado da rua quando Maria estava no trabalho. Quanto ao apartamento dela, seria fácil para Lester vigiá-la chegando ou saindo, ainda mais porque seu horário era previsível. Ele não precisaria ficar de tocaia durante horas; poderia observá-la do café do outro lado da rua ou de um carro estacionado. Segui-la até o restaurante e à boate teria sido fácil.

E?

Baseado na reunião com Margolis, Colin precisava de alguma prova de que Lester estava perseguindo Maria. Por um segundo, perguntou-se se deveria ir até Charlotte com a esperança de associar um rosto ao nome. Talvez até conseguir uma foto, presumindo que encontrasse Lester. Mas, afinal de contas, talvez nem mesmo isso bastasse. O homem da floricultura havia admitido que não tinha olhado direito, e Colin duvidava de que a garçonete o reconhecesse.

E, finalmente, havia Copo. A morte da cadela também se encaixava no padrão. Quanto mais pensava nisso, mais parecia provável que Lester tinha matado Copo para ferir Maria e sua família, a qual devia vigiar regularmente. De que outro modo saberia que Copo fora deixada sozinha em casa? Maria tinha dito que Félix levava Copo a todo lugar, até ao restaurante. Que os pais dela raramente deixavam a cadelinha em casa.

Mas como? O quintal dos fundos dos Sanchez tinha uma cerca fechada e, num subúrbio como aquele, um estranho à espreita seria notado.

Vinte minutos depois, passava pelo bairro dos Sanchez, tentando juntar as peças. A casa dos pais de Maria estava silenciosa, aparentemente vazia. Mas havia outras pessoas por ali. Uma mulher correndo na calçada; um velho podando arbustos em seu quintal da frente. Um homem saindo de carro para algum lugar.

Colin virou a esquina, depois virou de novo, seguindo pela rua paralela à dos Sanchez, com os quintais dos fundos grudados uns nos outros.

O bairro era movimentado, o tipo de comunidade em que as pessoas provavelmente se vigiavam umas às outras.

Sem dúvida Lester seria notado.

A não ser...

Diminuiu a velocidade do carro enquanto se aproximava das casas que encontravam a dos Sanchez pelos fundos, e a resposta ficou clara: a casa diretamente atrás da dos pais de Maria estava à venda.

Mais do que isso, parecia desocupada.

Maria se mostrou distante quando ele a pegou no trabalho naquele fim de tarde, e a conversa dos dois foi superficial. Estava claro que ela não queria falar sobre Lester ou Margolis.

Queria passar a noite na casa dos pais, por isso ele a levou até o apartamento e esperou enquanto ela pegava uma bolsa. Em seguida, deu uma carona para a oficina mecânica, esperando até Maria sair do estacionamento com o próprio carro. Ofereceu-se para segui-la, mas isso só iria deixá-la mais nervosa. Em vez disso, pediu que ela mandasse uma mensagem quando chegasse à casa dos pais. Quinze minutos depois, ela avisou que havia chegado.

Colin não disse nada, mas supôs que ela teria passado o tempo até chegar à casa dos pais olhando repetidamente pelo retrovisor, imaginando se Lester estaria seguindo-a.

Colin esperou até depois da meia-noite para voltar ao bairro, com a mente fixada em Lester Manning.

Vestido de preto, parou o carro a alguns quarteirões de distância e se aproximou da casa vazia. Na mochila carregava uma pequena lanterna, duas chaves de fenda e um pequeno pé de cabra. Se Lester estivera dentro da casa várias vezes – a não ser que fosse especialista em arrombar fechaduras ou tivesse uma chave –, Colin achou que poderia passar pela mesma janela ou porta usada por ele.

Colin só precisava descobrir como ele entrava na residência.

E se por acaso Lester estivesse ali essa noite, sabendo que Maria não estava no apartamento? Por mais que Colin se sentisse ansioso para cobrar um castigo, ligaria para Margolis. Talvez pudessem acusar Lester de invasão de domicílio, além de perseguição.

A rua estava silenciosa e vazia. Dos dois lados, através de aberturas nas cortinas das casas próximas, viu luzes de televisores piscando, mas suspeitou de que a maioria das pessoas estivesse dormindo.

Chegou à casa vazia, e uma rápida verificação na porta da frente revelou um cadeado na maçaneta, cortesia do corretor. Não havia janelas parcialmente abertas na varanda nem qualquer marca de arrombamento. Rodeou a casa e pulou a cerca sem fazer barulho, chegando ao quintal dos fundos. Inspecionou as janelas uma a uma com a lanterna, procurando uma pequena abertura ou marcas de arrombamento.

Só quando chegou ao lado oposto da casa encontrou o que procurava.

Uma janela de quarto, a um metro e meio de altura, quase fechada, mas não totalmente. Marcas de arrombamento no caixilho, sem dúvida causadas ao tirar a tela. Era fácil para Colin pular, apesar da distância do chão, mas para Lester? Ele examinou o quintal e viu uma mesa e cadeiras de plástico, feitas para crianças. Pelas marcas na grama, a mesa tinha sido mudada de lugar recentemente. Bingo!

Usando a chave de fenda, soltou a tela e a escancarou com as mãos. Com um salto rápido, estava dentro. Caminhou pela casa escura, observando que a planta era semelhante à da casa dos pais de Maria, com janelas na cozinha e uma sala de estar dando vista sem obstruções para a varanda dos fundos dos Sanchez. Mas a vista era quase perfeita demais, servindo nos dois sentidos, e Colin sabia que Lester não quereria ser notado.

O que só deixava uma possibilidade.

Atravessou o corredor curto, entrando no único quarto que ficava nos fundos da casa. Diferentemente das janelas da cozinha e da sala, a que era voltada para o quintal dos Sanchez tinha cortina. Acendendo a lanterna, examinou o carpete fofo.

Marcas perto da janela. Pegadas. Lester Manning estivera ali.

E havia a chance de que retornasse.

Só quando estava voltando para casa Colin percebeu que tinha deixado escapar algo importante.

Onde Lester havia estacionado?

Achou improvável que ele parasse na entrada da casa vazia, ou na rua diante da casa de alguém. Chamaria atenção demais, especialmente porque muitas pessoas queriam parar seus carros diante das próprias casas. Ao mesmo tempo, Lester provavelmente não ia querer parar muito longe.

Colin voltou pelo bairro, sem saber o que esperava encontrar, até que chegou a uma praça com um parquinho, brinquedos infantis e bancos sob carvalhos. Do lado oposto da rua havia dez ou doze carros enfileirados; junto à praça estavam outros sete. A hora tardia sugeria que eles pertenciam às pessoas que moravam do outro lado da rua, proprietários com mais de um carro e que não tinham onde estacionar.

Mas outro carro ali provavelmente não seria notado – o que era ideal para Lester – e Colin teve certeza de que não se enganara. Pegou o celular no bolso e tirou fotos dos carros, junto com os números das placas. Queria saber quais eram de moradores. Ao fazer isso, seus pensamentos começaram a clarear.

Precisava saber qual era a aparência de Lester. Queria descobrir qual era o carro e o número da placa dele. Tinha que saber se ele ficava na área e, nesse caso, onde.

E depois disso queria passar alguns dias observando e descobrindo tudo o que pudesse sobre o sujeito.

– Com que objetivo? – perguntou Evan, franzindo os olhos para ele do outro lado da mesa da cozinha; Lily já estava dormindo no quarto.

– Margolis disse que precisa de provas. Vou conseguir provas para ele.

– Tem certeza de que não está fazendo isso porque quer encher o cara de porrada?

– Sim.

– Sim, você quer encher o cara de porrada? Ou sim, você não vai encher o cara de porrada, mesmo querendo?

– Não pretendo chegar perto dele.

– Boa ideia. Porque você tem problemas sérios.

– Sim.

– E como, exatamente, você pretende encontrá-lo? Só vai ficar lá na praça vigiando carros estranhos?

– Provavelmente.

– Porque acha que Lester pode parar lá outra vez.

– É.

– E como vai saber quais carros são de moradores e quais não são?

– Pela persistência.

Evan ficou quieto por um momento.

– Ainda acho que seria melhor você simplesmente deixar o Margolis fazer o serviço dele.

Colin assentiu.

– Certo.

Depois de dormir algumas horas, Colin voltou ao bairro dos Sanchez com um caderno. Tinha parado a alguns quarteirões de distância e foi para a praça, exercitando-se num tatame que havia trazido de casa, enquanto esperava.

Era cedo, o sol ainda não havia nascido e todos os carros que ele tinha visto algumas horas antes ainda estavam ali.

Passou-se mais de uma hora antes que a primeira pessoa saísse de uma casa, entrasse num carro e partisse. Colin anotou no caderno a marca, o modelo e a cor. Houve um pico de atividade às sete e meia e outro 45 minutos depois. Mais duas pessoas pegaram veículos enquanto Colin se preparava para ir à aula, e com isso restava apenas um carro vermelho – um Hyundai de duas portas – junto à praça, e mais dois do lado oposto da rua.

Provavelmente não era nada, mas mesmo assim anotou a informação.

Na saída fez um desvio, passando pela casa vazia. Não havia ninguém na rua e ele decidiu se arriscar. Parou um pouco à frente e foi na direção da casa, antes de se virar para a cerca.

Espiando, viu que a mesa de plástico estava no mesmo lugar de algumas horas antes; a janela também parecia intocada. Se Lester não estava ali, os outros três carros provavelmente não eram dele. Digamos que com 99% de certeza.

Na faculdade, viu-se apenas ligeiramente interessado no que os professores diziam e lutou para anotar a matéria direito. Em vez disso, imaginava se deveria ir até o último endereço conhecido de Lester Manning em Charlotte ou continuar vigiando a casa vazia. Ou, caso Maria dormisse na casa dela, se deveria vigiar o local em busca de Lester.

Todas as opções eram boas, mas era impossível estar em três lugares ao mesmo tempo. E se escolhesse o errado?

Sua mente continuava a tentar resolver o problema.

Depois de sair do campus, voltou ao bairro dos Sanchez. O Hyundai vermelho parado junto à praça ainda estava lá, e os dois do outro lado da rua haviam sumido.

O carro solitário parecia deslocado. De novo, ao sair, ele parou junto à casa vazia e olhou por cima da cerca. Não houve mudança.

Lester não estava na casa vazia. O que fazia sentido. Maria e sua família também não estavam em casa.

Decidiu ficar o mais perto possível de Maria nos dias seguintes. Se Lester ainda estava decidido a se vingar, acabaria encontrando-a, onde quer que ela estivesse. E Colin planejava estar lá também.

Ligou convidando-a para jantar; ao telefone, ela pareceu um pouco melhor do que na véspera, porém ainda tensa. Ele pegou-a em sua casa depois do trabalho e a levou a um bistrô perto da praia, onde podiam ouvir o som relaxante das ondas.

De novo ela evitou falar em Lester ou Margolis; em vez disso, concentrou-se nos planos para a nova empresa com Jill. Falar sobre o novo empreendimento, junto com duas taças de vinho, serviu como distração para animá-la.

De volta à casa de Colin, conversaram com Evan e Lily antes de Maria finalmente segurar sua mão. Apesar da calma relativa, para ele estivera claro durante todo o início da noite que Maria não queria voltar ao apartamento dela.

Na manhã de quarta-feira, Colin verificou a casa desocupada, certificando-se de passar pela praça e continuar a anotar as idas e vindas dos carros estacionados. Justo quando estava começando a achar que Lester havia abandonado o posto de vigia da casa ou que parava o carro em outro lugar, o início de noite da quarta-feira trouxe uma mudança, já que o Hyundai vermelho junto da praça havia sumido.

Talvez não fosse nada, mas era hora de verificar o número da placa, o que acabou sendo uma perda de tempo.

Como os outros, o carro pertencia a um morador.

Na quinta-feira, Colin e Maria estavam tomando um café da manhã com claras de ovos, aveia e frutas na casa dele. Ela disse que ia jantar com Jill e Leslie e planejava passar a noite na casa dos pais.

– Eles estão preocupados comigo – explicou, mas Colin sabia que ela ainda não estava pronta para voltar sozinha ao apartamento, especialmente porque Colin precisava trabalhar. – Acho que também estão preocupados com Serena.

– Por quê?

– Porque eu disse que fiquei com ela nas últimas noites. Nós não somos casados e eles têm valores antiquados. Sei que você desaprova a mentira, mas não posso enfrentar o desapontamento da minha mãe, além de todo o resto que está acontecendo.

– Eu não disse nada.

– Eu sei. Mas pude ouvi-lo pensando que eu deveria ser honesta com eles.

Colin sorriu.

– Certo. Teve alguma notícia do Margolis?

Ela balançou a cabeça.

– Ainda não. E não sei se isso é notícia boa ou ruim.

– Pode não ser notícia nenhuma.

– O que estaria na categoria do ruim. Ele não me inspirou exatamente muita confiança de que está determinado a atacar o problema. Pelo que sei, ele ainda não fez nada.

Colin assentiu, admitindo que estava pensando a mesma coisa. Mas não era isso que ela queria ouvir, e assim mudou de assunto.

– Amanhã é o grande dia.

– De quê?

– Você não vai pedir aviso prévio?

– Ah, é! – Ela sorriu. – É mesmo! Mas é estranho, porque praticamente não penso nisso, a não ser quando estou com a Jill. É surreal demais.

Há algumas semanas eu nem me imaginaria em meio a preparativos para entrar num escritório novo.

– O que seus pais acham?

– Mamãe está empolgada, mas papai ficou nervoso. Ele sabe como é difícil iniciar um negócio. Além disso, ele gostava de dizer às pessoas que eu trabalhava na Martenson, Hertzberg e Holdman.

– Por enquanto.

– É. – Ela deu um sorriso torto. – Por enquanto.

– Como está o clima no escritório?

Ela deu de ombros.

– É difícil dizer. Não está tão ruim quanto na semana passada, mas ainda é sombrio. O trabalho vem se amontoando, e eu ouvi boatos de que mais pessoas estão pensando em ir embora. É um boato atrás do outro. Ontem correu um de que a firma estava perto de fazer um acordo geral, com todas as reclamantes, mas provavelmente é só uma esperança. Se você ler as queixas, vai ver que o Ken era muito pior do que eu pensava.

– Você contou aos seus pais sobre ele?

– Não. Meu pai iria pirar de vez se soubesse. O sangue latino pode ser tão quente quanto o seu, às vezes.

– Então provavelmente você fez bem em não contar.

– Talvez. Mas você não fez nada.

– Você não é minha filha.

Ela gargalhou.

– Ele ainda não tem certeza com relação a você. Quer dizer, por causa do seu passado.

– É verdade.

– E também por causa da sua personalidade atual.

– Certo.

– Ele tem até mesmo uma ideia maluca de que é você que estava me perseguindo.

– Por que ele acharia isso?

– Porque acha que viu seu carro no bairro quando saiu para passear com o cachorro ontem de manhã. Sei que está preocupado comigo, mas às vezes meu pai se empolga um pouco demais.

Assim como eu.

20

Maria

Maria deu um beijo de despedida em Colin junto à porta dele; apesar de ele ter se oferecido para levá-la ao escritório, como havia feito a semana inteira, ela insistiu que ficaria bem e que ele devia ir para a aula. No instante em que disse isso, acreditou, mas logo se viu imaginando se Lester poderia estar seguindo-a. Pela primeira vez desde que se mudara de Charlotte, Maria sentia o coração disparar sem motivo. Em segundos ficou mais difícil respirar e sua visão começou a se estreitar.

O instinto venceu e de algum modo ela conseguiu parar o carro na beira da rua, sentindo que o corpo de repente ficava eletrizado.

Um aperto no peito.

Ah, meu Deus...

Isso não era normal.

Não conseguia respirar. Sua visão continuou a se estreitar. Estava tendo um ataque cardíaco e precisava de uma ambulância. Ia morrer na beira da rua.

Seu celular tocou, mas ela só escutou vagamente meia dúzia de toques antes de o aparelho silenciar. Um instante depois, ouviu o som da chegada de uma mensagem de texto. Os músculos do seu peito se apertaram. Ela não conseguia ar suficiente.

O coração continuou martelando e o terror se estabeleceu, alimentando a certeza de que iria morrer. Pousou a cabeça no volante, esperando o fim.

Que não veio.

Com o tempo, pôde levantar a cabeça. A respiração se acalmou e a visão periférica retornou. O coração ainda martelava, mas a sensação era menos intensa. Alguns minutos depois, começou a se sentir melhor. Ainda trêmula, percebeu que não tivera um ataque cardíaco.

Os ataques de pânico haviam retornado.

Passou-se outra meia hora antes de se sentir normal e chegar ao escritório. Barney não estava na empresa, mas tinha deixado uma questão nova para ela: o hospital regional estava sendo processado por uma família por causa de uma infecção chamada *Pseudomonas*, que levara um paciente à morte – junto com um bilhete escrito às pressas pedindo que começasse a descobrir as decisões jurídicas necessárias para melhorar a defesa.

Estava pensando no ponto inicial para a pesquisa quando seu celular tocou. Olhou-o, depois olhou mais de perto, certificando-se de que não estava enganada. Serena?

Apertou o botão para atender.

– Ei, o que houve?

– Você está bem?

– Por quê?

– Liguei antes, mas você não atendeu.

– Desculpe – respondeu Maria, pensando no ataque de pânico. – Estava no carro.

Era a verdade, ainda que não toda. Imaginou o que Colin pensaria disso.

– Como vai a investigação?

– Por enquanto, nada.

– Ligou para o Margolis?

– Se não receber notícias dele hoje, vou ligar.

– Eu provavelmente já teria ligado.

– Tenho certeza. E aí… tudo bem?

– Como assim?

– Você nunca me liga tão cedo. Por que não está na aula?

– Começa daqui a uns minutos, mas eu precisava contar a alguém. Recebi um e-mail ontem à noite. Sou uma das três finalistas para a bolsa. Acho que o jantar com mamãe e papai pode ter tido uma influência positiva… Ainda que o e-mail não dissesse explicitamente, acho que posso estar na *pole position*.

– *Pole position*?

– É. Você sabe, quando começam uma corrida, é o carro que sai na frente.

– Sei o que é. Só estou curiosa porque *você* sabe o que é.

– Steve assiste a um monte de corridas. E me faz assistir também.

– Então é um relacionamento de verdade, agora?

– Não sei… tem um cara bem bonito que faz umas aulas comigo. Mas ele é um pouco mais velho e está namorando minha irmã, de modo que isso pode ser um problema.

– Isso *é* um problema.

– Estou muito feliz porque você pôs o ego de lado e voltou com ele.

– Não teve nada a ver com meu ego.

– Ego, contato imediato numa briga de bar, é a mesma coisa.

– Você é maluca, sabia?

– Às vezes – admitiu Serena. – Mas até agora funcionou.

– Adorei a notícia – disse Maria, rindo. – Estou torcendo por você.

– Não quero me empolgar demais por enquanto. Não conte a mamãe ou papai.

– Não fui eu a linguaruda da última vez.

– Eu sei. Eles ainda acham que você está passando as noites no alojamento comigo?

– Acham. E é a minha vez de pedir que não conte.

Serena gargalhou.

– Não vou dizer nada. Mas tenho quase certeza de que mamãe sabe que você está ficando com o Colin. Claro, ela age com a política do "não sei de nada", o que significa que o assunto provavelmente não vai surgir esta noite.

– Esta noite?

– É, esta noite.

– O que tem esta noite?

– Está brincando, não é? O aniversário da mamãe? O jantar em família? Não diga que esqueceu.

Opa.

– Ah...

– Sério? Você nunca olha meus posts nem meus tweets? Sei que tem muita coisa acontecendo com você, mas como pôde esquecer o aniversário da mamãe?

Precisaria cancelar o jantar com Jill e Leslie, mas elas entenderiam, não é?

– Estarei lá.

– Vai levar o Colin?

– Ele vai trabalhar. Por quê?

– Porque eu estava pensando se deveria convidar o Steve.

– O que uma coisa tem a ver com a outra?

– Simples. Acho que, se papai estiver ocupado olhando furioso para o Colin, não vai poder pegar no pé do Steve, e eles vão achar que ele é fantástico, em comparação.

Maria fez um muxoxo.

– Não é engraçado.

Serena gargalhou.

– É meio engraçado.

– Vou desligar.

– Vejo você esta noite!

Depois de desligar, Maria percebeu que se sentia estranhamente nervosa enquanto ia para a sala de Jill. Não achava que Leslie ficaria ofendida – fora um engano honesto – nem queria que Leslie questionasse a recomendação feita por Jill. Mas quando disse isso a ela, a amiga deu uma gargalhada.

– Está brincando? Leslie não liga para essas coisas.

– Tem certeza?

– Claro que tenho. É o aniversário da sua mãe. O que você deveria fazer?

– Poderia ter lembrado, para início de conversa.

– Isso é verdade – observou Jill, e Maria fez uma careta.

Surpreendendo-a, seu telefone tocou de novo. Achando que era Serena outra vez, já ia ignorá-lo quando percebeu que não reconhecia o número.

– Quem é? – perguntou Jill.

– Não sei – respondeu Maria. Depois de hesitar alguns segundos, atendeu, rezando para não ser Lester.

– Alô?

Não era Lester, graças a Deus. Ela escutou a voz do outro lado.

– Sim – disse finalmente. – Estarei lá.

Desligou, mas continuou segurando o celular, pensativa. Jill devia ter percebido sua expressão.

– Notícia ruim? – perguntou.

– Não sei – respondeu Maria, achando que finalmente era hora de contar à amiga o drama das últimas semanas, inclusive os altos e baixos com Colin.

A ideia de contar tudo a Jill não a incomodaria no passado, mas dar esse tipo de informação à sua futura chefe parecia... *arriscado*, ainda que Jill provavelmente acabasse descobrindo de qualquer modo.

– Quem era?

– Um policial. O detetive Margolis. Pediu para se encontrar comigo.

– Policial? O que está acontecendo?

– É uma história meio longa.

Jill encarou-a antes de se levantar da mesa e atravessar a sala. Fechou a porta e se virou.

– O que está acontecendo? – perguntou.

No fim das contas, abrir-se com Jill foi mais fácil do que ela havia imaginado. Futura chefe ou não, era sua amiga. Quando Maria garantiu que isso não afetaria sua capacidade de trabalhar no novo escritório, Jill apenas balançou a cabeça.

– Neste momento você tem coisas mais importantes com que se preocupar – disse ela. – Leslie e eu podemos cuidar do que ainda falta. Você precisa fazer tudo o que puder e usar todo o tempo necessário, de modo a dar um jeito de deixar isso para trás de vez. Não parece que teremos clientes fazendo fila nos dois primeiros meses, de qualquer modo.

– É melhor não demorar tanto assim. Acho que eu não conseguiria aguentar. Tive um ataque de pânico hoje cedo.

Jill ficou quieta por um momento.

– Vou ajudar como puder. Só diga de que é que está precisando.

Ao sair da sala de Jill, Maria percebeu de novo que, com salário menor ou não, sair para trabalhar com a amiga parecia a melhor opção de carreira que fizera até esse ponto da vida.

Mas não ajudou o resto da manhã a passar mais depressa. Nem sua carga de trabalho; imaginar o que Margolis diria tornava difícil se concentrar, o que só a impedia de avançar com a pesquisa para o processo do hospital. Com a frustração começando a crescer, pôs o trabalho de lado e mandou uma mensagem para Colin.

Sim, respondeu ele, iria se encontrar com ela na delegacia ao meio-dia e quinze.

Ela olhou o relógio. Depois voltou ao processo, sabendo que precisava revisá-lo com atenção. Duas horas até o encontro com Margolis.

O tempo se arrastava.

Quando ela parou no estacionamento, Colin estava esperando do lado de fora da delegacia, de óculos escuros, bermuda e camiseta. Ela acenou e saiu do carro, esperando que isso escondesse o nervosismo, mas suspeitando que Colin saberia de qualquer modo.

Ele lhe deu um beijo rápido. Maria teve uma sensação de déjà-vu enquanto olhava ao redor. Mas, diferentemente da primeira visita, Margolis não os deixou esperando por muito tempo. Eles mal haviam se sentado quando ela o viu chegar dos fundos do prédio. De novo estava segurando uma pasta de papel, e a usou para sinalizar.

– Venham – disse. – Vamos conversar no mesmo lugar de antes.

Maria alisou a saia, levantando-se, e andou ao lado de Colin, passando pelos outros policiais que trabalhavam às mesas e pelo grupo de pessoas reunidas em volta da máquina de café.

Margolis abriu a porta e apontou para as mesmas cadeiras que tinham usado antes. Ela e Colin sentaram-se enquanto o policial ia para o outro lado da mesa.

– Devo me preocupar? – perguntou Maria bruscamente.

– Não. Resumindo uma história longa, não creio que Lester vá representar um problema.

– Como assim? – insistiu ela.

Margolis bateu com a caneta na pasta, antes de apontar um polegar para Colin.

– Não sei por que continua com esse cara e insiste que ele venha quando discutimos seu caso. Não há motivo para ele estar aqui.

– Eu o quero aqui – disse ela. – E sim, ainda estamos juntos. E estamos felizes, devo acrescentar.

– Por quê?

– Gosto do corpo dele e ele é fantástico na cama – respondeu ela, sabendo que isso não era da conta do detetive e não se incomodando em esconder o sarcasmo.

Margolis deu um risinho.

– Antes de começarmos, deixe-me estabelecer as regras básicas. Para começo de conversa, você está aqui porque eu disse que examinaria suas alegações e falei que faria contato. Como seus pneus foram cortados, além de possíveis violações relativas a uma perseguição, essa é uma investigação *criminal* potencial, e, num caso assim, geralmente as investigações que estão ocorrendo não são discutidas. De qualquer modo, como há a possibilidade de uma ordem de restrição, optei por me encontrar com você e mantê-la informada do modo que eu achar adequado. Tenha em mente que Lester Manning tem certos direitos à privacidade. Em outras palavras, vou lhe dizer o que acho importante, mas não vou necessariamente contar tudo o que sei. Também quero acrescentar que a maioria do que fiz foi por telefone. Para algumas coisas, precisei contar com a ajuda de um detetive amigo em Charlotte e, francamente, não sei o quanto mais vou poder pedir a ele. Ele já se esforçou bastante e, como eu, tem casos que são prioritários. Entende?

– Entendo.

– Bom. Em primeiro lugar, vou contar sobre a abordagem que fiz, depois um pouco do que fiquei sabendo. – Abrindo a pasta, ele pegou suas anotações. – O primeiro passo foi me familiarizar com todas as informações existentes. Assim, examinei os arquivos policiais relevantes. Isso incluía tudo o que tivesse a ver com a primeira agressão contra Cassie Manning, a prisão e a condenação de Gerald Laws, documentos dos tribunais e, finalmente, informações sobre o assassinato de Cassie Manning. Depois disso, revisei sua primeira queixa de perseguição, a que você fez depois de receber os bilhetes em Charlotte, e falei com o policial encarregado desse caso específico. Só tarde da noite de terça-feira senti que tinha uma boa ideia de tudo.

Ele respirou fundo antes de continuar:

– Com relação a Lester Manning, sinto-me confortável em dizer o que você provavelmente poderia saber sozinha com uma simples pesquisa nos registros públicos. – Ele baixou os olhos de novo. – Tem 25 anos e é solteiro. Formado no ensino médio. Não possui nenhum imóvel e não há carros registrados em seu nome. O número de telefone e o endereço são os mesmos do pai. Dito isso, não sei quanto tempo ele realmente passa lá.

Maria ia fazer uma pergunta, porém Margolis levantou a mão, impedindo-a.

– Deixe-me terminar, está bem? Em dois minutos você vai entender por que eu digo isso. Bom, eu posso dar a próxima informação, mas não vou entrar em muitos detalhes porque isso pode ser importante ou não para qualquer processo criminal futuro, está bem? – Ele não esperou resposta. – Desde a morte de Cassie, Lester teve alguns problemas com a lei. Foi preso quatro vezes, mas não por algum motivo violento ou perigoso. Apenas coisas pequenas: invasão de propriedade, vandalismo, resistência à prisão. Coisas assim. Por acaso Lester gosta de ocupar casas vazias. Em cada um dos casos as acusações acabaram sendo retiradas. Não examinei os motivos, mas em situações assim geralmente é porque houve poucos danos.

Ao seu lado, Maria viu Colin se remexer na cadeira.

– Afora isso, não pude saber muito e liguei para o Dr. Manning, pai de Lester. Deixei um recado e recebi um telefonema alguns minutos depois.

Identifiquei-me e disse ao Dr. Manning que desejava falar com o filho dele, e devo dizer que ele foi totalmente cooperativo e mais aberto do que eu esperava. Entre outras coisas, no fim da nossa segunda conversa, ele me deu permissão de discutir toda a natureza do meu telefonema com você. Isso a surpreende?

Maria não sabia o que dizer.

– Eu deveria estar surpresa? – perguntou.

– Eu fiquei – disse Margolis. – Especialmente depois de como o descreveu. De qualquer modo, quando perguntei se ele sabia onde eu poderia encontrar Lester, ele quis saber o motivo, e eu disse que tinha a ver com uma questão policial. Sabe o que ele literalmente perguntou? "Isso tem alguma coisa a ver com Maria Sanchez"?

Margolis deixou as palavras no ar antes de ir em frente.

– Quando perguntei por quê, ele mencionou seu nome, alegou que não era a primeira vez que você acusava Lester de perseguição. Disse que depois do assassinato da filha você fez a mesma acusação por causa de alguns bilhetes perturbadores que lhe foram mandados. Insistiu que o filho, Lester, não era responsável na época e que sinceramente duvidava de que fosse responsável por qualquer coisa que você estivesse afirmando agora. Também pediu para dizer que, mesmo achando que você cometeu um erro ao optar pelas acusações menores, tem toda a consciência de que Gerald Laws foi o responsável pela morte de Cassie, e que nem ele nem o filho a culpam pelo que aconteceu.

– Ele está mentindo.

Margolis ignorou o comentário.

– Ele disse que não está atendendo pacientes no momento e explicou que atualmente trabalha no Tennessee, para o sistema penitenciário do estado. Garantiu que não fala com Lester há semanas, mas que o filho tem a chave da casa e às vezes fica no apartamento em cima da garagem. Disse que eu o encontraria lá. Quando o pressionei, o Dr. Manning ficou quieto alguns instantes e falou que "Lester é meio nômade". Em algumas ocasiões ele não faz ideia de onde o filho dorme. Acho que estava se referindo ao hábito de Lester ficar em casas desocupadas. Ele acrescentou que os dois andam afastados ultimamente e, pela primeira vez, pareceu que... pedia desculpas. Ele me lembrou de que Lester era adulto e tomava suas próprias decisões, e que como pai não podia fazer muita coisa. Também acrescentou que, se Lester não estava no apartamento da casa, o melhor era tentar encontrá-lo no trabalho. Um lugar chamado Ajax Cleaners.

É um serviço de faxina com muitos clientes comerciais. Ele não tinha o número ali na hora, mas disse que era fácil conseguir, por isso meu próximo passo foi falar com o dono, um cara chamado Joe Henderson.

Margolis levantou o olhar das anotações.

– Está acompanhando até agora?

Maria confirmou com a cabeça.

– Quando falei com o Sr. Henderson, ele disse que Lester não era funcionário em tempo integral nem em meio expediente. Trabalhava quando era chamado, cobrindo os turnos quando alguém faltasse ou coisa parecida.

– Como eles podem chamá-lo se ele nem tem telefone?

– Fiz a mesma pergunta. O modo como a coisa funciona é que eles anunciam os turnos vagos na seção de empregos do site da empresa. Henderson disse que era mais fácil ter uma lista de pessoas e pedir que elas verificassem do que ficar o tempo todo se esforçando para cobrir os turnos. Tive a sensação de que há um número razoável de pessoas que verificam a lista regularmente. De qualquer modo, às vezes Lester trabalhava duas ou três noites por semana, mas nas últimas duas não trabalhou. E o Sr. Henderson não teve notícias dele. Achei interessante, por isso liguei para a casa algumas vezes e ninguém atendeu. No fim, mandei meu amigo até lá, e, pelo que ele percebeu, ninguém havia estado na casa ou no apartamento durante pelo menos uma semana. Havia panfletos na caixa de correspondência, jornais na varanda, esse tipo de coisa. Por isso liguei pela segunda vez para o Dr. Manning. E é aí que as coisas ficam interessantes.

– Porque não pôde encontrá-lo?

– Pelo contrário. De novo deixei recado e, de novo, retornaram minha ligação em alguns minutos. Quando contei ao Dr. Manning que Lester não tinha ido trabalhar e parecia que ninguém estivera na casa ou no apartamento, sua surpresa se tornou preocupação. Ele perguntou outra vez sobre a questão policial – eu ainda não havia dito o que era – e mencionei que estava examinando um caso de pneus cortados. Ele insistiu que Lester não faria uma coisa dessas. Disse que o filho não é violento e morre de medo de qualquer tipo de conflito. Também admitiu que não tinha sido tão aberto para falar de Lester quanto deveria, na ligação anterior. Quando perguntei o que ele queria dizer, ele falou que Lester... – Margolis pegou uma folha de papel na pasta. – Sofre de transtorno de delírio, mais especificamente "delírios persecutórios de tipo não bizarro". Ainda que o filho consiga funcionar normalmente por períodos extensos, há ocasiões em que o transtorno entra numa fase mais aguda, às vezes durando mais de um mês. No caso de Lester, isso tem raízes no uso ocasional de drogas ilegais.

Margolis levantou os olhos.

– O médico entrou em mais alguns detalhes sobre o transtorno de Lester, na verdade muito mais do que eu precisaria saber. A situação pode ser resumida do seguinte modo: quando Lester está em fase aguda, quando o transtorno passa da paranoia simples para delírios de verdade, Lester para de funcionar. Nesses momentos, ele acredita totalmente que a polícia quer pegá-lo e não vai parar diante de nada até colocá-lo na prisão pelo resto da vida. Fica convencido de que vão machucá-lo e que vão colocar os outros presos contra ele. Além disso, ele tem os mesmos delírios com relação a você.

– Isso é ridículo. Lester está me perseguindo!

– Só estou contando o que o doutor me disse. Também disse que Lester foi preso algumas vezes. Isso sempre aconteceu durante uma fase aguda, motivo pelo qual ele resistia à prisão. Em geral a polícia usava armas de choque para dominá-lo, e o Dr. Manning acrescentou que em duas ocasiões Lester foi espancado por outros presos enquanto estava na cadeia. Isso, por sinal, combina com o que eu disse antes, sobre minha suspeita do motivo para as acusações terem sido retiradas. Acho que Lester não ficava consciente de verdade, e em pouco tempo todo mundo deduzia isso.

Margolis soltou um suspiro.

– Mas voltemos ao Dr. Manning. Como disse, ele pareceu preocupado e contou que, se Lester não estava em casa nem trabalhando, na certa tinha entrado numa fase aguda. O que também significava que estaria escondido numa casa vazia por aí ou no Plainview, um hospital psiquiátrico. O próprio Lester se internou lá várias vezes, mais frequentemente depois da morte da mãe. No testamento ela deixou uma poupança suficiente para cobrir o custo do tratamento. É caro, por sinal. Não consegui nenhuma resposta por telefone, por isso liguei de novo para o meu amigo e perguntei se ele poderia ir pessoalmente ao Plainview. Ele fez isso hoje de manhã, cerca de uma hora antes de eu ligar para você. Sem dúvida, Lester Manning está internado lá. Ele se internou, mas foi só isso que o detetive pôde me dizer. Assim que Lester soube que um detetive queria falar com ele sobre Maria Sanchez, ele simplesmente... pirou. Meu amigo pôde ouvi-lo gritando no fundo do corredor, e em seguida havia dois auxiliares de enfermagem correndo para lá. Interessante, não?

Maria não sabia direito o que dizer.

– Quando ele foi internado no hospital? – perguntou Colin, quebrando o silêncio.

Ela viu o olhar de Margolis se virar para Colin.

– Não sei. Meu amigo não conseguiu descobrir. As fichas médicas são confidenciais e esse tipo de informação não pode ser liberado sem a permissão do paciente. E é óbvio que isso não vai acontecer. Pelo menos imediatamente. Mas meu amigo sabe o que faz, e por isso perguntou a outro interno, e o cara disse que achava que o Lester estava ali havia cinco ou seis dias. Claro, considerando a fonte, é preciso desconfiar um pouco dessa informação.

– Em outras palavras, é possível que Lester tenha cortado os pneus e deixado os bilhetes.

– Ou podia estar no hospital. Se estava lá, obviamente não foi o Lester.

– Tem de ser ele – insistiu Maria. – Não sei quem mais poderia ser.

– Que tal Mark Atkinson?

– Quem?

– O namorado de Cassie. Dei uma pesquisada sobre ele, também. Por acaso ele pode estar desaparecido.

– Como assim?

– Ainda estou fazendo um trabalho preliminar, mas posso dizer o seguinte: há um mês a mãe de Mark Atkinson informou a polícia sobre o desaparecimento do filho. Depois de falar com o detetive, e logo antes de ligar para você, conversei com ela para obter mais informações. Ela disse que em agosto ele mandou para ela um e-mail dizendo que tinha conhecido uma pessoa pela Internet e que ia abandonar o trabalho e ir para Toronto conhecê-la. Ela não sabia o que pensar sobre isso, mas no e-mail ele dizia para não se preocupar. Falou que pagou o aluguel adiantado e que as outras contas seriam pagas pela Internet. A mãe contou que recebeu duas cartas impressas dizendo que ele estava viajando com a mulher, uma delas postada de Michigan e outra do Kentucky, mas segundo ela as cartas eram, e estou citando literalmente, "vagas, estranhas e impessoais, nada do tipo que meu filho escreveria". Afora isso, não houve nenhum contato com ele, e a mãe insiste que ele está desaparecido. Diz que teria telefonado ou mandado uma mensagem de texto para ela, e o fato de não ter feito essas coisas significa que algo aconteceu.

Essa nova informação fez a cabeça de Maria girar, e ela mal conseguiu permanecer sentada. Até Colin pareceu sem palavras.

Margolis olhou para um e para o outro.

– Portanto é aqui que eu estou. Se você está se perguntando para onde vai meu plano, vou dar outro telefonema ao bom doutor e ver se ele pode lubrificar as engrenagens e descobrir quando Lester foi internado. Ou, melhor ainda, fazer com que seu filho dê aos médicos do Plainview permissão para me contar. Dependendo do que eu fique sabendo por lá, posso ou não verificar a coisa do Mark Atkinson. Mas, francamente, é necessário bater pernas demais, e de novo não sei quanto tempo posso dedicar a isso.

– Não é o Atkinson – repetiu Maria. – É o Lester.

– Se for, por enquanto eu não me preocuparia.

– Por quê?

– Porque, como eu disse, Lester está no hospital.

– Não faz nenhum sentido – disse Maria a Colin.

Estavam no estacionamento, com o sol se esgueirando por trás de finos fiapos de nuvens. – Nunca me encontrei com Mark Atkinson. Nunca falei com ele. E, pelo que sei, nunca sequer o vi. Por que ele estaria me perseguindo? Ele nem estava namorando Cassie quando Laws foi para a cadeia. Só mais tarde entrou em cena. Não faz nenhum sentido.

– Eu sei.

– E por que Lester acharia que eu estou decidida a prejudicá-lo?

– É um delírio.

Ela desviou o olhar, sua voz ficando mais baixa.

– Odeio isso. Quer dizer, sinto que sei menos ainda do que antes de vir para cá. E agora não tenho ideia do que devo fazer, ou mesmo se deveria pensar em tudo isso.

– Também não sei o que pensar.

Ela balançou a cabeça.

– Ah, esqueci de contar uma coisa. Precisei cancelar o encontro com Jill e Leslie esta noite porque é o aniversário da minha mãe. Vou estar na casa dos meus pais enquanto você estiver no trabalho.

– Quer que eu passe lá depois?

– Não. Até lá o jantar já terá acabado. Meu pai faz a refeição, é a única vez no ano em que ele cozinha, mas não é grande coisa. Vamos ser só nós quatro.

– Você vai passar a noite lá? Ou volta para seu apartamento?

– Acho que vou para casa.

Colin ficou quieto por um instante.

– Posso lhe dar uma carona? Fique na casa dos seus pais e eu ligo quando terminar o serviço.

– Você se incomodaria?

– De jeito nenhum.

Ela soltou um suspiro.

– Sinto muito que isso tenha acontecido assim que as coisas começaram a se encaixar para nós dois. Odeio que você precise lidar com isso.

Ele a beijou.

– Eu não gostaria se fosse de outro modo.

21

Colin

Quando chegou em casa, Colin pegou o computador em sua mochila e colocou-o na mesa da cozinha. Estava confuso com relação à situação de Maria, e seu instinto era tentar descobrir o máximo possível.

O primeiro passo era entender a estrutura mental de Lester Manning. Ou melhor, seus "delírios persecutórios do tipo não bizarro". Ele quisera perguntar mais a Margolis sobre isso quando o assunto foi abordado, mas não tinha esse direito, e Maria havia deixado para lá. Felizmente havia dezenas de páginas sobre o assunto na Internet, e ele passou a hora e meia seguinte buscando o máximo de informação possível.

Teve a impressão de que o transtorno era semelhante à esquizofrenia, mas, ainda que alguns sintomas como alucinações e delírios fossem comuns aos dois tipos de pacientes, um paciente era diagnosticado com esquizofrenia ou com transtorno delirante. Além disso, a esquizofrenia costumava incluir fala desorganizada ou delírios do tipo bizarro. Bizarro significava impossível – a crença de que o paciente podia voar, ler a mente de outras pessoas ou escutar vozes que controlavam suas ações. Os delírios não bizarros eram pelo menos plausíveis, porém inverídicos.

No caso de Lester, presumindo que sofresse de transtorno de delírio, fazia algum sentido ele acreditar que a polícia estava querendo pegá-lo. Segundo Avery Manning, a polícia tinha usado armas de choque contra ele e o colocado na cadeia; enquanto estava lá, ele fora espancado por outros prisioneiros. E no fim as acusações tinham sido abandonadas, o que poderia enfatizar a crença de Lester de que jamais deveria ter ido para a cadeia.

Sua paranoia com relação a Maria também fazia sentido, admitiu Colin, se o único critério fosse a plausibilidade. Não somente Maria tinha fracassado no dever de proteger Cassie, mas, se Lester não havia escrito os bilhetes – como afirmava o Dr. Manning –, Maria mandara a polícia atrás dele sem motivo. Não apenas uma vez, mas duas, agora...

Margolis estivera certo no sentido de que uma pessoa com esse transtorno podia viver normalmente, como regra geral, dependendo da severidade da doença. O espectro de delírios podia ir desde algo simples como ideias supervalorizadas até quase uma psicose; outros artigos declaravam – como Avery Manning tinha dito a Margolis – que os delírios não eram fixados rigidamente. Podiam flutuar em intensidade e ser agravados pelo uso de determinadas drogas.

Mesmo assim, por mais que o que lia fizesse sentido, e mesmo entendendo que Lester acreditava de fato em seus delírios... havia aspectos do transtorno que não se encaixavam. Se Lester sentia pavor de Maria, teria mandado rosas para ela? Teria pagado uma bebida para ela? E se essas fossem uma espécie de oferta de paz, por que ele teria incluído as mensagens? Por que provocar, se tudo o que você queria era ficar em paz? E por que vir até Wilmington para fazer isso? Ele não quereria manter o máximo de distância possível com relação a ela?

Inicialmente Colin havia se perguntado por que Margolis se incomodara em investigar Mark Atkinson, porém o policial era inteligente o bastante para reconhecer as mesmas incoerências e se perguntar como reconciliá-las. Por isso tinha ligado para a mãe de Atkinson, e a partir daí a história ficava mais confusa ainda.

Ele pode estar desaparecido?

Por mais que isso fosse vago, Margolis foi exato em sua descrição. Uma busca rápida revelou uma foto de um cartaz de pessoas desaparecidas no Pinterest, sem dúvida criado pela mãe de Atkinson. Tirando isso, não havia nada. Colin supôs que poderia fazer o mesmo tipo de busca que fizera por Lester Manning, mas de que adiantaria? Segundo Margolis, qualquer informação que pudesse ser útil era imprecisa com relação à data em que Atkinson partiu para Toronto. Ou desapareceu.

Se não estava desaparecido, estaria escondido?

Colin tinha a sensação de que Margolis considerava isso uma possibilidade. O momento era uma coincidência grande demais para *não* ser uma possibilidade. Porém o argumento de Maria também era válido. Por que ele iria escolhê-la como alvo? Segundo Maria, ela jamais havia se encontrado com o sujeito.

Ao fechar o computador, Colin continuou pensando nessas questões, antes de chegar à conclusão de que precisava esvaziar a mente, e só conhecia um modo de fazer isso.

Correu os 10 quilômetros até a academia e passou uma hora levantando pesos, terminando com meia hora de socos no saco pesado. Como não havia aulas acontecendo, a academia estava relativamente silenciosa. Daly vinha quando necessário e segurava o saco de pancadas durante alguns minutos, mas afora isso passava a maior parte do tempo na sua sala.

Colin correu para casa, tomou um banho, colocou a roupa de trabalho e foi de carro para o restaurante. Enquanto dirigia, pensou nas mesmas questões anteriores. Talvez seus instintos defensivos estivessem em alerta máximo, mas por algum motivo não conseguia afastar a sensação de que algo ruim iria acontecer.

22

Maria

Depois da reunião com Margolis, Maria voltou ao escritório com a cabeça girando por causa de tudo o que ele dissera. Parou para falar com Jill e colocá-la a par das últimas notícias, mas a amiga não tinha voltado do almoço. Isso fez Maria se lembrar de que não havia comido, mas afinal de contas nem conseguia pensar em comer.

Estresse. Se continuasse desse jeito, precisaria comprar roupas novas de tamanho menor; as peças já estavam ficando largas.

Finalmente Barney voltou ao escritório, mas passou as três horas seguintes atrás de portas fechadas, reunido com uma assistente depois da outra. Maria presumiu que ele estivesse entrevistando candidatas para substituir Lynn – já não era sem tempo, na opinião de Maria. Apesar de ter algumas perguntas para ele sobre o caso do hospital, sabia que não deveria incomodá-lo. Em vez disso, começou a organizar suas questões, tomando notas na margem da queixa, até que escutou uma batida à porta. Levantou os olhos e viu Barney.

– Oi, Maria. Poderia vir à minha sala? – perguntou ele.

– Sim – respondeu ela, pegando seus papéis e colocando-os de volta na pasta, sentindo uma onda de alívio. – Graças a Deus. Eu queria falar com você. Estive pensando que há vários ângulos que podemos abordar e queria ter certeza do que você planejava, antes de começar a mergulhar fundo.

– Pode deixar isso de lado por enquanto. Mais tarde falamos do caso. Quer vir aqui? Precisamos discutir uma coisa na minha sala.

Apesar do comportamento agradável, havia algo na voz de Barney que a deixou cautelosa enquanto se levantava. Barney acompanhou-a meio passo atrás, evitando até mesmo falar amenidades, e só quando chegaram à porta ele ficou ao seu lado. Sempre cavalheiro – mesmo quando estava para dar bronca –, ele abriu a porta e indicou a cadeira de espaldar alto mais distante da janela, virada para a sua mesa. Só ao chegar mais perto das cadeiras Maria viu quem já estava sentado numa delas. Parou de repente.

Ken.

Nesse ponto, Barney já estava indo para trás da mesa. Ela continuou parada, de pé, enquanto Barney começava a servir três copos d'água de uma jarra.

– Por favor – disse ele, indicando uma cadeira. – Não há com que se preocupar. Só estamos aqui para uma discussão amigável.

O que eles iriam fazer? Demiti-la? No entanto, os velhos hábitos persistiam – os relativos a respeitar os mais velhos e obedecer ao chefe –, e ela se pegou agindo de modo automático enquanto ocupava a cadeira.

– Quer um copo? – perguntou Barney.

Com o canto do olho ela podia vê-lo examinando-a.

– Não, obrigada – respondeu ela.

– Agradeço por ter vindo, Maria – disse Barney, com o sotaque apenas um pouquinho mais pesado do que o usual, o ritmo mais lento. Era o mesmo tom que usava para falar no tribunal. – E tenho certeza de que você deve estar se perguntando por que pedimos que viesse. Agora...

– Você disse que havia algo que *nós* precisávamos discutir – interrompeu ela. – Tipo nós dois.

Barney se encolheu, evidentemente surpreso por ser interrompido, mas só por um instante. Ele sorriu.

– Perdão?

– Você disse "nós", dando a entender que éramos você e eu. Não disse que mais alguém estaria aqui.

– Claro – disse ele, com a voz se suavizando outra vez. – Peço desculpas por me expressar mal.

Ele ofereceu uma abertura para ela responder – sem dúvida esperando que desconsiderasse o erro –, mas Colin provavelmente não teria dito nada, por isso Maria também não disse.

Estou aprendendo, pensou.

– Imagino que devemos simplesmente ir direto ao ponto. A última coisa que eu desejaria é que esta reunião prolongasse seu dia de trabalho.

– Certo. – Ela sorriu por dentro.

De novo, não era o que ele esperava que ela dissesse, mas Barney era um mestre na recuperação. Ele pigarreou.

– Tenho certeza de que você ouviu os boatos relativos a supostas alegações por parte de várias funcionárias contra Ken Martenson. Alegações, por sinal, que não têm base factual.

Ele esperou, mas dessa vez ela não disse nada.

– Estou correto? – perguntou ele finalmente.

Ela olhou para Ken, depois de novo para Barney.

– Não tenho certeza.

– Você não tem certeza se ouviu os boatos?

– Ah, eu ouvi os boatos.

– Então não tem certeza de quê?

– Não tenho certeza se as alegações têm base factual ou não.

– Posso garantir, Maria, que não têm.

Ela esperou alguns instantes.

– Certo.

Colin sentiria orgulho dela. Mais do que isso, Maria começou a entender como o uso da palavra mudava a dinâmica de poder na sala. Ou no mínimo determinava o tom que ela queria, ainda que Barney não gostasse disso. Ele não gostava, mas era suficientemente profissional para disfarçar, com o sotaque e o ritmo lento continuando em seu estilo de tribunal.

– Como o Sr. Martenson é nosso diretor administrativo, o escritório pretende questionar vigorosamente essas alegações. Isso inclui litígio.

Claro, como você sabe, quando as reputações estão em jogo, casos assim são resolvidos com acordos para evitar procedimentos legais demorados, caros e incômodos. Nessa situação específica, qualquer acordo potencial não refletiria a veracidade das alegações, e sim o tempo, o dinheiro e a inconveniência que a contestação das acusações provocaria. Obviamente, qualquer acordo, se houver um acordo, seria lacrado e confidencial.

Maria assentiu. *Vá logo ao ponto. Por que me chamou aqui?*

– Tenho certeza de que não preciso repassar com você a reputação fantástica do Sr. Martenson. Os que o conhecem melhor, pessoas como você e eu, sabem que ele sempre pôs o interesse da empresa à frente de seus pensamentos e atos. Simplesmente não é possível que tenha feito qualquer coisa que colocasse a firma ou sua própria reputação em risco. Essas alegações são absurdas. Em sua carreira de quase três décadas como advogado em nossa comunidade, nenhuma acusação de assédio sexual sequer viu a luz do dia em qualquer tribunal. Três décadas de trabalho duro estão agora em risco simplesmente porque há pessoas gananciosas no mundo.

Acusações que jamais chegaram à luz do dia porque foram resolvidas com acordos, pensou Maria.

– Infelizmente, sempre que há um pote de dinheiro, há pessoas acreditando que têm direito sobre ele. Em alguns casos essas pessoas podem mentir ou distorcer a verdade com uma história que serve a seus objetivos. Em outras ocasiões, as pessoas simplesmente interpretam mal um comportamento que todo mundo acharia inofensivo. É minha crença que o que está acontecendo aqui é um pouco das três coisas. Alguns tubarões gananciosos sentem o cheiro de sangue na água e querem garantir que tenham sua *cota merecida*. Mas nossa constituição justa não diz que alguém tem o direito de tomar a propriedade alheia porque acredita que ela deveria ter sido sua o tempo todo. Ganância. É uma coisa medonha, medonha, e muitas vezes vi pessoas boas feridas por ela, até parentes meus. Meus vizinhos, pessoas boas que vão à igreja, foram arruinados por pessoas gananciosas. Nesses anos de maturidade geralmente sinto pena dessas pessoas. A vida delas é vazia, e acreditam que podem preencher esse vazio com moedas. Só que a reputação do Sr. Martenson está em jogo, assim como o bom nome da nossa firma, e eu sinto a responsabilidade, até mesmo o *dever*, de garantir que o Sr. Martenson e o escritório tenham a defesa mais vigorosa possível.

Ele era bom, mesmo quando estava distorcendo a verdade. Ela podia entender por que os jurados gostavam dele.

– Claro, tenho certeza de que você nutre um sentimento igualmente forte com relação à integridade e à manutenção da alta reputação da empresa. Mas preciso dizer que estou com medo, Maria. Estou com medo pelas outras pessoas daqui. Nossos colegas de trabalho. Seus amigos. As jovens famílias com hipotecas e contas a pagar. Com seus bebês e seus filhos. Por eles, sinto a obrigação de usar todas as habilidades que o bom Deus me deu, com a esperança de que o que é certo, justo e bom possa prevalecer sobre o que é errado e ganancioso. Mas, afinal de contas, sou velho e estou fora de contato com o modo como as coisas funcionam hoje em dia, de modo que não sei nada.

Quando Barney parou de falar, depois de terminar sua jogada, Maria quase sentiu vontade de aplaudir. Em vez disso, manteve o rosto impassível. Depois de um tempo Barney suspirou e prosseguiu:

– Eu conheço você, Maria. Sei que compartilha minhas preocupações. Você é uma pessoa boa demais para não estar com medo por todos os seus amigos e colegas de trabalho. E sei que vai querer ajudá-los, porque não deseja uma perversão da justiça, tanto quanto eu. Nossa firma, todos nós, precisamos permanecer unidos contra essas... essas *pessoas gananciosas* que se iludiram acreditando que têm direito ao *seu* dinheiro ganho com dificuldade, ainda que elas próprias não tenham feito nada para merecê-lo.

Ele balançou a cabeça.

– Só queremos que a verdade venha à tona, Maria. Só isso. Só a verdade simples e honesta de Deus. E é por isso que você está aqui. Porque preciso da sua ajuda.

Lá vem, pensou Maria.

– Só estamos pedindo o mesmo que pedimos a todos os funcionários. Queremos que assine um documento declarando que sente o maior respeito pelo caráter do Sr. Martenson, e que durante todo o tempo que passou na empresa você jamais testemunhou ou mesmo ouviu falar que o Sr. Martenson tenha se envolvido em qualquer atividade que possa ser vista de modo sexualmente ofensivo para *qualquer* empregado. No seu caso, e às nossas funcionárias, também estamos pedindo a confirmação de que jamais se sentiram sexualmente assediadas, de modo algum, em qualquer ocasião.

Por um instante, Maria apenas o encarou. Notou que Ken havia afundado mais na cadeira e, antes que ela pudesse responder, Barney continuou:

– Claro, você não precisa fazer isso. No fim das contas, você é que escolhe. Não há motivo para levar em conta o meio de vida de qualquer outra pessoa nesta empresa. Só quero realmente que faça a coisa *certa*.

Barney terminou. Seu corpo estava posicionado de modo humilde. Barney: um portador da justiça num mundo que ele não entendia mais, carregando um fardo que precisava ser segurado por alguém. Não era de espantar que fizesse tanto sucesso.

Porém Maria não conseguia pensar em nada para dizer. Por mais que Barney fosse persuasivo... ele estava *mentindo*. Tudo isso era um jogo. Sem dúvida ele exigira a presença de Ken como uma forma de castigo. *Você entende o nível a que precisei baixar para defendê-lo?* Ken não havia sequer murmurado uma única palavra.

No entanto...

Seria justo que o escritório inteiro fosse penalizado por causa de um único idiota? E que soma de dinheiro as mulheres queriam? Ken a havia assediado e ela sobrevivera. Em mais duas semanas provavelmente deixaria tudo isso para trás. Com o tempo, o assunto poderia até mesmo ser tema de piadas. Ken era um sacana, mas não tinha se exposto nem tentado agarrar Maria no corredor quando estavam na convenção. Ele era inseguro demais – patético demais – para chegar tão longe. Pelo menos com ela. Mas e quanto às outras que ele havia assediado?

Não tinha certeza e, sentindo a necessidade de adiar a decisão, respirou fundo.

– Deixe-me pensar sobre isso.

– Claro – disse Barney. – Agradeço sua consideração. E lembre-se, todo mundo no escritório, seus colegas e amigos, só querem que você faça a coisa *certa*.

À sua mesa, Maria se obrigou a olhar a queixa feita contra o hospital, mas a intervalos de alguns minutos pegava-se repassando a conversa e pensando em modos de reagir melhor. Viu-se imaginando o que Colin teria feito...

– Aí está você.

Perdida em pensamentos, levantou os olhos e viu Jill na porta.

– Ah...

– Onde você estava? – perguntou Jill. – Passei aqui agorinha mesmo, mas você não estava na sala.

– Barney quis falar comigo.

– Imagino – disse Jill, fechando a porta. – Como foi a reunião com o detetive?

Maria colocou Jill a par das coisas que Margolis dissera. Como ela, Jill não soube direito o que pensar. Fez as mesmas perguntas que Maria havia feito e ficou com a mesma expressão confusa.

– Não sei se é uma notícia boa ou ruim – disse Jill finalmente. – Está mais confuso agora do que hoje cedo.

Esse não é meu único problema, pensou Maria.

– O que você está pensando agora?

– Como assim?

– Sua expressão mudou.

– Ah… só estava pensando na reunião com o Barney.

– E?

– O Ken estava lá.

Jill confirmou com a cabeça.

– Por causa do processo?

– Claro.

– E deixe-me adivinhar. Só o Barney falou e derramou um charme sulista e começou a falar sobre "fazer a coisa certa"?

– Você o conhece bem.

– Infelizmente. Então… ficou sabendo de alguma coisa?

– Eles querem apresentar uma "frente unida".

– Ceeerto… mas o que, exatamente, isso significa?

– Querem que eu assine um documento dizendo que nunca vi o Ken fazer nada de errado, que ele sempre foi profissional e que nunca me assediou.

– O Barney pediu para você assinar? Ou insistiu em que você assinasse?

– Pediu. Na verdade deixou perfeitamente claro que queria que a decisão fosse minha.

– Isso é bom.

– Acho que sim.

– Você acha?

Quando Maria não respondeu, Jill olhou-a.

– Não diga que há *mais* alguma coisa – instigou ela. – Algo que você não me contou hoje cedo?

– Bom…

– Deixe-me adivinhar. O Ken andou assediando você por algum tempo?

Maria levantou os olhos.

– Como você sabia?

– Não se lembra do nosso almoço? Depois de você ter ido fazer *stand-up* com o Colin, quando perguntei como iam as coisas no trabalho? Eu sabia que você tinha ido à convenção com o Ken, e estou por aqui há tempo suficiente para saber exatamente o que ele pode ter tentado. Mesmo enquanto você jurava que tudo estava bem, eu tive minhas suspeitas.

– Por que não disse nada?

Jill olhou para ela como se dissesse "Você precisa mesmo que eu responda a isso?".

– A política de escritório é uma merda. É por isso que Leslie e eu colocamos isso fora da lei. Naquela ocasião eu não queria incutir a ideia na sua cabeça, se não tivesse acontecido, mas me lembro de pensar que estava correta nas minhas suposições. O que é terrível, claro. Mas fiquei um pouco feliz, também, e sei como é medonho uma amiga dizer isso.

– Como assim, ficou um pouco feliz?

– Se você adorasse ficar aqui, talvez não se sentisse tão ansiosa para apostar na gente. Claro, na ocasião eu não sabia sobre a possibilidade dos processos.

– Fico feliz por você se preocupar tanto com meu bem-estar.

– Você é uma mulher forte, Maria. E, francamente, acho que é mais inteligente do que o Ken. Eu sabia que você arranjaria um modo de mantê-lo a distância.

– Eu disse a ele que o meu namorado lutador de MMA era do tipo ciumento.

Jill gargalhou.

– Viu? Muito mais esperta do que o Ken. Tudo bem, mas voltemos à reunião que você teve com o Barney e o Ken, nosso ilustre líder. Então o Barney pediu que você assinasse o documento, e você disse que iria pensar.

Maria ficou boquiaberta.

– Como você sabe o que eu falei?

– É que eu conheço o Barney. Ele é mestre em mascarar o óbvio, mostrar como seu lado é o justo, e depois misturar uma dose de culpa, para o caso de você ainda estar hesitando. É importante você pôr tudo isso de lado e pensar no que aconteceu de verdade. E, afinal, o que aconteceu?

Então Maria fez uma recapitulação da reunião, e Jill nem levantou uma sobrancelha, mas, quando contou sobre os contatos subsequentes, Jill ficou com expressão pétrea.

– Espere aí – disse ela. – Uma coisa é vir com a história de "minha mulher não me entende", mas você está dizendo que ele pôs a mão no seu peito?

– Bom, na minha clavícula... ou talvez logo abaixo. Ele não...

– Mas a intenção ficou óbvia? E ele quis almoçar e falar mais sobre ser uma "pessoa de equipe"?

– É, mas eu impedi que a coisa fosse mais longe... Ele não...

– Venha comigo – disse Jill, estendendo a mão para a maçaneta.

– Aonde vamos?

– Falar com o Barney e o Ken.

– Vamos deixar para lá... Eu vou sair da empresa, de qualquer modo. E ele não tocou meu seio nem nada...

– Bom, o Barney não sabe dos detalhes. E tenho certeza de que a reunião não foi somente para tentar proteger a firma; também se destinava a impedir que você se juntasse às outras mulheres prestando queixa.

Maria balançou a cabeça.

– Não vou abrir um processo.

– Tem certeza de que não quer?

Maria pensou em Barney e nos outros funcionários do escritório. As atenções de Ken tinham sido medonhas e provocado estresse, mas em sua cabeça simplesmente pôr tudo para trás e seguir em frente era uma opção muito mais atraente do que aprofundar a questão.

– É, tenho certeza. Eu vou embora de qualquer modo.

– Mas não acha que o Ken deveria ser responsabilizado? Pelo menos um pouquinho? Por todo o estresse que lhe causou?

– Acho que sim. Mas, como eu disse, não quero prestar queixa.

Jill deu um sorriso.

– Eles não sabem disso.

– O que você vai dizer?

– O que deveria ser dito. E, independentemente do que você fizer, deixe que eu fale. Não diga uma palavra.

Antes mesmo de Maria perceber o que estava acontecendo, Jill dirigiu-se para a sala de Barney, com ela correndo para acompanhá-la. A porta de Barney estava fechada, mas isso não deteve Jill.

Barney e Ken, ocupando as mesmas cadeiras de alguns minutos atrás, ficaram espantados com o súbito aparecimento de Jill.

– O que está acontecendo? Nós estamos em uma reunião... – começou Barney, mas Jill entrou na sala com Maria logo atrás.

– Poderia fechar a porta, Maria?

A voz de Jill estava firme e profissional, porém decidida. Maria percebeu que nunca a ouvira falar assim.

– Você ouviu o que eu disse, Jill? – perguntou Barney. – Estamos numa...

– Acho que *você* precisa *me* ouvir.

– Vamos entrevistar outra assistente daqui a cinco minutos.

– Diga a ela que terá de esperar. Você quer ouvir o que tenho a dizer. É sobre o processo e tem a ver com vocês dois.

Ken permaneceu em silêncio. Barney a encarou antes de finalmente pegar o telefone; Maria ouviu-o fazer o que Jill tinha sugerido. Depois de desligar, ele se levantou.

– Deixe-me trazer uma cadeira para vocês se sentarem – começou ele, mas Jill balançou a cabeça com força.

– Vamos ficar de pé – disse.

Maria viu as sobrancelhas de Barney subirem ligeiramente e presumiu que ele estivesse fazendo alguns cálculos mentais rápidos. A maioria das pessoas se sentaria de novo, porém Barney entendia o valor de manter o nível do olhar, ainda que Ken não entendesse. Ele se empertigou mais.

– Você disse que o assunto tem a ver com a empresa?

– Na verdade eu disse que tem a ver com vocês dois. Mas sim, no fim das contas tem a ver também com a empresa.

– Fico feliz que vocês tenham vindo, então – disse ele, readotando o sotaque e a cadência xaroposa. – Acabamos de ter uma conversa com Maria sobre as alegações falsas, como tenho certeza de que você sabe, e confio que Maria fará o que é certo para todos os envolvidos.

– Você não deveria ter tanta confiança – contrapôs Jill. – Eu queria que os dois fossem os primeiros a saber que Maria acaba de me informar que Ken Martenson se engajou em conduta que qualquer júri consideraria como assédio sexual e que ela está pensando enfaticamente em fazer uma queixa como preliminar para um processo próprio.

– Não é verdade! – explodiu Ken, as primeiras palavras que Maria o escutava pronunciar naquele dia.

Jill se virou para ele mantendo a voz tranquila.

– Você disse a ela que se esforçasse mais para ser uma pessoa da equipe.

Que ter você ao lado poderia ajudá-la quando fosse indicada como sócia. E depois você passou a mão nela.

– Não fiz uma coisa dessas!

– Você a tocou de modo inadequado, no pescoço e no peito.

– Eu… só encostei no ombro dela.

– Então admite que tocou nela? E que manteve as mãos nela mesmo quando ela achou isso claramente ofensivo?

Diante dessas palavras, Ken percebeu que era melhor fechar a boca, e se virou para Barney. Se Barney ficou com raiva pelo que Jill havia dito, não demonstrou.

– Maria não fez qualquer afirmação de assédio sexual na nossa reunião de hoje, nem jamais me disse nada em todos os meses em que trabalhou aqui.

– Por que diria? Ela sabia que você iria encobri-lo. Como antes, quando os outros casos de assédio foram resolvidos com acordos.

Barney respirou fundo.

– Tenho certeza de que houve algum tipo de equívoco e que poderemos resolver isso de modo amigável. Não há motivo para ameaças.

– Eu não fiz ameaças. De fato, no mínimo vocês deveriam agradecer porque estamos aqui, de modo a não serem surpreendidos.

– Eu agradeço – concordou ele. – Acho que poderíamos discutir o assunto de modo mais civilizado se nos sentarmos. Eu gostaria de ouvir o que Maria tem a dizer.

– Tenho certeza de que sim. Vamos deixar você ler a queixa em detalhes assim que ela for feita. Por enquanto eu falo por ela.

Os olhos de Ken se arregalaram, mas Barney simplesmente encarou Jill.

– Você entende que não pode representar Maria por motivos óbvios de conflito de interesses?

– Estou aqui como amiga dela.

– Não sei se isso faz diferença.

– Então vamos começar com o seguinte: Maria e eu vamos sair da firma. Não tínhamos intenção de informar a vocês hoje, mas considerando que ela pode abrir um processo por retaliação, achei melhor resolver tudo agora.

Pela primeira vez, nem mesmo Barney soube o que dizer. Olhou para Jill, depois para Maria e de volta para Jill.

– Você disse que as duas vão sair do escritório?

– Vamos.

– Onde vocês vão trabalhar?

– Não é isso que estamos discutindo. Neste momento estamos falando do processo que Maria pretende abrir. Todos sabemos que as alegações feitas por Lynn e as outras são sérias, e você pode imaginar o peso que esses casos terão quando Maria também se apresentar?

– Mas eu não fiz nada – murmurou Ken.

Barney apenas olhou-o irritado.

– Você acha que alguém vai acreditar nisso? Depois de tudo o que as outras disserem no tribunal? Mas, claro, a coisa não chegará tão longe. Todo mundo nesta sala sabe que vocês vão fazer um acordo. Quase sempre esse tipo de caso é resolvido com um acordo. Não sei se posso dizer o mesmo com relação a Maria. Ela estava muito perturbada quando falou comigo. Ainda que eu não seja a advogada neste caso, minha suspeita é de que ela pode optar por levá-lo até o final.

Barney ajeitou o paletó.

– Estou presumindo que vocês não estejam aqui simplesmente para adiantar que vão abrir um processo ou para dizer que vão embora. Presumo que estejam aqui porque gostariam de resolver essa questão.

– Por que imagina isso?

– Não há nada a ganhar contando antecipadamente que pretendem apresentar uma queixa.

– Talvez eu só tenha sentido um resquício de lealdade pela firma.

– Talvez.

– Ou talvez eu só quisesse que o Ken soubesse que, além de arruinar a empresa e perder todas as economias, ele provavelmente terá de vender aquele carro ridículo quando Maria acabar com ele.

Ken gemeu baixinho. Barney ignorou-o.

– Como podemos resolver isso?

– Para começo de conversa, Maria quer seis semanas de férias este ano.

– Por que ela iria querer seis semanas de férias quando está planejando ir embora?

– Porque isso está na lista de coisas que ela deseja na vida. Porque o Ken é um escroto. Porque ontem ela viu um arco-íris. Porque Maria teve de trabalhar à noite e nos fins de semana por sua causa, de modo que não teve um dia de folga desde que chegou aqui. Não importa o motivo. Ela quer e pronto.

– Os funcionários de primeiro ano só têm direito a uma semana.

– Então faça uma exceção. Férias remuneradas, veja bem.

Ken ia dizer alguma coisa, mas Barney levantou a mão para impedi-lo.

– Algo mais?

– Sim. Um aviso prévio está fora de cogitação. Hoje é o último dia de Maria e ela não vai voltar.

Barney parecia ter comido alguma coisa desagradável.

– Só isso?

– Não exatamente. Pelo sofrimento mental ela precisa de um bônus. Digamos... cinco meses de salário?

Barney ficou quieto.

– E em troca disso?

– Terei de conversar com ela, mas tenho quase certeza de que você nunca vai ouvir nada da parte dela sobre o comportamento inadequado do Ken. Nenhuma queixa, nenhum processo. Tudo acaba aqui e cada um vai para seu lado.

Barney ficou quieto, provavelmente ponderando até que ponto Maria poderia estar levando aquilo a sério. Mas Jill sabia qual era o pensamento dele.

– Ela não está blefando, Barney. Você sabe como o Ken é. Sabe o que ele fez com as outras e sabe que ele assediou Maria sexualmente. Mais do que isso, sabe que não estamos falando de muito dinheiro. Ela está lhe oferecendo esse presente porque, por mais que despreze o Ken, tem grande respeito por você.

– E o documento inocentando o Ken?

– Nem pense nisso – alertou Jill. – Maria não vai mentir, mas também não vai assinar um documento dizendo o que aconteceu de verdade. Simplesmente isso vai ser esquecido.

– E se ela for chamada como testemunha pelas outras reclamantes?

– Até lá ela vai estar no planeta Júpiter, de modo que não há motivo para se preocupar.

– Como assim?

– Ah. – Ela sorriu. – Desculpe. Achei que tínhamos feito um desvio para a terra da fantasia.

– Fantasia?

– Você e eu sabemos que ela não precisará testemunhar porque você não vai deixar que isso chegue tão longe. Vai conseguir um acordo. É preciso, ou isso vai lhe custar uma fortuna, mesmo que vençam.

Barney olhou para Ken, depois de volta para Jill.

– Posso perguntar quais são suas exigências? Já que também vai sair da empresa?

– Só uma, e não tem a ver com dinheiro. Em troca, vou terminar as próximas duas semanas aqui como eu planejava, trabalhando com os sócios para garantir que nenhum cliente meu perceba minha saída.

– Qual é a única exigência?

– Eu gostaria que você fizesse uma festinha de despedida para mim, aqui no escritório. Nada chique, só um bolo no almoço ou algo assim. Eu gostaria de ter a chance de me despedir de todo mundo de uma vez só. Até lá, acho que seria melhor manter nossa partida o mais discreta possível. Os outros sócios precisam saber, mas não quero provocar um estouro da boiada com funcionários correndo para a saída. Acredite ou não, espero que resolvam isso e possam deixar tudo para trás o mais rápido e discretamente possível. Há muita gente boa aqui.

Ainda que Barney pudesse ter apreciado o sentimento de Jill, Maria o viu se remexer, levando a mão ao queixo.

– Pagar cinco meses a Maria é meio alto. Tenho certeza de que os sócios vão reclamar. Três meses talvez eu consiga...

– Não interprete mal minhas esperanças elevadas pelos outros daqui como chance para negociar, porque *não estamos negociando*. Esta é uma oferta única: é pegar ou largar. Termina no momento em que Maria e eu sairmos pela porta. Francamente, ela está pedindo muito menos do que você terá de pagar às outras. De modo que você deveria agradecer, e não tentar regatear.

Barney demorou antes de responder.

– Ainda preciso falar com os outros sócios – disse finalmente. – Não posso tomar esse tipo de decisão sozinho.

– Claro que pode. Nós dois sabemos que os sócios vão seguir sua liderança, portanto vamos parar com a falsidade, certo? Você concorda ou não?

– Cinco meses de salário?! – exclamou Maria.

Estavam paradas no estacionamento perto do carro dela. Alguns minutos antes, Maria havia guardado os poucos objetos pessoais que mantinha em sua sala – principalmente fotos da família e umas poucas que havia tirado remando na prancha – numa pequena caixa, colocando-a no porta-malas. A pedido de Barney, não se despediu de ninguém. Jill estivera esperando por ela do lado de fora com um sorriso.

– Legal, né?

Maria estava tonta. Chega de Ken; chega de fins de semana tentando cumprir com as exigências de Barney, e *cinco* meses de salário, indo direto para sua poupança. Nunca, nunca tivera nada perto disso; o que havia acabado de acontecer era igual a comprar uma raspadinha premiada.

– Ainda estou em choque.

– Eu provavelmente poderia ter conseguido mais.

– É mais do que suficiente. Estou me sentindo culpada por conseguir tanto.

– Não se sinta mal. Porque, acredite ou não, você foi assediada. Pode não ter sido tão óbvio para você quanto foi para as outras, mas foi. Você merece isso. E acredite quando digo que o Barney está soltando um enorme suspiro de alívio agora mesmo, caso contrário não estaríamos aqui fazendo uma pequena comemoração.

– Muito obrigada.

– Não precisa agradecer. Se estivéssemos em posições contrárias, você faria o mesmo por mim.

– Nem de longe sou tão boa quanto você. Você pegou o Barney de jeito. E venceu.

Jill deu um riso sem graça.

– E quer saber de uma coisa maluca?

– O quê?

– Leslie é muito, muito melhor do que eu.

Esse pensamento fez a cabeça de Maria girar.

– Obrigada de novo por me dar uma chance.

– De nada. Mas sei exatamente o que estou fazendo.

Maria fez um gesto na direção do prédio.

– É estranho pensar que não vou trabalhar amanhã e nunca mais vou passar por essa porta. Tudo aconteceu muito... depressa. Por mais que eu não goste do que o Barney está fazendo, ainda espero que ele fique bem.

– Barney é o único advogado com quem você não precisa se preocupar. Ele vai ficar bem, independentemente de qualquer coisa. E, cá entre nós, eu não me surpreenderia se ele também saísse da firma.

– Por que ele sairia?

– Porque pode. Você iria querer continuar trabalhando com o Ken?

Maria não respondeu, mas não precisava. Jill estava certa, e apesar de Maria ainda estar tentando processar os acontecimentos do dia, pegou-se de repente pensando em Lester Manning e nas coisas que Margolis tinha dito. Cruzou os braços.

– O que você faria se fosse eu? Quer dizer, com relação ao Lester.

– Não creio que você saiba o suficiente para chegar a alguma conclusão. Sei que isso provavelmente não ajuda, mas…

Ela deixou a frase no ar e Maria não pôde culpá-la, já que, mesmo para ela, as peças simplesmente não se encaixavam.

Maria dirigiu até um shopping center de luxo, tentando processar o fato de que não trabalharia no dia seguinte nem na segunda-feira. A última vez que isso lhe acontecera foi depois de sair do trabalho em Charlotte…

Balançou a cabeça, afastando o pensamento. Sabia exatamente onde isso iria dar. A última coisa que desejava era pensar em Lester, no namorado de Cassie ou em qualquer palavra dita por Margolis, já que não levaria a lugar nenhum.

Chega do Ken, maravilhou-se. Chega de fins de semana perdidos. Em duas semanas estaria trabalhando com Jill. E cinco meses de salário. Em termos de carreira, duvidava de que as coisas pudessem estar melhores, e isso pedia uma espécie de comemoração, talvez até uma estrepolia. Poderia trocar o carro por um mais esportivo – desde que não fosse um Corvette vermelho –, mas, tão rapidamente quanto o pensamento lhe veio, soube que era só uma fantasia.

Ela não tinha a intenção de explicar ao pai por que havia comprado um carro em vez de pagar parte da dívida do crédito estudantil da faculdade de direito ou abrir uma conta de investimentos. Ou simplesmente poupar o dinheiro, já que precisaria comprar sua parte na sociedade dentro de alguns anos.

Perdida nos acontecimentos do dia estava a ideia de que poderia se tornar sócia de um escritório de advocacia – com apenas 30 e poucos anos. Quem poderia prever isso?

Quando chegou ao Mayfaire, o crepúsculo havia baixado. Mandou uma mensagem para Serena dizendo que estaria em casa pouco antes das sete, e pediu que não atrasassem o jantar por causa dela. Segundos depois seu celular vibrou com a resposta de Serena. *Eu também vou chegar tarde. Odiaria que você perdesse alguma coisa da conversa cintilante.*

Maria sorriu. Mandou uma mensagem para os pais dizendo quando chegaria, depois foi para a Williams-Sonoma. Era desafiador conseguir algo especial para a mãe. Carmen sempre reclamava quando gastavam dinheiro com ela, ainda mais se as compradoras fossem suas *crianças*. Como um carro novo estava fora de cogitação, Maria achou que poderia esbanjar um pouco adquirindo algumas panelas novas. Apesar do restaurante e da paixão por cozinhar, sua mãe nunca havia pensado em comprar utensílios novos. Os que tinha estavam por lá desde a época em que Maria começara o maternal. Talvez até antes disso.

Os utensílios de cozinha de alta qualidade acabaram sendo mais caros do que havia planejado, mas Maria sentiu-se bem com isso. Os pais tinham pagado por seu ensino particular e, aos 16 anos, lhe deram um carro usado que durou até o atual. Isso sem contar quatro anos de faculdade e metade da escola de direito. Sabia que sua mãe iria reclamar – seu pai não diria nada –, mas ela merecia.

Colocou os presentes no porta-malas, perto da caixa de objetos pessoais. Felizmente o trânsito estava tranquilo. Antes de dar partida no carro, mandou uma mensagem para Serena, dizendo que chegaria em quinze minutos, depois percebeu que ainda não havia contado a Colin o que tinha acontecido no escritório. Sentia vontade de comemorar, e com quem poderia ser melhor do que com ele? Mais tarde, na casa dele ou na dela… Quem imaginaria que o dinheiro podia ser um afrodisíaco?

Sabendo que ele já estava atrás do balcão, mandou uma mensagem e pediu que ligasse quando tivesse chance. Colin trabalharia até as dez ou onze horas da noite, e isso lhe daria tempo, depois de sair da casa dos pais, para voltar em casa, acender algumas velas, talvez até tomar uma taça de vinho. Sabia que a noite acabaria tarde, mas ele não tinha aula de manhã e ela não precisava ir trabalhar, então…

Pôs o celular no banco do carona e foi para a casa dos pais. Depois de entrar no bairro, pegou-se imaginando quantas vezes na vida tinha feito aquela curva. Dezenas de milhares, provavelmente, o que a deixou espantada. Pensou também no bairro: enquanto as pessoas se mudavam para lá e iam embora, as casas pareciam pouco afetadas pela passagem do tempo, e cada esquina trazia lembranças – das barracas de limonada ou de andar de patins, dos fogos de artifício no 4 de julho. Pedir doces no Dia das Bruxas. Ir para casa com amigos. Seu telefone começou a tocar, atrapalhando seu pensamento. Viu o nome de Colin e atendeu com um sorriso.

– Ei – disse. – Achei que você não podia telefonar enquanto estava trabalhando.

– Não deveria, mas vi seu recado. Pedi que o outro barman me substituísse por uns minutos. Você está bem?

– Estou ótima. Quase chegando na casa dos meus pais.

– Achei que você já estaria lá.

– Precisei comprar um presente para minha mãe, e isso demorou uma eternidade. Você não vai adivinhar o que aconteceu hoje.

– Margolis ligou de novo?

– Não. É sobre o trabalho – disse ela, e enquanto se aproximava da casa dos pais contou tudo a Colin. – O que significa que estou meio rica.

– É o que parece.

– Comprei umas panelas fabulosas para mamãe.

– Aposto que ela vai adorar.

– Vai, assim que superar a culpa. Mas o verdadeiro motivo para falar com você é que gostaria que você fosse hoje. À minha casa.

– Nós já não tínhamos combinado que eu iria? E que iria ligar quando saísse?

– É, mas quando decidimos isso eu não estava com clima para comemorar. Agora estou e queria avisá-lo.

– Avisar o quê?

– Bom, agora que estou meio rica, posso fazer algumas exigências a você esta noite. Exigências físicas, quero dizer.

Colin gargalhou e ela viu que ele havia gostado da sugestão.

– Certo.

Mais à frente, Maria viu o carro de Serena parado diante da casa dos pais; dos dois lados da rua as calçadas se encontravam desertas. De um lado e do outro do quarteirão, o interior das casas estava iluminado, luzes acesas e aparelhos de televisão piscando, famílias relaxando no fim de um longo dia.

– O que quer que você faça, não deixe a ansiedade arruinar sua concentração no trabalho. Eu odiaria que você se encrencasse com sua chefe.

– Vou me esforçar.

Ela parou atrás do carro de Serena e desligou o motor.

– E mais uma coisa. Lembra o que eu disse ao Margolis? Quando ele perguntou por que eu ainda estava com você?

– Lembro.

Ela saiu e foi até o porta-malas.

– Fui sincera em cada palavra.

Ele riu de novo.

– Certo.

Ela abriu o porta-malas.

– Infelizmente preciso desligar. Terei de usar as duas mãos para carregar tudo.

– Saquei. Tenho de voltar ao trabalho de qualquer modo.

– Ah, antes de você ir...

Enquanto olhava as caixas, Maria registrou um movimento em sua visão periférica e se virou. Um homem atravessava a rua na direção dela, movendo-se depressa. Houve uma fração de segundo em que ela não soube como reagir. Ela jamais ouvira falar de assalto ou de uma disputa doméstica que saísse do controle naquele bairro. Estava a apenas alguns metros da porta da casa dos pais, numa rua tão segura que ela costumava acampar no quintal dos fundos nas noites mais quentes do verão. No entanto, os passos decididos do estranho fizeram os pelos de sua nuca se eriçarem de repente, porque ela soube, por instinto, que aquela pessoa não era dali.

A escuridão tornava impossível um reconhecimento nítido, mas nesse instante o rosto sombreado do homem foi iluminado subitamente pelas luzes que se derramavam da sala dos pais. Ela viu um brilho de metal na mão dele e, com a visão da arma, o medo a dominou. Não conseguia se mexer e mal podia respirar; só escutou vagamente Colin dizer seu nome ao telefone.

Colin repetiu o nome dela uma segunda e uma terceira vez, com a preocupação crescente bastando para trazê-la de volta.

– Ele está aqui – sussurrou ela.

– Quem? – perguntou Colin. – O que está acontecendo?

– Ele tem uma arma – disse ela.

– Quem tem uma arma?

– Lester Manning. Está aqui em casa.

23

Colin

O choque de ouvir Maria dizendo o nome de Lester deu lugar a uma forte onda de adrenalina, com o reflexo de luta sendo acionado. Colin escutou Lester gritar alguma coisa e a ligação terminou.

Lester.

Colin saiu do bar correndo, serpenteou em volta das mesas e clientes ao mesmo tempo que apertava o botão de rediscar. A ligação foi direto para a caixa postal.

Rediscar. Caixa postal de novo.

Maria está em apuros.

Ouviu o barman gritar seu nome; garçons o olhavam confusos, e enquanto Colin passava a toda velocidade pela entrada, o gerente quis saber o que acontecia.

Lester está armado.

Colin virou a esquina do prédio correndo, com os pés escorregando na calçada cheia de areia. Recuperando o equilíbrio, correu pela rua, já calculando a rota mais rápida para a casa dos pais de Maria.

Esperando que as ruas estivessem liberadas.

Esperando que seu carro desse a partida.

Por favor, dê a partida.

Ligaria do carro para a polícia.

Desviou-se de um casal idoso e disparou pela rua, identificando seu carro.

Lester já poderia tê-la enfiado no carro dele e ido embora, como Gerald Laws fez com Cassie...

Era um trajeto de vinte minutos até a casa dos pais dela.

Ele chegaria em dez. Ou menos.

Maria já poderia ter sumido...

Com cuidado para não afogar o motor, virou a chave com força e o velho Camaro rugiu. Colin se afastou rapidamente do meio-fio, o olhar já nos carros à frente. Com uma das mãos, digitou freneticamente o número da polícia e ouviu a telefonista perguntar qual era a natureza da emergência.

Um homem com uma arma, ameaçando uma mulher, disse ele. Maria Sanchez. Um cara chamado Lester Manning a havia surpreendido diante da casa dos pais dela... Não conseguia se lembrar do número da casa, mas disse à telefonista o nome dos pais de Maria, além do nome da rua e da transversal. Identificando-se, disse que estava indo para lá. Quando a telefonista insistiu para que ele deixasse a polícia cuidar da situação sem interferência, ele desligou.

Como a pista ao lado estava bloqueada por um Range Rover preto seguindo no limite de velocidade, Colin cortou para o acostamento e disparou passando por uma sequência de carros antes de voltar à estrada. Apertou o acelerador com força e, em poucos segundos, aproximou-se de uma picape e de uma minivan branca. Passou por elas no acostamento também, sem diminuir a velocidade.

Ao chegar à saída para a ponte, virou o volante com força, cantando pneus. Passou por mais carros pelo acostamento e, chegando a um longo trecho de estrada com menos tráfego, apertou o acelerador até o fundo. A adrenalina afiava seus instintos diante do volante, o corpo respondendo em perfeita sincronia com o carro.

Chegou a 130, 150, depois 160 quilômetros por hora e viu um semáforo vermelho à frente, luzes de freio dos carros que diminuíam a velocidade. Não querendo reduzir, entrou numa ciclovia.

Passou a toda velocidade por um cruzamento e continuou pressionando, ziguezagueando pelos carros e usando ciclovias quando necessário. Fez uma curva e acelerou em direção a uma longa fileira de carros e, sem ter aonde ir, passou pelo estacionamento de um posto de gasolina a quase 50 por hora, fazendo as pessoas pularem do caminho.

A polícia estava indo... mas talvez não desse tempo. Sua mente disparava, frenética, imaginando se Lester já teria obrigado Maria a entrar num carro, para onde ele a teria levado...

Ou se já teria atirado nela.

Outra curva, dessa vez à esquerda, e pela primeira vez foi obrigado a parar totalmente num cruzamento cheio de veículos. Bateu com os punhos no volante, depois prendeu o fôlego mergulhando no tráfego em várias pistas. Percebeu outro motorista pisar no freio, deixando de acertá-lo por centímetros.

Acelerando num bairro residencial a 100 quilômetros por hora, ficou atento a crianças, animais de estimação ou pedestres, as casas passando num borrão.

Outra curva. Pneus cantaram e a traseira do Camaro rabeou para a esquerda e depois para a direita, Colin lutando para manter o controle. Nesse quarteirão havia carros parados dos dois lados da rua, limitando a visibilidade, e Colin diminuiu a velocidade com relutância. Logo adiante pôde ver um casal empurrando um carrinho de bebê na calçada; um menino brincando de bola com o pai do lado oposto da rua; um cara passeando com um cachorro numa comprida guia retrátil.

Outra curva e uma rua livre, com visibilidade melhor; Colin acelerou de novo, finalmente reconhecendo o bairro dos Sanchez.

Tinha demorado nove minutos.

Fez outra curva em velocidade máxima... e quase acertou um Camry azul que se aproximava. Colin sentiu outra onda súbita de adrenalina enquanto seu coração martelava. Vislumbrou dois homens no banco dianteiro, com expressões espantadas, os olhos arregalados enquanto os carros passavam a centímetros um do outro, perto demais. Ele segurou o volante com força, recuperando o controle. Por pouco.

Estava quase lá, a rua dos Sanchez ficava logo à frente. Faltava só uma esquina para virar, e ele só apertou o freio quando estava quase lá. O medo tomando conta agora. Rezando para não ser tarde demais.

Enquanto virava a esquina, ouviu uma sirene. No retrovisor viu luzes piscando em cima do carro da polícia que ele havia acabado de deixar para trás. Colin diminuiu a velocidade apenas um pouco, mas a polícia se aproximava depressa. Ele ouviu um guincho saindo do alto-falante.

– *Parado!*

Sem chance, pensou Colin. *Não importa o que aconteça comigo.*

24

Maria

Maria não conseguia afastar o olhar da arma... nem da pessoa que a estava segurando: Lester Manning.

Margolis estava errado. Lester não estava no hospital. Estivera esperando-a ali. Essa compreensão da realidade a paralisou. Ela o viu arrancar o celular da sua mão. O rosto dele se contorceu em algo que ela mal conseguia reconhecer.

– Nada de telefonar! – gritou ele, fazendo-a dar um pulo. O tom era desafinado, tenso. – Nada de polícia!

Enquanto ele recuava, os sentidos dela se aguçaram: o cabelo desgrenhado e a velha jaqueta de lona, a camisa vermelha desbotada e os jeans rasgados; os buracos escuros das pupilas e a subida e descida rápida do peito. Em sua cabeça as palavras correram juntas: *Transtorno de delírio; fase aguda; ilusões persecutórias.*

E a arma. Ele estava segurando uma arma.

Sua mãe e seu pai estavam lá dentro, Serena também. Sua família corria perigo, estava escuro e não havia ninguém por perto...

Deveria ter corrido assim que o viu chegar e ido para a porta da frente, trancando-o do lado de fora, mas tinha ficado ali, como se suas pernas pertencessem a outra pessoa.

– Eu sei o que você fez – sussurrou ele.

As palavras saíram rápidas e quase ininteligíveis. Enquanto ele continuava a recuar, ela viu o celular se iluminando e ouviu-o tocar. *Colin.* Lester levou um susto e encerrou a ligação apertando um botão. Viu o telefone se iluminar e tocar de novo. Lester franziu a testa encerrando a segunda ligação, falando com o aparelho como se estivesse vivo.

– Eu disse nada de telefonar! – gritou. – Nada de polícia! – Depois murmurou: – Pense direito. Isso não é real. Eles não vêm.

Suas mãos estavam tremendo enquanto ele colocava o celular no silencioso e o enfiava no bolso da jaqueta.

Por favor, Deus, permita que Colin já tenha chamado a polícia, pensou. *A polícia vai chegar logo. Só vou enrolar até que cheguem. Não serei como Cassie. Se ele tocar em mim, vou gritar e lutar feito uma louca.*

Mas... Margolis tinha dito que Lester podia funcionar normalmente algumas vezes; ele conseguiu trabalhar num emprego temporário. E quando ela o conhecera, ele era... estranho, mas não psicótico, mesmo quando tinha dificuldades nítidas. Talvez pudesse falar com ele... Só precisava ficar calma.

– Oi, Lester – começou, tentando manter a voz firme e agradável.

Os olhos dele se iluminaram, as pupilas enormes. *Não, não enormes. Dilatadas. Estaria drogado?*

– Oi, Lester? É só isso que você diz?

– Quero que você saiba que sinto muito pelo que aconteceu com a Cassie...

– Não, não, *não!* – disse ele, levantando a voz. – Você não pode dizer *o nome dela.* Ela morreu por sua causa!

Maria ergueu as mãos instintivamente, achando que ia levar um soco, mas Lester deu mais um passo atrás. Enquanto ela esperava que ele continuasse, percebeu que Lester parecia menos raivoso... Estaria com medo?

Ou paranoico. E a última coisa que desejo é instigá-lo.

Baixou os olhos, com o coração martelando. Podia ouvir a respiração forçada de Lester enquanto longos segundos se passavam. O silêncio se estendeu até que ela o ouviu fungar e depois dizer "não" em voz mais baixa. Podia ouvir a respiração dele começando a ficar mais lenta. Quando ele falou de novo, sua voz estava trêmula, mas contida.

– Estão em segurança – disse indicando a casa. – Sua família. Eu vi pela janela. Vi sua irmã entrar. O que vai acontecer agora depende de você.

Ela se encolheu ao ouvir essas palavras, mas manteve o silêncio. A respiração dele continuou a ficar mais lenta com o que parecia ser um esforço consciente, com o olhar jamais se afastando.

– Eu vim conversar. Você precisa ouvir o que tenho a dizer. Desta vez você vai me escutar, não vai, Maria?

– Vou.

– Os médicos me dizem que isso não é real – explicou. – Eu digo a mim mesmo que não é real. Mas aí me lembro da verdade. Sobre Cassie e minha mãe. A polícia. E o que a polícia fez. E sei que foi você que começou isso. Os médicos podem dizer que não é real e que eu estou inventando, mas eu sei a verdade. Você andou falando sobre mim, não foi?

Ela não respondeu, mas viu que os músculos do pescoço dele começavam a se retesar.

– Não se dê ao trabalho de mentir. Lembre-se de que eu já sei a resposta.

– Sim – sussurrou ela.

– Você falou de mim com a polícia outra vez.

– Sim – repetiu ela.

– Foi por isso que o detetive apareceu hoje cedo.

Cadê o Colin?, pensou ela. *E a polícia?* Não sabia por quanto tempo conseguiria manter Lester calmo.

– Sim.

Ele se virou, encolhendo-se.

– Quando nos conhecemos, eu quis acreditar quando você disse que estava se esforçando ao máximo, e que Cassie ficaria em segurança. Passei a entender que, para você, Cassie não era ninguém. Era só outro nome, outro ninguém. Mas ela não era uma ninguém. Era minha irmã, e seu trabalho era protegê-la. Mas você não fez isso!

Ele fechou os olhos com força.

– Cassie cuidava de mim quando minha mãe ficava doente demais para sair da cama... Fazia sopa de macarrão com frango e a gente assistia à televisão e ela lia livros para mim. Você sabia disso? Ela era alguém! – Ele limpou o nariz com as costas da mão e, quando continuou, sua voz saiu quase infantil. – Tentamos avisar a você o que iria acontecer, mas você não escutou. Quando Cassie morreu, minha mãe não suportou mais viver. Por sua causa ela se matou. Você sabia? Diga a verdade.

– Sim – admitiu ela.

– Você sabe tudo sobre nós, não é, Maria? Você sabe tudo sobre mim.

– Sim.

– E mandou a polícia atrás de mim depois que Cassie morreu.

Porque você mandou os bilhetes. Porque estava me ameaçando.

– Sim.

– E seu namorado... Ele é seu namorado, não é? O cara grandão da boate? Eu vi como ele ficou com raiva depois que eu mandei a bebida. Ele queria me machucar, não queria?

– Sim.

– E aí, hoje cedo, você mandou a polícia de novo.

Porque você cortou meus pneus! Porque está me perseguindo!

– Sim.

Ele ficou um pouco mais ereto.

– Foi isso que eu disse aos médicos. Tudo isso. Mas eles não acreditam, claro. Ninguém nunca acredita em mim, mas pelo menos você está sendo honesta. Eu *sabia*, mas agora sei *de verdade*... e sinto a diferença em todo o corpo. Você entende, não é, Maria?

Não.

– Sim.

– Ele assume o controle. Quer dizer, o medo. Não importa o quanto a gente tente lutar contra, ele assume o controle, espremendo a vida para fora. Como neste momento. Sei que você está com medo de mim. Talvez como Cassie ficou com medo depois de você fracassar com ela?

Ele a olhou esperando uma confirmação.

– Sim.

Maria viu-o bater com a arma na lateral da perna.

– Você pode imaginar qual é a sensação? Perder a irmã? E a mãe? E ver pessoas como você irem atrás do meu pai? E depois irem atrás de mim?

– Não posso imaginar como isso foi terrível.

– Não, NÃO PODE! – gritou ele de repente e, nesse instante, ela ouviu o som fraco de uma sirene da polícia a distância.

Lester redobrou a atenção à medida que as sirenes aumentavam de volume. Ele se concentrou de novo em Maria.

– Eu disse nada de polícia. Eu disse NADA DE POLÍCIA! – Sua voz falhou, saltando entre a raiva e a incredulidade enquanto dava um passo na direção dela. – EU NÃO VOU VOLTAR! VOCÊ OUVIU? EU NÃO VOU VOLTAR!

Maria recuou, levantando as mãos.

– Certo...

– ELES ME MACHUCAM! – gritou, dando um passo na direção dela. Suas bochechas ficaram mais vermelhas enquanto aproximava o rosto do dela.

– ELES ME DERAM CHOQUE ELÉTRICO! E me colocaram numa jaula com animais que bateram em mim. Eles TODOS riram de mim e para eles aquilo era só um jogo! E VOCÊ ACHA QUE EU NÃO SEI QUEM MANDOU ELES FAZEREM ISSO?

Ah, meu Deus... Ele está se descontrolando...

– FOI VOCÊ! – gritou ele, vibrando de fúria.

Maria recuou, tentando manter a distância entre os dois. O olhar dela saltava para a arma, depois de volta para Lester. Ele continuou a avançar enquanto ela recuava, com as costas quase na porta da garagem.

– Você ligou para a polícia, mas desta vez eu não vou deixar você se livrar!

Agora Serena deve ter escutado, pensou Maria. *Ou meus pais. Eles vão abrir a porta a qualquer segundo, Lester vai se virar e atirar...*

Maria percebeu que a primeira sirene fora acompanhada por outra, mais distante, as duas chegando mais perto. O queixo de Lester se trincou e os olhos arderam com a angústia da traição. Seu dedo começou a se aproximar do gatilho e um único impulso disparou pelo corpo dela.

Ande, ande, ANDE!

Virou-se e rodeou o carro, correndo pelo quintal até a casa. Ouviu Lester gritar seu nome, surpreso; ouviu um grunhido enquanto ele vinha atrás, esbarrando no carro.

ANDE!

Dez metros. Talvez cinco.

A porta da frente começou a se abrir e uma tira de luz escapou para a varanda. Maria teve certeza de que agora podia ouvi-lo logo atrás.

Corre!

Esforçou-se, indo para a luz. Podia sentir Lester estendendo a mão para agarrá-la. No que parecia acontecer em câmera lenta, viu Serena sair à varanda.

Ele vai matar nós duas...

Parada diante da porta aberta, Serena não entendia o que estava acontecendo. Olhou confusa enquanto Maria corria para a varanda.

Isso que está roçando as costas da minha blusa são dedos?

Obrigou-se a se mover mais depressa ainda, correndo com todas as forças.

– Maria? – gritou Serena.

Só mais tarde ela perceberia que Serena havia gritado seu nome. *Quase chegando...*

E então conseguiu.

Agarrando Serena, entrou empurrando-a pela porta e trancando-a em seguida.

– O que você está fazendo? – gritou Serena perplexa.

Maria trancou a porta e agarrou o pulso de Serena com força.

– Afaste-se dessa porta! – gritou. – Ele está armado.

Serena tropeçou enquanto Maria a puxava, quase caindo.

– Quem está armado?

– Lester!

Arrastando Serena para a cozinha, viu a mãe parada perto do fogão, obviamente espantada com o barulho. Mas nada do pai... Maria se virou de um lado para outro.

Ah, meu Deus. Cadê o papai?

– Espere... Lester? Lester está aqui? – perguntou Serena atrás dela.

– Está lá fora! – gritou Maria, o olhar subitamente indo para a porta deslizante de vidro, esperando que seu pai estivesse na varanda. – Lester Manning! O cara que estava me perseguindo!

Ele vai passar pela porta a qualquer segundo... Vai me matar, depois vai se matar...

Como Gerald Laws e Cassie...

Com um alívio enorme, viu o pai à mesa da varanda, com Smokey no colo.

Serena estava falando sem parar; sua mãe tinha começado a fazer perguntas também, mas Maria não registrava nada.

– Fiquem quietas! – gritou ela. – Vocês duas! – Em seguida, abriu a porta dos fundos. – Venha para cá! – sussurrou para o pai.

Ele reagiu instantaneamente, saltando de pé com o cachorro embaixo do braço. Serena e a mãe ficaram quietas. Maria prestou atenção à porta, ao som de uma janela sendo quebrada.

Silêncio.

Serena encarou-a, com o medo estampado no rosto. Os pais a olhavam boquiabertos.

Nada, ainda.

E se Lester estivesse dando a volta para os fundos?

No silêncio, Maria registrou de novo o som das sirenes. Agora suficientemente alto para ser ouvido dentro de casa.

– Não entendo – disse Serena enfim, com a voz trêmula e em pranto. – Onde Lester estava?

– No quintal – respondeu Maria. – Você o viu. Ele quase me agarrou.

Mas Serena apenas balançou a cabeça, confusa.

– Vi você correndo, mas não havia ninguém atrás. Vi outra pessoa correndo pela rua...

– Ele estava armado e me perseguindo!

– Não – insistiu Serena. – Não estava.

Antes que Maria pudesse processar as palavras dela, o som das sirenes preencheu a casa e as paredes estavam relampejando em vermelho e azul num ritmo constante.

A polícia, pensou. *Graças a Deus.*

Nesse momento a porta da frente foi arrombada com um estrondo.

Maria gritou.

25

Colin

Pensando bem, Colin decidiu que estava tranquilo com o que havia feito. Ainda que – enquanto a adrenalina se esvaía de seu organismo, deixando-o ao mesmo tempo exausto e trêmulo – fosse difícil ignorar o fato de que estava deitado de barriga no chão com as mãos algemadas às costas, guardado por dois policiais irritados.

Talvez devesse ter parado para os policiais que o seguiam. Talvez não devesse ter parado cantando pneus atrás do veículo da polícia que estava diante da casa dos Sanchez. E talvez não devesse tê-los ignorado quando exigiram que parasse de correr até a porta da frente e simplesmente deixá-los cuidar de tudo. Se tivesse tomado decisões diferentes, na certa os policiais não teriam sacado as armas, nem ele enfrentaria uma situação em que ficaria imaginando se atirariam.

Do lado positivo, não havia tocado em nenhum policial depois de chutar a porta, mas nenhum deles estava disposto a ouvir quando ele tentou contar sobre a casa desocupada ou a praça, lugares para onde Lester podia ter fugido. Os quatro estavam irritados demais para isso. Acusavam-no de dirigir em alta velocidade, com imprudência e ignorando as normas da lei, e não iriam concordar em aplicar duas multas e só. Tinham-no prendido, o que significava que seu acordo seria revogado.

Seus advogados lutariam contra isso; sem dúvida, porém com toda a probabilidade, o juiz original seria informado. Esse juiz – como fora evidenciado pela decisão que ele tomara – era justo e razoável, mas também fora bem claro em suas expectativas, e o tribunal saberia sobre isso. Acrescente-se o fato de que Margolis estaria defendendo o lado oposto, para que ele fosse colocado permanentemente entre os perigosos e violentos, e o resultado era claro.

Prisão.

Não estava com medo de ficar na cadeia. Colin se saía bem em lugares com regras e estruturas, mesmo sem liberdade. Sabia ficar na dele e cuidar da própria vida, e depois de um tempo a coisa toda se tornaria rotina. Ele sobreviveria e acabaria sendo libertado, começando tudo de novo. Mas...

Maria não esperaria por ele, e ele não poderia ser professor.

Não queria pensar nessas coisas. Faria tudo de novo. O perseguidor de Maria estava com uma arma? Precisava salvá-la. Simples. Como saberia que Lester tinha ido embora na hora em que ele havia chegado?

Se o tivessem ouvido, a polícia já teria encontrado Lester. Minutos preciosos já haviam passado enquanto eles colocavam as algemas e liam seus direitos, e só quando os policiais se acalmaram finalmente puderam ouvir primeiro a história de Maria, que saiu entrecortada, depois ouviram Félix, que disse que não pretendia prestar queixa pela porta quebrada.

Serena e Carmen estavam chorando. Tarde demais, ele finalmente viu dois dos quatro policiais saírem num dos veículos procurando Lester. Depois disso, surpreendendo-o, Maria pediu que os policiais chamassem o detetive Margolis quando seus pedidos para que soltassem Colin foram recebidos com indiferença.

Colin fechou os olhos, esperando que o detetive estivesse ocupado com outra coisa. Alguns minutos depois, um policial anunciou que Margolis estava a caminho. Margolis *ia amar* isso. Sem dúvida daria um dos seus risinhos presunçosos enquanto jogava em cima de Colin o discurso de “eu avisei o tempo todo que isso ia acontecer”.

Sem arrependimentos. Maria e sua família estavam a salvo, e era só isso que importava. Isso e impedir que Lester aparecesse de novo... Maria tinha dito aos policiais que Lester se enfureceu assim que ouviu as sirenes. Mas até esse ponto ela pudera mantê-lo calmo, falando com ele. Ou melhor, deixando Lester verbalizar o que sentia e concordando com ele. Mas e na próxima vez? Será que Lester seria aplacado tão facilmente? Ou simplesmente iria agarrá-la e levá-la para algum lugar onde a polícia não poderia encontrá-los?

O pensamento deixou-o nauseado. Colin queria bater em si mesmo por não ter verificado pessoalmente no hospital. Como Lester fugiu? Se tinha entrado em delírio quando o detetive chegou naquela manhã, por que não foi posto numa camisa de força? Será que ainda faziam isso?

Havia outra coisa que o incomodava: como Lester sabia que ela estaria ali? Talvez tivesse passado no escritório, depois no apartamento, visto que ela não estava, mas...

Seus pensamentos foram interrompidos primeiro pela luz de faróis, depois pelo som de um carro diminuindo a velocidade. Ouviu-o parar, e alguns segundos depois o som de uma porta se abrindo e fechando com uma pancada.

Margolis.

– Alguma vez você já teve a sensação de que o Natal chegou mais cedo? – perguntou Margolis, agachando-se perto dele.

Aproximando-se de Maria, tinha hesitado ao ver Colin no chão, algemado, e praticamente pulou por cima dele. Colin não disse nada. Qualquer coisa que dissesse seria jogada de volta na sua cara.

– Quer dizer, lá estava eu, saindo para beliscar alguma coisa há menos de dez minutos de distância, quando recebi um chamado urgente requisitando minha presença aqui. E quem eu encontro, senão meu velho colega, Colin? Devo dizer que faz muito tempo que não o vejo com uma aparência tão boa.

Colin notou o reflexo do riso de Margolis em seus sapatos muito bem engraxados.

– O que você fez? Teve uma discussão com sua namorada aqui? Talvez tenha empurrado mamãe ou papai quando eles tentaram intervir? Ou partiu para cima de um dos policiais quando eles apareceram e tentaram acalmá-lo?

Ele cuspiu seu palito de dentes, deixando-o cair na grama perigosamente perto do rosto de Colin.

– Seria melhor você parar de fazer o estilo silencioso e abrir o bico. Vou descobrir de qualquer modo em um minuto.

Colin soltou o ar.

– Violações de trânsito.

Margolis inclinou a cabeça, surpreso.

– Não brinca? – Como Colin não respondeu, o detetive balançou a cabeça, rindo. – Devo admitir que nunca imaginei isso. Mas, ei, aceito o que conseguir. Então deixe-me falar com sua namorada ali, se é que você ainda pode chamá-la de namorada. Mesmo que não tenha encostado um dedo nela, ela não me parece do tipo que visita a cadeia toda semana para apoiar seu homem, e sempre fui um bom avaliador de caráter.

Colin olhou-o se levantar. Quando Margolis se virou e foi na direção de Maria, Colin pigarreou.

– Posso levantar agora?

Margolis olhou para trás por alguns segundos, depois deu de ombros.

– Não sei. Pode?

Usando a cabeça para se firmar, Colin levantou os quadris e lançou os joelhos para a frente num movimento fluido, pondo-se de pé. Margolis sinalizou para afastar um policial que tinha dado um passo na direção de Colin. Tornou a rir.

– Com movimentos assim, tenho certeza de que todos os caras da prisão vão querer dançar com você. Mas vou lhe dizer uma coisa: por que não espera aí mesmo enquanto eu descubro o que está acontecendo?

Margolis sinalizou para os dois policiais se aproximarem. Um deles apontou o polegar para Maria algumas vezes; o outro assentiu na direção de Colin. Vários vizinhos tinham saído e estavam parados nos gramados ou na rua, esticando o pescoço para enxergar melhor. Ele não era o único que havia notado: Margolis também notou e, depois de uma breve conversa com a família, todo mundo começou a entrar na casa. Surpreendendo Colin, Margolis sinalizou para ele ir também.

Na sala, Maria contou de novo a história desde o início, incluindo uma descrição da roupa que Lester estava usando, só que dessa vez de modo mais linear. Sua família ficou parada atrás, parecendo mais perturbada do que ela, enquanto os dois policiais que tinham prendido Colin flanqueavam a porta da frente. Colin viu Margolis fazer anotações e Serena intervindo com interjeições ocasionais. Só quando Maria terminou, Margolis fez a primeira pergunta.

– Ele ameaçou você com a arma?

– Ele estava com a arma na mão.

– Mas não a levantou? Ou apontou para você?

– Por que isso faz diferença? – perguntou Maria. – Ele apareceu na frente da minha casa com uma arma. Você precisa prendê-lo.

Margolis levantou as mãos.

– Não me entenda mal. Estou do seu lado. Com a confissão dele, de que mandou as rosas ao escritório e pediu para entregar a bebida, e agora isso, não há dúvida de que ele será indiciado. Só queria determinar se, além disso, ele violou alguma lei relativa ao porte de armas.

– Ele é doente mental. Isso torna ilegal para ele possuir uma arma de fogo neste estado.

– Talvez.

Os olhos de Maria relampejaram.

– Ele estava num hospital psiquiátrico hoje de manhã. Pelo menos foi o que o senhor me disse.

– Não tenho motivo para crer que ele não estivesse lá. Quando estava falando sobre doença mental, quis dizer *legalmente*. Até agora não tive acesso às fichas médicas dele e, nessa situação, quando ele foi preso, as acusações foram retiradas. Não sei se o status mental dele foi oficialmente declarado. Além disso, há uma diferença entre se internar num hospital voluntariamente e ser internado involuntariamente.

– O senhor está se preocupando com minúcias – disse Maria, frustrada. – Eu disse como ele estava agindo. Ele estava falando *com o celular*. Ele estava delirando e me ameaçou com uma arma!

– Tem certeza?

– O senhor ouviu alguma palavra do que eu disse?

Margolis se empertigou mais, obviamente na defensiva.

– Para ser claro, nada que você disse indicou que ele tenha levantado a arma ou compelido você a fazer qualquer coisa. E quando você foi para sua casa ele correu na direção oposta.

Por um segundo Maria não disse nada, mas Colin notou um clarão de incerteza em seus olhos.

– E o fato de que ele cortou meus pneus e roubou meu celular?

– Ele disse que cortou seus pneus?

– Não, mas… – Maria olhou para ele. – Por que o senhor está fazendo isso? Forjando desculpas para ele? É como se estivesse procurando algum motivo para não prendê-lo.

– Pelo contrário. Estou apenas tentando encontrar alguma coisa para pegá-lo de vez. Não há motivo para prendê-lo de verdade se eu não puder mantê-lo preso.

– Ele estava com uma arma! Isso não significa nada?

– Significaria se ele tentasse escondê-la. Ou se ameaçasse você. Mas, segundo você, ele não fez nem uma coisa nem outra.

– Isso… é insano.

– É a lei. Claro, se ele não tiver porte de arma, é uma coisa que posso usar. Mas isso não vai bastar para segurá-lo por muito tempo. Nem o fato de que ele pegou seu celular.

– E quanto a cortar meus pneus?

– Ele admitiu isso?

– Não, mas...

Margolis suspirou.

– Sei que é frustrante para você, mas realmente estou tentando ajudá-la. Estou procurando alguma coisa que possa justificar uma prisão, ou acusações suficientemente sérias para mantê-lo encarcerado.

– Certo, então. Eu estava errada, antes. Agora me lembro de que ele apontou a arma para mim. Apontou-a para mim o tempo todo.

Margolis levantou uma sobrancelha.

– Está mudando sua história?

– Estou corrigindo-a – disse ela.

– Está bem. – Ele assentiu. – Mas, antes de entrarmos nesse caminho, você deve perceber que essa situação é mais complexa do que você admite.

– Como assim?

– Não tenho liberdade para dizer. Ainda é cedo. Por enquanto, você só precisa saber que estou explorando um monte de ângulos diferentes.

Ângulos diferentes?, pensou Colin.

– Os policiais disseram que não puderam encontrá-lo. Passaram duas vezes pela vizinhança, falaram com algumas pessoas que estavam do lado de fora e ninguém o viu.

Colin abriu a boca, depois fechou de novo. Margolis notou.

– Tem alguma coisa a dizer?

– Eu estava imaginando se eles verificaram a praça – disse ele. – E a casa do outro quarteirão, que dá fundos para esta aqui.

Margolis o encarou.

– Por quê?

Colin contou o que ficara sabendo, além de suas suspeitas com relação à casa desocupada e as atividades de espionagem de Lester. Também mencionou onde suspeitava que Lester estivesse estacionando seu carro. Instigado por Margolis, admitiu que estivera visitando o bairro tarde da noite e no início da manhã, e que passara um tempo inspecionando placas de carros. Os pais de Maria pareceram nauseados com as revelações; enquanto isso, o olhar pétreo de Margolis jamais se afastou dele.

– Só agora você está me dizendo isso? Que andou bancando o investigador particular o tempo todo?

Colin assentiu na direção dos policiais.

– Eu disse aos policiais para onde Lester podia ter ido, quando estavam me prendendo. Eles não me deram ouvidos.

Todos ficaram em silêncio por um momento.

– Mas ele não estava correndo na direção da praça – disse Serena baixinho. – Nem para a casa.

– Como assim? – perguntou Margolis.

– A praça fica naquela direção, depois de algumas ruas – disse Serena, apontando na direção da cozinha. – E, a não ser que ele quisesse dar a volta mais longa no quarteirão, também não estava correndo para a casa desocupada. Correu para o outro lado, na direção oposta.

Margolis absorveu isso antes de pedir licença e se juntar aos policiais, dois dos quais partiram em seguida. *Cerca de uma hora atrasados*, pensou Colin.

Margolis retornou a Maria.

– Presumindo que Lester tenha vindo de carro, eles vão descobrir se algum dos carros foi roubado ou se podemos ligá-los ao Lester de algum modo. O importante agora é ter certeza de que você está segura. Está pensando em voltar ao seu apartamento?

– Ela vai ficar conosco – anunciou Félix. – Serena também.

Margolis apontou o polegar por cima do ombro.

– Sua porta da frente está quebrada.

– Tenho alguns caibros na garagem. Vou prendê-la, e amanhã mando consertar.

– Vocês têm alarme?

– Temos – respondeu ele. – Mas não usamos muito.

– Use esta noite. Firmem a porta e mantenham as cortinas fechadas, como precaução.

– E quanto a uma proteção policial? – perguntou Serena. – Ter alguém perto da casa?

– Não vou conseguir isso – respondeu Margolis. – Escolham o motivo que quiserem: cortes de orçamento, gente insuficiente ou limitação das horas extras. Mas vou ligar para o comandante e tenho certeza de que posso conseguir que um veículo faça a ronda de vez em quando.

– E se o Lester voltar?

– Não acho provável.

– Por quê?

– Porque ele tem medo da polícia e *acha* que haverá um policial aqui.

– A não ser que ele esteja maluco e não se importe.

– Ele fugiu da primeira vez que ouviu as sirenes, não fugiu? – perguntou Margolis, mas, percebendo como isso parecia arrogante, continuou: – Sei que estão com medo, Sr. Sanchez. Entendo. Vou me certificar de que dois policiais percorram o bairro durante uma hora mais ou menos. E, quem sabe, talvez eles tenham sorte e o peguem. Se isso acontecer, vão levá-lo e eu vou colocá-lo na sala de interrogatório e ver o que posso fazer. E amanhã, de qualquer modo, darei uma ordem de restrição. Se ele chegar perto de vocês, vai ser preso.

Colin notou as emoções conflitantes nas feições de Maria. Ela olhou para os policiais perto da porta antes de respirar fundo.

– Posso falar com o senhor a sós? – perguntou ela.

Margolis pensou um pouco, mas assentiu. Sinalizou para os outros policiais saírem e eles passaram em silêncio pela porta da frente. Ao mesmo tempo, Serena e os pais foram para a cozinha. Assim que saíram, Maria suspirou.

– E o Colin?

Margolis olhou para ele.

– O que é que tem?

– Eu esperava que o senhor falasse com o policial que o prendeu. Talvez convencê-lo a soltar o Colin com algumas multas por excesso de velocidade ou algo assim. Em vez de prendê-lo.

A expressão de Margolis chegou à extrema incredulidade.

– Por que eu faria isso? Pelo que me contaram, ele estava andando a 100 por hora num bairro residencial. Quase bateu de frente com alguém a alguns quarteirões daqui e se recusou a parar. – Ele balançou a cabeça. – Quando chegou aqui, não acatou as instruções dos policiais para se deitar e, em vez disso, piorou muito uma situação que já era delicada.

– Eu estava correndo perigo. O senhor teria feito a mesma coisa se achasse que uma pessoa amada pudesse ser ferida.

– Ele deveria ter deixado a polícia cuidar de tudo. Em vez disso, pelo modo como estava dirigindo, colocou em perigo a vida de outras pessoas.

– Lester estava com uma arma, pelo amor de Deus!

– Mais um motivo para deixar que a polícia cuidasse de tudo.

– Isso não é justo, e o senhor sabe! – exclamou Maria, quase perdendo a compostura. – Quer dizer, mandá-lo para a prisão? Por *excesso de velocidade*?

Eu fiz muito mais do que isso, pensou Colin. *Os policiais só me viram nos dois últimos minutos.*

– Ele fez suas escolhas – disse Margolis. – Não se esqueça de que os policiais precisaram sacar as armas. Você poderia ter se machucado. Sua família poderia ter se machucado.

– Assim que ele viu que eu estava em segurança, obedeceu a eles e se submeteu voluntariamente. Ele não levantou a voz, não resistiu. O senhor quer mesmo arruinar o resto da vida dele? Só porque ele estava correndo para me salvar?

– Não sou eu quem decide isso.

Margolis deu de ombros.

– Não. Mas tenho a sensação de que ouvirão o senhor. – Ela pôs as mãos nos quadris, forçando Margolis a encará-la. – Sei que o senhor não confia no Colin e acredita que o lugar dele é a prisão. Se ele tivesse lutado com os policiais, resistido à prisão ou feito alguma outra coisa idiota, eu não pediria que o senhor interviesse. Mas essas coisas não aconteceram, e o senhor me parece uma pessoa razoável. Gostaria de pensar que minhas primeiras impressões estão corretas. Por favor...

Durante um longo momento, Margolis a encarou de volta. Depois, sem dizer uma palavra, encaminhou-se para a porta.

Cinco minutos depois, Colin estava parado junto ao sofá, coçando distraidamente os pulsos onde as algemas o haviam cortado.

– Obrigado por me ajudar.

– De nada.

– Ainda não acredito que ele escutou você.

– Eu acredito. Ele sabia que era a coisa certa. E o policial que fez a prisão não estava chateado. Depois de ouvir a história inteira, não creio que quisesse prendê-lo.

Colin indicou a porta.

– Desculpe por isso. Faço questão de pagar.

– Meu pai não se importa. Honestamente, ele está com raiva demais com a ideia de que Lester andou espionando a família para se preocupar com uma porta.

– Que tal se eu ajudar a trancá-la por esta noite?

Quando ela assentiu, ele a acompanhou até a garagem, voltando com os caibros, um martelo e pregos. Maria ajudou a prender a madeira no lugar e, quando estava bem fixa, deu um passo na direção de Colin. Envolvendo-o com os braços, segurou-o por um longo tempo antes de finalmente se afastar.

– O que você vai fazer agora?

– Ligar para minha chefe – respondeu ele. – Avisar onde estou e descobrir se fui demitido. E depois acho que vou vigiar lá fora durante o resto da noite. Quero estar aqui se o Lester aparecer.

Ela assentiu.

– O que você acha que o Margolis quis dizer quando falou que estava explorando diferentes ângulos? Lester admitiu quase tudo…

Colin deu de ombros.

– Não faço ideia. Algo a ver com Mark, o namorado de Cassie? Já que ele sumiu?

Colin pôs Maria a par do pouco que ficara sabendo antes. Atrás deles, Félix entrou na sala, acompanhado por Carmen, que entregou a Colin um copo de água gelada enquanto Félix inspecionava o serviço que havia feito para firmar a porta.

– Desculpem – disse Colin, ligeiramente sem graça. – Eu falei com Maria que faço questão de pagar.

Félix assentiu.

– O trabalho está bom. Firme. – Ele deu um passo na direção de Colin, encarando-o com a expressão mais suave. – Queria agradecer por você ter corrido para cá quando pensou que Maria estava com problemas. E por ter chamado a polícia.

– De nada.

Carmen voltou para o lado dele enquanto Félix continuava a falar. Atrás deles, Colin podia ver Serena na cozinha, obviamente prestando atenção.

– Quando nós nos conhecemos, eu o julguei mal – disse ele. – Maria disse que se sentia segura com você. Agora entendo o motivo.

Ao ouvir as palavras dele, Maria deu a mão a Colin.

– Ouvi você dizer a Maria que quer ficar vigiando esta noite. Lá fora. Para o caso de Lester voltar.

– É.

– Tenho problema com isso.

Colin olhou-o, sem dizer nada.

– Você deveria ficar dentro de casa, e não lá fora. Como nosso hóspede.

Colin sentiu Maria apertar sua mão. Apesar de tudo, não pôde deixar de sorrir.

– Está bem.

Colin andou de um lado para outro na sala de estar, olhando através das cortinas da janela da frente e depois conferindo as janelas da cozinha. Nenhum sinal de Lester.

Margolis havia cumprido com a palavra; um carro de polícia passou pela casa quatro vezes, duas enquanto o resto da família ainda estava acordado e duas depois de todos irem para a cama. Maria foi quem ficou acordada por mais tempo, sentada com Colin até pouco depois da uma da madrugada. Antes de se deitar, Félix disse a Colin que acordaria às quatro para rendê-lo e permitir que dormisse um pouco.

O tempo passado a sós pareceu uma bênção, permitindo que Colin entendesse tudo o que havia acontecido. Ainda tinha mais perguntas do que respostas, já que nada fazia sentido. Se, por exemplo, Lester delirava a ponto de acreditar que Maria estava decidida a acabar com ele, seu medo deveria tê-lo mantido *longe* dela, não é verdade? Mas Lester não havia admitido que vinha perseguindo Maria o tempo todo?

E por que Margolis tinha dito a Maria que estava explorando "diferentes ângulos"?

Outras questões também o incomodavam: por que Lester admitiu que tinha mandado as flores e a bebida, mas não que havia cortado os pneus? Será que Lester viera de carro? Nesse caso, onde conseguiu o veículo? Se tinha deixado o carro na praça, mas correu na outra direção, para onde estava indo e por que a polícia não pôde encontrá-lo? E como soubera que Maria estaria em casa quando ela mesma havia se esquecido do aniversário da mãe?

Quanto mais ficava sabendo, mais confuso se sentia.

– Você está me deixando nervosa – disse Maria. – E tenho certeza de que vai acabar abrindo um sulco no chão.

Colin viu-a no corredor, de pijama.

– Acordei você?

– Não. Eu dormi um pouquinho.

– Que horas são?

– Pouco mais de três. – Maria foi até o sofá e deu um tapinha na almofada ao lado. Quando Colin se sentou, ela encostou a cabeça no seu ombro enquanto ele passava o braço pelas suas costas. – Você deveria tentar dormir um pouco.

– Só tenho mais uma hora até seu pai se levantar.

– Não creio que ele esteja dormindo. Provavelmente está se revirando, como eu. – Ela beijou-o no rosto. – Fico feliz por estar aqui, mas meus pais também se sentem assim. Logo antes de irem para a cama, me pediram desculpas pelo modo como trataram você.

– Não havia motivo para se desculparem. Eles foram muito gentis. Especialmente com relação ao fato de eu ter arrombado a porta com um chute.

Ela deu de ombros.

– Para ser honesta, foi bem impressionante. Em geral as portas mantêm as pessoas do lado de fora, mas essa não diminuiu a sua velocidade. Eles se sentem melhor sabendo que você está aqui.

Ele assentiu. O luar se derramava por uma fresta nas cortinas, banhando a sala com um brilho prateado.

– Eu queria dizer que o modo como você lidou com o Lester foi incrível. Nem todo mundo conseguiria ficar calma nessa situação.

– Eu não estava calma. Estava aterrorizada. Vejo o rosto dele toda vez que fecho os olhos. E foi muito... esquisito. Continuo com a sensação de que ele estava com mais medo de mim do que eu dele, ainda que fosse ele que estivesse armado.

– Também não entendo.

– Eu gostaria que a polícia o tivesse encontrado. Odeio saber que ele continua por aí... me seguindo, vigiando, planejando e se escondendo. De que adianta uma ordem de restrição se não o prenderem? Pensei em sair da cidade, mas e se ele me seguir? Ou me encontrar de algum modo? Quer dizer, nem eu sabia que vinha para cá esta noite, então como ele sabia? E como soube que eu estaria no bar?

– Também estive pensando nisso.

– E? O que devo fazer? Só quero me sentir... *em segurança.*

– Tenho uma ideia. Pode ser meio maluca, mas...

– O que é?

Ele a expôs.

26

Maria estava dormindo no sofá quando sentiu Colin lhe dar um beijo de despedida e sussurrar que voltaria às oito horas. Teve uma leve percepção de que ele saía pela porta da garagem. Surpreendentemente, conseguiu dormir mais algumas horas antes que os sons da casa a despertassem.

Durante o café, contou os planos de Colin à família. Eles ouviram com surpresa. Seus pais prefeririam que ela ficasse onde eles poderiam vigiá-la, mas entendiam o raciocínio de Colin e aceitaram a decisão dela, pedindo apenas que mantivesse contato.

Colin apareceu na casa dos sogros por volta das oito da manhã com um celular pré-pago e acompanhou Maria de volta ao apartamento dela. Ali, ela tomou banho, vestiu um jeans, uma camiseta branca e sapatos pretos, e preparou uma bolsa com roupa para passar a noite fora. Às nove estavam no tribunal, onde Maria preencheu a papelada necessária para a ordem de restrição. Margolis havia cumprido com a palavra; o funcionário disse que eles iriam levar o documento para o juiz assinar ainda naquela manhã.

Usando o celular pré-pago, Maria mandou uma mensagem para Margolis informando o número e pedindo que a mantivesse informada sobre qualquer progresso relativo a Lester Manning.

Para sua surpresa, Margolis telefonou menos de meia hora depois e pediu que a encontrasse num café.

– Fica a uns dois quarteirões do tribunal, e poderemos falar em particular – disse enigmaticamente.

Ela se sentiu bem depois de preencher a papelada e decidiu prosseguir com a ideia de Colin. Pela primeira vez desde que tudo aquilo havia começado, estava agindo. Ainda que não existissem garantias de que conseguiriam entregar a ordem de restrição a Lester, tomar a iniciativa a fez sentir que tinha algum controle.

No café, Colin e ela se sentaram num canto reservado, onde podiam vigiar a chegada de Margolis. Quando ele passou pela porta, meia hora mais tarde, demorou apenas um segundo para vê-los. Enquanto o detetive passava entre as mesas, Maria notou como o tecido de seu blazer mal cortado apertava os bíceps. Como Colin, o detetive parecia passar bastante tempo malhando.

Parou perto da caixa registradora para pedir uma xícara de café, depois sentou-se de frente para Maria e Colin. Quando ele olhou para Colin, ela pensou ter detectado uma quantidade um pouco menor da animosidade usual.

Ou, mais uma vez, talvez ela estivesse apenas imaginando.

– Algum problema com a papelada da ordem de restrição hoje de manhã?

– Não – respondeu Maria. – E obrigada pela ajuda.

Ele meneou a cabeça.

– Deixei um aviso com o auxiliar do juiz Carson, de modo que não deve haver nenhum entrave. Se você não receber notícias deles, me avise.

– Claro – disse ela.

O garçom chegou, deixando a xícara de café. Margolis esperou que ele saísse antes de tornar a falar.

– Como você passou a noite? – perguntou a Maria.

– Não dormi bem, se é isso que o senhor está perguntando. Mas pelo menos o Lester não voltou.

Ele assentiu.

– Verifiquei hoje cedo e ele não foi visto por nenhuma patrulha também. Mas vai aparecer. Um cara assim costuma se destacar e deixar as pessoas nervosas. Confio que alguém vai nos avisar se ele aparecer.

– Se ainda estiver na cidade – disse ela. – Pelo que sabemos, ele já pode estar de volta em Charlotte. Ou Deus sabe onde.

– No hospital é que não está. Também pedi para meu amigo passar pela casa dos Manning hoje cedo. Não há sinal dele, nem no apartamento da garagem nem na casa.

Ela assentiu.

– Por outro lado – continuou ele –, falei com o departamento do xerife e eles concordam que eu entregue o mandado a Lester quando o encontrar. Isso é bom. Nem sempre é fácil. Mas eu odiaria que o Lester fosse encontrado e não recebesse o mandado porque não há xerifes disponíveis e ele desaparecesse de novo antes de conseguirem.

– Então esse é o plano? – perguntou Maria. – Esperar até que ele apareça?

– Não sei se há outra opção. Só estou tentando tirar o melhor de uma situação ruim.

– Era para isso que queria falar comigo hoje? Para dizer que não pôde encontrá-lo?

– Não – disse Margolis. – Surgiram algumas informações interessantes e eu queria sua opinião sobre elas.

– Achei que o senhor não tinha liberdade para discutir a investigação.

– Está certa. O que significa que terei de limitar parte do que vou dizer. Mesmo assim, queria falar com você porque preciso da sua ajuda.

– Por quê?

– Porque, quanto mais olho para essa situação, menos ela parece fazer sentido. Espero que você me ajude a juntar as peças.

Bem-vindo ao meu mundo, pensou Maria.

Margolis continuou:

– Quanto à situação de ontem à noite. Eu disse que estava procurando possíveis violações quanto ao porte de armas. Mas, como todo o resto neste caso, o que parecia óbvio não é. Portanto, vamos começar com o seguinte: Lester *não* tem porte de arma. Nem comprou uma arma legalmente, o que achei que era uma notícia fantástica para você. No entanto, Avery Manning, o pai, tem porte para uma pistola comprada há cerca de um ano.

– E?

– O problema é que Lester e Avery, pai e filho, moram no mesmo endereço. Não é ilegal pegar emprestada a arma de alguém se a arma for legalizada. Portanto não posso usar isso como argumento para a prisão, a não ser que Avery Manning não tenha emprestado. Porém, há mais complicações.

– O quê, por exemplo?

– Avery Manning veio me procurar hoje cedo. – Margolis deixou as palavras no ar antes de prosseguir: – Foi por isso que me atrasei para chegar aqui. Achei melhor me encontrar com ele antes de falar com você. A história ganha mais uma reviravolta.

– O quê?

– A arma podia não ser de verdade.

– Como assim?

Margolis pegou sua colher e mexeu no café enquanto continuava:

– Nós nos sentamos e a primeira coisa que pensei é que o Dr. Manning tinha uma aparência de merda, o que fez sentido assim que ele contou que veio dirigindo do Tennessee. Estava perturbado. Deve ter acabado com um pacote inteiro de chiclete enquanto conversávamos, ficou mastigando e cuspindo um pedaço depois do outro. Mas não tentou controlar a conversa, o que me causou surpresa, tendo em vista o modo como você o descreveu. De qualquer maneira, perguntei o que podia fazer por ele e ele disse que o filho tinha saído do Plainview e que estava preocupado com a hipótese de Lester vir procurá-la. Implorou que eu a alertasse. Continuou dizendo que Lester estava em fase de delírio agudo e que vinha lutando com esse transtorno durante anos, blá-blá-blá... mais ou menos as mesmas coisas que dissera antes.

– Mas ontem ele nem tinha certeza se o filho estava no hospital.

Margolis tomou um gole de café.

– Ele disse que o pessoal do hospital ligou assim que percebeu que Lester havia sumido. Os funcionários passaram duas horas procurando-o antes de perceber que ele devia ter ido embora.

– Como isso é possível? É um hospital psiquiátrico. Eles não vigiam os pacientes?

– Segundo o Dr. Manning, Lester esteve lá com regularidade suficiente para conhecer a rotina, e é familiarizado com os funcionários. O administrador enfatizou que não havia motivos para não confiar no Lester. Ele entrou voluntariamente no hospital e nunca tinha fugido. Por isso, quando chegou o horário livre, acharam que o Lester simplesmente... saiu. Depois disso pegou o carro de alguém ou alguém lhe deu carona, e ele foi até Wilmington. E obviamente estava com uma arma guardada em algum lugar. – Margolis deu de ombros. – O que posso dizer? Ele está paranoico.

– Se o Dr. Manning queria me avisar, por que não ligou para o senhor assim que ficou sabendo?

– Ele ligou – disse Margolis, e sua expressão revelava que estava tão surpreso quanto ela. – Deixou um recado para mim ontem à noite, mas só ouvi hoje de manhã, depois de já ter me encontrado com ele. Mesmo assim, não sei se teria adiantado muito. O telefonema foi dado depois de o Lester ter ido à sua casa.

Maria assentiu.

– Contei ao Dr. Manning que o Lester não somente havia aparecido na casa dos seus pais ontem à noite, como também tinha uma arma. O Dr. Manning ficou mais perturbado ainda. Depois de se acalmar, insistiu que a arma do Lester não podia ser de verdade.

– Claro que ele diria isso.

– Foi o que eu pensei também. Como ele podia ter tanta certeza? Ele respondeu que possuía duas armas: uma espingarda velha que tem desde criança e que, segundo ele, talvez nem funcionasse, e a pistola da qual falei, que ele mantém numa caixa trancada no porta-malas do carro. Acrescentou que de jeito nenhum iria deixá-la em casa, onde Lester pudesse pôr as mãos nela.

– Eu sei o que vi!

– Não duvido, mas deixe-me terminar. O Dr. Manning disse que, apesar de Lester não ter uma arma *de verdade*, tinha uma pistola de ar comprimido. Disse que a comprou para o filho quando era adolescente e presumia que estivesse numa das caixas do sótão. É possível que ele a tenha pegado em algum momento. Por isso, minha pergunta é: seria possível que o Lester estivesse segurando uma pistola de ar comprimido?

Maria tentou se lembrar da arma, mas não conseguia reunir os detalhes necessários.

– Não sei – admitiu. – Para mim pareceu de verdade.

– Isso não é de surpreender. A mesma cor, o mesmo tamanho, estava escuro e você estava aterrorizada. Quem sabe? Mas isso pode explicar por que o Lester não a apontou. Porque achou que você poderia notar que o buraco do cano era pequeno demais.

Maria pensou nisso antes de finalmente balançar a cabeça.

– Isso não significa que a arma do Lester não fosse de verdade. Ele pode tê-la comprado numa feira de armas. Ou na rua. Não é impossível.

– Verdade – admitiu Margolis. – Neste momento não descarto nada.

– E como sabe que o Dr. Margolis estava dizendo a verdade sobre a arma dele, para começo de conversa?

– Porque ele me mostrou antes de ir embora. E sim, ela estava numa caixa trancada dentro do porta-malas. – Como Maria não reagisse, Margolis continuou: – Há outra coisa que você deveria saber.

– O quê?

Margolis enfiou a mão na pasta de papel e pegou um formulário de internação no Hospital Psiquiátrico Plainview. Empurrou-o para Maria por cima da mesa.

– Lester Manning estava no hospital na noite em que seus pneus foram cortados. Recebi este fax do Plainview hoje de manhã. Você pode ver a data de entrada no hospital.

Enquanto olhava o documento, ela não conseguia acreditar.

– Tem certeza de que isto é verdade?

– Tenho. O Dr. Manning fez o pedido quando eu estava lá, e o fax chegou alguns minutos depois, direto do hospital.

– Lester não pode ter saído sem ser visto? Como ontem?

– Naquela noite, não. Segundo os registros, ele ficou no quarto a noite toda. Os funcionários verificaram isso a cada trinta minutos. – Maria não disse nada. Margolis aproveitou para tomar um gole de café. – E isso é parte do motivo para eu querer me encontrar com você. Se outra pessoa cortou os pneus, quem pode ser? Quando fiz essa pergunta ao Dr. Manning, ele disse que eu investigasse Mark Atkinson.

– Por quê?

– Porque Atkinson pode estar tentando incriminar Lester.

– Isso não faz nenhum sentido.

– Talvez... a não ser que Atkinson conhecesse Lester e tivesse um motivo. Foi Lester que apresentou Cassie a Atkinson, para começo de conversa.

Maria demorou alguns instantes para assimilar isso.

– Lester e Atkinson se conheciam?

– Os dois trabalhavam para a mesma empresa de limpeza. Segundo o Dr. Manning, depois que Cassie morreu, Lester e Atkinson se desentenderam. Lester confrontou Atkinson porque ele não conseguiu proteger Cassie quando Laws apareceu, chamou-o de covarde e os dois brigaram. Não há registro da briga, mas isso não quer dizer nada. Na maior parte das vezes, em situações assim, a polícia não é chamada. Resumo da história: Atkinson ficou muito irritado.

– Tem certeza disso?

– Da briga, não. Mas é verdade que Lester e Atkinson trabalharam juntos. Depois de conversarmos ontem, falei de novo com a mãe de Atkinson e um supervisor da empresa de limpeza. Foi o que quis dizer quando falei em diferentes ângulos. Alguma coisa no modo como Atkinson simplesmente saiu da cidade me incomodou assim que tomei conhecimento. Eu consigo aceitar a ideia de que ele fugiu para conhecer a mulher dos sonhos, ou sei lá o quê, os caras podem ser idiotas assim, mas nenhum contato com a mãe, a não ser duas cartas? Nenhum telefonema para a mãe ou os amigos? Não me pareceu certo.

– Mas ainda não entendo por que Atkinson viria atrás de mim. Como disse, nunca me encontrei com ele.

– Talvez o motivo seja o mesmo que o de Lester: Laws saiu da cadeia e matou Cassie.

– Talvez – disse ela devagar. – Mas... era Lester que estava me seguindo. Ele mandou as flores e a bebida. Foi ele que apareceu na frente da minha casa ontem à noite...

– Exato – concordou Margolis. – E tudo isso me fez pensar se o Dr. Manning estaria errado quanto ao relacionamento entre Lester e Atkinson. Se ele tiver razão e Atkinson *estiver* tentando incriminar Lester, como conseguiu que Lester seguisse o jogo dele com tanta perfeição? Especialmente levando-se em conta a noite passada? Mas se você descartar essa ideia, ficamos com outras possibilidades. A primeira é que Lester soubesse que Atkinson iria atrás de você e decidiu participar da coisa. Claro, isso levanta a questão de como Lester saberia o que Atkinson estava planejando. Mas se também pusermos essa ideia de lado, há uma terceira possibilidade.

Maria olhou para Margolis do outro lado da mesa, como se temesse ouvir o que ele diria em seguida.

– E se Lester e Atkinson estiverem trabalhando juntos? – sugeriu finalmente. – E se estão fornecendo álibis um para o outro?

Tentando entender as perguntas de Margolis, Maria ficou quieta.

– Sei o que está pensando – disse Margolis. – E parece loucura para mim também, mas é a única das três explicações que parece fazer algum sentido.

– Ainda não sei direito por que o senhor acha que Atkinson pode estar envolvido. Talvez Lester tenha mandado algum morador de rua cortar meus pneus e deixar o bilhete. Todo o resto aponta para o fato de que Lester estava trabalhando sozinho.

– Nem tudo. Veja bem, o negócio é que eu examinei os registros dos carros que estavam parados junto da praça, como Colin sugeriu. E um deles levantou um alerta vermelho.

– Por quê?

– Porque o carro em questão está registrado no nome de Mark Atkinson.

– Isso faz sentido para você? – perguntou Maria a Colin, depois que Margolis saiu. – Sobre Lester e Atkinson trabalharem juntos?

– Não sei – admitiu Colin.

Ela balançou a cabeça.

– É o Lester. Sozinho. Tem de ser. – Mesmo aos seus ouvidos, parecia que ela estava tentando se convencer. – Se estiverem trabalhando juntos, por que o carro do Atkinson está na praça? Como foram embora? Lester não tem carro.

– Como Margolis sugeriu ontem à noite, talvez ele tenha roubado um.

Ela balançou a cabeça.

– É confuso demais. Tudo isso está parecendo uma daquelas bonecas russas. Se você abrir uma, há outra dentro, e assim por diante. E o que eu deveria fazer? E se o detetive descobrir alguma coisa que implique o Atkinson? Devo obter um mandado para o Atkinson também?

– Pode ser.

– E se eles não conseguirem encontrar o Atkinson? Nem a mãe dele consegue encontrá-lo. De que adiantaria uma ordem de restrição se não puder ser entregue imediatamente?

Colin não respondeu, mas sentiu que Maria não precisava de resposta. Os pensamentos dela continuaram a girar, as palavras escapando da boca.

– Eles vão encontrar.

– Como?

Em vez de responder, Colin pegou a mão dela.

– Por enquanto acho que nossa melhor opção é seguir o plano, especialmente porque podem ser dois caras.

– Você diz isso porque acha que é mais fácil duas pessoas me seguirem?

– É. E porque até sabermos de fato o que está acontecendo, a única coisa que podemos fazer é manter você em segurança.

Depois de deixar o carro de Maria no estacionamento, os dois foram para o Independence Mall no Camaro. No caminho, seguiram um trajeto sinuoso que incluía ruas secundárias e viradas súbitas. Ainda que nenhum dos dois tenha visto ninguém pelo retrovisor, não quiseram se arriscar.

No shopping, passaram quarenta minutos andando por diversas lojas, de mãos dadas. De vez em quando, voltavam pelo mesmo caminho examinando o rosto das pessoas, porém Maria não tinha certeza se isso adiantaria alguma coisa. Mesmo sabendo qual era a aparência de Lester, Atkinson era um mistério. Colin havia usado o computador de Maria naquela manhã para entrar no Pinterest, e ela se viu examinando a foto de Atkinson no cartaz de desaparecido, imaginando até que ponto a imagem seria exata. Ele tinha um rosto comum e podia ter mudado a cor do cabelo, deixado o bigode crescer ou raspado a cabeça. No meio de tudo isso, as teorias de Margolis continuavam a se remexer em seu cérebro.

Atkinson tentando incriminar Lester. Lester tentando incriminar Atkinson. Lester e Atkinson trabalhando juntos. Ou será que Lester estaria trabalhando sozinho enquanto Atkinson fugia com uma mulher, e nesse caso o carro seria apenas uma coincidência? Cada possibilidade, quando seguida logicamente, desmoronava em algum ponto do caminho.

Finalmente, e segundo o plano, eles foram até uma loja de artigos femininos. Ali Maria tirou algumas blusas das araras, sem se importar de fato com a aparência delas, mas fingindo que sim. Colin ficou ao lado dela, comentando casualmente sobre os artigos. Exatamente ao meio-dia ela disse a Colin que desejava experimentar as roupas e foi para os provadores.

– Saio em alguns minutos, Colin – gritou ela.

Assim que Maria entrou, viu Lily espiar de dentro de um provador. Maria entrou no mesmo que ela, notando a roupa de Lily: sapatos vermelhos, jeans, blusa vermelha e um cravo no cabelo. Na mão havia um par de óculos enormes e um molho de chaves; no chão estava uma bolsa de mão azul-marinho e uma sacola de loja de departamentos.

– Ah, meu doce. Coitadinha – disse Lily, pegando a mão dela. – Sei que é uma situação terrivelmente estressante, e nem posso imaginar como você consegue manter a cabeça no lugar, quanto mais continuar linda como na primeira vez que a vi. Bom, se fosse eu, minha pele já estaria rachando.

Duvido, pensou Maria. Lily era o tipo de mulher que provavelmente nunca tivera uma espinha. Mas era algo gentil de se dizer.

– Obrigada – disse. – E sei que estou pedindo muito...

– Não está, não, e não quero ouvir mais nenhuma palavra sobre isso. Sou sua amiga, e é isso que os amigos fazem, especialmente numa situação apavorante como essa.

– Não vi o Evan – comentou Maria.

– Foi à praça de alimentação há alguns minutos. Provavelmente está comendo alguma coisa não saudável, mas, considerando que ele tem sido uma doçura com tudo isso, prometi não falar nada sobre os hábitos alimentares dele.

– Acha que vai dar certo?

– Claro que vai – disse Lily. – Em geral as pessoas veem o que esperam ver. Aprendi no meu curso de teatro. Tive um professor maravilhoso, por sinal. Mas falamos disso mais tarde. Vamos começar, está bem? Colin e Evan estão olhando o relógio enquanto falamos. – Ela entregou a bolsa de mão a Maria, junto com os óculos escuros e a chave de seu carro. – Sua peruca e a roupa estão aqui – disse ela. – Tenho certeza de que o que peguei vai caber perfeitamente. Suspeito de que usamos o mesmo tamanho.

Não exatamente, mas é bem próximo, pensou Maria.

– Onde você conseguiu as perucas?

– Numa loja de perucas. Onde mais? Apesar de não serem perfeitas, o que seria impossível num prazo tão curto, as duas são mais do que adequadas para os nossos objetivos.

Maria examinou o conteúdo da bolsa.

– Posso pagar a você por tudo isso...

– Não, não vai pagar. Essa atividade justiceira é empolgante. Faz com que eu me lembre do baile de máscaras no clube de campo dos meus pais. Agora vamos começar... Não se esqueça do cravo. É o tipo de detalhe que as pessoas reparam. Vou mandar uma mensagem para o Evan e ele chegará em alguns minutos.

Maria saiu do provador de Lily e entrou no que ficava ao lado. Na bolsa havia uma roupa igual à que Lily usava, junto com uma peruca loura e um cravo vermelho. Maria vestiu a roupa e a peruca; passou um minuto ajeitando-a. Enfiou o cravo na peruca mais ou menos no mesmo lugar onde Lily estivera usando o dela, depois colocou os óculos escuros.

De perto, ainda não se parecia nem um pouco com Lily. Mas de longe, talvez... Calçou os sapatos vermelhos e saiu do provador exatamente ao meio-dia e quinze. Evan se aproximou dela.

– Ei, Lily – disse ele enquanto se aproximava. – Achou alguma coisa que agradou?

No canto, ela viu Colin fingindo interesse em alguma coisa no celular. Maria balançou a cabeça. Evan se inclinou e beijou-a no rosto antes de pegar sua mão. Os dois saíram da loja num passo tranquilo, depois entraram numa loja de departamentos, indo em direção à saída.

O carro de Lily estava duas vagas adiante. Maria apertou o botão do chaveiro, destrancando as portas, e sentou-se diante do volante enquanto Evan entrava ao lado. Consultou o relógio.

Sabia que Lily sairia da loja de roupas dentro de dois minutos, vestida como ela estivera, usando peruca escura. Colin pegaria a mão dela e iria levá-la a outra loja e outro provador, onde Lily colocaria de novo sua roupa original. Eventualmente Lily sairia do shopping com Evan. Enquanto isso, Colin iria sozinho para seu carro, como se Maria jamais tivesse estado no shopping.

Tudo isso era provavelmente desnecessário, pensou. Mas a palavra-chave, ela sabia, era *provavelmente*. Com duas pessoas talvez a segui-la, nem ela nem Colin queriam se arriscar. Ambos queriam que ela estivesse em algum lugar onde ninguém sequer pensaria em procurá-la, algum lugar aonde ela nunca tivesse ido.

A casa de Lily.

Ligou o carro e deixou a vaga. Ninguém saiu da loja atrás dela. Maria deu a volta no shopping, seguindo as orientações de Evan, depois parou enquanto Evan saía do carro perto de outra entrada do shopping.

– Obrigada – disse ela.

– Fico feliz em ajudar. E lembre-se: você vai ficar totalmente segura. Lily e eu estaremos lá daqui a pouco com suas coisas, está bem?

Ela assentiu, ainda tensa. Quando saiu do estacionamento, um minuto depois, pegou a rua principal. Como havia feito com muita frequência ultimamente, deu algumas voltas aleatórias olhando continuamente pelo retrovisor, sentindo o nervosismo começar a diminuir aos poucos.

Ninguém poderia tê-la seguido. Tinha certeza. Bom, quase certeza.

Ultimamente nada parecia certo.

O apartamento de Lily ficava a menos de um quilômetro e meio do restaurante, com estacionamento fechado e janelas da sala de estar com uma vista espetacular do oceano. Era decorado com bom gosto, em branco, diversos tons de amarelo e azul – sem surpresa –, e parecia receptivo e confortável. Maria passou alguns minutos olhando a praia sem sair à varanda, e finalmente fechou as persianas antes de ir para o sofá.

Espreguiçou-se com um suspiro, pensando que um rápido cochilo era exatamente o que precisava. Nesse momento o telefone que Colin havia lhe dado tocou, e ao atendê-lo ela reconheceu a voz de Margolis do outro lado.

– Duas coisas. Liguei para meu amigo detetive em Charlotte e deixei um recado para ver se dá para descobrir algo sobre o Atkinson, seja com a mãe ou na casa dele, de modo que essa parte está encaminhada. Mais importante, eu também queria que você soubesse que o acordo de restrição foi concedido. Estou esperando a papelada agora.

– Obrigada – agradeceu ela, deixando de dizer o óbvio: eles ainda precisavam encontrar Lester para que ele recebesse o documento.

E talvez conseguir um segundo para Atkinson. Quando desligou, telefonou para Colin e os pais. Foram necessários alguns minutos para tirar sua mãe preocupada do telefone. Quando finalmente desligou, percebeu que estava exausta, como se tivesse corrido sem parar durante dias.

Fechou os olhos outra vez, mas o sono não vinha. A ligação de Margolis, por mais curta que tivesse sido, provocou outra rodada de perguntas. Mas no fim a exaustão acabou vencendo e ela se sentiu grata por finalmente pegar no sono.

27

Colin

Depois de falar com Maria e desligar o telefone, Colin pegou as bolsas que ela havia colocado no carro, pôs os fones de ouvido e deixou a música tocando enquanto levava o computador dela até a mesa da sala de jantar. Queria verificar uma coisa. Era uma possibilidade remota, mas, agora que o acordo estava autorizado, achou que não haveria mal em verificar. E não importava se Atkinson estivesse envolvido ou não; neste momento a prioridade era encontrar Lester.

A ideia lhe viera naquela manhã. Tinha dado um beijo de despedida em Maria e, indo para seu carro, tentou entender os fatos: a ordem judicial não adiantaria a não ser que encontrassem Lester, que havia aparecido com uma arma, aterrorizado Maria e levado o celular dela.

O celular dela...

Com isso, uma lembrança o transportou de volta à noite em que conhecera Maria. Quando havia parado no meio da tempestade... ela ficou relutante por causa de sua aparência depois da luta... e pediu o telefone dele emprestado porque havia deixado o seu em algum lugar. Ela falava sem parar, mas o que mesmo tinha dito?

Ele havia parado no carro, tentando lembrar.

Perdi o meu celular. Quer dizer, eu não perdi. Está no escritório ou deixei na casa dos meus pais, mas só vou ter certeza quando pegar meu MacBook. É que eu uso um aplicativo, sabe? Posso rastrear o celular porque ele está sincronizado com o computador.

Ficou surpreso por Margolis não ter pensado nisso. Ou talvez já tivesse pensado e verificado, sem descobrir nada. Ou talvez isso constituísse uma informação que Margolis não tinha permissão de revelar. Ao mesmo tempo, com tanta coisa acontecendo, não era difícil não cogitar aquela hipótese.

Colin não queria ter muitas esperanças. Afinal, eram poucas as chances de que aquilo desse certo. Depois de alguns cliques no cursor, seu coração martelou forte quando entendeu o que estava vendo. O celular continuava ligado e a bateria tinha carga suficiente para ele saber que o aparelho se encontrava numa casa na Robins Lane, em Shallotte, uma cidadezinha a sudeste de Wilmington, perto de Holden Beach.

Shallotte ficava a uns 45 minutos dali. Colin observou a localização, tentando ver se o telefone ainda estava em movimento.

Não estava. O site lhe permitia rastrear também os movimentos anteriores do celular. Alguns cliques depois, ficou sabendo que o aparelho fora levado da casa dos Sanchez para a casa da Robins Lane sem qualquer desvio.

Interessante, mas ainda não era uma prova. Talvez Lester soubesse que o telefone podia ser rastreado e o jogara no carro de alguém ou na caçamba de uma picape enquanto fugia. Ou talvez o tivesse largado e alguém o havia encontrado por acaso.

Ou talvez Lester estivesse delirante demais para ao menos pensar desse jeito. Não podia certeza, mas valia a pena verificar...

Pensou se deveria ligar para Margolis, mas achou que provavelmente era melhor certificar-se antes. Shallotte nem ficava no mesmo condado e ele não queria desperdiçar o tempo de Margolis caso aquilo não desse em nada...

Sentiu um tapinha no ombro e se encolheu. Quando se virou, Evan estava parado às suas costas. Colin tirou os fones de ouvido.

– Você não está planejando fazer o que estou pensando, está? – perguntou Evan.

– O que está fazendo aqui? Não ouvi você chegar.

– Eu bati, mas você não respondeu. Vi você com o computador de Maria. Imaginei se estaria planejando alguma coisa idiota. Pensei em perguntar, só para garantir.

– Não era idiota. Estava rastreando o celular dela.

– Eu sei – disse Evan, indicando o computador. – Estou vendo a tela. Quando você pensou em fazer isso?

– Hoje cedo. Quando saí da casa dos pais de Maria.

– Boa ideia. Já ligou para o Margolis?

– Não.

– Por quê?

– Porque você entrou. Não tive chance.

– Então ligue agora – disse Evan.

Quando Colin não pegou o telefone, Evan respirou fundo.

– Foi isso que eu quis dizer com você estar planejando alguma coisa idiota. Você não estava pensando em ligar para ele, estava? Você ia verificar sozinho, antes de ligar.

– Pode não ser o Lester.

– E daí? Deixe o Margolis verificar. No mínimo o celular de Maria estará lá e ele o pega de volta. Será que preciso lembrar de novo que é um caso para a polícia? Você precisa deixar o Margolis fazer o trabalho dele. Precisa ligar para ele.

– Vou ligar.

– Sabe o que acho? Você está mentindo.

– Eu não minto.

– Talvez não para mim. Mas neste momento acho que está mentindo para si mesmo. Isso não tem nada a ver com desperdiçar o tempo do Margolis. A verdade é que acho que você quer ficar à frente e no centro de tudo isso. Acho que está puto e se acostumou a fazer as coisas do seu jeito. E acho que você quer ser o herói, tipo tirando fotos de cima do terraço ou na noite passada, quando arrombou a porta da casa dos pais de Maria, mesmo com a polícia já estando lá.

Colin admitiu que Evan podia estar certo.

– E?

– Você está cometendo um erro.

– Se eu descobrir que é o Lester, ligo para o Margolis.

– E como vai fazer isso? Vai bater à porta e perguntar se é a casa do Lester? Chegar perto e tentar olhar pelas janelas? Esperar que ele saia para lavar o carro? Enfiar um bilhete embaixo da porta?

– Vou pensar quando chegar lá.

– Ah, que plano ótimo! – disse Evan rispidamente. – Porque, quando você cuida das coisas, *sempre* é para o bem, não é? Por acaso você se lembra de que Lester tem uma *arma*? E que você pode ser atraído para alguma situação que poderia ter evitado? Ou que pode piorar as coisas ainda mais? E se o Lester vir você? Ele pode sair pelos fundos e tornar mais difícil ainda encontrá-lo no futuro.

– Ou talvez ele já esteja planejando fugir e eu vou poder segui-lo.

Evan pôs as mãos no encosto da cadeira de Colin.

– Não vou convencê-lo a desistir, vou?

– Não.

– Então espere até eu levar Lily para casa e eu vou com você.

– Não.

– Por quê?

– Porque não há motivo.

Evan soltou a cadeira, empertigando-se de novo.

– Não faça isso – disse finalmente. – Pelo seu próprio bem, ligue para o Margolis.

Tentando enfatizar o argumento, ele pegou o computador de Maria e o guardou de volta na bolsa dela. Pegou as outras coisas dela e saiu do apartamento de Colin, batendo a porta.

Colin viu-o ir sem dizer nada.

No carro a caminho de Shallotte, quinze minutos depois, Colin pensou nas coisas que Evan tinha dito. Por que estava indo sozinho? Por que não tinha ligado para Margolis? O que esperava conseguir?

Porque, como Evan tinha dado a entender, a situação ficara delicada. Ele queria um rosto para ligar ao nome; queria ver com seus próprios olhos como era o sujeito. Queria ver Lester ser preso por Margolis e depois arranjar um modo de ficar de olho nele. Achava que era hora de Lester começar a olhar desconfiado por cima do ombro, em vez deles.

Se fosse o Lester, claro...

No entanto, Evan o havia lembrado dos riscos, caso sua intuição não estivesse correta. Evan era bom para coisas assim e Colin sabia que precisava ter cuidado. Um erro poderia levá-lo à prisão. Ainda que Lester passasse ao lado do carro, Colin não o tocaria. Mas continuava tenso, com a adrenalina já começando a fluir.

Obrigou-se a respirar fundo.

Atravessou Wilmington, pegando um sinal vermelho depois do outro até chegar à Autoestrada 17. Tinha digitado o endereço da Robins Lane no telefone e ficou olhando enquanto as orientações chegavam.

Acompanhou os comandos verbais, e pouco depois das duas da tarde estava fazendo as últimas curvas através de um calmo bairro de classe média baixa que, à primeira vista, lembrava o dos pais de Maria. Mas era só impressão. As casas eram menores e não tão bem cuidadas; um bom número delas tinha grama crescida demais, e aqui e ali ele via placas de ALUGA-SE, o que fazia a área parecer transitória. O tipo de bairro onde as pessoas não se comunicavam muito e não ficavam muito tempo.

Ou onde queriam se esconder?

Talvez.

Parou diante de um pequeno bangalô, pouco à frente do endereço que estava procurando, atrás de um velho furgão que tinha visto dias melhores. Era uma das casas para alugar. Havia uma pequena varanda na frente e ele podia ver a porta e uma parede lateral, onde uma janela com cortinas fechadas ficava virada para a casa vizinha. No lado oposto da residência, dava para ver o capô de um carro azul, mas não conseguiu identificar o tipo.

Alguém estaria em casa?

Tinha de estar. O carro de Atkinson estava na praça. Ou estivera, algumas horas atrás.

Desejou ter ficado com o computador de Maria. Seria bom certificar-se de que o telefone ainda estava ali. Imaginou se deveria ligar para Evan e perguntar, mas o amigo usaria a oportunidade para fazer outro discurso. Além do mais, provavelmente Evan e Lily já teriam ido para o apartamento de Lily com as coisas de Maria. O que significava que ele só podia vigiar, com a esperança de Lester acabar saindo.

Só que Colin ainda não sabia direito qual era a aparência de Lester.

Olhando o celular, Colin viu que já eram quase três horas da tarde. Estivera vigiando durante uma hora. Não viu qualquer sinal de movimento atrás das cortinas do bangalô; ninguém havia saído. O carro azul continuava no mesmo lugar.

O lado positivo era que nenhum vizinho parecia tê-lo notado e a rua continuara silenciosa. Umas duas pessoas tinham passado junto ao seu carro; algumas crianças haviam corrido pela rua chutando uma bola de futebol. O carteiro passou, e as esperanças de Colin aumentaram temporariamente – talvez ele pudesse ver o nome da pessoa que morava ali verificando a caixa de correspondência – mas o carteiro passou pela casa sem fazer nenhuma entrega.

Isso era estranho. O sujeito parou em absolutamente todas as outras casas do quarteirão.

Poderia não significar nada.

Ou poderia significar que a pessoa que morava na casa geralmente não recebia correspondências porque estas eram mandadas para outro local.

Isso o fez pensar.

O tempo continuou passando. Quatro horas agora, e Colin estava ficando irritado. Lutava contra a ânsia de fazer... *alguma coisa*. Pensou de novo se deveria ligar para Margolis. Se deveria se arriscar e bater à porta. Confiava em que não reagiria com exagero. Pelo menos de modo razoável.

Ficou no carro, respirando devagar e fundo, e levou um susto quando seu celular vibrou. Era Evan.

O que você está fazendo?

Colin digitou de volta: *Nada.*

Mais uma hora se passou. Eram cinco da tarde, com o sol começando a ficar mais baixo, ainda brilhante, porém anunciando a chegada gradual do crepúsculo. Colin se perguntou quando as luzes dentro da casa iriam se acender, se é que iriam; desde que estava ali, tinha ficado mais fácil imaginar que não havia ninguém dentro do bangalô.

Seu telefone vibrou de novo. Era Evan.

Vou chegar aí em um minuto, dizia a mensagem. *Estou quase no seu carro.*

Colin franziu a testa, depois olhou por cima do ombro e viu Evan se aproximando por trás. Evan entrou no carro e fechou a porta, depois fechou a janela. Colin fez o mesmo.

– Sabia que você estaria aqui. Assim que o deixei soube exatamente o que você pretendia. E depois mentiu para mim na mensagem de texto?

– Não menti. Não estou fazendo nada.

– Você veio até aqui. Está vigiando a casa. Está vigiando o Lester. Isso é alguma coisa.

– Não é, se eu não o vi.

– E qual é o plano agora?

– Ainda estou pensando. Como está Maria?

– Estava dormindo no sofá quando chegamos, mas assim que ela acordou Lily começou a falar com ela sobre nossos planos de casamento. Achei que seria bom dar uma checada em você, já que Lily é capaz de falar horas sobre esse assunto...

Nesse instante, Colin captou um movimento na frente do bangalô. A porta se abriu. Um homem saiu à varanda segurando uma lata de alguma coisa.

– Abaixe-se – sussurrou Colin enquanto também se abaixava rapidamente. – E fique abaixado.

Evan obedeceu automaticamente.

– Por quê?

Colin levantou a cabeça devagar, sem responder, precisando ver melhor. O homem havia saído para a varanda, deixando a porta aberta. Colin olhou com atenção, evocando a imagem de Atkinson. Positivamente não era ele, e tentou se lembrar do que Maria tinha dito sobre as roupas de Lester na noite anterior. *Camisa vermelha desbotada e jeans rasgados?*

A mesma coisa que o sujeito estava usando agora.

Lester?

Tinha de ser, e Colin sentiu outra onda de adrenalina. Lester estava no bangalô. Nem havia trocado de roupa... Alguns segundos depois, o homem se virou e entrou de novo, fechando a porta.

– É ele? – sussurrou Evan.

– É. É ele.

– E agora você vai ligar para o Margolis, não é? Como disse que faria?

– Vou sim – respondeu Colin.

Ao telefone, depois de xingar Colin por ocultar informações, Margolis disse rispidamente que estava a caminho e chegaria o quanto antes. Falou para não seguirem Lester, nem ninguém, caso alguém saísse da casa. Exigiu que deixassem que ele cuidasse de tudo, e que, se Colin saísse do carro, ele arranjaria um motivo para algemá-lo. Quando Colin desligou, Evan olhou para ele.

– Eu avisei que ele não ficaria feliz – comentou.

– É verdade.

– E você não se importa?

– Por que deveria?

– Porque ele pode tornar sua vida ainda mais difícil.

– Só se eu fizer alguma coisa que me encrenque.

– Tipo interferir no trabalho da polícia?

– Estou sentado no meu carro. Liguei dando a informação de que ele precisava. Não estou interferindo. Sou uma testemunha potencial. Ele disse o que fazer e eu vou obedecer.

Evan se remexeu.

– Posso me sentar direito outra vez? Estou ficando com cãibra.

– Não sei por que você ainda está encolhido, para começo de conversa.

Quarenta minutos depois, Margolis se aproximou do carro de Colin e parou, deixando o sedã ligado em ponto morto com o vidro do carona abaixado.

– Achei que tinha mandado você dar o fora daqui – disse Margolis.

– Não – respondeu Colin. – Disse para eu não sair do carro nem ir atrás dele.

– Está tentando bancar o espertinho?

– Não.

– Parece. Ontem à noite fiz um esforço especial para impedir que você fosse preso, e aí você se "esquece" de mencionar essa sua ideia hoje de manhã? Para bancar de novo o Sr. Defensor da Lei?

– Maria contou a você que o Lester levou o iPhone dela. Eles são fáceis de rastrear. Achei que você provavelmente já teria visto isso.

A expressão de Margolis revelou que ele tinha deixado escapar o óbvio. Recuperando-se, disse com rispidez:

– Acredite ou não, meu mundo não gira ao redor da sua namorada. Tenho outros casos. Casos importantes. Eu já ia ver isso.

Claro que ia, pensou Colin.

– Você vai pegar o celular de Maria?

– Se estiver com ele. Não tenho provas de que está, a não ser sua palavra.

– Até algumas horas atrás o telefone ainda estava aí – interveio Evan. – Verifiquei antes de vir para cá.

Margolis olhou para Evan com evidente irritação, antes de por fim balançar a cabeça.

– Vou pegar o celular. Agora vão embora. Os dois. Não quero vocês aqui. Eu cuido disso.

Ele fechou o vidro, soltou o freio e deixou o carro avançar antes de finalmente parar bem em frente ao bangalô. Colin viu Margolis sair e demorar um instante examinando o local, dar a volta no carro e ir pelo caminho de entrada.

Enquanto subia os degraus da varanda, virou-se para Colin e sacudiu o polegar, lembrando que era hora de ir.

Tem razão, pensou Colin.

A chave ainda estava na ignição e ele a girou, mas não ouviu nenhum ruído, o motor não deu sinal de vida. Nem um estalo. Tentou de novo com o mesmo resultado.

– Deixe-me adivinhar – disse Evan. – Seu carro é uma merda.

– Hoje, talvez.

– Margolis não vai ficar feliz.

– Não posso fazer nada.

Ele estava falando com Evan enquanto mantinha a atenção focalizada em Margolis, que ainda não havia batido à porta. Em vez disso, o detetive estava na extremidade oposta da varanda, olhando o carro parado na entrada. Quando se virou, Colin pensou ter visto um ar de confusão no rosto de Margolis enquanto o detetive finalmente seguia para a porta. Ele hesitou antes de bater; depois de uma longa pausa, estendeu a mão para a maçaneta e virou-a abrindo a porta ligeiramente.

Será que alguém disse para entrar e que a porta estava aberta?

Margolis falou através da fresta, depois tirou o distintivo enquanto passava pela porta já aberta, sumindo de vista...

– Vamos no meu carro – disse Evan. – Estaremos longe quando o Margolis sair. Sei que ele odeia você, mas não quero que odeie mais ainda. Ou que *me* odeie. Ele parece mau.

Colin não disse nada. Estava pensando na expressão que vira no rosto de Margolis logo antes de bater à porta. Margolis tinha visto alguma coisa, alguma coisa que... não fazia sentido? Que o surpreendeu? Algo que não tinha esperado?

Por que Lester iria convidá-lo se estava paranoico e com medo da polícia?

– Tem alguma coisa errada – disse Colin, antes mesmo de perceber o que dissera.

Evan olhou-o.

– Como assim? – perguntou, e, nesse instante, Colin ouviu o estampido de uma arma de fogo, alto e explosivo, dois tiros em rápida sucessão.

Colin já estava estendendo a mão para a porta do carro quando Margolis voou de volta pela porta, com o paletó e a camisa encharcados de sangue, a mão no pescoço. Cambaleou pela varanda, caindo de costas pelos degraus e escorregando até o caminho de entrada.

Agindo por instinto, Colin saiu do carro. Lester gritava de maneira incoerente na varanda, segurando uma arma. Levantou-a e apontou para Margolis. O rosto de Lester expressava medo e raiva, com a arma a tremer na mão. Lester gritou de novo e baixou a arma antes de tornar a levantá-la...

Colin continuou correndo para o bangalô, atravessando o gramado do vizinho, pulando um pequeno arbusto e chegando perto da varanda. Perto de *Lester*. Mais alguns segundos.

Lester continuou apontando a arma para Margolis sem puxar o gatilho. Seu rosto estava vermelho, os olhos injetados. *Fora de controle.*

– Não é minha culpa! Eu não fiz nada! Não vou voltar para a cadeia! Eu sei o que Maria está fazendo! – gritava ele.

Lester se aproximou dos degraus da varanda, diminuindo a distância com relação a Margolis enquanto continuava apontando a arma, com a mão tremendo. Provocando. Ao perceber um borrão com o canto do olho, virou-se de repente, movendo a arma na direção de Colin...

Tarde demais.

Colin se lançou por cima do corrimão da varanda, os braços abertos enquanto se chocava violentamente com Lester. A arma saiu voando, girando e caindo na varanda.

Colin tinha uns 20 quilos a mais do que Lester, e sentiu as costelas deste estalarem ao bater no chão. Lester gritou em agonia, paralisado.

Colin se moveu rápido, saindo de cima de Lester. Deu-lhe uma gravata, depois imobilizou seu braço com a outra mão. Lester começou a se sacudir e a se remexer, com o pescoço preso entre os bíceps e o antebraço de Colin, que aplicou pressão nas carótidas, numa chave clássica, enquanto o outro tentava escapar.

Em segundos os olhos de Lester começaram a se revirar, ficando brancos, e de repente ele parou de se mexer.

Colin continuou aplicando pressão, o bastante para mantê-lo apagado por mais alguns segundos. Depois, levantando-se, correu para Margolis. Ele ainda respirava, mas não se mexia, o rosto branco feito giz. O detetive tinha levado dois tiros, um na barriga e outro no pescoço, e estava perdendo sangue rapidamente.

Colin tirou a camisa num único movimento e rasgou-a ao meio enquanto Evan chegava correndo, aterrorizado.

– Puta que pariu! O que vamos fazer?

– Ligue para a emergência! – gritou Colin, tentando conter o pânico, pois sabia que, mais do que nunca, precisava pensar com clareza. – Chame uma ambulância! Agora!

Colin não sabia nada sobre ferimentos à bala, mas, se Margolis continuasse perdendo sangue, não teria chance. Como o ferimento do pescoço parecia pior, pôs-se a pressioná-lo. O sangue imediatamente atravessou a camisa rasgada; Colin fez o mesmo com o ferimento da barriga, onde o sangue ainda pulsava, formando uma poça cada vez maior sob o corpo do detetive.

O rosto de Margolis começou a adquirir um tom cinza doentio.

Podia ouvir Evan gritando ao telefone, dizendo que um policial tinha levado um tiro, que precisavam de uma ambulância imediatamente.

– Depressa, Evan! – gritou Colin. – Preciso da sua ajuda!

Evan desligou, olhando para Margolis como se fosse desmaiar. Com o canto do olho Colin viu Lester rolar de lado. Já acordando.

– Pegue as algemas! – disse. – Certifique-se de que Lester não fuja!

Ainda olhando para Margolis, Evan pareceu imobilizado. Colin podia sentir que o sangue continuava a encharcar os restos da camisa; sentia o calor na mão, os dedos vermelhos e escorregadios.

– Evan! – gritou Colin. – As algemas! No cinto do Margolis! Agora!

Evan balançou a cabeça e começou a pegar as algemas.

– E depois volte para cá o quanto antes! – gritou Colin. – Preciso da sua ajuda!

Evan correu até Lester e prendeu-lhe o punho com uma algema. Depois arrastou seu corpo para perto da cerca da varanda e prendeu a outra algema num balaústre. Lester gemeu, voltando a si enquanto Evan corria de volta. Ele se ajoelhou perto de Margolis com os olhos arregalados.

– O que faço?

– Cuide do ferimento da barriga... onde está minha mão. Aperte com força!

Ainda que a perda de sangue estivesse diminuindo, a respiração de Margolis havia ficado mais fraca...

Evan obedeceu e Colin usou as duas mãos no ferimento do pescoço. Segundos depois, Colin ouviu as sirenes. Enquanto desejava que elas chegassem mais perto, só conseguia pensar: *Não morra. Faça qualquer coisa, mas não morra...*

Na varanda, Lester gemeu outra vez e seus olhos finalmente se abriram, desfocados.

Um policial do condado foi o primeiro a chegar, seguido por outro do departamento de polícia de Shallotte, ambos os carros cantando pneus no meio da rua, com as luzes piscando. Os dois homens saltaram dos veículos e correram para eles, com as armas na mão, sem saber o que fazer.

– O detetive Margolis levou um tiro! – gritou Colin enquanto se aproximavam. – O cara algemado na varanda foi quem atirou! – Os dois policiais olharam para a varanda e Colin forçou a voz a ficar firme. – A arma ainda está lá em cima. Não podemos nos descuidar desses ferimentos.

Certifiquem-se de que a ambulância está vindo, ele perdeu muito sangue e não sei quanto tempo vai aguentar!

O policial da cidade se aproximou da varanda enquanto o do condado corria de volta para o carro e gritava no rádio dizendo que havia um policial ferido, exigindo que a ambulância se apressasse. Colin e Evan continuaram concentrados nos ferimentos; Evan tinha se recuperado o suficiente para que alguma cor retornasse ao seu rosto.

Minutos depois a ambulância chegou e dois paramédicos saltaram e pegaram a maca. Mais policiais do condado apareceram, junto com outros do departamento municipal, e agora a rua estava apinhada de veículos.

Quando os paramédicos assumiram o lugar de Colin e Evan, Margolis estava com aparência ainda pior. Não reagia e mal respirava quando foi posto na maca. Os paramédicos se moviam rapidamente; a maca foi posta na ambulância e um dos paramédicos saltou para o assento diante do volante enquanto o outro ficava com Margolis. Quando a ambulância saiu, foi escoltada por um carro da polícia municipal e outro do condado, com as sirenes tocando, e só então o mundo começou lentamente a recuperar o foco.

Colin sentia o tremor nos membros, o nervosismo começando a diminuir. Suas mãos e os pulsos estavam cobertos de sangue ressecado; a camisa de Evan parecia ter sido mergulhada parcialmente num tonel de tinta vermelha. Evan se afastou, dobrou-se e vomitou.

Um dos policiais foi até o porta-malas de um carro e voltou com duas camisetas brancas, entregando-as para Colin e Evan. Antes mesmo de dar seu depoimento, Colin já estava pegando o celular para ligar para Maria e contar o acontecido.

Mas só conseguia pensar em Margolis.

Na hora seguinte, enquanto o céu escurecia, uma multidão ainda maior de policiais do município e do condado chegou ao bangalô, além de um detetive de Wilmington e o xerife.

Lester delirou e discutiu, gritou e resistiu à prisão antes de finalmente ser posto no banco de trás de uma viatura policial e mandado para a cadeia.

Colin deu um depoimento ao xerife, a um policial de Shallotte e ao detetive Wright, de Wilmington, os três fazendo perguntas várias vezes. Evan fez o mesmo. Os dois admitiram que não tinham ideia do que havia acontecido quando Margolis entrou na casa, só que ele não tinha ficado muito tempo lá dentro quando os tiros soaram. Colin também contou que Lester podia ter acabado com Margolis, mas não o fez.

Mais tarde, depois de Evan e ele receberem permissão para ir embora, Colin ligou para Maria dizendo que ia para casa trocar de roupa, mas queria que Lily a levasse ao hospital, para que Maria o encontrasse lá. Enquanto falava com ela, ouviu um policial ali perto dizer ao detetive Wright e ao xerife que a casa estava vazia e que aparentemente Lester morava sozinho.

No fim do telefonema para Maria, Colin olhou para o bangalô, imaginando onde Atkinson estaria morando. E por que, se Lester estava tão paranoico, ele tinha deixado Margolis entrar na casa.

– Está pronto para ir? – perguntou Evan, interrompendo seus pensamentos. – Preciso tomar um banho, trocar de roupa e simplesmente dar o fora daqui.

– É – disse Colin. – Tudo bem.

– O que você quer fazer com seu carro?

Colin olhou para o Camaro.

– Mais tarde a gente cuida disso. Neste momento não tenho energia para me preocupar.

Evan deve ter visto algo na expressão dele.

– Tem certeza de que é boa ideia ir ao hospital?

Para Colin, era menos uma escolha do que uma exigência.

– Quero saber se o Margolis vai ficar bem.

28

Maria

Desde o telefonema de Colin, a mente de Maria estava acelerada, tentando juntar tudo o que havia acontecido.

Colin rastreando Lester. Lester atirando em Margolis. Lester apontando a arma para Colin. Colin derrubando Lester. Colin e Evan tentando salvar a vida do detetive. Margolis sendo posto na ambulância. Lester resistindo à prisão, gritando que sabia o que Maria tinha feito.

Lester.

Ela soubera o tempo todo que era Lester. Agora ficava lembrando a si mesma que ele estava encarcerado. Não havia desaparecido ou fugido; dessa vez o tinham apanhado, e ele havia atirado num policial e não poderia se aproximar dela de jeito nenhum.

E o Atkinson?, sussurrou uma voz dentro dela.

Não queria pensar nisso. Ainda não tinha certeza do que deduzir. A coisa ainda não parecia se encaixar... O que acabara de acontecer era suficientemente avassalador; o fato de Colin e Evan terem estado no meio de tudo aquilo era quase demais para ser assimilado.

Lily devia estar experimentando o mesmo fluxo louco de emoções. Desde que tinham chegado ao hospital, ela mal havia falado e ficava examinando constantemente o estacionamento, atenta ao carro de Evan. Maria tinha a sensação de que Lily precisava ver o noivo, tocá-lo e abraçá-lo, para provar a si mesma que ele estava bem.

E Colin...

Claro que ele havia encontrado Lester sozinho; claro que tinha corrido para Lester enquanto a arma estava apontada na sua direção; claro que derrubara o bandido sem se machucar. Ainda que sentisse alívio, também sentia raiva. E preocupação por Margolis.

Ela tinha dito a Margolis que Lester era perigoso; dissera que ele estava com uma arma. Por que Margolis não lhe dera atenção? Por que não fora cauteloso? Como podia ter levado tiros? Maria não sabia. Colin confessou que não tinha certeza se Margolis sobreviveria à ida até o hospital. O detetive precisava sair dessa. Enquanto esperava com Lily, meia dúzia de policiais havia entrado no hospital e nenhum saiu, o que significava que ele ainda estava vivo, não? Tinha pavor de perguntar.

Quando o carro de Evan entrou no estacionamento, Maria mal conseguia manter os pensamentos no lugar. Acompanhou Lily até o veículo e, assim que Colin saiu, envolveu-o num abraço e segurou-o com força.

Os quatro foram para o hospital, receberam orientações e pegaram o elevador até o segundo andar. Foram mandados pelo corredor até a área de espera da cirurgia, apinhada de policiais, além de algumas pessoas que pareciam amigos e familiares. Rostos sombrios e sérios se viraram momentaneamente na direção deles.

Evan aproximou-se de Colin.

– Talvez não devêssemos estar aqui – sugeriu.

O rosto de Colin não demonstrava nada.

– Ele não levaria os tiros se eu não o tivesse chamado.

– A culpa não é sua – disse Evan.

– Ele está certo – acrescentou Lily. – Lester fez isso, não você.

Apesar das palavras deles, Maria sabia que Colin não estava convencido.

– Ótimo – disse Evan. – Você está vendo alguém a quem possamos perguntar sobre o estado do Margolis? Não estou vendo nenhuma enfermeira...

– Senhor! – disse Colin, dirigindo-se a um homem de 40 e poucos anos com cabelo grisalho e curto. O sujeito também os viu e veio na direção deles.

– Quem é? – sussurrou Maria.

– O detetive Wright – respondeu Colin. – Foi uma das pessoas que tomaram meu depoimento antes. O de Evan também.

Quando Wright se aproximou, estendeu a mão e Colin e Evan a apertaram.

– Não esperava vê-los por aqui – disse Wright.

– Eu precisava saber como ele está – explicou Colin.

– Cheguei há poucos minutos, mas até agora o cirurgião não se pronunciou. Como sabe, ele estava muito mal quando chegou. – Quando Colin assentiu, Wright sinalizou para outra área da sala. – Sei que já passaram por um monte de coisas, mas poderiam ficar por mais alguns minutos? Alguém quer falar com você.

– Quem? – perguntou Colin.

– Rachel, a mulher do Pete.

Maria viu a expressão de Colin ficar neutra.

– Não sei se é uma boa ideia.

– Por favor – disse Wright. – É importante.

Colin demorou um momento para responder.

– Certo.

Wright se virou, indo para o outro lado da sala e parando ao chegar perto de uma mulher bonita, de cabelos castanhos, cercada por meia dúzia de pessoas.

Ele assentiu na direção de Colin e Evan. Rachel Margolis pediu licença ao grupo e veio na direção deles. Enquanto se aproximava, ficou claro para Maria que ela estivera chorando. Seus olhos estavam vermelhos, o rímel ligeiramente manchado; ela mal parecia se aguentar.

Wright fez as apresentações e Rachel deu um sorriso breve que só revelava tristeza.

– Larry disse que você ajudou a salvar a vida do meu marido – disse ela.

– Lamento de verdade o que aconteceu – respondeu Colin.

– Eu também – disse ela. – Obrigada. E eu... ah... – Rachel fungou antes de enxugar os olhos. – Só queria agradecer a vocês dois. Por terem pensado com clareza, sem entrar em pânico, e por terem chamado a ambulância. E por terem pressionado os ferimentos. Os paramédicos disseram que, se vocês não tivessem feito o que fizeram, o Pete não teria chance. Se não estivessem lá... – Ela estava à beira das lágrimas, as palavras eram tão sinceras que Maria sentiu um nó na garganta. – De novo... eu... – Ela deu um suspiro entrecortado, tentando se controlar. – Quero que saibam que ele é forte, por isso vai ficar bem. É um dos mais fortes que existem...

– É mesmo – concordou Colin, mas Maria teve a sensação de que Rachel Margolis mal ouviu, porque na verdade estivera falando consigo mesma.

Maria ficou sentada ao lado de Colin, à espera de notícias. Evan e Lily tinham ido à lanchonete alguns minutos antes e Maria ouviu enquanto as conversas davam lugar a murmúrios de preocupação. Pessoas iam e vinham na sala de espera.

Colin permaneceu mais quieto do que o normal. De vez em quando um policial ou detetive vinha agradecer e apertar sua mão; apesar de ele ser educado nas respostas, Maria tinha consciência de que isso o deixava desconfortável, porque ainda se culpava pelo que havia acontecido, mesmo que mais ninguém parecesse achar o mesmo.

A profundidade da culpa dele a surpreendia. Tinha ficado claro o tempo todo que Colin e Margolis se desprezavam. Era uma espécie de paradoxo e, por mais que quisesse puxar Colin e fazê-lo falar sobre seus sentimentos, sabia que ele queria repassá-los sozinho.

– Você vai ficar bem se eu der um pulo no corredor? – perguntou Maria. – Quero ligar para meus pais. Para Serena também.

Quando Colin assentiu, ela lhe deu um beijo no rosto e saiu da sala de espera, descendo pelo corredor até um local mais calmo, onde teria alguma privacidade. Ao telefone, seus pais pareciam tão preocupados quanto todo mundo na sala de espera, e tinham dezenas de perguntas; perto do fim da ligação, sua mãe disse que faria o jantar e pediu que Maria fosse para lá com Colin, Evan e Lily. Pediu isso de um modo que tornava difícil recusar. Depois do que acontecera, Maria também queria ver a família.

De volta à sala de espera, Colin estava no mesmo lugar onde ela o havia deixado. Ainda não falava muito, mas, assim que ela se sentou, estendeu a mão, segurando-a com força. Lily e Evan retornaram da lanchonete, e logo depois o cirurgião surgiu.

De onde estava sentada, Maria viu Rachel Margolis andando na direção dele acompanhada pelo detetive Wright. A sala ficou em silêncio, com todo mundo preocupado. Era impossível não escutar o médico, mesmo a distância.

– Ele sobreviveu à cirurgia – anunciou o doutor –, mas o dano foi maior do que esperávamos. O procedimento foi complicado pela perda significativa de sangue, e durante um tempo a situação ficou delicada. Mas neste momento os sinais vitais são estáveis. Fracos, mas estáveis.

– Quando posso vê-lo? – perguntou Rachel Margolis.

– Quero ficar de olho nele por mais duas horas – respondeu o cirurgião, evasivo. – Se as coisas continuarem como espero, talvez eu possa deixar a senhora vê-lo por alguns minutos.

– Ele vai ficar bem, não é?

Essa é a pergunta de um milhão de dólares, pensou Maria.

– Como disse, por enquanto ele se encontra estabilizado, mas a senhora precisa entender que seu marido continua em situação crítica. As próximas horas vão nos revelar muita coisa, e espero lhe dar uma resposta mais precisa amanhã.

Rachel Margolis engoliu em seco.

– Só quero saber o que devo dizer a nossos meninos quando chegar em casa.

Meninos?, pensou Maria. *Margolis tem filhos?*

A voz do cirurgião ficou mais suave.

– Diga a verdade. Que o pai deles sobreviveu à cirurgia e que terão notícias logo. Por favor, entenda, Sra. Margolis... houve um trauma sério na traqueia e seu marido está no respirador artificial...

Maria não pôde continuar olhando enquanto o cirurgião começava a dar detalhes sobre os ferimentos de Margolis. Desviando o olhar, escutou a voz de Colin.

– Venha – sussurrou ele, sem dúvida pensando o mesmo que ela. – Os detalhes não são da nossa conta. Vamos deixar que tenham alguma privacidade.

Maria e Colin se levantaram; Evan e Lily fizeram o mesmo. Quando estavam fora da sala, Maria parou e contou a todos sobre o telefonema dos pais e o que eles haviam pedido.

– Sei que estão exaustos e que vocês dois acabaram de ir à lanchonete, mas mamãe fez um jantar para a gente e...

– Está bem – disse Colin. – Ainda preciso pegar meu carro, mas isso pode esperar um pouco.

– Não precisa se explicar – completou Evan. – Nós entendemos.

Maria foi com Colin no carro de Evan; Evan e Lily seguiram no carro de Lily, e, quando pararam diante da casa da família, Serena estava esperando à porta junto com os pais. Assim que Maria chegou, Serena a envolveu num abraço.

– Mamãe e papai ficaram loucos de preocupação com você. Mamãe não sai da cozinha há horas e papai fica verificando as portas e janelas. Tudo bem?

– Mais ou menos – admitiu Maria.

– Acho que depois disso você vai precisar de umas férias bem longas.

Maria riu.

– Provavelmente.

Depois de Serena, Maria abraçou os pais, e só então apresentou Evan e Lily. Para surpresa de Maria – e também de seus pais e Serena –, Lily falava espanhol, mas com sotaque sulista. Como a porta da frente ainda estava pregada, passaram pela garagem e pela cozinha antes de sentarem-se à mesa.

Enquanto comiam, Maria contou à família sobre o encontro anterior com Margolis, e Colin narrou tudo o que havia acontecido depois. Ele parava a intervalos de algumas frases para deixar Maria traduzir para a mãe. Evan acrescentou mais detalhes, especialmente a respeito do confronto com Lester.

– E Lester ainda está na cadeia, certo? – perguntou Félix quando Colin terminou. – E não vai sair?

– Maluco ou não, ele atirou num policial – respondeu Evan. – Não sei se vai sair algum dia.

Félix assentiu.

– Tudo bem.

– E o Atkinson? – interveio Serena. – Você disse que estava trabalhando com o Lester?

– Não sei. Era uma coisa que o Margolis estava investigando. Parece que os dois se conheciam. Mesmo assim, a coisa não bate – respondeu Maria.

– Então quem cortou seus pneus? – pressionou Serena.

– Talvez Lester tenha dado dinheiro a algum garoto.

– E o carro na praça?

– Talvez Lester tenha pegado emprestado.

Maria deu de ombros.

– Se Atkinson está por aí, o que você vai fazer?

– Não sei – repetiu Maria, reconhecendo a frustração na própria voz. – Eu sei que ainda há muitas perguntas sem resposta, mesmo depois de tudo isso, mas... Era com Lester que eu estava preocupada. Foi ele que me assustou e, quer estivesse trabalhando com o Atkinson ou não, a única coisa que sei com certeza é que Lester não pode mais chegar perto de mim, e...

Como Maria deixasse o resto no ar, Serena balançou a cabeça.

– Desculpe fazer tantas perguntas. É só que ainda estou...

– Preocupada – terminou Félix por ela.

Eu também, pensou Maria. *E o Colin está, mas...*

Seus pensamentos foram interrompidos pelo toque abafado do telefone de Serena. Ela pegou-o e deixou a ligação cair na caixa postal, com expressão ao mesmo tempo esperançosa e preocupada.

– Quem era? – perguntou Félix.

– Charles Alexander – respondeu Serena.

– É meio tarde para ele ligar, não é? – perguntou Félix. – Talvez seja importante.

– Posso tentar falar com ele amanhã.

– Não, ligue de volta agora – disse Maria, agradecendo a distração e falando em tom sério. – Como papai disse, pode ser importante.

Não queria mais pensar em Atkinson, assim como não queria pensar em Lester, nem tinha energia para responder a perguntas impossíveis nesse momento. Mal conseguia assimilar o que acontecera nas últimas horas...

Serena hesitou um segundo, avaliando se realmente valia a pena, antes de apertar o botão para ligar de volta. A mesa ficou silenciosa enquanto ela ia até a cozinha com o celular junto ao ouvido.

– Charles Alexander? Por que já ouvi esse nome? – sussurrou Colin.

– É o diretor da bolsa da qual falei – sussurrou Maria de volta.

– O que está acontecendo? – perguntou Evan e, quando Lily se inclinou para perto, querendo ouvir, Maria colocou-os a par brevemente. Enquanto isso, Serena tinha começado a confirmar com a cabeça. Quando finalmente se virou, Maria viu seu sorriso.

– Sério? – perguntou Serena. – Eu ganhei?

Maria viu a mãe pegar subitamente a mão de seu pai. Serena continuava a falar, não conseguindo mais manter a voz baixa.

– Claro – disse. – Sem problema... Amanhã à noite... Sete horas... Muito obrigada...

Quando Serena desligou, seus pais olhavam-na cheios de expectativa.

– Acho que vocês ouviram tudo, não foi?

– Parabéns! – disse Félix levantando-se da mesa. – É fantástico!

Carmen foi até ela, falando de seu orgulho e, nos minutos seguintes, enquanto todos a abraçavam, a ansiedade sobre o que havia acontecido foi substituída por algo maravilhoso, uma sensação que Maria desejava que jamais terminasse.

Depois do jantar, Colin, Evan e Lily se despediram e foram pegar o Camaro; Carmen e Félix passeavam com o cachorro no quarteirão. Maria e Serena ficaram na cozinha lavando os pratos.

– Está nervosa com a entrevista? – perguntou Maria.

Serena assentiu, enxugando um prato.

– Um pouco. O repórter deve trazer um fotógrafo. Odeio que tirem fotos minhas.

– Está brincando: você é a rainha dos selfies.

– Selfies são diferentes. São para mim ou meus amigos. Eu não coloco selfies no jornal.

– Quando a matéria vai sair?

– Ele acha que vai ser na segunda. É quando vão anunciar oficialmente.

– Vai haver um banquete ou alguma apresentação?

– Não sei. Não me lembrei de perguntar. Fiquei meio empolgada.

Maria sorriu enxaguando um prato e entregou-o a Serena.

– Quando descobrir, me avise. Quero estar lá. Tenho certeza de que mamãe e papai também vão querer.

Serena empilhou o prato seco junto com os outros.

– Mais cedo, quando estava fazendo aquelas perguntas... Desculpe ser tão enxerida. Eu não estava pensando direito.

– Tudo bem. Eu gostaria de ter todas as respostas.

– Você vai ficar um tempo aqui? Você sabe que mamãe e papai querem isso.

– É, sei. E vou. Mas preciso ir mais tarde em casa pegar minhas coisas.

– Achei que já estivesse com uma mala feita, porque ia ficar na casa de Lily.

– Eu só planejei passar uma noite lá. Preciso de mais roupas. Também quero pegar meu carro.

– Quer que eu leve você lá agora?

– Não, tudo bem. Colin fará isso quando voltar.

– Quando vai ser?

– Não sei. Lá pelas 11h30, talvez; 11h45.

– Isso é tarde. Você não está cansada?

– Exausta – admitiu Maria.

– Então por que eu não levo você... – começou Serena, mas parou. Olhou para Maria. – Ah... tudo bem. Saquei.

– Sacou o quê?

– Concordo. Você precisa mesmo que o Colin a leve. Esqueça que perguntei. Foi idiotice minha.

– Do que está falando?

– Bom, sabendo que você vai ficar sob o olhar atento de seus pais nos próximos dias... e sabendo que o Colin não só encontrou o Lester, mas derrubou-o e não há nada mais sensual do que isso... e sabendo que você precisa liberar a tensão depois de um dia estressante... Digamos que entendo por que talvez queira um tempinho a sós com ele.

– Eu disse que só precisava pegar umas coisas.

– Alguma coisa específica?

Maria gargalhou.

– Mente suja.

– Desculpe. Não posso evitar. Mas admita: estou certa, não estou?

Maria respondeu, mas não precisava. As duas já sabiam a resposta.

29

Colin

Enquanto Lily voltava para seu apartamento perto da praia, Colin foi com Evan ao Walmart – um lugar que estava sempre aberto e tinha tudo de que ele precisava –, e depois foram a Shallotte, onde Evan parou atrás do Camaro. Colin abriu o capô e começou a soltar as braçadeiras da bateria.

– Por que você acha que é a bateria? Seu carro tem problemas para dar partida há muito tempo.

– Não sei o que mais pode ser. Troquei a ignição e o alternador.

– Você não deveria ter tentado trocar a bateria primeiro?

– Troquei. Coloquei uma nova há alguns meses. Talvez seja vagabunda.

– Só para saber: não vou trazer você de volta para cá amanhã se isso não der certo. Vou para a casa de Lily e vamos passar o dia inteiro na cama. Quero ver como funciona esse negócio de eu ser um herói. Acho que ela vai me achar mais atraente do que já acha.

Colin sorriu soltando as braçadeiras, depois tirou a bateria velha e colocou a nova.

– Estava querendo perguntar uma coisa – continuou Evan. – E lembre-se, isso vem de uma pessoa que já viu você fazer um monte de idiotices. Você é louco? Não faço ideia de como você pôde alcançar o Lester, para começo de conversa. Do gramado? Passando por cima do parapeito? Voando daquele jeito? Enquanto ele estava apontando uma arma? Isso me faz questionar sua sanidade. O que estava pensando?

– Não estava.

– Foi o que achei. Esse é só um dos seus muitos problemas. Você deveria começar a pensar antes de agir. Eu disse para não ir até lá.

Colin levantou os olhos.

– O que você quer dizer com isso?

– Quero dizer que, apesar de sua idiotice e possível insanidade, fiquei meio orgulhoso hoje. E não só porque você acabou salvando a vida do Margolis.

– Por quê?

– Porque você não matou o Lester quando teve a chance. Você poderia ter feito picadinho dele ou poderia tê-lo esganado. Mas não fez isso.

Colin terminou de apertar as braçadeiras.

– Está dizendo que sente orgulho de mim porque eu não matei o cara?

– É. Especialmente porque você provavelmente seria inocentado. Não imagino ninguém fazendo acusações se você tivesse se deixado levar um pouquinho. De modo que minha pergunta é: por que você *não* o matou?

Colin pensou, antes de balançar a cabeça.

– Não sei.

– Bem, quando souber, me avise. Para mim a resposta é óbvia, já que eu nunca mataria alguém. Não está na minha natureza. Eu não conseguiria, mas você é diferente. E, se está curioso, também preciso dizer que respeito essa versão do Colin muito mais do que respeitava a antiga.

– Você sempre me respeitou.

– Sempre *gostei* de você, mas sempre tive um pouco de medo também. Há uma diferença. – Evan apontou para a bateria, querendo mudar de assunto. – Pronto para testar?

Colin rodeou o carro e sentou-se diante do volante. Não sabia direito o que esperar, e ficou surpreso quando o Camaro deu a partida com o primeiro giro da chave. Nesse momento sentiu o olhar sendo atraído para o bangalô, notando que metade do quintal estava cercado pela fita de isolamento da polícia, assim como a varanda.

– E aí está – disse Evan. – Você sabe que o carro provavelmente vai quebrar a caminho da casa da Maria, não é? Tente ficar longe de encrenca, certo? Parece que ela anda acompanhando você ultimamente.

Colin não respondeu. Em vez disso, continuou olhando o bangalô e demorou alguns segundos para perceber que alguma coisa havia mudado desde sua saída. Ou melhor, faltava algo. Era possível que a polícia tivesse levado como prova, pensou. Talvez tivesse alguma mancha de sangue, ou talvez um dos tiros o tivesse acertado e a polícia precisasse da bala para testes de balística...

– Está me ouvindo? – perguntou Evan.

– Não.

– O que você está olhando?

– Sabe aquelas perguntas que Serena fez? – disse Colin, evitando a pergunta. – Sobre o Atkinson ter participação nisso?

– Lembro. Por quê?

– Acho que ele pode ter participado.

– Porque o carro dele estava perto da praça? E porque o Lester não poderia ter cortado os pneus?

– Não só por isso. Estou pensando no carro que vi antes, o que estava na entrada de veículos do bangalô.

Evan se virou, deu um passo atrás, melhorando o ângulo de visão.

– Que carro? – perguntou finalmente.

– Exato – disse Colin, continuando a pensar. – Ele sumiu.

Colin voltou à casa dos Sanchez alguns minutos antes da meia-noite. Maria estava com os pais na sala. Ela disse algo em espanhol à mãe – provavelmente que voltaria logo – e foi com Colin até o carro.

– Cadê Serena?

– Foi dormir.

– Ela vai ficar aqui também?

– Só esta noite. Meus pais disseram que você também pode ficar. Claro, vai ter de dormir no sofá.

– Você poderia ir comigo para casa.

– É tentador, mas...

– Eu entendo.

Quando chegaram ao carro, ele abriu a porta para ela.

– O que havia de errado com seu carro, afinal? – perguntou ela, entrando.

– A bateria.

– Então eu estava certa, hein? Acho que você deveria me ouvir com mais frequência.

– Certo.

Enquanto iam para o apartamento dela, Colin contou sobre o carro desaparecido.

– Talvez a polícia tenha levado.

– Talvez.

– Você acha que o Atkinson voltou para pegá-lo?

– Não sei. Vou ligar amanhã para o detetive Wright. Talvez eles não me contem, mas, considerando que mantive o Margolis vivo até a chegada da ambulância, espero que sim. De qualquer modo, eles devem saber.

Maria se virou para a janela enquanto seguiam pelas ruas praticamente vazias.

– Ainda não acredito que Lester tenha atirado nele.

– Se estivesse lá, acreditaria. Ele estava descontrolado.

– Você acha que vão conseguir arrancar algo dele?

Colin pensou.

– Talvez. Assim que estiver lúcido outra vez. Mas não faço ideia de quanto tempo isso vai demorar.

– Sei que ele não pode vir até mim, mas e...

Maria parou antes de dizer o nome de Atkinson. Não precisava. Colin não iria se arriscar. Fez um caminho tortuoso até o apartamento de Maria, alerta a qualquer carro suspeito. Maria soube o que ele estava fazendo e não questionou.

Passava da meia-noite quando pararam numa vaga destinada a visitantes do condomínio. Colin ficou alerta a qualquer movimento, mas tudo estava silencioso enquanto subiam a escada até a porta dela.

Ali, no entanto, Colin e Maria pararam. Os dois viram no mesmo instante que a maçaneta estava quebrada e a porta, entreaberta.

O apartamento tinha sido revirado.

Enquanto Colin observava Maria percorrer os cômodos atordoada, chorando sem parar e examinando os danos, seu ultraje continuava a crescer.

Sofás, poltronas e almofadas retalhados. A mesa da sala de jantar virada. Cadeiras da sala de jantar inclinadas sobre as pernas quebradas. Luminárias despedaçadas. Fotos rasgadas. O conteúdo da geladeira derrubado e espalhado na cozinha. Suas coisas. Sua casa. Violadas. Retalhadas. Arruinadas.

No quarto, seu colchão tinha sido cortado, a penteadeira derrubada e as gavetas quebradas, outro abajur despedaçado. Latas vazias de tinta spray vermelha espalhadas no chão, e praticamente todas as peças de roupa de seu armário tinham sido marcadas pela tinta.

Era essa a aparência da fúria, pensou Colin. Quem fez isso estava tão descontrolado quanto Lester, talvez mais ainda, e a raiva que Colin sentia era difícil de controlar. Queria machucar o sujeito, matá-lo…

Ao seu lado Maria ofegou, os soluços ficando mais histéricos ainda, e Colin a envolveu com os braços quando ela viu as palavras pintadas na parede do quarto.

Você vai saber qual é a sensação.

Colin telefonou para a polícia, depois para o detetive Wright. Não esperava ser atendido, mas Wright atendeu ao segundo toque. Depois de Colin contar o que havia acontecido, Wright disse que iria para lá imediatamente.

A pedido de Maria, Colin também ligou para os pais dela. Eles insistiram em ir até lá, mas Maria apenas balançou a cabeça e Colin entendeu. Ela não podia enfrentar os temores e as preocupações deles. Mal conseguia aguentar o que já sentiam. Ele disse a Félix que ela precisava falar com a polícia e insistiu que iria mantê-la em segurança.

Dois policiais chegaram alguns minutos depois e tomaram o depoimento de Maria, que não foi grande coisa. Tiveram mais sorte com um vizinho que havia saído para ver o que estava acontecendo. Colin ouviu o sujeito que morava ao lado dizer que tinha voltado para casa duas horas antes e tinha certeza de que a porta não estava aberta. Ele teria visto as luzes. Contou que não ouviu nada além de música, que ele notou que estava bem alta. Tinha pensado em vir pedir que abaixassem o volume, mas o som parou pouco depois disso.

Assim que Maria recuperou a calma, Wright revisou os depoimentos dela e do vizinho com os policiais; depois falou com Maria e Colin. Maria estava com dificuldade para manter os pensamentos no lugar. Colin repassou a maior parte do que havia dito a Wright antes, em Shallote, o tempo todo lutando contra a ânsia de bater em alguma coisa.

Colin queria encontrar Atkinson, mais ainda do que quisera achar Lester.

E queria matá-lo.

Eram quase duas da madrugada quando Wright os dispensou e os acompanhou até o Camaro. Colin tinha consciência de que Maria não estava em condições de dirigir, e ela não discutiu. Quando chegaram ao carro, Wright levantou a mão. Olhou para Colin mais ou menos como Margolis fazia.

– Espere aí – disse ele. – Não sei por que não percebi antes, mas finalmente entendi quem você é.

– Quem eu sou?

– Você é o cara que o Pete acha que deveria estar na cadeia. O cara que vive brigando. Que espanca as pessoas.

– Não mais.

– Lester Manning pode ter uma opinião diferente sobre isso. Não que eu ligue a mínima para o que Lester Manning acha.

– Você sabe quando a polícia vai terminar aqui? – perguntou Maria. – E quando posso voltar?

– Tirando o vandalismo, não é um local de crime – respondeu Wright. – Mas os caras da perícia demoram. Acho que não vão poder voltar antes do meio da manhã. Aviso quando puderem, certo?

Maria assentiu. Colin desejou ter mais alguma coisa que pudesse fazer por ela, mas mesmo assim...

– Você sabe se eles apreenderam o carro que estava no bangalô? – perguntou. – O bangalô onde Margolis levou os tiros?

Wright franziu a testa.

– Não faço ideia. Por quê?

Colin explicou. Wright deu de ombros.

– Parece provável terem apreendido. Mas vou ver o que descubro. – Ele se virou para Maria, depois de volta para Colin. – Sei que estão exaustos e querem sair daqui, mas por acaso sabem o nome do detetive de Charlotte com quem Pete estava trabalhando?

– Não – respondeu Colin. – Ele não disse.

– Tudo bem. Vou pesquisar um pouco. Não vai ser difícil descobrir. Uma última pergunta: onde vocês pretendem ficar esta noite?

– Na casa dos meus pais – respondeu Maria. – Por quê?

– Foi o que pensei – disse Wright. – Foi por isso que eu quis perguntar. Depois de acontecer uma coisa assim, em geral as pessoas vão para a casa de algum amigo ou de parentes. Se querem minha opinião, não sei se é uma boa ideia.

– Por quê?

– Porque não sei o que esse tal de Atkinson é capaz de fazer, e isso me deixa nervoso. Ele obviamente está querendo pegá-la, e pelo que vi aí dentro ele, além de perigoso, está com raiva. Você devia pensar em ir para outro lugar esta noite.

– Onde, por exemplo?

– Que tal o Hilton? Conheço algumas pessoas lá e tenho certeza de que consigo um quarto, além de proteção policial. Ainda que só por esta noite. Foi um dia difícil e vocês dois precisam descansar um pouco. Não estou dizendo que alguma coisa vá acontecer, mas é melhor sermos cautelosos, não é?

A voz de Maria saiu baixa:

– Margolis disse que vocês não poderiam oferecer proteção policial.

– Eu estava falando por mim. Vou vigiar o quarto de vocês esta noite. Estou de folga, de modo que não é grande coisa.

– Por que você faria isso? – perguntou Colin.

Wright se virou para ele e disse simplesmente:

– Porque você salvou a vida do meu amigo.

30

Maria

No carro, Maria ligou para os pais, depois olhou distraída o sedã do detetive sair na frente, a caminho do hotel, que ficava apenas a alguns quarteirões do condomínio.

Wright devia ter feito os arranjos no pouco tempo em que estavam dirigindo, porque a chave estava esperando-os na recepção. Ele subiu pelo elevador com os dois, até o fim do corredor, onde uma cadeira dobrável já estava posicionada do lado de fora da porta. Entregou a chave a eles.

– Vou ficar aqui, de modo que não precisam se preocupar.

Maria só percebeu como estava exausta quando se deitou na cama ao lado de Colin. Algumas horas antes, tinha imaginado que fariam amor, mas sentia-se esgotada demais. Em vez disso, apoiou a cabeça no ombro de Colin, sentindo o calor dele até o sono invadi-la.

Quando seus olhos se abriram, a luz do sol já passava pela fresta nas cortinas. Virando-se, notou que Colin não estava ao seu lado, e o viu escovando os dentes no banheiro. Olhando o relógio, ficou surpresa ao ver que eram quase onze horas. Sentou-se, assustada, achando que seus pais provavelmente estavam morrendo de preocupação.

Pegou o telefone e viu uma mensagem de texto de Serena.

Colin ligou dizendo que você estava dormindo e contou o que aconteceu. Venha para casa quando acordar. Papai cuidou de tudo!

Maria franziu a testa.

– Colin? – chamou.

– Espere – murmurou ele, enfiando a cabeça pela porta, e ela viu uma boca cheia de pasta de dente, um pouco também no dedo. Ele enxaguou a boca e veio para o quarto, aproximando-se da cama.

– Você usou o dedo para escovar os dentes?

Ele sentou-se ao seu lado.

– Não trouxe escova.

– Podia ter usado a minha.

– Germes – disse ele, piscando. – Você dormiu até tarde. Já liguei para os seus pais.

– Eu sei. Serena mandou uma mensagem. O que está acontecendo?

– Vou deixar você ser surpreendida.

– Não sei se estou pronta para mais surpresas.

– Você vai gostar dessa.

– Há quanto tempo você está acordado?

– Umas duas horas. Mas só saí da cama há uns vinte minutos.

– O que estava fazendo?

– Pensando.

Não havia motivo para perguntar em quê. Ela já sabia a resposta, e, depois de tomarem banho juntos, vestiram-se e se prepararam para sair. Ao passar pela porta viram Wright sentado na cadeira dobrável.

– Vocês dois se importariam se tomássemos um pouco de café? – perguntou ele.

– Para começo de conversa – disse Wright –, seu apartamento foi liberado. Os peritos saíram hoje de manhã e terminaram. Achei que você gostaria de saber, para o caso de precisar pegar alguma roupa ou objeto pessoal.

Se houver alguma coisa que eu ainda queira, pensou Maria.

– Encontraram algo?

– Não foi deixada nenhuma prova evidente e não havia digitais nas latas de tinta. Atkinson deve ter usado luvas. Quanto a amostras de cabelos, isso vai demorar um pouco mais, porém não há garantias. A análise de fios de cabelos é sempre complicada, a não ser que exista DNA da raiz.

Maria confirmou com a cabeça, tentando esquecer as imagens que tinha visto na noite anterior.

– Além disso, dei outros telefonemas hoje cedo – disse Wright, misturando o açúcar e o creme no café. Maria notou as olheiras sob os olhos vermelhos. – Por enquanto ninguém conseguiu falar com Lester. Menos de dez minutos depois de ele estar na delegacia o advogado chegou e, logo em seguida, o pai também apareceu e fez as mesmas exigências do advogado. Não que pudessem falar com ele, também. Lester Manning estava amarrado numa maca da enfermaria psiquiátrica. E continua sedado. O consenso é que ele está completamente maluco. Segundo os policiais, ele pirou de vez no momento em que viu a cela.

– Como assim?

– Começou a gritar. A lutar com os policiais e mordê-los. Assim que o puseram lá dentro, ele começou a chutar a porta, a bater a cabeça na parede. Uma loucura. Até amedrontou os outros presos, por isso teve de ser retirado. Chamaram um médico, que deu uma medicação para ele se acalmar. Foram necessários cinco policiais para contê-lo. Foi quando o advogado apareceu. Ele reclamou de todo tipo de violação de direitos, mas tudo foi gravado em vídeo, de modo que ninguém está preocupado com o fato de Lester conseguir algum meio de se livrar. Eu queria que vocês soubessem logo. Isso não vai acontecer, não importa o que o advogado diga. Ele atirou num policial. De qualquer modo, ninguém pôde falar com ele por enquanto.

Maria assentiu, entorpecida.

– Como está...?

– O Pete? – perguntou Wright. – Sobreviveu à noite. Continua em estado crítico, mas por enquanto permanece estável e os sinais vitais estão melhorando. A mulher dele espera que ele recupere a consciência logo. O cirurgião disse que é possível. Rachel pôde passar um tempinho com ele hoje de manhã. Os garotos também. Claro, para eles foi assustador. Vou até lá depois, ver se posso me sentar um pouco com ele, ou pelo menos com Rachel. – Como Maria não reagiu, Wright ficou girando sua xícara de café. – Também tentei descobrir mais sobre o carro que estava no bangalô. A polícia de Shallotte *não* apreendeu o veículo. Nem o departamento do xerife. O que significa que Atkinson apareceu depois de a polícia ter saído para pegá-lo.

– Talvez – disse Colin.

– Talvez? – perguntou Wright.

– Ele podia estar lá o tempo todo. Talvez tenha ido para os fundos quando Evan e eu estávamos tentando salvar Margolis. Ficou escondido por um tempo e depois voltou. Isso também poderia explicar como Margolis levou o tiro, para começo de conversa. Ele entrou esperando uma pessoa e foi surpreendido por duas.

Wright estudou Colin.

– Quando o Pete falou a seu respeito, não tive a sensação de que ele gostasse muito de você.

– Também não gosto dele.

Wright levantou uma sobrancelha.

– Então por que o salvou?

– Ele não merecia morrer.

Wright se virou para Maria.

– Ele é sempre assim?

– É – respondeu ela com um sorriso torto, depois mudou de tom. – Ainda não sei como ou por que Lester e Atkinson estão trabalhando juntos para me atacar...

– Há mais coisas – disse ele, levantando a mão para interrompê-la. – É o outro assunto sobre o qual queria falar com vocês. Conversei com o detetive com quem o Pete estava trabalhando, em Charlotte. O nome dele é Tony Roberts. Quando o coloquei a par do que havia acontecido, ele disse que o Pete tinha ligado para ele ontem, mas que ainda não havia conseguido investigar sobre o Atkinson. Claro, isso colocou o pedido num nível de urgência e ele foi até o apartamento da mãe do Atkinson. Ainda há uma ficha de pessoa desaparecida aberta, apesar de até agora ninguém ter acreditado nela, e a mulher é o parente mais próximo. O fato é que ela ficou satisfeita em deixar que Roberts ajudasse a encontrar o filho e permitiu que ele usasse o computador de Atkinson.

– E?

O detetive olhou para Maria.

– Ele tinha arquivos sobre você. Toneladas de informações. Seu passado, fichas escolares, informações sobre sua família, onde você mora e trabalha, seu horário. Tinha até informações sobre o Colin. Fotos também.

– Ele tinha fotos?

– Centenas. Você caminhando, fazendo compras, na prancha de *stand-up*. Até trabalhando. Parece que ele vinha vigiando você há um bom tempo. Espionando. Roberts levou o notebook como prova, diante dos protestos súbitos e veementes da Sra. Atkinson. Assim que ela viu o que estava no computador, tentou retirar a autorização para a entrada no apartamento, mas era tarde demais. Os advogados de defesa provavelmente fariam um estardalhaço, mas havia uma ficha de pessoa desaparecida, ela deu o consentimento, e a prova estava à vista. Mas Roberts fez mais do que isso: ele gravou quando ela disse que queria que ele acessasse o computador. Portanto, assim que conseguirmos fazer com que Lester fale, isso provavelmente não vai importar. Com ou sem advogado, ele vai acabar falando. Os malucos costumam desembuchar tudo, especialmente quando ficam lúcidos. É quando a culpa chega.

Maria não tinha certeza de que isso fosse verdade, mas...

– Por que Atkinson quer me ferir?

– Isso eu não sei. No computador também havia informações sobre Cassie Manning, mas você já está a par dessa conexão.

– O senhor tem alguma ideia de onde o Atkinson está?

– Não. Emitimos um boletim de busca e apreensão para ele, mas, como ninguém parece saber onde ele anda, não sei se isso adianta alguma coisa. De novo, espero que o Lester possa nos dizer mais, porém ainda não sabemos quando isso vai acontecer. Pode demorar um dia, pode demorar alguns dias, pode demorar uma semana, e aí teremos de lidar com o advogado e o pai dele, que vão dizer para não responder a nenhuma pergunta. O que levanta a questão de onde você vai ficar nos próximos dias. Se eu fosse você, não sei se permaneceria em Wilmington.

– Eu deveria ir hoje para a casa dos meus pais – disse ela. – Vou ficar bem.

Wright pareceu em dúvida.

– Só tenha cuidado. Pelo que Roberts me contou, Atkinson não somente é perigoso, provavelmente é tão maluco quanto o Lester. Portanto, anote o número do meu telefone. Quero que me ligue se alguma coisa parecer fora do comum, está bem?

Se o objetivo de Wright havia sido amedrontá-la, tinha dado certo. Mas depois da noite anterior Maria sentiria medo independentemente de qualquer coisa.

Entraram no carro. Enquanto Colin dirigia até a casa dos pais dela, pegou o celular.

– Para quem você vai ligar?

– Evan – respondeu ele. – Quero ver se está ocupado hoje.

– Por quê?

– Porque, depois de deixar você na casa dos seus pais, eu gostaria de voltar à sua casa. Agora que a polícia liberou, quero limpar tudo. Talvez pintar um pouco.

– Não precisa fazer isso.

– Eu sei, mas quero. Você não precisa desse tipo de lembrança quando voltar para casa. E provavelmente vou enlouquecer se ficar sentado.

– Mas isso vai demorar o dia todo...

– Não tanto. Algumas horas, talvez. Sua casa não é tão grande assim.

– Talvez eu devesse ir com você. Não é sua responsabilidade.

– Você não precisa desse estresse. Além disso, você deveria ficar com sua família.

Colin tinha razão, e era uma gentileza estar oferecendo isso, mas ela já ia recusar quando ele se virou em sua direção.

– Por favor – disse ele. – Quero fazer isso.

Foi o tom de voz que lhe permitiu concordar com relutância, e Colin telefonou, colocando o celular no viva-voz. Ela provavelmente não deveria ter ficado surpresa por Lily atender.

Colin contou o que havia acontecido e perguntou se Evan poderia ajudá-lo a carregar para fora parte dos móveis mais pesados. Antes mesmo de ele terminar, Lily o havia interrompido.

– Nós dois vamos para lá. Nem *pense* em pedir para não irmos. Não tínhamos nada programado para esta tarde, de qualquer modo. Vai ser ótimo ajudar.

Ao fundo, Maria escutou a voz de Evan.

– Ajudar em quê?

– Vamos limpar o apartamento de Maria. E tenho um short lindinho, que estava doida para usar! É meio curto e apertado, mas parece a oportunidade perfeita.

Ao fundo, Evan ficou quieto por um tempo.

– A que horas nós vamos?

Quando eles desligaram, Maria olhou para Colin.

– Gosto dos seus amigos.

– São mesmo fantásticos – concordou ele.

Dois quarteirões antes de chegarem ao bairro dos pais dela, o significado da mensagem de Serena ficou claro.

Seu tio Tito estava na praça, chutando uma bola de futebol com seu tio José e alguns sobrinhos e sobrinhas. Quando os dois tios acenaram, ela soube que estavam mesmo era vigiando.

Enquanto isso, Pedro, Juan e Angelo, seus primos, estavam posicionados em cadeiras de jardim no gramado da frente, e alguns primos mais novos jogavam bola. Carros que ela reconhecia se enfileiravam dos dois lados da rua, até a esquina.

Meu Deus, pensou ela, *todos os meus parentes estão aqui.* E apesar de ter passado por um inferno nos últimos dias, não pôde deixar de sorrir.

Apesar da relutância de Colin, ela o arrastou para dentro de casa. Havia umas trinta ou quarenta pessoas lá; mais outras vinte no quintal dos fundos. Homens e mulheres, garotos e garotas…

Serena veio correndo.

– Papai fechou o restaurante hoje! Dá para acreditar?

– Acho que não precisávamos de que todo mundo viesse…

– Ele não pediu – disse ela. – Todo mundo simplesmente apareceu quando descobriram que você podia estar com problemas. Tenho certeza de que os vizinhos estão se perguntando o que está acontecendo, mas papai andou por aí explicando que é uma reunião de família. Depois de hoje, sempre haverá uma patrulha da família vigiando o bairro, até o Atkinson ir para a cadeia, mas eles vão ser mais sutis. Decidiram organizar turnos.

– Por mim?

Serena sorriu.

– É assim que nós somos.

Colin demorou meia hora para conseguir sair de lá. Todo mundo queria conhecê-lo, ainda que muitos cumprimentos fossem em espanhol. Enquanto o levava até o carro, Maria refletiu que, apesar de tudo, era abençoada.

– Ainda acho que eu deveria ir com você – disse ela.

– Duvido que seus pais a deixem sair.

– Provavelmente não – concordou ela. – Tenho certeza de que meu pai está olhando pela janela agora mesmo. Só para garantir.

– Então acho que não tenho permissão para beijá-la.

– Pode beijar, sim – disse ela. – E certifique-se de trazer Evan e Lily para jantar, certo? Quero que o resto da família os conheça também.

Colin só voltou às cinco e meia da tarde. Alguns parentes tinham ido embora, mas a maioria havia ficado. Lily se mostrou à vontade no instante em que saiu do carro, ainda que Colin e Evan parecessem meio inseguros.

– Que demonstração maravilhosa de solidariedade e amor! – declarou ela com um abraço assim que Maria se aproximou. – Mal posso esperar para conhecer cada membro da sua família maravilhosa!

O espanhol com sotaque sulista de Lily deliciou todo mundo que ela conheceu, assim como havia encantado Maria, e enquanto os parentes se apinhavam ao redor dela e de Evan, Maria puxou Colin para a varanda dos fundos.

– Como foi? – perguntou ela.

– Vou precisar dar mais uma mão de tinta na parede, mas a base conseguiu cobrir a tinta spray. Nós nos livramos de tudo o que estava quebrado e separamos as coisas que podem ser limpas. Mas não sei se poderemos fazer muita coisa com relação às roupas. – Quando ela assentiu, ele continuou: – Você ficou sabendo de alguma coisa sobre o Margolis? Ou teve notícias do Atkinson?

– Não – respondeu ela. – Passei o dia inteiro verificando o celular para saber se havia alguma mensagem.

Ele olhou ao redor.

– Cadê a Serena?

– Saiu alguns minutos antes de vocês chegarem. Ela tem a tal entrevista esta noite, e precisa se preparar. – Maria pegou a mão dele. – Você parece cansado.

– Estou bem.

– Foi mais trabalho do que você esperava, não foi?

– Não. Mas foi difícil controlar a raiva.

– É – disse ela. – Para mim também.

Depois de conhecerem a família, Lily e Evan se juntaram a Colin e Maria à mesa da varanda.

– Obrigada por limparem minha casa – disse Maria.

– Não foi nada – respondeu Lily. – E devo dizer que é um local absolutamente charmoso. Evan e eu pensamos em nos mudar para o centro da cidade também, mas Evan não consegue conceber a ideia de não ter um gramado para aparar.

– Eu não faço isso agora – disse Evan. – O Colin é que faz. Odeio aparar a grama.

– Quieto – disse ela. – Eu só estava provocando. Mas você deveria saber que o trabalho físico pode ser muito atraente num homem.

– O que você acha que eu fiz hoje?

– É exatamente o que estou dizendo. Você estava muito bonito carregando os móveis, sabe?

A porta da varanda se abriu e Carmen saiu carregando jogos americanos para cada um deles, seguidos de vários pratos de comida que ocuparam mais de metade da mesa. Não somente a cozinha estivera agitada o dia inteiro, mas a maior parte dos parentes havia trazido comida também.

– Espero que estejam com fome – disse Carmen em inglês.

Era comida demais. Como sempre. Colin parecia esperar isso, mas Evan e Lily ficaram chocados.

– Está ótimo, mamãe – disse Maria, subitamente agradecida pela demonstração de amor da mãe, independentemente das palavras. – Amo você.

31

Colin

Depois do jantar, Colin foi para o quintal da frente com a intenção de passar algum tempo sozinho. Dois tios estavam sentados em cadeiras de jardim viradas para a rua, e assentiram respondendo ao cumprimento educado de Colin. Num reflexo, ele relembrou a destruição na casa de Maria, tentando entender a conexão daquilo com Atkinson e Lester.

Lester e Atkinson já haviam trabalhado juntos, e Lester tinha apresentado Atkinson à irmã. Apesar de Maria acreditar que Lester estivesse mandando as mensagens para ela, o Dr. Manning sugerira que Atkinson era o responsável.

Era estranho Atkinson ter desaparecido pouco antes de Maria começar a ser perseguida. Atkinson devia ser o responsável pelos pneus cortados, mas qual dos dois tinha matado Copo? Lester atirou em Margolis; Atkinson tirou o carro do bangalô e depois invadiu e destruiu o apartamento de Maria. Dada a quantidade de informações encontradas no computador de Atkinson, o envolvimento dele na perseguição a Maria parecia óbvio, mas alguns detalhes continuavam a incomodar.

O Dr. Manning havia mencionado uma discussão entre Lester e Atkinson e dito que os dois tinham se desentendido, mas quando teriam recuperado a confiança mútua? Quem estava no comando? Por que o Dr. Manning insistira que Atkinson estava tentando incriminar Lester quando parecia óbvio que os dois deviam estar trabalhando juntos? E se estavam trabalhando juntos, por que usaram dois carros na noite em que Lester atacou Maria?

Enquanto limpava o apartamento dela, Colin havia pensado na conversa anterior com o detetive Wright e percebeu que ainda não existia prova ligando Atkinson aos estragos no apartamento. Não havia qualquer conclusão sustentando a ideia de que ele cortara os pneus dela também. Apesar do conteúdo encontrado em seu computador, Maria jamais havia interagido com ele. Ela dissera o tempo todo que o envolvimento de Atkinson jamais lhe parecera plausível, o que significava...

O quê?

E se Atkinson tivesse ido mesmo atrás de uma mulher? E se Lester soubesse que Atkinson estaria fora da cidade? Lester poderia ter plantado as informações no computador de Atkinson e levado o carro dele enquanto estivesse longe. Lester poderia – como Maria tinha observado na noite anterior – ter facilmente pagado a alguém para cortar seus pneus. Talvez até ter invadido seu apartamento. Seria a armação perfeita... desde que você acreditasse que Lester era capaz desse tipo de planejamento intricado. Baseado no comportamento que Colin havia testemunhado no bangalô e em como Wright descrevera as ações de Lester na delegacia, isso parecia improvável. E como aparentemente Atkinson levara Lester de volta para Shallotte depois de aparecer diante da casa dos Sanchez, ele precisava ter ficado por perto. Os dois precisavam estar trabalhando juntos, e Colin supunha que Lester devia ter surtado com as sirenes.

Atkinson devia tê-las ouvido também, o que alimentaria seu próprio pânico, e ele havia pegado Lester antes de sair rapidamente das imediações. Os dois estariam em alta velocidade e possivelmente dirigindo com tanta imprudência quanto Colin, mas na direção oposta...

Como o carro em que Colin quase havia batido a apenas alguns quarteirões da casa dos Sanchez?

Ele sentiu algo parecido com uma chave girando numa fechadura, e se esforçou para se lembrar exatamente do que tinha visto. O carro vindo na sua direção, desviando-se no último instante, os veículos passando um pelo outro separados por centímetros. Dois homens no banco da frente. Que tipo de carro?

Um Camry azul.

Pegou o telefone e ligou para o detetive Wright, que atendeu ao segundo toque.

– Teve alguma notícia do Margolis? – perguntou Colin.

– Está melhorando. Pelo menos é o que dizem. Mas continua na UTI e inconsciente. Como vão as coisas por aí?

– Bem. Maria está em segurança.

– E esta noite?

– Ela vai ficar aqui. Está bem protegida.

– Se você diz... De que você precisa?

– Estou achando que o Atkinson podia estar dirigindo um Camry azul. Relativamente novo.

– Por que acha isso?

Colin expôs seu raciocínio.

– Por acaso você não pegou o número da placa, não é?

– Não.

– Certo. Não é muita coisa, mas vou espalhar a notícia. Todo mundo quer achar o cara, e quanto antes melhor.

Colin desligou. De algum modo tinha certeza de que Lester estivera no Camry azul naquela noite. Tinha certeza, ainda que não pudesse explicar o motivo, além de presumir que seu subconsciente estava à frente da consciência no processo de entender que as respostas se encontravam por aí, caso ele pudesse encontrá-las.

– O que você está fazendo aqui? – perguntou Evan, juntando-se a Colin no quintal da frente.

– Pensando. – Eram seis e meia da tarde e o crepúsculo dera lugar à escuridão, o ar de outono chegando a temperaturas mais baixas ainda à medida que a tarde se esvaía.

– Foi o que achei. Vi fumaça saindo dos seus ouvidos.

Colin sorriu.

– Acabei de falar ao telefone com o detetive Wright – explicou, recapitulando a conversa. – O que você está fazendo aqui fora?

– Carmen é uma pessoa doce, mas sua comida é meio apimentada. Lily pediu que eu pegasse um chiclete no porta-luvas, para refrescar a boca. Se você perguntar, Lily quer que o hálito dela cheire a hortelã fresca, porque ter hálito que não cheire a hortelã fresca não é digno de uma dama. – Ele deu de ombros. – Por sinal, o que você acha de tudo isso? Quer dizer, da família de Maria.

– Acho que eles são fantásticos.

– É incrível, não é? *Todos os parentes* aparecendo para mantê-la em segurança?

Colin assentiu.

– Duvido até que meus familiares mais íntimos apareceriam.

Evan levantou uma sobrancelha.

– Não é bem assim. Você tem uma família.

– E amigos também – disse Colin. – Obrigado pela ajuda hoje. Sei que você queria passar o dia na cama com Lily.

– De nada. – Evan deu de ombros. – Mas não ia dar certo, de qualquer modo. Eu não conseguia parar de pensar no Margolis, o que baixou meu astral. Ainda não consigo imaginar como ele deixou o Lester pegá-lo.

Colin fez uma pausa.

– Quando ele estava na varanda, você achou que ele parecia confuso?

– Ele parecia puto da vida – disse Evan. – Porque nós ainda não tínhamos ido embora.

– Como ele pareceu antes disso?

– Não faço ideia. – Evan balançou a cabeça. – Tudo aconteceu muito rápido. Lembro-me de ter ouvido tiros e visto você fazer aquele negócio maluco, mas depois disso... é tudo sangue. Meu cérebro está tão confuso que nem lembro por que vim aqui fora.

– Pegar chiclete para Lily – lembrou Colin.

– Ah, é. Isso. Frescor de hortelã. – Evan andou na direção do carro. – Quer um?

– Não.

Mas o Dr. Manning provavelmente iria querer...

Colin não entendeu por que a descrição do vício compulsivo de Manning, mascando chiclete sem parar, lhe acudiu à mente. Balançou a cabeça, decidindo entrar com Evan e se juntar de novo à família de Maria. Eles eram maravilhosos, tinha de admitir. Em tempos de crise, a família é tudo o que a gente tem. Até o Dr. Manning apareceu para ajudar o Lester. Ele havia falado com Margolis, tinha aparecido na delegacia, e também havia arranjado imediatamente um advogado, já que Lester não estava em condições de fazer isso sozinho.

Mas... como o Dr. Manning soubera da prisão de Lester? Wright havia afirmado que o advogado aparecera dez minutos depois da chegada de Lester à delegacia. Colin sabia, por experiência própria, que era quase impossível conseguir um advogado tão rapidamente, sobretudo numa noite de sexta-feira depois do horário comercial. O que significava que o Dr. Manning sabia que Lester fora preso bem antes de sua chegada à delegacia. Era quase como se ele tivesse estado lá...

E tivesse parado o carro na entrada de veículos?

Não, pensou Colin. Margolis teria reconhecido o carro. Ele tinha visto o carro do Dr. Manning na manhã anterior, quando o doutor mostrou a arma no porta-malas. E se fosse mesmo o carro do Dr. Manning que estava no bangalô, Margolis provavelmente teria agido...

De modo confuso?

Colin parou. Não. Não era possível. Mas...

Filho e pai... Lester e o Dr. Manning... O Dr. Manning mascando um monte de chicletes enquanto falava com Margolis...

Colin procurou a resposta, um detalhe esquecido... Tinha notado várias embalagens de chiclete espalhadas no terraço do prédio diante do escritório de Maria. Colin mal podia respirar. Não eram Atkinson e Lester. Eram pai e filho! As respostas vieram em sequência em sua mente, na mesma velocidade em que Colin podia formular as perguntas.

Por que Margolis não foi mais cauteloso no bangalô?

Porque viu que Avery Manning, o pai, já estava lá.

E a arma de Lester?

O Dr. Manning tinha dito a Margolis que a arma não era de verdade.

Por que Margolis havia entrado?

Porque o Dr. Manning o chamou, garantindo que tudo estava bem.

Tudo se encaixava. Mas Lester foi preso.

Só porque Colin estava ali para derrubá-lo. Caso contrário, Lester poderia ter escapado.

Mas Lester poderia falar.

O advogado que o Dr. Manning contratou garantiria que ele não fizesse isso.

Mas o Dr. Manning tinha deixado uma mensagem para Margolis, insistindo para que ele alertasse Maria...

Depois do fato – tarde demais para importar.

E Atkinson?

O sujeito que havia deixado de intervir quando Laws sequestrou Cassie? Que o Dr. Manning podia sentir que merecia ser castigado também?

Mas o notebook de Atkinson... as fotos, os arquivos...

Tudo isso tornando Atkinson o perfeito bode expiatório.

Nesse ponto Colin já estava pegando o celular, a verdade era tão óbvia que não sabia como podia ter deixado de vê-la.

O Dr. Manning, o psiquiatra.

Como o nome de Atkinson havia surgido, para começo de conversa?

O Dr. Manning.

E o padrão de Laws perseguindo Cassie?

O Dr. Manning conhecia cada detalhe.

Colin escutou uma voz do outro lado do telefone. Era Wright, parecendo ocupado e perturbado.

– Você de novo – disse Wright. – O que foi?

– Verifique se o Dr. Manning tem um Camry azul.

Wright hesitou.

– Espere aí. Por quê?

– Mande alguém verificar enquanto explico. Só faça isso. É importante.

Depois de ouvir Wright fazendo o pedido a outro policial, Colin contou tudo. Quando terminou, Wright ficou quieto por um momento.

– Parece meio remoto, não acha? – disse Wright. – Mas, se você estiver certo, Margolis poderá esclarecer tudo quando recuperar a consciência. Além disso...

Wright parecia lutar com suas próprias dúvidas.

– Sim?

– Não é como se o Dr. Manning estivesse tentando se esconder. Longe disso, ele esteve na delegacia ontem à noite e no hospital hoje...

– Ele esteve lá? – perguntou Colin, sentindo um pânico crescente.

– Falou com Rachel. Queria pedir desculpas pelo que o filho fez e perguntou se poderia falar com o Pete, para pedir desculpas a ele também.

– Não deixe que ele chegue perto do Margolis! – gritou Colin, o pânico dando lugar ao medo.

– Calma. Manning não pôde vê-lo. Só a família tem permissão de entrar na UTI...

– Manning foi lá para matá-lo! – interrompeu Colin. – Ele é médico... Saberia o que fazer para que a morte parecesse natural.

– Você não acha que está tirando conclusões precipitadas?

– Lester não atirou no Margolis! Foi o Dr. Manning! Lester ficou com o Margolis na mira, mas não puxou o gatilho. Se não acredita em mim, teste as mãos de Lester em busca de resíduos de pólvora.

– Isso não vai revelar nada. É tarde demais. Esses testes ficam menos eficazes a cada hora que passa…

– Eu sei que estou certo!

Wright ficou calado por um longo momento.

– Está bem… mas e o computador do Atkinson?

– Atkinson está morto – disse Colin com uma súbita certeza. – O Dr. Manning o matou. Fez parecer que ele foi viajar, pegou o carro dele, colocou provas no computador, tornou-o o principal suspeito e planejou tudo.

Wright não disse nada. Depois de um momento de silêncio, Colin ouviu o som abafado do detetive falando com outra pessoa. Colin sentiu a frustração crescer até que Wright voltou ao telefone, parecendo ligeiramente atônito.

– O Dr. Manning tem um Camry azul – disse Wright lentamente. – Eu… eu preciso desligar. Quero verificar se o Camry esteve no bangalô…

Colin correu para dentro, para contar tudo a Maria, e a encontrou ainda na varanda dos fundos com Evan e Lily, os pais e vários tios e tias. Enquanto ele relatava suas descobertas, Maria ouviu em silêncio. No fim, seus olhos estavam fechados e ele sentiu uma espécie de paz, por ela finalmente saber a verdade. Enquanto isso, os parentes permaneceram em silêncio, todos esperando que Maria reagisse.

– Tudo bem – disse ela enfim. – O que vai acontecer agora?

– Acho que o Wright vai emitir um boletim de busca e apreensão para o Dr. Manning, e depois fazer o que os policiais fazem quando procuram um suspeito e montam um caso.

Maria pensou nisso.

– Mas e o padrão? – perguntou. – Quer dizer, se o Dr. Manning queria que eu experimentasse tudo o que Laws havia feito com Cassie, por que destruiria meu apartamento ontem à noite? Ele devia saber que isso tornaria mais difícil ainda me pegar. E por que o Lester não me pegou quando teve chance de…

Me espancar, talvez me queimar viva e depois se matar, não precisou dizer. Colin se lembrou do que Laws havia feito, mas sabia que o Dr. Manning jamais pensara em se matar. Queria que o corpo de Atkinson fosse encontrado no meio das cinzas, o que encerraria o caso de vez, deixando-o em liberdade. Tudo o que Colin pôde fazer foi balançar a cabeça.

– Não sei – admitiu.

Agora eram sete horas e a noite estava ficando mais escura ainda, com apenas uma lasca de lua acima do horizonte.

Enquanto a família, comandada por Félix, começava a fazer planos adicionais para manter Maria em segurança, Colin foi para a cozinha e pegou um copo no armário. Estava com sede, mas também queria ficar sozinho enquanto ponderava sobre as perguntas de Maria.

Indo até a geladeira, colocou o copo embaixo da torneirinha, encheu-o d'água, engoliu-a de uma vez e começou a enchê-lo de novo, os olhos examinando distraidamente a porta da geladeira.

Havia fotos de Maria e Serena no correr dos anos, poemas, a certidão de crisma de Maria e um desenho de um arco-íris em lápis de cera, com o nome de Serena escrito cuidadosamente no canto. Algumas peças tinham começado a amarelar nas bordas, e o único acréscimo recente parecia ser a carta que Serena havia recebido da Fundação Charles Alexander. Estava no canto superior, escondendo parte de um cartão-postal da Catedral Metropolitana na Cidade do México. Enquanto olhava o timbre do papel, ficou incomodado de novo com a ideia de que o nome lhe parecia estranhamente familiar...

Mesmo assim...

As perguntas de Maria tinham-no deixado inquieto. Por que o Dr. Manning havia invadido e destruído o apartamento dela? Se o Dr. Manning quisesse que Maria experimentasse tudo o que Cassie havia passado, por que se desviar do padrão agora? E por que colocar as palavras "Você vai saber qual é a sensação" no quarto dela, quando isso só iria torná-la mais inacessível? Era possível que o Dr. Manning tivesse entrado em pânico ou perdido o controle depois da prisão de Lester? Colin queria acreditar nisso, tentava se obrigar, mas não conseguia dar o salto mental. Em vez disso, sentia-se como se tivesse deixado de notar alguma coisa. Ou estava faltando uma peça do quebra-cabeça ou o Dr. Manning não se importava mais em alcançar Maria...

Mas por que não se importava?

Dando as costas para a geladeira, tomou outro gole, consolando-se com a ideia de que, mesmo sem as respostas, Maria estava em segurança. Colin e a família dela garantiriam isso. Todos estavam ali agora mesmo, montando guarda... Nesse instante, percebeu que estava errado, nem todos se encontravam ali. Faltava um parente.

O Dr. Manning não se importava mais em pegar Maria... porque Maria nunca fizera parte do jogo final do Dr. Manning.

Na mente de Colin as respostas começaram a chegar depressa, com a clareza emergindo... O nome no timbre do papel e o motivo para parecer tão familiar... por que o apartamento de Maria fora invadido... como Lester soubera o dia do aniversário de Carmen... o verdadeiro significado por trás das palavras pintadas no quarto...

Você vai saber qual é a sensação...

Largou o copo e saiu correndo da cozinha, passando pela sala e seguindo pelo corredor curto até o quarto de Maria. Localizou as bolsas dela e viu o notebook na bolsa de mão. Abriu-o, pensando: *Não, não, não... por favor, Deus, faça com que eu esteja errado.*

Abriu o programa de busca e digitou o nome da fundação que dera a bolsa a Serena... queria vê-lo... rezava para que ele aparecesse...

Nenhum site surgiu; só um aviso de que a página fora retirada do ar e que o nome de domínio estava disponível.

Não, não, não...

Digitou o nome de Avery Manning e reconheceu os mesmos links que havia pesquisado depois de ele e Maria terem se encontrado com Margolis pela primeira vez. Lembrou-se de que o link incluía a foto de Avery Manning, e clicou nele enquanto voltava correndo para a sala. Levantando os olhos, viu Carmen, mas não Félix.

– Carmen! – gritou ele, esperando que ela entendesse o que ia dizer.

Parentes se viraram na sua direção, alarmados. Colin ignorou-os. Ignorou a súbita expressão de medo de Carmen. Com o canto do olho, viu a porta dos fundos se abrir e Maria a ponto de entrar.

Ele levantou o computador e apontou para a foto.

– Reconhece ele? – perguntou Colin, falando alto e depressa. Agora o medo se transformava em pânico. – É o homem que veio jantar aqui? É o diretor da fundação?

Carmen pôs-se a balançar a cabeça.

– *No sé... No entiendo... Habla más despacio, por favor.*

– O que está acontecendo? – gritou Maria. – O que você está fazendo, Colin? Está assustando minha mãe!

– É ele! – gritou Colin.

– Quem? – gritou Maria, contagiada pelo medo. – O que está acontecendo?

Nesse ponto, Félix também havia passado pela porta, seguido por Evan, Lily e mais parentes.

– Olhe para ele! – disse Colin a Carmen, apontando para a foto, baixando a voz, tentando parecer calmo e não conseguindo. – Olhe a foto! O diretor! É ele? Foi ele que veio jantar na sua casa?

– *¡Mira la foto, mamá!* – traduziu Maria, indo até ela. – *¿Es ésto el director de la fundación? ¿Quién vino a la casa para la cena?*

O olhar de Carmen se virou aterrorizado, alternando entre Colin e Maria antes que ela se inclinasse para olhar a foto. Depois de um momento começou a assentir rapidamente.

– *¿Sí!* – disse Carmen, aparentemente à beira das lágrimas. – Charles Alexander! *Él es el director! ¡Él estaba aquí en la casa!*

– Colin! – gritou Maria, segurando o braço dele. Ele virou o olhar em pânico para ela.

– Cadê a Serena? – perguntou ele. – Onde ela está?

– Na entrevista, você sabe... O que há de errado?

– Onde é a entrevista? Onde está acontecendo?

– Não sei. Acho que é no escritório da fundação...

– Onde é o escritório? – gritou Colin.

– No centro da cidade... pe-perto do rio – gaguejou Maria. – Na área comercial mais antiga, não no distrito histórico. Diga o que está acontecendo!

Prédios abandonados, pensou Colin. *Fogo.* Pensamentos caindo rápidos como cartas... O Dr. Manning já não se importando em pegar Maria... Maria precisando saber *qual é a sensação...* Porque não tinha somente a ver com fazer com que Maria experimentasse o terror de Cassie, e sim com castigá-la, fazer com que se sentisse como o Dr. Manning e Lester ficaram depois de uma pessoa que amavam ter sido assassinada.

Ah, meu Deus...

– Ligue para a polícia! – gritou Colin. – Ligue para a emergência!

– Colin! – gritou Maria. – Fale comigo!

– Avery Manning fingiu que era Charles Alexander! – gritou Colin, sentindo que o relógio estava correndo e sabendo que não havia tempo para explicar tudo. – O Dr. Manning teve um filho chamado Alexander Charles. Não existe nenhuma fundação. Nem bolsa. O Dr. Manning inventou tudo – sussurrou ele. – O alvo não era você, e sim Serena. Ela está com ele agora e eu preciso saber exatamente onde, antes que...

Maria entendeu tudo num instante, com a expressão abalada enquanto

Colin pegava sua mão e a puxava, correndo para a porta que levava à garagem. Ele escutou vagamente Maria gritando por cima do ombro enquanto saíam depressa da garagem, correndo para o carro dele:

– *¡Llame a la policía! Emergencia!*

Maria mergulhou no veículo e Colin estava dando a volta quando escutou Evan gritando que eles também iam.

Colin pulou no assento diante do volante, gritando instruções para Maria ligar para o detetive Wright. Virou a chave com força, acionando o motor, os pneus cantando enquanto se afastava da casa. No retrovisor notou vagamente faróis se acendendo, Evan, Lily e vários parentes vindo atrás.

– A que horas Serena disse que era a entrevista? – perguntou Colin, enquanto Maria esperava que Wright atendesse.

– Não lembro... Sete, talvez?

– Qual é o endereço?

– Eu a peguei no escritório uma vez, mas não sei...

Colin apertou o acelerador até o fundo e o motor rugiu, o carro estremecendo ao fazer a primeira curva... Colin lutando contra a ideia de que talvez já fosse tarde demais... xingando-se por não ter descoberto antes. Os faróis no retrovisor ficaram menores enquanto o velocímetro se aproximava dos 110, dos 120.

Ele pisou no freio, derrapando ao entrar na rua principal e ouvindo os pneus de um carro cantarem. Sem se abalar, acelerou de novo, apenas com uma leve consciência de que Maria estava gritando ao telefone com o detetive Wright.

Colin continuou a acelerar, chegando a quase 160 por hora, com uma sensação de déjà-vu enquanto passava pela ciclovia e diminuía a velocidade, mas sem parar nos sinais vermelhos. Apertou fundo a buzina, piscou os faróis e atravessou estacionamentos enquanto segundos preciosos se escoavam.

Maria havia desligado depois de falar com o detetive Wright e agora estava digitando várias vezes, freneticamente, as ações ficando cada vez mais desesperadas.

– Serena não está atendendo!

– Descubra quando ela saiu do alojamento da universidade! – gritou Colin.

– Mas... como?

– Não sei!

Colin trocou de pista, passou por outro sinal vermelho e olhou pelo retrovisor. Os faróis de Evan estavam muito atrás para ser vistos, e Colin apertou o volante, furioso consigo mesmo por ser tão idiota, por deixar de ver o óbvio. Pensando em Serena, dizia para si mesmo que chegaria a tempo de salvá-la.

Chegaria. Tinha de chegar.

Charles Alexander. Alexander Charles. Tinha visto o nome no computador e a conexão estava bem ali, na geladeira, no maldito timbre do papel! E Serena até dissera o nome durante o jantar! Era óbvio, e Colin não entendia por que tinha demorado tanto para somar dois e dois. Se alguma coisa acontecesse com Serena porque ele havia sido tão idiota...

Escutou vagamente Maria gritar o nome de Steve ao telefone... Ouviu-a exigindo saber quando Serena havia saído... escutou-a dizer que Serena estava atrasada e tinha saído às seis e quarenta...

– Que horas são? – perguntou Colin, acelerando tanto que não podia afastar o olhar da estrada por um segundo seguer. – Veja no celular!

– Sete e doze...

Talvez Serena ainda não tenha chegado...

Colin trincou os dentes, o músculo do maxilar pulsando, a pensar que, se alguma coisa tivesse acontecido com ela...

Caçaria o Dr. Manning até os confins da terra. O sujeito merecia morrer e, nesse instante, os pensamentos de Colin começaram a se estreitar enquanto ele sentia uma ânsia visceral, quase tangível, de matá-lo.

Na fúria cada vez maior, o velocímetro chegou a 190 e Colin só conseguia pensar em *Anda, anda, anda...*

32

Maria

Colin estava correndo tanto que a paisagem do lado de fora das janelas ficou turva. Mesmo com o cinto de segurança, Maria era jogada de um lado para outro sempre que ele fazia uma curva, freava ou acelerava. No entanto, ela só conseguia pensar em Serena.

A bolsa falsa. Entrevistas. Ganhando lentamente a confiança dela...

Ele estivera planejando isso o tempo todo. Seguindo Serena. Perseguindo.

Não apenas pessoalmente, mas também pelas redes sociais de Serena. Viera jantar com a família porque tinha conhecimento de que Maria não estava lá... Serena havia anunciado aos quatro ventos que Maria tinha um encontro. Ele sabia da presença de Maria no aniversário da mãe porque Serena postara sobre isso também. À medida que a realidade do que vinha acontecendo ficou clara, Maria sentia um pânico cada vez maior.

Era mais difícil controlar a respiração enquanto os músculos do peito começavam a se comprimir. Tentou eliminar aquela sensação. Estava tendo um ataque de pânico, mas continuou a pensar em Serena. E se já fosse tarde demais? E se o Dr. Manning já tivesse sequestrado Serena e fizesse com ela o que fora feito com Cassie?

A mente de Maria saltou para as fotos da cena do crime de Cassie e seus pulmões se comprimiram mais ainda, tornando a respiração quase impossível. Disse a si mesma outra vez que era apenas um ataque de pânico, mas descobriu que estava enganada. Não era um ataque de pânico. Da última vez não tinha sido assim. De repente, sentiu uma dor lancinante no peito, que desceu pelo braço esquerdo.

Ah, meu Deus, pensou. *Estou tendo um ataque cardíaco...*

Colin apertou o freio e o ímpeto jogou Maria com força contra o cinto. Foi jogada de novo instantes depois, quando ele fez outra curva, e sua cabeça bateu na janela. Maria mal registrou a dor; só conseguia pensar na pressão no peito e no fato de que não conseguia respirar. Tentou gritar, mas nenhum som saiu. Teve uma vaga consciência de que seu celular vibrara com uma mensagem de texto e o mundo começou a escurecer.

– Maria? O que foi? – gritou Colin. – Você está bem?

Estou tendo um ataque cardíaco!

Ela tentou dizer, mas seus olhos começaram a se fechar. *Estou morrendo!* Mas as palavras continuavam não saindo. Não conseguia respirar, seu coração estava desistindo e, apesar de ouvir Colin gritar seu nome, o som parecia vir de muito longe. Ela não entendia por que Colin não fazia nada, por que não estava ajudando-a. Ele precisava chamar uma ambulância e levá-la depressa ao hospital.

Seus pensamentos se embolaram quando ela foi jogada para cima no banco e sentiu uma pressão no ombro; um instante depois, seu corpo estava sendo sacudido.

– Controle-se, Maria! – ordenou Colin. – Você está tendo um ataque de pânico!

Não é um ataque de pânico!, gritou sua mente enquanto ela lutava para respirar, imaginando num frenesi por que ele não a ajudava. *Desta vez é de verdade, você não vê?*

– Maria! Escute! Maria! – gritou Colin. – Preciso saber para onde Serena foi! Manning está com ela agora! Preciso da sua ajuda! Serena precisa da sua ajuda!

Serena...

Maria abriu os olhos ao ouvir o nome da irmã e se agarrou a esse som, concentrando-se nele, mas era tarde demais.

– Maria!

Desta vez foi o som de seu próprio nome que a sacudiu.

Colin está falando comigo.

Serena.

Dr. Manning.

De algum modo, conseguiu manter os olhos abertos, mas ainda não conseguia respirar e estava tonta. Mas... *Serena... ah, meu Deus, Serena precisava...*

De ajuda.

Cada célula de seu corpo continuava a martelar um augúrio de morte, abafando a realidade da situação. Maria lutou para recuperar a clareza; obrigou-se a pensar em Serena e soube que estavam indo para perto do rio salvar a irmã, e que seu celular tinha vibrado com uma mensagem de texto.

Com um esforço enorme, virou a tela para cima e se concentrou. De algum modo conseguiu identificar as palavras...

Estou indo a pé para a entrevista. Deseje sorte!

Serena. Sua irmã ainda estava viva e eles corriam para salvá-la. Maria se obrigou a respirar lentamente, com firmeza, e depois mais uma vez. *Um ataque de pânico, só isso*, pensou. *Posso superar...*

Mas seu corpo continuava se rebelando, ainda que a mente tivesse começado a ficar mais límpida. As mãos tremiam e os dedos não funcionavam direito. Pôde apertar o botão de rediscar, mas o telefonema caiu na caixa postal. Enquanto isso, Colin continuava a gritar com ela, ao mesmo tempo que derrapava em outra curva.

– Maria! Você está bem? Diga que vai ficar bem!

Demorou um momento para ela perceber que haviam chegado à South Front Street e estavam indo na direção certa.

– Estou bem – murmurou, ainda recuperando o fôlego, pasma porque conseguia falar, percebendo que não era mais impossível respirar. – Só preciso de um minuto.

Colin olhou-a por um instante antes de se virar para a frente outra vez, apertando o acelerador.

– Quanto falta? – perguntou. – Preciso saber onde ela está.

– Não sei. – A voz de Maria ainda estava fraca, o corpo lutando para se recuperar. – Mais alguns quarteirões – bufou, tonta.

– Tem certeza?

Tinha? Olhou pela rua, querendo se certificar.

– Tenho.

– À esquerda ou à direita?

– Esquerda.

Esforçando-se, Maria se obrigou a ficar mais ereta no banco. Seu corpo continuava a tremer.

Colin acelerou pelo cruzamento seguinte. Olhando pela janela, Maria notou vagamente meia dúzia de galpões perto do rio, escuros e sombreados. As luzes dos postes mal atravessavam a escuridão. O ímpeto do carro começou a diminuir enquanto Colin tirava o pé do acelerador.

Ali a arquitetura mudou imediatamente: prédios unidos com terraços planos, como casas geminadas, alguns em melhor condição do que outros. Havia luzes de escritório acesas em alguns andares, porém a maioria estava apagada. Não havia trânsito em nenhuma direção. Enquanto passavam por mais um quarteirão, a área começou de repente a parecer familiar e Maria soube que estavam perto, ao mesmo tempo em que lutava contra uma súbita onda de raiva e culpa por ter tido um ataque de pânico no pior momento possível, quando Serena mais precisava dela.

Já estivera ali. Obrigou-se a respirar enquanto examinava os prédios, já que da primeira vez não tinha prestado muita atenção. Lembrou-se vagamente de que Serena estivera parada num cruzamento e que havia alguns operários de construção no lado oposto da rua... Franziu os olhos, viu andaimes num prédio da esquina e, do lado oposto da rua, o carro de Serena...

– Ali! – disse apontando. – O prédio de tijolos, de quatro andares, na esquina!

Colin freou com força. Saltou do carro e partiu correndo, sem esperar Maria, que lutava para abrir a porta, furiosa porque seu corpo estava descontrolado e precisava se recuperar. Não tinha tempo para isso. Agora, não. Especialmente agora. Finalmente, abrindo a porta, esforçou-se para ficar de pé e se mover.

Colin já havia chegado à porta principal. Ela o viu lutando para abri-la; descobrindo que estava trancada, cutucou alguma coisa ao lado da maçaneta. Quando Maria olhou para cima, viu sete ou oito escritórios ainda iluminados em vários andares, e observou Colin dar um soco no vidro. Pela linguagem corporal podia ver que ele estava em dúvida se deveria quebrar o vidro para entrar, porém Maria soube instintivamente que Serena não estava no prédio. Nem o Dr. Manning. Ele fora cauteloso demais até esse ponto para cometer um erro agora. Fora meticuloso demais, e havia pessoas demais no prédio, muitas testemunhas potenciais, muitas coisas que poderiam dar errado. Supôs que o Dr. Manning devia ter esperado Serena na calçada à frente do prédio e provavelmente tinha uma história sobre um cano estourado ou algo assim, de modo que a entrevista seria feita em outro lugar. Sabia que ele desejava um local privado, onde soubesse que não seria flagrado, um local que pegasse fogo.

– Colin! – gritou ela. – O som saiu fraco. Tentou balançar os braços, mas a tontura voltou em ondas e ela tropeçou. – Colin! – gritou de novo, e dessa vez ele escutou e correu para ela.

– A porta tem uma daquelas fechaduras de código! Não há nenhum número listado para o térreo, por isso apertei todos os botões, mas ninguém quer abrir.

– Serena não está aí – disse Maria. – Manning levou-a para outro lugar. Há gente demais aí dentro, pessoas demais ainda trabalhando.

– Se ela entrou no carro dele…

– Na mensagem ela disse que estava indo a pé para a entrevista.

– Então onde está o carro dele? Não estou vendo.

– Verifique na esquina – disse Maria com a voz chiando, ainda lutando contra a tontura. – Ele provavelmente parou lá. Se ele está procurando algum lugar deserto, levou-a para um barracão ou uma casa de barcos perto do rio. Depressa! – disse, sentindo que ia desmoronar. – Vá. Vou pegar o telefone e ligar para a polícia… – *E para meus pais, meus parentes, Lily, todo mundo que entrou nos carros para vir atrás de nós*, pensou. Nesse ponto Colin já estava recuando para a esquina, indeciso, querendo confiar nela, mas…

– Como você sabe que é lá que eles vão estar?

– Porque é para onde Laws teria ido – disse, imaginando quando a polícia chegaria, e também da cabana perto do lago onde Cassie fora assassinada, e também dos barracões e casas de barco comuns nessa parte do rio Cape Fear.

33

Colin

Os instintos de Maria estavam certos. Colin encontrou o Camry azul parado na rua transversal, ao lado do prédio. Correu passando por ele. Logo adiante havia um campo abandonado que se estendia até a margem lamacenta do rio Cape Fear, um vazio negro à sua frente, despido de reflexos nessa noite sem luar.

A rua deu lugar a uma estrada de cascalho que se bifurcava, indo para a beira do rio. Um dos lados levava a uma pequena marina arruinada com uma estrutura de metal enferrujado que era lar de uma variedade de barcos, protegidos por uma cerca baixa; na outra direção ficavam duas estruturas decadentes, parecendo celeiros, perto da margem do rio e separadas por uns cinquenta metros. Essas construções pareciam abandonadas, com tábuas rachadas e tinta descascando desbotada, mato crescido e trepadeiras ao redor. Colin diminuiu a corrida, tentando freneticamente adivinhar para onde Manning teria levado Serena. Nesse instante viu um raio de luz saindo intermitente por entre as tábuas da construção abandonada à esquerda, sumindo e reaparecendo.

O facho de uma lanterna?

Saiu do cascalho, atravessando o capim e o mato que em alguns lugares chegava à altura da canela, obrigando-se a ir mais depressa ainda, com a esperança de não ter chegado tarde demais. Ainda sem saber o que faria ou o que iria encontrar.

Quando chegou à construção onde tinha visto a luz, grudou-se à lateral da parede. De perto percebeu que a estrutura já fora uma casa antiga, provavelmente usada por pescadores para colocar blocos de gelo nos barcos com o objetivo de manter os peixes frescos.

Não havia porta nesse lado da construção, mas uma janela pregada com tábuas emitia uma luz fraca e tremeluzente. Começou a se esgueirar para o lado mais distante do rio, esperando encontrar a porta, quando ouviu um grito vir de dentro...

Serena...

O som hipnotizou-o. Deu a volta na construção, mas a porta do outro lado estava pregada com tábuas. Acelerou ao passar por ela, até os fundos, e viu outra janela pregada. Restava uma opção. Olhou pela esquina e viu a porta que estivera procurando. Estendeu a mão para a maçaneta e descobriu que estava trancada.

Serena tornou a gritar.

Dando um passo para trás, acertou o calcanhar na porta, ao lado da maçaneta. Foi um chute perfeito, com força e rápido. O portal lascou e a porta se entreabriu. Chutou-a de novo e ela se abriu totalmente. Nessa fração de segundo, viu Serena amarrada numa cadeira no meio de um cômodo mal iluminado, o Dr. Manning ao lado dela segurando uma lanterna. Havia a forma de um corpo no canto, cercada por latas de tinta enferrujadas. O rosto de Serena estava com hematomas e ensanguentado. Serena e o Dr. Manning gritaram de surpresa quando Colin irrompeu no cômodo. Um facho de luz atingiu subitamente os olhos de Colin.

Ofuscado e desorientado, Colin continuou em frente, estendendo a mão na direção em que tinha visto o Dr. Manning pela última vez. Abriu os braços, porém Manning estava com vantagem e se desviou. Colin sentiu a pesada lanterna de metal acertar as costas da sua mão e ouviu os ossos estalando. A combinação do choque e da dor lancinante o impediu de reagir. Enquanto Serena gritava de novo, Colin girou, tentando acertar os ombros em Manning, mas demorou demais. A lanterna atingiu sua têmpora, e o impacto súbito deixou tudo preto. Seu corpo ficou sem forças e as pernas se dobraram; ele bateu no chão enquanto sua mente ainda tentava processar o que havia acontecido. O instinto e a experiência o incitavam a se levantar rapidamente, e depois de anos de treino os movimentos deveriam ter sido automáticos, mas o corpo não reagia. Sentiu outro golpe forte no crânio, que lançou jatos de agonia por todo o organismo. Sua mente falhava, ele não conseguia raciocinar direito. Não registrou nada além de dor e confusão.

O tempo pareceu se despedaçar e se fragmentar. Acima do zumbido constante nos ouvidos pôde escutar vagamente o som de alguém chorando e gritando... implorando... uma voz de mulher... e uma voz de homem...

O crepúsculo baixou e a dor se quebrou sobre ele como uma onda.

O som de gemidos penetrou debilmente seu estupor; quando ele reconheceu seu nome, finalmente pôde abrir um olho, de algum modo. O mundo parecia nebuloso, nada além de um sonho coberto de bruma, mas quando pensou ter visto Maria amarrada a uma cadeira, isso bastou para permitir que ele compreendesse finalmente o que havia acontecido e onde estava.

Não, não era Maria. Era Serena.

Mas continuava sem poder se mexer. Ainda incapaz de enxergar com nitidez, podia perceber ao longe o Dr. Manning movendo-se junto à parede oposta. Ele estava segurando alguma coisa vermelha e quadrada. Colin ouviu os gritos constantes de Serena e suas narinas foram inundadas subitamente pelo cheiro de gasolina. Demorou um momento para entender tudo. Tonto, viu Manning jogar a lata de gasolina para o lado. Percebeu um clarão de luz, um fósforo, e viu-o voar num arco até o chão. Sentiu o odor do fluido de isqueiro sobre carvão. Viu chamas começando a saltar para as paredes, as tábuas velhas secas como palha. O calor começou a aumentar. A fumaça ficou densa.

Tentou mexer as mãos, tentou mexer as pernas, mas só sentia uma paralisia entorpecida. Sua boca tinha gosto metálico e de cobre, e Colin viu um borrão de movimento quando Manning passou correndo na direção da porta que ele havia arrombado.

As chamas estavam saltando para o teto, os gritos de Serena eram de puro terror. Ouviu-a tossir uma vez, depois de novo. Colin esforçou-se para se mover e imaginou por que seu corpo não obedecia. Por fim seu braço esquerdo começou a se mexer. Depois o direito. Enfiou os dois braços embaixo do corpo e tentou se levantar, mas os ossos da mão quebrada se deslocaram. Gritou e seu peito bateu no chão, a dor transformando a raiva em fúria, alimentando a necessidade de violência e vingança.

Ficou de quatro e conseguiu se levantar aos poucos. Estava tonto, ainda desequilibrado. Deu um passo e tropeçou, os olhos ardendo na fumaça acre, lacrimejantes. Os gritos de Serena haviam se transformado numa tosse incontrolável; Colin sentiu que não conseguia respirar. As chamas haviam se espalhado para as outras paredes, cercando-os. O calor era intenso, a fumaça escurecia, ardendo nos pulmões. Colin esboçou os dois passos necessários para alcançar Serena e olhou o embolado macramê de corda prendendo-a à cadeira. Sabia que com apenas uma das mãos não teria como desamarrar a corda a tempo, e olhou ao redor, esperando ver uma faca. Um machado. Qualquer coisa afiada…

Ouviu um estalo alto, seguido por um estrondo quando o teto da casa se afrouxou de repente, lançando fagulhas em todas as direções. Um caibro despencou a pouco mais de um metro deles, em seguida outro caiu mais perto ainda. Ao longo de três paredes as chamas pareciam se multiplicar, e o calor era tão intenso que Colin sentia como se suas roupas tivessem pegado fogo. Começando a entrar em pânico, agarrou a cadeira com Serena ainda em cima e fez força, sentindo uma onda de dor na mão quebrada. Isso alimentou a fúria por dentro. Podia enfrentar a dor; sabia como usá-la, e tentou fazer isso, mas a mão não segurava mais.

Incapaz de carregar Serena, não tinha outra opção. Eram cinco, talvez seis passos até a porta, e agarrando o encosto da cadeira com a mão boa ele girou-a e começou a arrastá-la para a porta. Precisava chegar antes das chamas. Puxou e arrastou, cada puxão irradiando a dor pela mão e pela cabeça.

Atravessou a porta aberta. A fumaça e o calor os acompanharam e ele percebeu que precisaria levar Serena até uma distância segura da fumaça. Não podia arrastá-la pelo campo ou pela lama, e vendo cascalho à direita foi para lá, em direção à outra construção. Atrás deles, a casa estava quase engolfada em chamas; o som aumentou de volume, ampliando o zumbido contínuo nos ouvidos. Continuou em movimento, só parando quando o calor do incêndio começou a diminuir.

Serena não tinha parado de tossir. Ela precisava de uma ambulância. Precisava de oxigênio, e ele tinha que tirá-la da cadeira. Não viu nada que pudesse usar para cortar a corda. Quando olhou para o lado, viu uma figura sair do canto e assumir posição de tiro. O cano de uma arma refletiu o fogo...

A espingarda que Margolis havia mencionado, a que Manning dissera que talvez nem funcionasse...

Colin derrubou Serena e a cadeira e mergulhou para bloqueá-la no mesmo instante em que ouviu a explosão. A espingarda tinha sido disparada a uma distância de 40 metros, além do alcance máximo. O segundo tiro foi mais preciso. Colin sentiu os estilhaços rasgarem seu ombro e a parte de cima das costas, tirando sangue. Ficou tonto de novo, lutando para permanecer consciente enquanto com os olhos turvos via que Manning se punha a correr para o carro.

De jeito nenhum Colin poderia pegá-lo. A figura de Manning se afastou e Colin não podia fazer nada. Imaginou por que a polícia estava demorando tanto para chegar e esperou que ele fosse detido.

Seus pensamentos foram cortados por um rugido quando o fogo subitamente atravessou o teto da casa, vivo e gritando, um som quase ensurdecedor. Parte da parede explodiu, lançando pedaços de madeira em chamas e fagulhas na direção deles. Mal podia ouvir Serena chorando entre as tosses, e percebeu que ainda estavam em perigo, perto demais do incêndio. De jeito nenhum Colin poderia arrastá-la mais para longe, mas poderia conseguir ajuda, e se obrigou a ficar de pé. Precisava chegar a um local onde alguém o visse. Cambaleou algumas dezenas de passos, perdendo sangue, o braço esquerdo e a mão inúteis, os terminais nervosos irradiando agonia.

Manning havia chegado ao carro e Colin viu os faróis sendo ligados. O Camry se afastou do meio-fio, vindo direto para cima dele.

E de Serena.

Colin sabia que não poderia correr mais depressa do que o carro; não poderia nem mesmo se desviar. Mas Serena estava mais desamparada ainda, e Manning sabia exatamente onde ela se encontrava.

Trincando os dentes, Colin cambaleou para a frente o mais rápido que pôde, aumentando a distância entre Serena e ele. Esperava que Manning o seguisse. Esperava que Manning fugisse. Mas os faróis permaneceram apontados na direção de Serena. Sem saber o que fazer, parou e começou a balançar o braço direito, tentando atrair a atenção de Manning.

Fez um sinal obsceno para Manning.

O Camry se desviou imediatamente da direção de Serena e virou para Colin, acelerando e diminuindo a distância. A casa continuou a emitir um som agudo, consumida pelo fogo. Colin cambaleou o mais rápido que pôde, para longe de Serena, sabendo que tinha apenas alguns segundos, cônscio de que iria morrer. O carro estava quase em cima dele quando, de repente, o chão à sua frente foi banhado por outros faróis vindo a toda velocidade de algum lugar atrás dele.

Mal conseguiu enxergar o borrão do Prius de Evan chocando-se contra o Camry com força capaz de romper os tímpanos, levando os dois carros na direção do incêndio. O Camry bateu contra a lateral da casa, empurrado pelo Prius. O teto da construção começou a desmoronar enquanto as chamas saltavam mais para cima, em direção ao céu.

Colin tentou correr, mas as pernas não obedeceram. O sangue continuava a pulsar para fora dos ferimentos, e deitado no chão ele sentiu-se tonto de novo. Agora podia ouvir sirenes competindo com o rugido do incêndio. Suspeitou de que tinham chegado tarde demais, que não sobreviveria, mas isso não importava. Não conseguia afastar o olhar do Prius, e tentava enxergar a porta abrindo ou a janela baixando. Evan e Lily poderiam escapar do incêndio se agissem depressa, mas as chances eram remotas.

Precisava chegar até eles, e tentou outra vez ficar de pé. Levantar a cabeça quase o fez apagar de novo. Pensou ter visto luzes vermelhas e azuis girando nas ruas secundárias e faróis a se aproximarem. Escutou vozes em pânico chamando por ele e Serena. Quis gritar dizendo para se apressarem, que Evan e Lily precisavam de ajuda, mas tudo o que saiu foi um sussurro áspero.

Então escutou Maria; ouviu-a gritar seu nome e chegar ao seu lado.

– Estou aqui! – gritou ela. – Fique firme! A ambulância está chegando!

Colin não pôde responder. Tudo havia começado a girar e as imagens se desconjuntaram, nada fazendo sentido. Num instante o Prius foi engolido inteiro pelas chamas; quando Colin piscou de novo, metade do carro já havia sumido. Pensou ter visto a porta do carona se entreabrir, mas a fumaça era demasiada e não havia outros sinais de movimento, e ele não podia ter certeza. Sentiu-se apagando, a escuridão baixando, e no último momento de consciência rezou para que os dois melhores amigos que ele já conhecera conseguissem sair vivos.

Epílogo

Abril jamais deixou de surpreender Maria. Apesar de ter crescido no sul e saber o que esperar, sempre havia uns poucos dias gloriosos, perfeitos, quando parecia que qualquer coisa era possível. Céus azuis sem nuvens cumprimentavam gramados verdes que tinham estado marrons durante todo o inverno, e de repente tudo explodia em cor. Cornisos, cerejeiras e azaleias explodiam de vida por toda a cidade, e tulipas brotavam em jardins cuidados com carinho. As manhãs eram frescas, mas os dias esquentavam à medida que o sol se erguia luminoso no céu.

Hoje era um daqueles efêmeros dias de primavera. Parada no gramado muito bem cuidado, Maria podia ver Serena conversando animadamente com um grupo de pessoas que não reconheceu, com um sorriso largo. Vendo--a agora, era difícil acreditar que até recentemente Serena lutava para ao menos sorrir. Durante meses tinha sofrido pesadelos e, quando se olhava ao espelho, via os hematomas e cortes infligidos por Manning enquanto estivera amarrada à cadeira. Dois cortes tinham deixado cicatrizes – um perto do olho, outro no maxilar –, mas já começavam a sumir. Dentro de mais um ano Maria duvidava de que alguém as notasse, a não ser que soubesse exatamente onde olhar. Mas isso também significava que teriam de se lembrar daquela noite horrível, e junto com essas lembranças sempre havia dor.

Tinham se passado duas semanas antes que o detetive Wright, junto com Pete Margolis, que ainda se recuperava, se encontrasse com Maria e admitisse que Colin estivera certo com relação a tudo. Os restos mortais de Atkinson foram encontrados no que sobrou da casa incendiada. Testes ligaram a bala na cabeça de Atkinson à arma que estivera com Lester. O incêndio tornara impossível determinar quando ele fora morto, mas os investigadores suspeitavam de que tivesse sido mais ou menos na época de seu desaparecimento. Eles puderam determinar que seu corpo tinha sido guardado num freezer grande e vazio na garagem do Dr. Manning em Charlotte graças a alguns fios de cabelo congelados. Uma pesquisa das contas bancárias de Manning revelou numerosas retiradas de dinheiro, e os números combinavam com as quantias transferidas para as contas de Atkinson para pagar suas despesas, e também confirmaram o aluguel do bangalô em Shallotte.

As digitais de Lester foram encontradas no carro de Atkinson, e os investigadores haviam esperado que Lester desse mais respostas. Isso não aconteceria. Depois de três dias na enfermaria sob supervisão constante, ele foi avaliado por um psiquiatra e considerado em condições de voltar a uma cela, sujeito a monitoramento frequente. Mais tarde, naquele dia, Lester se encontrou com seu advogado, que informou que, apesar de muito medicado e abalado pela perda do pai, ele parecia razoavelmente lúcido.

Lester concordou em ser interrogado por detetives no dia seguinte, desde que o advogado estivesse presente. Foi levado de volta à cela e terminou de comer a bandeja de comida que lhe trouxeram. Gravações em vídeo indicaram que os guardas o vigiaram a intervalos de quinze ou vinte minutos. Mesmo assim, Lester conseguiu se enforcar, usando tiras do lençol que havia emendado com nós. Quando os guardas o encontraram, era tarde demais.

Às vezes Maria se perguntava se Lester havia sido mesmo cúmplice ou se fora outra vítima do Dr. Manning. Ou talvez as duas coisas. Depois de acordar do coma, Pete Margolis admitiu que não tinha certeza de quem havia atirado nele. O Dr. Manning tinha gritado, autorizando-o a entrar, mas Margolis só teve um rápido vislumbre de um cano de arma aparecendo por uma fresta numa porta de armário antes de levar o tiro. A única coisa de que Maria tinha certeza era que Lester e o Dr. Manning estavam mortos, e nenhum deles jamais voltaria para persegui-la.

Apesar do que tinham feito com Serena e ela, às vezes sentia lampejos de culpa e certa pena da família Manning. Um filho jovem que havia morrido num acidente, uma irmã mais velha assassinada, a mãe lutando durante muito tempo contra a depressão até suicidar-se... Maria se perguntou quem ela teria se tornado se essas coisas lhe acontecessem, ou se Serena tivesse morrido naquela noite.

Olhando por cima do ombro, examinou o grupo de pessoas que se reunira no gramado e silenciosamente se sentiu abençoada. Sua mãe e seu pai estavam conseguindo refrear os instintos protetores, seu trabalho com Jill era tremendamente satisfatório, e ela havia usado parte do dinheiro da demissão para mobiliar de novo o apartamento e comprar roupas novas – e ainda restou o suficiente para começar uma pequena poupança. No fim de semana anterior até havia entrado numa loja de material de fotografia e se apaixonado por uma lente tremendamente cara. A água também estava ficando mais quente, e o stand-up paddle *chamava-a...*

O casamento foi espetacular, se bem que, com Lily dirigindo e cuidando da cenografia, Maria não esperava nada menos do que isso. Ainda que Wilmington fosse ser sempre seu lar, Maria podia ver que Charleston tinha mesmo seus encantos. Lily estava etérea em seu vestido de casamento, uma peça de cetim flutuante, minúsculas pérolas verdadeiras e renda delicada. Evan estivera olhando-a com expressão sonhadora enquanto os dois faziam seus votos na igreja de St. Michael. Era a estrutura religiosa mais antiga de Charleston, o local preferido para casamentos entre as famílias mais aristocratas da cidade, mas quando Lily disse com seu sotaque: "Bom, simplesmente não imagino por que alguém gostaria de se casar em outro local", de algum modo fez isso parecer lógico e sincero, não esnobe.

Naquela noite medonha, Lily havia escapado ilesa, milagrosamente. Evan teve menos sorte. Saiu com queimaduras de segundo grau nas costas e dois ossos quebrados na perna. Usou gesso por quase dois meses e só recentemente começara a andar sem mancar, em parte devido à nova rotina de exercícios. Sua malhação não tinha o mesmo padrão da de Colin, mas ele contou a Maria que estava fazendo trabalho extra com os braços e esperava que Lily percebesse isso na lua de mel nas Bahamas.

Os dois tinham ótimos anjos da guarda. Maria acreditou nisso ao ver Lily e Evan saírem do Prius, e, ainda que algumas pessoas pudessem rir dessa ideia, ela não se importava.

Sabia.

A recepção do casamento prosseguia com força total, com a solenidade finalmente dando lugar às festividades. Lily quisera que a recepção fosse feita na espaçosa segunda casa de seus pais à margem do rio Ashley, e, pelo que dava para ver, nenhuma despesa fora poupada. Uma tenda branca e suntuosa reluzia com luzes penduradas com muita arte, e os convidados dançavam num piso de parquê diante de uma banda de dez músicos. A comida fora produzida por um dos restaurantes mais finos da cidade, e os arranjos de flores de primavera eram obras de arte. Maria tinha consciência de que seu casamento jamais seria assim; não fazia seu estilo. Desde que tivesse os amigos e a família – e talvez umas duas piñatas *para os convidados mais novos –, ficaria feliz.*

Não que estivesse pensando em se casar num futuro próximo. O assunto ainda não havia sido abordado e ela não tinha intenção de perguntar diretamente a Colin. Ele também não mudara nem um pouco. Iria dizer a verdade, e ela não tinha certeza de estar preparada para ouvir a resposta. Poderia sentir-se inclinada a sugerir, caso surgisse a oportunidade, mas às vezes esse simples pensamento a deixava nervosa.

Apenas recentemente Colin conseguira retomar a rotina de trabalho, mas às vezes ficava frustrado porque não podia fazer as mesmas coisas de antes, inclusive o treino de MMA. Precisava de pelo menos mais seis meses, insistiram os médicos. O tiro de espingarda havia rasgado parte do músculo do ombro, deixando cicatrizes vívidas e pontos fracos que poderiam ser permanentes. Ele já fizera uma cirurgia na mão, e outra estava planejada para dali a alguns meses. Porém o ferimento que mais preocupava os médicos era a fratura no crânio, e ele havia passado quatro dias na UTI, perto de Pete Margolis.

Margolis tinha sido a primeira pessoa a falar com Colin quando ele recuperou a consciência.

– Disseram que você salvou minha vida – disse Margolis. – Mas acho que isso não muda nada com relação ao nosso acordo. Ainda vou ficar de olho em você.

– Tudo bem – conseguiu grasnar Colin.

– Também disseram que o Dr. Manning arrebentou com você, e que o Evan acabou sendo quem finalmente deu um jeito nele. Acho isso muito difícil de imaginar.

– Tudo bem – disse Colin outra vez.

– Minha mulher disse que você veio me visitar. E também que você foi educado. E parece que meu amigo Larry acha você bem inteligente.

Com a garganta seca, desta vez Colin apenas grunhiu.

Margolis balançou a cabeça e suspirou.

– Faça-me o favor de ficar longe de encrenca. E mais uma coisa. – Ele finalmente deu um sorriso. – Obrigado.

Desde então, Margolis não havia passado para ver Colin sequer uma vez.

Maria sentiu a aproximação de Colin e o braço dele envolvê-la. Encostou--se nele.

– Aí está você – disse ele.

– Está tão lindo aqui perto da água! – Ela se virou, abraçando-o.

– Maria? – sussurrou ele em seu cabelo. – Pode fazer uma coisa por mim? – Quando ela se afastou e olhou-o com ar interrogativo, ele foi em frente: – Eu gostaria que você conhecesse meus pais.

Os olhos dela se arregalaram.

– Eles estão aqui? Por que não disse antes?

– Queria falar primeiro com eles. Ver em que pé estamos.

– E?

– Eles são gente boa. Falei sobre você. Eles perguntaram se poderiam conhecê-la.

– Claro que quero conhecer seus pais. Por que você precisaria me perguntar?

– Eu não sabia o que dizer. Nunca apresentei meus pais a uma garota.

– Nunca? Nossa. Isso me faz sentir muito especial.

– Deveria mesmo. Você é.

– Então vamos conhecer seus pais. Já que sou tão especial, você está louco por mim e provavelmente não consegue se imaginar vivendo sem mim. Na verdade, talvez você esteja pensando que eu sou a mulher certa, não é?

Ele sorriu, com o olhar jamais se afastando dos olhos dela.

– Tudo bem.

Agradecimentos

Todo romance apresenta desafios e este não foi diferente. Como sempre, existem pessoas cuja ajuda e cujo apoio foram inestimáveis. Gostaria de agradecer a:

Cathy, que continua sendo uma amiga maravilhosa. Sempre será minha querida.

Nossos filhos – Miles, Ryan, Landon, Lexie e Savannah – pela alegria que dão continuamente à minha vida.

Theresa Park, minha fabulosa agente literária, administradora e sócia, que está sempre presente para me ouvir e dar conselhos construtivos quando preciso. Não sei direito onde estaria sem ela.

Jamie Raab, minha fantástica editora, que faz maravilhas com meus manuscritos. Trabalhamos juntos em cada livro e eu me considero abençoado por causa de seus conhecimentos e de sua amizade inabalável.

Howie Sanders e Keya Khayatian, meus agentes cinematográficos, que são excepcionais no que fazem. Vocês são criativos, inteligentes e divertidos.

Scott Schwimer, meu advogado da área de entretenimento, um dos melhores amigos que tenho no mundo. Minha vida foi enriquecida pela presença dele.

Stacey Levin, que comanda minha empresa de produção para a televisão, é uma pessoa tremendamente talentosa, com instintos fantásticos e paixão pelo trabalho. Obrigado também a Erika McGrath e Corey Hanley pelos talentos nas mesmas áreas. Larry Saltz, meu agente para a televisão, mantém esse navio complexo funcionando do melhor modo possível. Agradeço o que todos vocês fazem.

Denise Di Novi, produtora de *Uma carta de amor*, *Um amor para recordar*, *Noites de tormenta*, *Um homem de sorte* e *O melhor de mim*, com quem tive a sorte de me associar, tem instintos impecáveis. Um muito obrigado também a Alison Greenspan, por tudo o que fez com esses projetos memoráveis.

Marty Bowen, produtor de *Uma longa jornada, Um porto seguro* e *Querido John*, por seu excelente trabalho, sua criatividade, seu humor e sua amizade. O tempo que passamos juntos é sempre agradável. Obrigado também a Wyck Godfrey, que trabalha com Marty em tudo o que fazem.

Michael Nyman, Catherine Olim, Jill Fritzo e Michael Geiser, meus editores, que são de primeira linha em seu trabalho, e também viraram amigos.

Laquishe Wright (ou Q), que cuida de todas as coisas relacionadas à mídia social no meu mundo, não somente faz um trabalho incrível como também é uma pessoa com quem adoro passar o tempo. Mollie Smith cuida do meu site, e sem vocês duas seria impossível manter as pessoas informadas de tudo o que acontece no meu mundo.

Michael Pietsch, da Hachette, merece minha gratidão por tudo o que faz para tornar meus romances um sucesso. Sinto-me honrado por trabalhar com você.

Peter Safran, produtor de *A escolha*, por seu entusiasmo e conhecimento, e por receber minha equipe em seu mundo empolgante.

Elizabeth Gabler, que tem uma paixão incrível pelo que faz e o talento e o empenho para fazer com que isso funcione. *Uma longa jornada* foi um filme notável e lindo. Além disso, obrigado a Erin Siminoff por seu extraordinário comprometimento em tornar aquele projeto um sucesso. Adorei trabalhar com vocês duas.

Tucker Tooley, que considero um amigo. Sinto-me honrado por seu apoio interminável ao meu trabalho.

Ryan Kavanaugh e Robbie Brenner, da Relativity Media, pelos filmes fantásticos que fizeram com base na minha obra. Tem sido fabuloso trabalhar com vocês dois.

Courtenay Valenti, da Warner Brothers. É sempre divertido falar com você quando estou na cidade com um novo projeto.

Emily Sweet, do Park Literary Group, está sempre disponível para dar uma mão em tudo o que for necessário. Muito obrigado por assumir temporariamente as rédeas da minha fundação e por me ouvir sempre que eu telefono.

Abby Koons, do Park Literary Group, por cuidar tão habilmente dos meus direitos internacionais. Estou consciente do trabalho incrível que você faz. Você é a melhor e sou o primeiro a saber disso.

Andrea Mai, do Park Literary Group, por tudo o que faz com as parcerias de varejo. Tem sido um extraordinário relacionamento profissional e devo dizer que fico pasmo com seu entusiasmo e sua persistência. Muito obrigado também a Alexandra Greene, que não somente examina cada contrato como tem incríveis instintos criativos. Eu não estaria onde estou sem vocês duas.

Minha gratidão vai também para Brian McLendon, Amanda Pritzker e Maddie Caldwell, da Grand Central Publishing. O entusiasmo e o comprometimento de vocês significam tudo para mim.

Pam Pope e Oscara Stevick, minhas contadoras, têm sido uma bênção em muitos sentidos, não somente pelo trabalho que fazem, mas por sua amizade. Vocês duas são fantásticas.

Tia Scott, minha secretária, não é somente uma amiga, mas mantém minha vida nos trilhos. Agradeço por tudo o que você faz.

Andrew Sommers sempre fez um trabalho importante nos bastidores do meu mundo. Minha vida tem sido melhor por causa disso. Obrigado também a Hannah Mensch por tudo o que fez neste último ano.

Michael Armentrout e Kyle Haddad-Fonda, que fazem um trabalho fantástico na Nicholas Sparks Foundation. Muito obrigado.

Tracey Lorentzen, que está sempre disposta a dar uma mão do jeito que eu mais necessito, quando mais necessito. Não sei o que teria feito sem você.

Sara Fernstrom, que já foi da UTA, e David Herrin, meu oráculo na UTA, têm talentos e capacidades especiais, e eu me beneficiei muito do conhecimento dos dois.

Dwight Carlblom e David Wang, que comandam The Epiphany School of Global Studies, são educadores fantásticos. Aprecio-os demais.

Michael "Stick" Smith, um amigo que sempre esteve presente para ouvir e apoiar. Os próximos anos serão interessantes e divertidos, não acha?

Jeff Van Wie, que tem sido meu amigo desde que moramos juntos na época da faculdade. Obrigado por nunca me faltar.

Micah Sparks, o melhor irmão que um cara pode ter. Vamos dar um jeito de viajar mais este ano, certo?

David Buchalter, que ajuda a agendar minhas palestras, é sempre notável. Obrigado por tudo.

Eric Colins, que me ajudou de maneiras que nem consigo exprimir. O mesmo com relação a Jill Compton. Obrigado.

Pete Knapp e Danny Hertz, que sempre fizeram todo o possível para ajudar. Obrigado!

Outros amigos com quem sempre gosto de falar, o tipo de amigos que fazem a vida valer a pena: Todd e Kary Wagner, David Geffen, Anjanette Schmeltzer, Chelsea Kane, Slade Smiley, Jim Tyler, Pat Armentrout, Drew e Brittany Brees, Scott Eastwood e Britt Robertson.